Komediantka

Władysław Reymont

Komediantka
Copyright © JiaHu Books 2015
First Published in Great Britain in 2015 by JiaHu Books – part of Richardson-Prachai Solutions Ltd, 34 Egerton Gate, Milton Keynes, MK5 7HH
ISBN: 978-1-78435-174-2
A CIP catalogue record for this book is available from the British Library
Visit us at: jiahubooks.co.uk

I

Marianowi Gawalewiczowi
Autor

Bukowiec, stacja kolei dąbrowskiej, leży w przepysznym miejscu!...
Wycięto krętą linię pomiędzy wzgórzami, okrytymi bukiem i sosną, i w
punkcie najrówniejszym, pomiędzy olbrzymią górą, sterczącą nad lasami
nagimi łysinami skał zwietrzałych, a długą i wąską dolinką, pełną wód i
błot zarosłych – postawiono stację. Dworzec z cegły nietynkowanej,
jednopiętrowy, z mieszkaniami zawiadowcy i jego pomocnika na piętrze,
drewniany domek z boku dla telegrafisty i niższej służby, drugi taki sam
tuż przy ostatnich wekslach dla dozorcy drogowego, trzy budki strażnicze
w różnych punktach terenu stacyjnego, rampa odkryta do ładowania
towarów – stanowiły wszystko.

Las był za dworcem i las szumiał przed dworcem. Kawał niebieskawej
opony powietrza, zarzuconej szarawymi chmurami, roztaczał się w górze
niby dach rozciągnięty szeroko.

Słońce podnosiło się ku południowi, świeciło coraz bielej i coraz lepiej
dogrzewało; rude zbocza kamienistej góry, o poszarpanym, jakby porytym
gwałtownie przez wiosenne potoki szczycie, opłynięte były światłem
słońca.

Była cisza wiosennego południa. Drzewa stały bez ruchu i bez szmeru.
Zielone, ostre liście buków zwieszały się jakby senne i upojone światłem,
ciepłem i ciszą.

Ptaki odzywały się z rzadka w gęstwinie leśnej, tylko krzyk wodnego
ptactwa z błot i ciche brzęczenia komarów dzwoniły w powietrzu.

Nad długą, mocno błękitną linią szyn, ciągnących się nieskończonym
łańcuchem w skrętach i zygzakach, mieniło się fioletem rozpalone
powietrze.

Z kancelarii zawiadowcy stacji wyszedł niski, kwadratowy, o jasnej,
prawie konopnej czuprynie człowiek. Był ubrany, a raczej wciśnięty, w
surdut elegancki, kapelusz trzymał w ręku i kładł palto, które mu podawał
robotnik.

Zawiadowca stał przed nim, gładził długą, siwawą brodę ruchem
automatycznym i uśmiechał się przyjaźnie. Był tak samo krępy, silnie
zbudowany i rozrosły w ramionach i tak samo z oczu błękitnych,
błyskających wesoło pod rozrośniętymi brwiami i czołem kwadratowym,
wyzierała mu stanowczość i silna, nieugięta natura. Nos prosty, usta
bardzo pełne i pewien sposób ściągania brwi, i spoglądanie proste,
uderzanie oczyma niby sztyletem, znamionowały gwałtowny charakter.

– Do widzenia, do jutra!... – powiedział blondyn wesoło, wysuwając dużą
rękę do pożegnania.

– Do widzenia! No, daj pyska... Jutro zapijemy mohorycz!

– Boję ja się trochę tego jutra...

– Śmiało, chłopcze! Nie bój się. Ja ręczę słowem za dobry skutek. Powiem zaraz Jani o wszystkim... Przyjedziesz jutro do nas na obiad, oświadczysz się, zostaniesz przyjęty, za miesiąc ślub... i będziemy sąsiadami... hę! Kocham cię, panie Andrzeju! Zawsze marzyłem, żeby mieć takiego syna: nie mam! trudno... to choć zięcia mieć będę!...

Ucałowali się serdecznie; młody wsiadł w lekką, górską bryczkę, czekającą na podjeździe, i ruszył ostro wąziutką drożynką przez las. Obejrzał się, ukłonił jeszcze kapeluszem, przesłał potem drugi ukłon głębszy do okien pierwszego piętra i zniknął w cieniu lasu. Potem zeskoczył z bryczki, kazał furmanowi jechać, a sam poszedł na przełaj.

Zawiadowca, skoro tylko mu tamten zniknął z oczu, powrócił do kancelarii i zajął się załatwianiem urzędowych korespondencji.

Był bardzo zadowolony z prośby Grzesikiewicza o rękę córki; przyrzekł ją będąc najpewniejszym, że ona się zgodzi.

Grzesikiewicz, choć nie porywał pięknością, ale był bardzo rozumny i bardzo bogaty. Lasy, w których stała stacja, i kilka sąsiednich folwarków były własnością jego ojca.

Stary Grzesikiewicz był to chłop przede wszystkim, który z karczmarza przedzierzgnął się na handlarza i na porębach leśnych i handlu opasami dorobił się krociowego majątku.

Jeszcze dużo ludzi w okolicy pamiętało, że stary nazywał się za młodu Grzesik. Pokpiwano sobie nieraz z tego, ale nikt mu za złe nie brał zmiany nazwiska, bo się nie sadził na pańskość i nie świecił nikomu brutalnie swoją fortuną.

Był chłopem i pomimo wszystkich zmian pozostał chłopem na wskroś. Syn odebrał staranne wykształcenie i teraz pomagał ojcu. Przed dwoma laty poznał córkę zawiadowcy po jej powrocie z gimnazjum kieleckiego i zakochał się w niej gwałtownie. Stary mu nie przeszkadzał, tylko powiedział prosto, że jeśli chce, to niech się żeni.

Z panną widywał się często, zakochiwał się w niej coraz głębiej, ale nigdy nie śmiał mówić o miłości. Była dla niego bardzo uprzejma, bardzo mu rada, ale przy tym taka dziwnie prosta i otwarta, że jemu zawsze słowa uczucia i wyznania zatrzymywały się na ustach.

Czuł w niej jakąś wyższą rasę kobiet, niedostępną dla takich "chamów", jak się nieraz sam nazywał otwarcie, ale właśnie przez to chamstwo swoje kochał ją tym więcej jeszcze.

Wreszcie zdecydował się powiedzieć o tym jej ojcu.

Orłowski go przyjął z otwartymi rękoma i z góry, z całą swoją bezwzględnością zapewnił słowem, że wszystko będzie dobrze. Myślał teraz, że przecież i Janka mu nie odmówi, że musiała już o tym mówić z ojcem.

– Dlaczegóż by nie! – szeptał.

Był młodym, bogatym, no – i kochał ją bardzo.

– Za miesiąc ślub!... – dodawał szybko i czuł się tak uradowanym, że leciał przez las szybko, obłamywał gałęzie drzew, kopał stare, spróchniałe pnie, strącał główki grzybom wiosennym i pogwizdywał uśmiechając się z zadowolenia matki, skoro jej tylko powie o tym, bo matka jego gorąco pragnęła tego małżeństwa.

Była to stara chłopka, która prócz stroju nic nie zmieniła pod wpływem pieniędzy ze swoich obyczajów i myśli. O Jance myślała jak o królowej. Było to jej marzeniem mieć za synową panią prawdziwą, szlachciankę, która by jej imponowała pięknością i wyższym urodzeniem, bo mąż i jego pieniądze, i szacunek, jakim ją otaczano w okolicy, nie wystarczały jej. Czuła się zawsze chłopką i wszystko przyjmowała z niedowierzaniem prawdziwie chłopskim.

– Jędruś! – mówiła nieraz synowi – Jędruś, ożeń się z panną Orłowską. To pani! Jak spojrzy na człowieka, to jaże mrówki łażą ze strachu po skórze i chciałoby się jej do nóg pokłonić i prosić o co... Dobra być musi, bo ile razy spotka się z ludźmi w lesie, to pochwali Boga, porozmawia, dzieci pogłaska... Jensza by tego nie umiała! Zawdy co ród, to ród. Posłałam jej grzybów koszyczek, to jak me spotkała potem, to pocałowała me w rękę... Mądra ci ona jest, ho! ho! wi, że ja mam synka kiej malowanie. Jędruś, zeń się! Śpiesz się, flisie, póki jest na misie! – dodawała przysłowiem. Jędruś się zwykle śmiał, całował matkę po rękach i obiecywał prędko skończyć.

– Królewnę będziemy mieć, posadzimy ją se w świetlicy! Nie bój się, Jędruś, nie dam ja jej rączków umorusać w niczym; będę chodzić kole niej, usługiwać, podtykać wszystko... niech se czyta po francusku ino albo gra na fortypianie. Na to ona i panią! – ciągnęła dalej matka rozmarzając się przyszłym swoim szczęściem.

– Stara kobieta jestem. Jędruś, wnuczków mi potrza!... – mawiała często synowi smętnie. I on był takim samym chłopem w głębi; pod pokostem cywilizowanego człowieka, gładkiego i wykształconego, drżała niepohamowana energia i pragnienie żony – pani. Ten siłacz, co w chwilach uniesienia sam rzucał na wóz sześciopudowe wory zboża i musiał nieraz robić jak wyrobnik, żeby się zmęczyć i przyciszyć w sobie szalone pragnienie użycia i jakieś burze, podnoszące się w krwi zdrowej i przez dziesiątki pokoleń nie zużytej – marzył o Jance, przepadał za jej wdziękiem, za słodyczą. Chciał koniecznie pana, który by go tyranizował swoją słabością.

Leciał teraz przez las jak wicher, a potem prosto przez pola zieleniejące się młodą runią zbóż jarych – biegł do matki powiedzieć jej o swoim szczęściu. Wiedział, że ją zastanie w ulubionej izbie, zawieszonej w trzy rzędy obrazami świętych w złoconych ramach; bo to był jedyny jej zbytek, na jaki sobie pozwalała.

Zawiadowca tymczasem skończył pisać raport jakiś, podpisał go, przeciągnął przez dziennik, wsadził w kopertę, zaadresował "do

Ekspedytora stacji Bukowiec" i zawołał:
– Antoni!
Posługacz pokazał się w progu.
– Do ekspedytora! – zawołał Orłowski.
Posługacz wziął w milczeniu kopertę i z najpoważniejszą miną w świecie położył ją na stoliku stojącym z drugiej strony okna.
Zawiadowca wstał, przeciągnął się, czerwoną czapkę zdjął z głowy i przeszedł do tego stolika; włożył zwyczajną czapkę z czerwonymi wypustkami i z powagą odpieczętował ekspedycję pisaną przed chwilą. Przeczytał i na drugiej stronie nakreślił kilka wierszy odpowiedzi podpisując się znowu; zaadresował "do Zawiadowcy stacji w miejscu" – i kazał Antoniemu odnieść.
Był to maniak, którego kosztem bawiła się cała droga żelazna. W Bukowcu nie było ekspedytora, więc on spełniał obie czynności, ale przy stoliku zawiadowcy sprawy jedne, a przy stoliku ekspedytora – drugie.
Jako zawiadowca był swoim własnym zwierzchnikiem, więc miał nieraz chwile rzetelnej, iście wariackiej rozkoszy, kiedy zauważywszy jaką omyłkę w rachunkach, jakieś opuszczenie swoje w służbie ekspedytora, pisał raport sam na siebie i monitował się.
Śmiali się wszyscy z niego; nie zważał na to i robił swoje mawiając na usprawiedliwienie:
– Na porządku i systematyczności opiera się wszystko; braknie tego, wszystko przepada!... Skończył teraz robotę, pozamykał szuflady, wyjrzał na peron – i poszedł do mieszkania. Nie wszedł przez przedpokój, tylko przez kuchnię. Musiał wszystko wiedzieć, co się robi i jak. Zajrzał do komina, szturchnął w ogień pogrzebaczem, wykrzyczał służącą za rozlaną wodę na podłodze i poszedł do jadalnego pokoju.
– Gdzie Janka?
– Panna Janina zaraz przyjdzie – odpowiedziała Kręska, rodzaj gospodyni i damy do towarzystwa, ładna blondynka o bardzo ruchliwej twarzy.
– Cóż robicie na obiad? – zapytał tym samym inkwizytorskim tonem.
– To, co pan naczelnik tak lubi: potrawka z kurcząt z sosem, zupka szczawiowa, kotleciki...
– Zbytki!... przysięgam Bogu, zbytki!... Zupa i jedno mięso dosyć chyba dla samego nawet króla! Zrujnujecie mnie, przysięgam Bogu!...
– Ależ, panie naczelniku... umyślnie tylko dla pana dobrodzieja taki obiad kazałam robić.
– Blaga! przysięgam Bogu, blaga!... Warn, kobietom, tylko w głowach frykasiki, słodyczki, delikatesiki i nic więcej. Wszystko to tylko fiu! fiu!
– Niesłusznie pan naczelnik nas sądzi; oszczędzamy zwykle więcej niż mężczyźni.
– Aha! oszczędzacie, żeby sobie później kupić więcej łachów. Znam to, przysięgam Bogu! Kręska nie odpowiedziała, tylko zaczęła nakrywać do obiadu.

Weszła Janka.

Była to dziewczyna dwudziestodwuletnia, wysoka, doskonale zarysowana, o szerokich ramionach, spojrzeniu dumnym i imponującym. Rysy miała niezbyt regularne; oczy czarne, czoło proste, trochę za szerokie, brwi ciemne, silnie zaznaczone, nos rzymski, usta pełne i czerwone. Oczy miały wyraz głęboki, jakiegoś wewnętrznego zapatrzenia się w siebie; usta zacinała mocno, co jej nadawało pozór powagi lub złości ukrytej. Dwie zmarszczki głębokie chmurzyły jej jasne czoło. Blond włosy o rudawym odcieniu, przepyszne jako ton, napuszone, osłaniały niby koroną jej głowę okrągłą i małą. Płeć miała złotawą niby brzoskwinia, głos dziwny; był to alt, brzmiący chwilami barytonem, o męskich akcentach.

Skinęła ojcu głową i usiadła z drugiej strony stołu.

– Był Grzesikiewicz dzisiaj u mnie – odezwał się zawiadowca, wolno rozlewając wszystkim zupę, bo on sam zawsze dzielił i rozlewał przy stole. Janka spokojnie spojrzała na niego, czekając, co dalej powie.

– Był i prosił mnie o rękę twoją, Janiu.

– Cóż mu pan naczelnik powiedział? – zawołała prędko Kręska.

– Jest to nasza sprawa – odpowiedział surowo. – Nasza sprawa... Odpowiedziałem, że dobrze; będzie tutaj jutro na obiedzie, no i rozmówicie się...

– Niepotrzebnie! Kiedy mu ojciec powiedział, że dobrze, to niechaj go sobie ojciec jutro przyjmuje i powie ode mnie, że właśnie jest niedobrze... Nie chcę z nim mówić. Pojadę jutro do Kielc – odpowiedziała porywczo Janina.

– Wlazł na gruszkę, rwał pietruszkę, cebula się rodzi!... przysięgam Bogu! – odpowiedział pogardliwie. – Gdybyś nie była fiksatką, to byś zrozumiała, co to za człowiek i co to za partia!... że Grzesikiewicz, choć cham, więcej wart dla ciebie od książąt, bo cię chce... a chce cię, bo jest głupi; nie taką mógłby dostać! Powinnaś mu być tylko wdzięczną. Oświadczy ci się jutro i za miesiąc będziesz Grzesikiewiczową.

– Nie będę Grzesikiewiczową! Kiedy może sobie wziąć inną, niech sobie bierze...

– Przysięgam Bogu, będziesz Grzesikiewiczową!

– Nie! Nie tylko za niego, za nikogo nie pójdę! Nie pójdę wcale za mąż, nie chcę!...

– Głupiaś! – przerwał jej brutalnie. – Pójdziesz, bo potrzebujesz jeść, mieszkać, ubierać się jakoś, być czymś... Ja nie myślę się do reszty zrujnować... a jak mnie zabraknie, to co?

– Mam swój posag; dam sobie radę i bez Grzesikiewiczów. Aha, więc ojciec chce mi przez to zamążpójście zabezpieczyć utrzymanie tylko!... – szydziła spoglądając na niego wyzywająco.

– Tak, przysięgam Bogu!... a dla czegóż innego kobiety wychodzą za mąż?..

– Wychodzą z miłości i wychodzą za tych, których kochają.

– Głupiaś, mówię ci! – krzyknął energicznie, nabierając sobie potrawki. – Miłość to tylko ten sos, kurczę się zjada i bez niego; sos to wymysł, głupstwo, nowy przesąd!

– Nikt się nie sprzedaje pierwszemu lepszemu dlatego tylko, że ten ma na utrzymanie!

– Głupiaś, przysięgam Bogu! Wszystkie tak robią, wszystkie się sprzedają. Miłość to jest pensjonarskie gadanie, głupstwo, przysięgam Bogu! Nie irytuj mnie...

– Tu chodzi nie o irytację albo o to, czy miłość jest głupstwem lub nie jest; idzie tu o moją przyszłość, którą ojciec dowolnie się rozporządza. Powiedziałam już ojcu wtedy, kiedy Zielenkiewicz mi się oświadczył, że nie myślę wcale iść za mąż.

– Zielenkiewicz to tylko Zielenkiewicz, a Grzesikiewicz to pan całą furą; chłop do rany choćby przyłóż!... serce złote, rozum ma, bo przecież skończył Dublany, mocny jak byk, przysięgam Bogu; taki chłop, co najdzikszego konia utrzyma, co jak parobka onegdaj lunął w twarz, to mu sześć zębów wybił od razu – jest ci niedobry! Przysięgam Bogu, ideał, najidealniejszy ideał!

– Wspaniały jest ten ojca ideał; okalecza ludzi i mógłby pokazywać się w cyrku!

– Ty masz fiksację jak i twoja matka. Zaczekaj! weźmie cię Jędrek na podwójny mundsztuk i da ci radę... Nie będzie żałował bata.

Janka gwałtownie odsunęła krzesło, rzuciła łyżkę na stół i wyszła zatrzaskując drzwi za sobą.

– Nie gawroń się pani, tylko każ dawać kotlety! – krzyknął na Kręską, która z bolejącą miną patrzyła za Janką; podsunęła półmisek uniżenie i z troską w głosie szepnęła:

– Pan naczelnik rozchoruje się kiedy z tej irytacji.

– Trucizna moja!... – szepnął przeciągle. – Zjeść nie można spokojnie, tylko wieczne hałasy!... Zaczął rozwodzić żale i skargi na upór Janki, na jej charakter i na swoje wieczne z nią kłopoty. Kręska przytakiwała mu podkreślając czasami niektóre szczegóły; dyskretnie żaliła się, że i ona musi znosić wiele, bardzo wiele z jej przyczyny; wzdychała ciężko, pochlebiała mu przy każdej sposobności. Przyniosła kawę, postawiła arak, nalewała mu sama, przystawiała, dotykała się niby przypadkowo jego rąk lub ramienia; spuszczała oczy, kokietowała go ciągle i wytrwale starała się wykrzesać z niego iskrę jakąś... Miała swoje cele, dla których to robiła.

Orłowski klął coraz ciszej, a wypiwszy kawę rzekł:

– Bóg zapłać!... Przysięgam Bogu, pani jedna mnie rozumiesz... dobra z pani kobieta...

– Panie naczelniku, gdybym tylko mogła okazać, co czuję, co... – jąkała się spuszczając oczy.

Orłowski uścisnął jej rękę i wyszedł do swojego pokoju na drzemkę.

Kręska rozkazała sprzątać ze stołu – i później, kiedy została sama, wzięła jakąś robótkę i usiadła przy oknie wychodzącym na peron; spoglądała czasami na lasy, na linię, ale pusto i cicho było wszędzie. Wstała, bo nie mogła usiedzieć, i zaczęła chodzić naokoło stołu cichym kocim ruchem, kołowała uśmiechając się do myśli swojej:

– Będę go miała... będę!... Nareszcie człowiek odpocznie należycie!... Skończy się ze wszystkim!... – myślała i widziała się już naczelnikową. Widziała się już panią... Zrzucała z ogromną ulgą tę maskę dobroduszności, pokory, uniżenia i oszczędności, którą musiała nosić wobec wszystkich. Obiecywała sobie powetować wszystko... co wycierpiała.

Był to jedyny cel, do którego wytrwale dążyła od lat dwóch.

To znowu przychodziły jej na pamięć obrazy przeszłości: całe lata włóczęgi z teatrem prowincjonalnym...

Rzuciła teatr, bo złapała młodego chłopaka, który się ożenił z nią. Żyła z nim całe dwa lata... dwa lata, które wspominała z goryczą. Mąż był zazdrosny do szaleństwa i bijał ją czasami, gdy nie dość mocno trzymała swój temperament na wodzy.

Została wolną wreszcie, ale już nie pragnęła teatru; przyzwyczaiła się trochę do względnego dobrobytu, do cichszego życia. Dreszczem przejmowała ją myśl powrotu do tej ciągłej tułaczki z miasta do miasta, do tego ciągłego braku. Widziała zresztą, że brzydnie i starzeje się. Posprzedawała, co miała, odebrała jakieś wsparcie od zarządu, w którym jej nieboszczyk służył, i przez pół roku grała rolę wdówki; chciała się koniecznie wydać za mąż po raz drugi. Zaciągała siecie, ale na próżno: jej własny temperament stanął na przeszkodzie. Z pieniędzmi, jakie poczuła w kieszeni, zbudziła się w niej dawna aktorka, lekkomyślna, burzliwa, lubiąca się bawić i używać... Była jeszcze ponętną, więc ją otoczył rój rozmaitych lewków, z którymi przebawiła wszystko, co miała, razem z reputacją, jaką sobie potrafiła przy pomocy swego męża wyrobić.

Nie umiała nic, ale miała czelność i sprytu tyle, że nie opuściła rąk biernie, tylko natychmiast, jak ją ostatni z wielbicieli opuścił, ogłosiła w "Gazecie Kieleckiej", że: wdowa po urzędniku, w starszym wieku, poszukuje miejsca do wyręczenia pani domu, do towarzystwa albo do wdowca.

Na skutek nie czekała długo. Zjawił się Orłowski, któremu był ktoś koniecznie potrzebny do zarządu domem, bo Janka była w gimnazjum jeszcze, a on nie mógł sobie dać rady ze sługami. Nie pytał się jej o nic, tak mu się przedstawiła cichą, potulną, bolejącą po stracie męża, tylko ją zabrał zaraz ze sobą.

Orłowski był wdowcem, miał niezłą pensję, gotowizny kilkanaście tysięcy, no i jedyną córkę – nieobecną, córkę, której nie cierpiał. Chciała na razie bałamucić urzędników stacyjnych, ale się prędko połapała w sytuacji i już grała nową rolę ciągle, chcąc koniecznie dojść do ostatniego aktu – małżeństwa.

Orłowski przyzwyczaił się do niej. Umiała się zrobić niezbędną i umiała zawsze pokazywać tę swoją niezbędność tak zręcznie, że nie raziła.

Zresztą te długie wieczory zimowe, szarugi jesienne zbliżyły ją więcej do celu, bo Orłowski miał lat pięćdziesiąt ośm i reumatyzm; był zawsze maniakiem, ale podczas napadów choroby robił się wprost wariatem. Ona umiała go ułagodzić i prowadzić swoim sprytem, wyostrzonym kilkunastoletnią praktyką sceniczną.

Była tylko jedna przeszkoda – Janka.

Kręska zrozumiała, że dopóki Janka będzie w domu, nie można nic zrobić. Postanowiła sobie, że zaczeka – i czekała cierpliwie.

Orłowski kochał córkę nienawiścią, to jest, dlatego ją kochał, że nienawidził.

Nienawidził jej, bo była córką jego żony, której pamięć przeklinał gwałtownie – żony, która po dwóch latach wspólnego pożycia wyjechała z dzieckiem do rodziny, bo nie mogła dłużej znieść jego tyranii i dziwactw. Procesował się, chciał ją siłą zmusić do powrotu, ale separacja rozdzieliła ich na zawsze. Szalał ze złości, ale jego zaciętość, upór niesłychany, duma wariacka nie pozwoliła mu prosić żony o powrót, która by może i wróciła pod dach mężowski, bo to była dobra kobieta. Chorowała tylko ciągle na choroby nie znane lekarzom prowincjonalnym. Była to dusza mimozy, którą każda łza, każdy ból czy przykrość pogrążała w rozpaczy; do tego bała się grzmotów, deszczów, żab, ciemnych pokojów, dni feralnych i wszelkich głośniejszych dźwięków – więc ten mąż zabijał ją swoją brutalnością.

W kilka lat po rozłączeniu umarła z wyczerpania nerwowego, pozostawiając Jankę, już wtedy dziesięcioletnią. Odebrał ją siłą zaraz od rodziny żony, albowiem nie chciano mu jej oddać dobrowolnie ze względu na jego charakter i dziewczynę wychowaną w innej atmosferze.

Nienawidził ją jeszcze i za to, że była dziewczyną. On, przy swojej dzikie gwałtowności, chciał mieć syna, na którym by mógł próbować nie tylko pięści swojej, ale i codziennego humoru.

Marzył o synu. Wyobrażał sobie, że to będzie duży chłopak, na pół dziki, energiczny, mocny jak dąb – a tymczasem urodziła się dziewczyna.

Byłby wszystko żonie darował, ale tego nie mógł.

Oddał Jankę zaraz na pensję i widywał tylko raz na rok, podczas wakacji, bo Boże Narodzenie i święta wielkanocne spędzała u wujów.

Wakacji tych, coś już w trzecim roku, czekał z niecierpliwością, bo nudził się sam na odludnej stacji, z nikim nie żył bliżej, więc jak tylko Janka przyjechała, zaczynała się pomiędzy nimi wojna.

Janka rosła szybko, rozwijała się znakomicie, ale poczęta, urodzona i wychowana w ciągłej wrzawie i kłótni, karmiona płaczem i narzekaniami matki na ojca, znienawidziła go i obawiała się jego szyderstw. Wyrobiło to w niej skrytość i zaciętość. Buntowała się przeciw jego despotyzmowi i skąpstwu.

Miała parę tysięcy rubli po matce i ojciec wręcz jej oświadczył, że procent od tej sumy musi wystarczyć dla niej, bo on nie myśli dać ani grosza.

Stała na pierwszorzędnej pensji, ale po opłaceniu jej i późniejszej nauki w gimnazjum pozostawało jej tak mało na różne najniezbędniejsze rzeczy, ze ciągle musiała myśleć o tym, jak związać koniec z końcem, i wstydzić się to za buciki podarte, to za sukienkę, to za brak jakiejś drobnostki. Wyśmiewano się z niej na stancji i to ją najsrożej upokarzało.

Po paru latach zaczęto się jej obawiać; nawet damy klasowe często jej ustępowały, bo miała porywczy charakter ojca, nie znoszący żadnych wędzideł. Nie płakała nigdy i nigdy się nie skarżyła, ale krzywdy gotowa była odbijać pięścią, bez względu, co by ją było spotkało; przy tym była najzdolniejszą uczennicą.

Nie lubiono jej szczerze, ale musiano oddawać pierwszeństwo, bo go sobie sama wydzierała, gdy poczuła swoją wyższość nad tłumem koleżanek, które ją, jako córkę urzędnika, traktowały wyniośle, śmiały się z jej podartych bucików i sukienek i nie dopuszczały do poufałości z sobą. Prześladowała potem te córki obywatelskie z zaciekłością.

Była to dzika natura, rozwijająca się samotnie. Miała tylko jedną przyjaciółkę, z której zrobiła sobie pieska, służącego na łapkach na każde zawołanie.

Nie kochała nikogo, nawet matka zajmowała w jej dzikim sercu bardzo mało miejsca.

– Twój ojciec taki!... twój ojciec to zrobił!... twój ojciec taki podły!...twój ojciec... – nieustannie jęczała matka wśród potoków łez i histerycznych paroksyzmów.

Obrzydły jej te spazmy, znienawidziła wszelką słabość, a postać ojca urosła w jej umyśle do rozmiarów olbrzymich. Wyobrażała go sobie złym, niegodziwym, ale wielkim jakimś i mocnym.

Poznała go bliżej po śmierci matki i nienawidziła z bojaźni, jaką czuła wobec niego. Przyjeżdżała na wakacje do Bukowca, bo były tutaj lasy ogromne, góry skaliste, potoki rwące, dzikość, która hipnotyzowała ją czarem swoim i przyciszała jej temperament. Nie lubiła miasta, bo jej przypominało zaraz szkołę, koleżanki i doznane upokorzenia. Tutaj czuła się swobodną i wolną. Kłóciła się z ojcem codziennie, nie ustępując mu w niczym; a Orłowski robił się podczas tych miesięcy jej odpoczynku wprost niemożliwym: umyślnie ją drażnił i pobudzał do wybuchów gniewu, i rad był niezmiernie, kiedy w paroksyzmie złości robiła się podobną do młodej pantery, gotowej rzucić się na niego i kąsać.

Przepadał za siłą i z gorzką rozkoszą widział, że Janka ma tę siłę w temperamencie, wtedy jeszcze ciężej żałował, że była dziewczyną.

Mówił jej otwarcie o tym, że się nią brzydzi, ponieważ jest kobietą, drwił z niej, że prócz szydełka i książki nie potrafiłaby nic w ręku utrzymać; pokazywał jej swoją strzelbę i odkładał ze smutkiem, narzekając, iż tylko chłopak umiałby ocenić należycie takie rzeczy.

Były to smagania, które na jej duszy zostawiły piekące pręgi.

Zrywała się wtedy jak młody źrebiec uderzony batem, chwytała strzelbę i po całych dniach brodziła po moczarach i głuszach leśnych za ptakami; nauczyła się tak dobrze strzelać, że przynosiła całe pęki kaczek dzikich i bekasów i rzucała je ojcu pod nogi z tryumfem.

Orłowski wtedy dostawał wprost obłędu z wściekłości; upokarzało go, ze wobec jej siły był sam bezsilnym, że nie mógł jej zgiąć i zmiażdżyć – i potem jeszcze więcej żałował, że tyle dzikiej wytrwałości jest w niej – w dziewczynie!

Bywał chwilami dumny z niej i bronił ją z zapałem przed znajomymi, bo cała okolica gorszyła się jej awanturniczością. Spotykano ją po lasach, w nocy, w deszcz, w niepogody, zawsze samą, niby młody warchlak odbity od stada. Nie żenowało ją wcale łażenie po drzewach za gniazdami albo wyścigi na oklep z wiejskimi chłopakami po pastwiskach.

Uciekała z domu od ojca na dni całe, marzec o powrocie na pensję, a na pensji marzyła znowu o domu i samotności.

Taką była prawie do ośmnastego roku życia. Skończyła gimnazjum i przyjechała na stałe do ojca.

Uspokoiła się zewnętrznie, ale głowa jej zaczęła się rozpłomieniać coraz bardziej. Zaczęła marzyć i szukać czegoś, jakiegoś celu, jakiejś idei życia swojego.

Z tą swoją przyjaciółką, Helą Walder, idealnie piękną i idealnie rozmarzoną na punkcie samodzielności kobiet, rozstała się. Hela wyjechała do Paryża – na przyrodę; ona nie chciała, bo nie czuła po prostu potrzeby żadnej wiedzy. Pragnęła czegoś potężniej działającego na jej temperament... czegoś, co by porwało ją całą i na zawsze.

Pozostała zupełnie samą i zaczęła się przypatrywać ludziom. Szukała tej idei, ale towarzystwo okoliczne nudziło ją śmiertelnie. Dla niej za mało było tej okolicy, tych zabaw skromnych i sennych, tych ludzi, którzy ją otaczali.

To życie ciche, wymierzone, rozklasyfikowane na wstawanie o jednej godzinie, na śniadanie, obiad, kolację; preferanse we czwartki u nich, w sobotę u pomocnika ojca, w niedzielę u dozorcy – zabijało ją swoją monotonią. Dusiła się w nim.

Mężczyzn unikała prawie, bo ją gniewali swoją bezczelnością; kobiety nudziły ją wiecznym powtarzaniem plotek, skarg, intryżek. Odsunięto się ogólnie od niej.

Najrozmaitsze wersje, mniej lub więcej kłamliwe, kursowały na jej konto w okolicy.

Była dziwadłem dla wszystkich.

A ona tymczasem szamotała się ze sobą, z duszą własną, z pragnieniami, których nie umiała sobie uprzedmiotować. Nie wiedziała, po co żyje i na co?... Zamęczała się czytaniem, ale spokoju tam nie znalazła. Czuła, że musi znaleźć coś takiego, co ją potrafi porwać, że znajdzie kiedyś... ale tymczasem szalała z męki oczekiwania.

Oświadczył się jej Zielenkiewicz, właściciel wioski dosyć obdłużonej. Roześmiała mu się drwiąco w oczy, wręcz mówiąc, że swoim posagiem nie myśli wcale płacić jego długów.

Zaczęła rok dwudziesty pierwszy i zaczynała tracić cierpliwość.

Mała, zwykła rzecz zdecydowała o jej życiu.

W najbliższym miasteczku urządzano teatr amatorski. Wybrano trzy jednoaktówki, obsadzono role i – utknięto, bo żadna z pań grać nie chciała Pawłowej w Marcowym kawalerze Blizińskiego.

Inicjator i reżyser zarazem chciał koniecznie, aby ta sztuka była graną, bo pragnął nią dokuczyć jakiemuś sąsiadowi – ale Pawłowej ani Eulalii żadna z pań grać nie chciała.

Ktoś rzucił myśl, żeby prosić Orłowskiej, bo wiedziano, że ona nie zważa na nic. Przyjęła rolę Pawłowej dosyć obojętnie, a Kręska, w której zagrały wspomnienia przeszłości, zrobiła tyle, iż Orłowski sam pojechał i oznajmił, że jest amatorka i na rolę Eulalii...

Robiono próby coś ze trzy miesiące, bo kilka razy zmieniał się skład grających. Zwykłe hece teatrów prowincjonalnych, gdzie żadna nie chce grać starej, złej, kłótliwej, charakterystycznej, dwuznacznej ani pokojówki, a wszystkie chcą grać bohaterki.

Kręska, którą Janka trzymała dosyć z daleka od siebie, nie zwierzając się jej nigdy z niczym i nigdy nie prosząc o radę, zbliżyła się do niej z racji przedstawienia. Zaczęła jej dawać lekcje gry scenicznej i była niestrudzoną mentorką; dopiero za jej wpływem Janka zaczęła się interesować rolą i przedstawieniem.

Tak się głęboko przejęła rolą, tak weszła w charakter i tak się nadała do tych ram, że grała bardzo dobrze. Była chłopką, Pawłową, w każdym calu, tak że sala pod koniec sztuki zabrzmiała oklaskami.

Poczuła wtedy szaloną, dziką uciechę z tego chwilowego panowania nad tłumem; schodziła ze sceny prawie ze łzami żalu, że się to już skończyło, i czując, że się w niej, gdzieś pod świadomością, coś budzić zaczyna nowego.

Kręska zrobiła także prawdziwą furorę!... Była to rola, którą kiedyś na prawdziwej scenie grywała z powodzeniem. W antraktach mówiono tylko o niej i o Jance.

– Komediantka! urodzona komediantka! – szeptały panie z jakimś wyniosłym politowaniem. Orłowski, któremu dziękowano i winszowano takiej córki i towarzyszki, machnął ręką.

– Żeby to był syn, zobaczylibyście, co by wam pokazał!...

Był jednak zadowolony, bo poszedł za kulisy, pogładził Jankę po twarzy, a Kręską pocałował w rękę.

– Dobrze, dobrze!... Pociecha niewielka, ale przynajmniej wstydu nie ma – powiedział im za całą pochwałę.

Janka po tym przedstawieniu zbliżyła się więcej do Kręskiej, i ta, w chwili jakiejś słabości, wygadała się ze swoją tajemnicą, szczelnie trzymaną w ukryciu, i przesunęła przed Janką światy takie nowe, takie dziwne, takie pociągające, że jej serce zabiło gwałtownie.

Słuchała z pobożnym skupieniem opowiadania o scenie, o tryumfach, o występach, o barwnym życiu aktorskim. Kręska się unosiła i obrazowała entuzjastycznie; już nie pamiętała nędz tego życia, tylko same jasne obrazy pokazywała oszołomionej dziewczynie. Wyciągała z kufra pożółkłe zeszyty ról niegdyś granych i czytała przed nią, grała, podniecona wspomnieniem przeszłości.

Olśniewało to Jankę, budziło jakieś gwałtowniejsze pragnienia, ale jeszcze ją nie porwało, jeszcze to nie było to "coś", na co czekała od tak dawna.

Grała później jeszcze kilka razy, bo już gorączka teatralna zaczęła ją wolna trapić.

Z uwagą zaczęła czytywać w pismach krytyki teatralne i szczegóły o aktorach. Wreszcie czy to z nudów, czy z instynktowej pobudki sprowadziła sobie Szekspira – i wtedy przepadła!

Znalazła to "coś", znalazła bohatera, cel, ideę – był nim teatr.

Pochłonęła Szekspira z całą gwałtownością swojej natury – całego od razu.

Trzeba by bardzo wiele pisać, żeby zamknąć choć w streszczeniu to gwałtowne rozszerzanie się jej duszy, ten szalony wzlot wyobraźni, to wyolbrzymienie jej wewnętrzne, jakie uczuła po przeczytaniu. Otoczył ją rój dusz złych, szlachetnych, nikczemnych, płaskich, bohaterskich i cierpiących, ale zawsze wielkich jakąś rasą, po której nie ma już śladu na świecie. Przenikały ją takie dźwięki, takie słowa, takie myśli i uczucia potężne, że się uczuwała jakby całym wszechświatem!...

Po kilkakrotnym przeczytaniu tych ksiąg nieśmiertelnych powiedziała sobie, że zostanie aktorką, że musi nią zostać koniecznie, bo te sprawy codzienne wydały się jej tak marnymi, ludzie tak nikłymi, że się dziwiła iż wcześniej tego nie spostrzegła.

Poczuła, że jest artystką, że jakiś płomień oświecił ją błyskawicą i zbudził; że to sztuka jest tym dobrem dla niej, tak wyczekiwanym i tak upragnionym.

Zaczęła ją przepalać gorączka teatru i pragnienia nadzwyczajnych wzruszeń.

Zimy wydały jej się za ciepłe, śniegi za małe; wiosny szły za powolnie, upały były zimne, jesienie zbyt suche, za mało mgliste; ona to wszystko miała w mózgu stokroć potężniejszym. Chciała mieć piękno – szczytnym, zło – choćby zbrodnią, czyn wszelki – tytanicznych rozmiarów.

– Mało!... jeszcze!... – wołała nieraz jesienią, kiedy wichry zginały z szumem buki i liście leciały niby płatki krwi czerwonej na ziemię, kiedy deszcze lały całymi tygodniami, że wszystkie drogi, rowy, dolinki stały pod wodą, a noce były wprost straszne ciemnością i szamotaniem się żywiołów.

W dni, w które się zdawało, że wszystko na niebie i na ziemi zagasło, starło się, pomieszało, że tylko szarzeją pyły światów rozbitych i zewsząd się sączy w świat szarość posępna i targająca duszę smutkiem bezbrzeżnym konania – uciekała do lasu, kładła się nad potokami albo na odartym z roślinności wzgórzu i wystawiona na deszcz, na smaganie wichury i zimno, dawała się porywać swojej wyobraźni i leciała w światy olbrzymów; bywała wtedy szczęśliwą aż do utraty przytomności. Szalała razem z huraganem, co bił i brał się za bary z lasami, co pod koronami drzew wył i skomlił żałośnie niby dzikie zwierzę na uwięzi.

Kochała się w takich dniach i nocach, przepadała za tym przejmującym płaczem żałosnym przyrody, konającej w błocie jesieni. Wyobrażała sobie wtedy Leara i głosem, którym na próżno chciała zagłuszyć burzę i szum lasu, rzucała w świat zamglory tragiczne przekleństwa...

Żyła wtedy życiem dusz szekspirowskich. Było to prawie szczytne obłąkanie duszy. Pokochała z całą gwałtownością te wielkie, tragiczne postacie dramatów.

Orłowski trochę wiedział o je chorobie, ale śmiał się z tego pogardliwie.

– Komediantka! – rzucał jej prosto w twarz ze swoją brutalnością.

Kręska podsycała ten ogień, bo za co bądź chciała się jej z domu pozbyć. Zaczęła w nią wmawiać talent i gorąco zachwalała teatr.

Janka nie mogła się jakoś zdcbyć na ten krok decydujący. Bała się tych ciemnych, nieokreślonych przeczuć i trwogi, jaka ją chwilami napadała.

Wiedziała, że musiałaby zerwać ze wszystkimi i iść sama w świat, w świat, którego się bała instynktownie. Nie żyła nigdy samodzielnie. Mroziła ją myśl o tym otwieraniu sobie drogi kułakami. Dotychczas prowadzono ją; ręka, co ją wiodła, była twarda, nielitościwa, ale ją prowadziła i mniej więcej czuwała nad nią. Tutaj miała swój kąt, swój las, swoje miejsca ulubione, do których organicznie się już przystosowała – a tam, gdzieś w świecie szerokim, co tam znajdzie?...

Nie! nie mogła się zdobyć na stanowczość. Musiała jakaś burza przyjść, wyrwać ją i wyrzucić daleko stąd, jak wyrywała drzewa i rzucała po polach pustych. Czekała już teraz wprost na przypadek. Kręska tymczasem informowała ją ciągle o towarzystwach prowincjonalnych. Z pism zresztą wiedziała nazwiska dyrektorów i opinie, jakie mieli. Robiła pewne przygotowania i oszczędności. Ojciec wypłacał jej procent od posagu regularnie i zdołała przez rok zaoszczędzić z niego przeszło dwieście rubli.

To oświadczenie Grzesikiewicza i zapewnienie ojca, że musi wyjść za niego, wzburzyło ją.

– Nie, nie i nie! – myślała teraz chodząc po swoim pokoiku. – Nie pójdę za mąż! O zamążpójściu nigdy na serio nie myślała. Czasami miłość jakaś wielka, wstrząsająca snuła się jej w myśli, marzyła o niej przez chwilę, ale o małżeństwie nie pomyślała nigdy. Dosyć lubiła nawet Grzesikiewicza, bo jej nigdy nie mówił półsłówkami o uczuciach, nie grywał przed nią miłosnych komedii, do jakich ją przyzwyczaili inni wielbiciele, lubiła go za prostotę, z jaką opowiadał, co musiał przecierpieć w szkołach, jak mu wymyślano od chamów, od karczmarskich synów, jak go upokarzano i jak im płacił za to pięścią – po chłopsku.

Śmiał się przy tych opowiadaniach, ale miał w śmiechu jakiś akcent żalu czy urazy.

Chodziła z nim nieraz na spacery, bywała z ojcem w ich domu, lubiła bardzo starą Grzesikiewiczową, ale żeby wyjść za mąż za niego!... Roześmiała się z tej myśli, tak się jej wydała śmieszną i dziwaczną.

Otworzyła drzwi do pokoju ojca, aby mu powiedzieć ostro i stanowczo, że Grzesikiewicz nie ma po co przyjeżdżać; ale Orłowski spał już po obiedzie w swoim fotelu, z nogami opartymi o parapet okienny. Słońce świeciło mu prosto w twarz, prawie już miedzianą od opalenia.

Cofnęła się. Przeczuwała po niepokoju, jaki rósł w niej, że burza będzie straszna, bo ojciec nie będzie chciał ustąpić, ale czuła, że i ona nie ustąpi.

– Nie, nie i nie!... Choćby przyszło uciekać z domu, a nie pójdę za mąż!... Ale ją zaraz chwytała bezradność czysto kobieca po takiej stanowczej myśli i spoglądała prawie ze strachem w przestrzeń, w której zdawała się widzieć siebie samą uciekającą z do– mu.

– Pojadę do wujów... tak!... a stamtąd do teatru... Nikt mnie nie zmusi, abym tutaj pozostała. I aż zawrót głowy uczuła z oburzenia na myśl, że może ją kto chcieć zmuszać, i zaraz potem hardo patrzyła w przyszłość – i była już zdecydowaną na wszystko, byle nie ustąpić. Słyszała, jak ojciec wstał, potem z okna przyglądała się pociągowi osobowemu, który odchodził; słyszała dzwonki stacyjne, szwargot kilku wsiadających Żydków; widziała czerwoną czapkę ojca, żółte wypustki telegrafisty, rozmawiającego przez okno wagonu z jakąś panią; widziała i słyszała wszystko, ale nie rozumiała nic z tego. Ta stanowcza chwila, to jutro, wywierała na nią już swój wpływ.

Kręska przyszła i swoim zwyczajem zaczęła kołować po pokoju cichym, kocim ruchem, nim się odezwała. Miała w twarzy wyraz współczucia i rzewność w głosie.

– Panno Janino!

Janka spojrzała na nią i przeczytała wyraźnie jej obawę.

– Nie! możesz mi pani wierzyć, że nie! – odpowiedziała silnie.

– Ojciec dał słowo... będzie chciał koniecznie posłuszeństwa... co to będzie z tego?...

– Nie! nie pójdę za mąż!... może sobie ojciec odwołać słowo; mnie nie zmusi...

– Tak... ale zacznie się to dopiero wojna, zacznie!...

– Przetrzymałam już tyle, przetrzymam i więcej.

– Ja się boję... to się tak gładko nie skończy. Ojciec taki gwałtowny... Ja nie wiem, jak tam pani może znosić tyle... Gdybym była na miejscu pani, to wiem, co bym zrobiła... i to zaraz, dziś, natychmiast!

– Ciekawam... niech mi pani da jaką radę.

– Wyjechałabym przed wszystkim, żeby uniknąć hecy. Pojechałabym do Warszawy...

– No i cóż dalej? – pytała Janka z drżeniem w głosie.

– Zaangażowałabym się do teatru i niech się co chce dzieje!

– Tak, to dobra myśl, ale... ale...

I nie dokończyła, bo dawna bezradność i dawne obawy znowu wróciły; siedziała już, nie odpowiadając Kręskiej, która widząc, że projekt jej nie zostanie wykonany, wyszła zirytowana.

Janka włożyła jakiś kaftan, filcową czapkę, [wzięła] kij i poszła do lasu, ale dziś nie mogła się tam bezmyślnie włóczyć ani znaleźć rozkoszy w obcowaniu z samą sobą, nawet marzyć o scenie nie mogła.

Poszła na szczyt tej góry kamienistej, skąd się otwierał rozległy widok na lasy, na wsie za nimi i na nieskończony obszar przestrzeni. Patrzyła się, ale ta cisza w przestrzeniach, niepokój, to przeczuwanie burzy, jakaś trwoga, denerwowały ją silnie. Wiedziała, że jutro coś się zdecyduje, coś się stanie takiego, czego pragnęła i bała się jednocześnie...

Wróciła o zmroku do domu. Nie rozmawiała ani z ojcem, ani z Kręską tylko zaraz po kolacji poszła do swojego pokoju i czytała bardzo długo Consuelo Jerzego Sanda.

W nocy sny ją trapiły ciężkie, że się co chwila budziła spocona i jeszcze przede dniem obudziła się zupełnie i nie mogła spać. Leżała z szeroko otwartymi oczyma i patrzała w sufit, na którym rysowała się plama światła, oderwana od latarni peronowej. Pociąg jakiś szedł z hukiem, słyszała długo jego łoskot rytmiczny i całe chóry głosów przeciskały się przez szyby strumieniami dźwięków.

W głębi pokoju zalanej mrokiem, pełnej jakichś błysków, snujących się niby oderwane promieniowanie świateł dawno zagasłych – zdawała się widzieć widma, zarysy jakichś scen, postaci, dźwięków... Mary mózgu zmęczonego napełniały pokój halucynacjami. Spostrzegła jakiś gmach ogromny, długi, z szeregami kolumn, jak się zaczął zarysowywać i wyłaniać z mroków... nie wiedziała, co to jest, ale patrzyła...

Potem szły sceny i postacie jakieś tragiczne, przestrzenie zalane światłem, głosy muzyki, ciżba ludzka, miasto wielkie, ulice długie, domy wysokie, tłok na ulicach.

Rano wstała tak zdenerwowana, że się na nogach utrzymać nie mogła.

Słyszała, że ojciec dysponuje wystawny obiad, że robią przygotowania do uroczystego przyjęcia. Kręska chodziła koło niej na palcach i uśmiechała się subtelnie drwiącym uśmieszkiem, który Jankę drażnił. Odurzona była wyczerpaniem i burzą, jaka wrzała w niej. Przyglądała się wszystkiemu obojętnie, bo myśl jej była ciągle o tej oczekiwanej walce z ojcem. Chciała coś czytać, zająć się czymś, ale wszystko wysuwało się jej z rąk bezwładnych.

Poszła do lasu, ale zaraz zawróciła z powrotem, bo nie wiedziała, po co tam iść?... Nuda jakaś rozlała się po niej i niepokój przysłaniał jej serce mgłą coraz większą. Nie mogła się w żaden sposób otrząsnąć z tego nastroju.

Zaczęła grać machinalnie gamy, ale monotonne, usypiające szmery dźwięków denerwowały ją jeszcze więcej.

Grała później nokturny Chopinowskie, grała długo, wsłuchiwała się w te tony nieokreślone, co były jakimś śpiewem zaświatów, co miały w sobie akcenta łez, cierpień, krzyków, rozpaczy bezsilnej; blaski zimnych nocy księżycowych, jęki podobne do szeptów dusz konających, szmery, światła, uśmiechy rozłączeń, drgania życia subtelnego i smutnego...

I rozpłakała się spazmatycznie. Płakała długo, nie wiedząc, dlaczego płacze, ona, która od śmierci matki nie wylała ani jednej łzy.

Poczuła się znękaną pierwszy raz w życiu, które dotychczas było tylko ciągłym buntem protestu i szamotania się... Obudziło się w niej głębokie pragnienie podzielenia się smutkami duszy: zapragnęła wyszeptać na jakimś sercu życzliwym te myśli obłędne, strzępy uczuć, cierpienia nieokreślone i obawy... Łaknęła współczucia czując, że to znękanie byłoby mniejszym, ból cichszym, łzy nie tak palące, gdyby mogła otworzyć serce przed jaką serdeczną przyjaciółką.

Poznała, że samotność jest nieszczęściem w pewnych stanach duszy.

Kręska zawołała ją na obiad objaśniając, że Grzesikiewicz już czeka.

Wytarła ślady łez, poprawiła włosy – poszła.

Grzesikiewicz pocałował ją w rękę i usiadł obok niej.

Orłowski miał humor świąteczny i coraz domyślniki i tryumfujące spojrzenia rzucał na Jankę.

Pan Andrzej był milczącym i niespokojnym; czasami się odzywał, ale tak cicho, że ledwie Janka usłyszeć mogła. Na Kręskiej znać było zdenerwowanie.

Jakaś posępna atmosfera wisiała nad wszystkimi.

Obiad wlókł się ciężko i nudnie. Orłowski chwilami wpadał w zadumę i wtedy marszczył brwi, targał gniewnie brodę i mordercze spojrzenia rzucał na córkę.

Po obiedzie przeszli do saloniku.

Podano czarną kawę i koniak.

Orłowski wypił szybko kawę i wychodząc pocałował Jankę w głowę i mruknął coś niezrozumiale.

Zostali sami.

Janka patrzyła w okno; Grzesikiewicz, czerwony, rozstrojony, dziwny, zaczął coś mówić i popijał kawę małymi łykami, wreszcie wypił ją od razu, filiżankę odsunął, aż się przewróciła ze spodkiem na stół.

Janka roześmiała się z tej gwałtowności i z miny, z jaką się tłumaczył.

– Niech się pani nie dziwi, ale w takiej chwili człowiek by lampę połknął nie zauważywszy...

– Trudno by było – odpowiedziała i znowu ją śmiech pusty i bezmyślny zatrząsł.

– Pani się ze mnie śmieje? – zapytał patrząc jej niespokojnie w oczy.

– Nie, tylko tak mi komiczną wydawała się myśl połknięcia lampy.

Milczeli. Janka skubała abażur, a Grzesikiewicz szarpał rękawiczki i bezmyślnie, odruchowo przygryzał sobie wąsy; wzruszenie dławiło go po prostu.

– Ciężko mi... okropnie mi ciężko!... – zaczął podnosząc na nią oczy błagalnie.

– Dlaczego? – zapytała krótko i wymijająco.

– No, bo... bo... Jak Boga kocham, nie wytrzymam już dłużej!... Nie, już nie mogę się dłużej męczyć, powiem po prostu: kocham panią i proszę o jej rękę! – zawołał głośno i aż odetchnął z ulgi ogromnej, ale uderzył się w czoło i biorąc rękę Janki zaczął znowu:

– Kocham panią dawno, bałem się pani mówić o tym, i teraz także nie umiem się wygadać, nie umiem tego tak określić i wypowiedzieć, jak bym chciał... Kocham panią i błagam, bądź moją żoną...

Pocałował ją gorąco w rękę i patrzył się w nią swoimi niebieskimi, poczciwymi oczyma, z których buchało ślepe przywiązanie i miłość szczera i głęboka. Usta drżały mu nerwowo i bladość pokryła twarz.

Janka podniosła się z krzesła i patrząc mu prosto w oczy odpowiedziała wolno i po cichu:

– Nie kocham pana.

Zdenerwowanie gdzieś zniknęło; wiedziała, że ta chwila oczekiwana już się zaczęła, więc była gotową. Spokojne zdeterminowanie przeglądało w jej oczach chłodno patrzących. Grzesikiewicz odsunął się gwałtownie, jakby go kto uderzył silnie w piersi, ale powrócił na miejsce i nie rozumiejąc jeszcze znaczenia słów usłyszanych mówił drżącym głosem:

– Panno Janino... bądź pani moją żoną... Kocham panią!...

– Nie kocham pana, nie mogę przeto za pana wyjść... nie pójdę wcale za mąż!... – odpowiedziała tym samym głosem, ale przy ostatnim wyrazie głos jej zadrgał jakimś akcentem li- tości dla niego.

– Jezus, Maria! – wykrzyknął Grzesikiewicz chwytając się za głowę. – Co pani powiedziała?... Co to jest?!... Pani nie pójdzie za mąż!... nie chce pani być moją żoną?!... Pani mnie nie kocha!...

Ukląkł raptownie przed nią, schwycił ją za ręce i okrywając je pocałunkami, prawie przez łzy strachu gorączkowego, zaczął ją błagać tak silnie, tak pokornie, tak mu głos drgał łkaniem miłości ogromnej, że chwilami zatrzymywał się, aby zaczerpnąć powietrza i zebrać myśli.

– Nie kocha mnie pani?... Pokocha mnie pani. Przysięgam, że ja i matka moja, i ojciec będziemy jej niewolnikami... Poczekam wreszcie... Niech pani powie, że za rok... za dwa... za pięć... będę czekać. Przysięgam pani, będziemy czekać!... Ale niech mi pani nie mówi, że nie!... Na miłość boską, niech mi pani nie mówi tego, bo się wścieknę z rozpaczy! Jak to?... nie kocha mnie pani!... ale ja panią kocham... my wszyscy panią kochamy. . my nie potrafimy już żyć bez pani!... nie... Ojciec mi powiedział, że... że... a tutaj!... Jezus, Maria! ja się wścieknę!... Co pani robi ze mną!... co pani robi!...

Porwał się z ziemi i chwytając się za głowę rozczochraną krzyczał prawie z bólu. Janka miała łzy w oczach i żal się jej robiło; ta jego szczera i taka prosta rozpacz, objawiająca się tak targające, podziałała na nią dziwnie. Była chwila, w której poczuła we własnym sercu te łzy jego i rozpacz – i jakaś sympatia litosna targała ją, że już odruchowo podać mu chciała ręce i powiedzieć, że będzie jego żoną – ale to trwało krótko.

Stała znowu ze łzami rozczulenia w oczach, ale z obojętnością w sercu i patrzyła się zimno.

– Panno Janino, błagam o odpowiedź!... Niech pani pomyśli, że odmową zabija pani mnie, matkę moją, ojca, wszystkich...

– Wolałbyś pan, żebym ja się zabiła dla wszystkich! – odpowiedziała chłodno i usiadła z powrotem.

– A!!... – wyrwało mu się z gardła i odchylił głowę nieco w tył, jakby z obawy, że sufit runie natychmiast.

Machinalnie zerwał rękawiczki z rąk, podarł, a raczej poszarpał je i rzucił na podłogę, zapiął surdut na wszystkie guziki, a wreszcie siląc się na spokój powiedział:

– Żegnam panią... ale... że zawsze... że wszędzie... że nigdy... – szepnął z trudem, pochylił głowę i szedł ku drzwiom.

– Panie Andrzeju!... – zawołała silnie.

Grzesikiewicz odwrócił się ode drzwi z jakimś błyskiem nadziei w oczach.

– Panie Andrzeju – mówiła prosząco – nie kocham pana, ale go szanuję... nie mogę wyjść za pana, nie mogę, ale zawsze... będę o panu wspominać jak o człowieku szlachetnym. Pan mnie rozumie, że to byłoby podłością iść za człowieka niekochanego... Pan się brzydzi obłudą i kłamstwem – i ja go nienawidzę. Przebaczy mi pan, ale ja sama cierpię... sama także nie jestem szczęśliwą... o nie!...

– Panno Janino... gdybyś tylko... gdybyś...

Spojrzała na niego tak boleśnie, że zamilkł i wyszedł wolno.

Janka siedziała jeszcze, patrząc na drzwi, którymi wyszedł – i jeszcze miała w mózgu dźwięki jego słów, gdy wszedł do pokoju Orłowski.

Spotkał się z Grzesikiewiczem na schodach i z jego twarzy dowiedział się o wszystkim. Janka aż krzyknęła ze strachu, tak ojciec zmienił się strasznie. Twarz miał brudnosiną, oczy wysadzone, głowa mu się trzęsła jakimiś poprzecznymi ruchami.

Usiadł przy stole i cichym, przyduszonym głosem zapytał:

– Co powiedziałaś Grzesikiewiczowi?

– To, co mówiłam ojcu wczoraj, że go nie kocham i nie pójdę za niego – odpowiedziała śmiało, ale się zlękła tej cichości i pozornego spokoju, z jakim ojciec przemawiał.

– Dlaczego? – rzucił krótko, jakby nie rozumiejąc.

– Powiedziałam: nie kocham i nie chcę wcale wyjść za mąż.

– Głupiaś!... głupiaś!... głupiaś!... – syczał przez zaciśnięte zęby i podnosił się z wolna z krzesła.

Patrzyła na niego spokojnie i dawna jej zaciętość wracała.

– Powiedziałem, że pójdziesz za niego... dałem słowo, że pójdziesz za niego, to pójdziesz!

– Nie pójdę!... Nikt mnie nie potrafi zmusić!... – odpowiedziała ponuro, z mocą patrząc się w błyszczące oczy ojca.

– Zaciągnę cię do ołtarza. Zmuszę cię!... musisz!... – wołał głucho.

– Nie!

– Wyjdziesz za Grzesikiewicza; ja ci to mówię, ja, twój ojciec, rozkazuję ci to zrobić!... Usłuchasz mnie natychmiast, bo cię zabiję!...

– Dobrze, niech mnie ojciec zabije, ale nie usłucham.

– Wypędzę cię z domu!... – krzyczał już głośno, odzyskując siły i ściskając nerwowo poręcz krzesła.

– Dobrze!

– Wyrzeknę się ciebie!

– Dobrze! – odpowiadała coraz silniej. Czuła teraz, że z każdym słowem ojca dusza jej twardnieje i nasyca się coraz większą stanowczością.

– Wypędzę cię!... słyszysz?... i choćbyś konała z głodu, choćbyś skomlła u drzwi, nie wpuszczę, nie zechcę nigdy wiedzieć o tobie!

– Dobrze...

– Janka! ty mnie nie doprowadzaj do ostateczności. Ja cię proszę, idź za Grzesikiewicza, moja córko, dziecko moje!... przecież to dla twojego dobra ja chcę tego małżeństwa. Nie masz nikogo oprócz mnie na świecie; ja jestem stary... umrę... zostaniesz sama, bez opieki, bez utrzymania... Janka, tyś mnie nigdy nie kochała!... Żebyś ty wiedziała, jaki ja jestem przez całe życie nieszczęśliwy, to byś się ulitowała!... – prosił, ale w głosie miał akcenta krzyku i groźby.

– Nie!... nigdy!... – odpowiedziała, nie poruszona ani na chwilę jego prośbą i skargami.

– Ostatni raz cię pytam! – krzyknął, onieprzytomniony jej odpowiedzią.

– Ostatni raz mówię, że nie!

Orłowski z taką siłą rzucił krzesłem o ziemię, że się rozleciało w kawałki; rozerwał sobie kołnierz koszuli, bo go dusił spazm wściekłości, i z poręczą w ręku rzucił się do Janki, by ją uderzyć, ale jej zimny, prawie pogardliwy wyraz twarzy oprzytomnił go w jednej chwili. Odrzucił od siebie tę poręcz.

– Precz!!... – wrzasnął wskazując drzwi – precz!... słyszysz?... Wypędzam cię na zawsze z mego domu!... Nie przestąpisz nigdy tego progu, pók żyć będę, bo cię zabiję jak psa wściekłego i wyrzucę za bramę!... Nie mam już córki!...

– Dobrze, pójdę precz... – odpowiedziała machinalnie.

– Nie mam już córki! Nie chcę cię znać, nie chcę nic słyszeć o tobie!... zgiń!... Zabiję!... zabiję!... – krzyczał biegając po pokoju jak szalony.

Jego wariactwo wybuchało teraz w całej sile.

Wybiegł potem z mieszkania i widziała przez okno, jak leciał do lasu.

Siedziała głucha, niema, zlodowaciała... Spodziewała się wszystkiego, ale nigdy, że ją wypędzi z domu własny ojciec. Poczuła straszny żal do niego, ale ani jedna łza nie błysnęła w jej oku. Oglądała się nieprzytomnie, bo wciąż słyszała ten chrapliwy krzyk: "precz! precz!"

– Pójdę precz, pójdę... – odpowiadała pokornym, złamanym głosem poprzez łzy, które jej zalewały serce – pójdę...

Było jej jednak tak ciężko, tak strasznie ciężko na duszy, że siedziała zamierając z bólu: zdawało się jej, że to "precz" ojcowskie smaga ją jak prętem żelaznym i że się oblewa krwią męki...

– Boże mój. Boże! za cóż ja jestem tak nieszczęśliwa?... – zawołała później.

Kręska, która wszystko słyszała, przybiegła do niej; ze łzami w głosie zaczęła ją pocieszać, lecz Janka odsunęła ją łagodnie. Nie tego jej było potrzeba: nie takich słów i nie takiej pociechy.

– Ojciec mnie wypędził... muszę wyjeżdżać... – rzekła dziwiąc się w duszy tym krótkim dźwiękom, które zamykały w sobie tak wiele.

– Ależ to niemożebne!... Ojciec da się przeprosić...

– Nie; nie zostanę już tutaj dłużej. Dosyć mam męki, dosyć...

– Pojedzie pani do wujów?

Janka się zamyśliła na chwilę, lecz nagle jej twarz posępna rozjaśniła się blaskiem stanowczości.

– Pojadę do teatru. Stało się!

Kręska spojrzała na nią zdziwiona niby i zaczęła jej odradzać.

– Niech mi pani pomoże pakować rzeczy. Pierwszym pociągiem odjadę...

– Osobowy teraz nie idzie do Kielc.

– Pojadę do Strzemieszyc, a stamtąd Drogą Wiedeńską do Warszawy.

– Niechże się pani namyśli jeszcze... taki krok to na całe życie. Można później żałować...

– Stało się!... Już tak musiało się stać, to i nie będzie inaczej.

I zaraz spiesznie, nie odpowiadając na uwagi Kręskiej, zaczęła się gorączkowo pakować. Bieliznę, garderobę, książki, nuty, drobiazgi różne – wszystko to układała ze starannością do swojego, jeszcze z pensjonarskich czasów, kufra, jakby wyjeżdżała po wakacjach.

Nie myślała już nic ponadto i nie czuła, tylko, że musi zaraz, natychmiast wyjeżdżać; że musi się znaleźć jak najdalej od Bukowca, jakby wewnętrznie obawiała się, że może jej zabraknąć później sił i odwagi.

Pożegnała się z Kręską obojętnie. Wydawała się spokojną i zimną na pozór, i była nią, tylko jakieś drgania ust i to drżenie wewnętrzne, którego nie mogła przyciszyć, były śladami tej burzy niedawnej.

Kazała zanieść rzeczy na dół, a mając jeszcze z godzinę czasu do pociągu poszła do lasu. Usiadła pod rozłożystym bukiem i zapatrzyła się przed siebie.

– Na zawsze!... – odpowiedziała półgłosem, jakby gęstwinie, co zaczęła trząść liśćmi, szemrać i pochylać się ku niej.

– Na zawsze!... – szeptała wpatrzona w czerwonawe błyski słońca, chylącego się do zachodu, co przeciekały przez splątane gałęzie buków i lśniły się na ziemi.

Las stanął w wielkiej ciszy, jakby słuchał tych jej słów ostatniego pożegnania, jakby dziwił się w milczeniu, że może ktoś, co się w nim urodził i wychował, co żył z nim jednym uczuciem, co tyle łez w jego objęciach wylał, tyle przemarzył w jego ciszy – żegnać się i odejść – na zawsze; szukać lepsze doli i przyjaciół szczerszych.

Żałośnie zaszemrały drzewa... Coś, niby pieśń pożegnania i wyrzutu smętnego, przeleciało po lesie poruszyły się zielone wachlarze paproci, młode listki leszczyn zaczęły się trzepotać, sosny cienkimi igiełkami zaszeleściły cicho – i zadrgał, ożywił się las jękiem przeciągłym. Ptaki zaśpiewały urywanymi, przestraszonymi głosami, a po niebie, po ziemi zasłanej liśćmi, mchami złotymi, konwalijkami białymi, po lesie zielonym przebiegały jakieś cienie, jakieś dźwięki, jakieś hukania, podobne do ech łkań żałosnych...

– Zostań!... ja ci starczę za wszystko... zostań!... – zdawał się mówić las mocnym głosem miłości ojcowskiej.

Potok szumiał zgiełkliwie, burzył się, podważał pnie i kamienie, co mu tamowały drogę, wymijał, okrążał, spadał i rozbity w pianę, w kaskadę pyłów, mieniących się w słońcu wszystkimi barwami tęczy, biegł ciągle naprzód niepowstrzymanie, szemrał zwycięsko i zdawał się szeptać:

– Idź... idź...

Cisza się potem zrobiła ogromna, przerywana brzęczeniem komarów i chrzęstem spadających szyszek zeszłorocznych.

Kukułka kukała gdzieś daleko.

– Na zawsze!... – szeptała Janka.

Podniosła się i szła z powrotem na stację. Szła wolno, rozglądała się miłośnie po drzewach, po ścieżkach, po zboczach wzgórz i z rozrzewnieniem głębokim, z bólem dziwnym żegnała je spojrzeniami.

Czuła, że ją łzy zalewają; łzy żalu, odrywania się cierpkiego od tych miejsc, z którymi się zżyła tak głęboko i z którymi się musi rozstać na zawsze. .

Teraz, w tej chwili dopiero, poczuła całą gorycz swego wyjazdu i teraz poznała, że to nieprawda, iż ona tutaj nic nie kochała i nic, i nikogo nie zostawi tutaj drogiego ... Zostawiała te lasy, co były cząstką jej duszy najdroższą, zostawiała góry, polanki, niebo czyste, to życie burzliwe, ale swobodne – te chwile samotności – przeszłość całą, pełną walk, burz, rozszaleń, zachwytów i marzeń...

Zostawiała więcej, niż mogła zrozumieć na razie.

Patrzyła z gorzką zawiścią na wszystko, że wszystko to zostanie – i myślała posępnie, że tak samo słońce będzie świecić nad tym drogim kawałkiem ziemi, tak samo lasy będą szumieć i wołać tysiącami głosów w noce burzliwe jesieni; wiosny iść będą, kwiaty kwitnąć – i ta pustka, to dobro jej, pełne melancholii, te noce księżycowe, zadumy lasów – wszystko to będzie... tylko ona odejść musi... tylko ją los wyrywa i rzuca daleko... i na zawsze...

Potem myślała o tym nowym życiu, do jakiego szła – i żale za przeszłością przycichły, i podnosiła się w niej z wolna jakaś świadoma siebie siła życia, i przejmowała ją mocą, ze się wyprostowywała, patrzyła coraz śmielej przed siebie i coraz bardziej podnosiła głowę.

Zobaczywszy ojca na peronie nie drgnęła nawet: już się pomiędzy nimi rozciągał ten nowy świat, do którego uciekała, i pociągał ją obietnicami szczęścia i sławy.

Znajomi przystępowali do niej, witali się, pytali o zdrowie, dokąd jedzie itd.

Odpowiadała, że do rodziny, i nie traciła spokoju. Miała go nawet tyle, że poszła sama do kasy po bilet.

Stanęła przed okienkiem i zażądała go głośno.

Orłowski (bo on sam sprzedawał bilety) podniósł głowę gwałtownie; coś, jakby cień czerwony, przeleciało mu po twarzy, ale nie odezwał się. Wydał jej resztę, spokojnie i zimno się patrzał gładząc brodę, jakby jej nigdy nie znał.

Odchodząc odwróciła głowę i spotkała się z jego rozpalonym wzrokiem.

Odsunął się gwałtownie od okienka, zaklął głośno – a ona poszła, tylko że szła wolniej jakoś i nogi pod nią drżały.

Ten błysk oczów, jakby zakrwawionych łzami, uderzył w nią i zaciężył na sercu.

Pociąg przyszedł – wsiadła. Jeszcze z okien wagonu patrzyła na stację.

Kręska powiewała z mieszkania chustką i udawała, że łzy obciera.

Orłowski w czerwonej czapce, w niepokalanie białych rękawiczkach, ze sztywną miną urzędową, chodził po peronie; nie spojrzał w jej stronę ani razu.

Dzwonek uderzył, rozległ się świst maszyny, potem gwizdka nadkonduktora i pociąg ruszył.

Telegrafista żegnał ją ukłonami; nie widziała – widziała tylko, jak ojciec wolno i ciężko odwrócił się i wszedł do swojej kancelarii.

– Na zawsze!... – szepnęła wychylając się z okna i ogarniając wzrokiem wszystko: lasy, wsie, wzgórza, moczary i znów to samo, przemykały się niby cienie fantastyczne – a ona patrzała czując, że ją jednocześnie porywa jakaś siła ogromna, że jest już na łasce i niełasce jakiejś mocy wielkiej, co ją wyrwała z gniazda i niesie w nieznane światy, ku nieznanym przeznaczeniom. Noc zapadła.

Księżyc płynął po ciemnym granacie przestrzeni, niby łódź srebrzysta po morzu nieskończoności – a ona wciąż wychylała się przez okno i patrzyła w stronę Bukowca, szepcąc od czasu do czasu sucho i bezdźwięcznie:

– Na zawsze!... na zawsze!...

————

Orłowski o zwykłej godzinie przyszedł na kolację.

Kręska pomimo radości była niespokojną; patrzyła mu w oczy trwożnie, chodziła jeszcze ciszej, była teraz jeszcze pokorniejszą i mniejszą.

A on, jakby się mocował sam ze sobą, bo nie wybuchał klątwą i nie wspominał nic o Jance.

Na drugi dzień tylko zamknął pokój Janki na klucz i schował go do biurka.

Nie spał w nocy: oczy miał wpadnięte i cerę trupią. Kręska słyszała, że przez całą noc chodził po swoim pokoju, ale służbę pełnił jak zwykle.

Przy obiedzie Kręska ośmieliła się sama z czymś odezwać.

– Aha!... z panią się muszę jeszcze załatwić!...

Kręska zbladła. Zaczęła mówić o Jance, o swojej życzliwości, o tym, jak ona ją odwodziła od wyjazdu, jak ją serdecznie błagała.

– Głupiaś pani!... Pojechała, bo chciała... Niech tam kark skręci!...

Kręska zaczęła się rozwodzić nad osamotnieniem jego.

– Suka!... – mruknął spluwając pogardliwie. – Pani możesz sobie jeszcze dzisiaj odjechać. Zapłacę, co się należy, i precz mi z domu, bo przysięgam Bogu, że przez robotników wyrzucić każę!... Jak sam, to sam... bez opiekunek!... Suka!... przysięgam Bogu!... Rozbił szklankę o stół i wyszedł.

II

Ogródek teatralny się budził.

Kurtyna ze skrzypem poszła w górę i ukazał się rozczochrany chłopak, bosy i w koszuli, i wziął się do zamiatania świątyni sztuki. Kurz tumanami płynął na ogródek, osiadał na czerwonym suknie krzeseł i na rzadkich liściach kilku suchotniczych kasztanów.

Garsoni i służba restauracyjna robili porządki pod olbrzymią werandą. Słychać było stuk mytych kufli, trzepanie chodników, suwanie krzeseł i ciche szepty bufetowej, rozstawiającej z pewnym namaszczeniem szeregi butelek, talerzyki z przekąskami i ogromne bukiety a la Ma– kart, podobne do mioteł zasuszonych.

Z boku zaglądało słońce jaskrawe i banda czarnych, ruchliwych wróbli wisiała na gałęziach, trzepotała się na poręczach krzeseł, dopominając się krzykiem okruchów.

Dziesiąta wydzwoniła na bufetowym zegarze wolno i uroczyście, gdy na werandę wpadł wysoki, szczupły chłopak; podartą czapkę miał na czubku głowy, obsypanej rudawymi pierścionkami poskręcanych włosów, twarz piegowatą i śmiejącą się, nos zadarty nieco. Leciał wprost do bufetu.

– Ostrożnie, Wicek, bo buty zgubisz!... – zawołała bufetowa.

– Nic to, każę je tylko przefasonować! – odparł wesoło, spoglądając na swoje buty, które w nieznany sposób trzymały się jego nóg, pomimo że nie miały podeszew ani wierzchu.

– Proszę pani o naparsteczek muślinu! – zawołał kłaniając się zamaszyście.

– Gotówka jest? – spytała bufetowa wyciągając rękę.

– Nic a będzie... Wieczorem oddam, jak panią szanuję, oddam rzetelnie – prosił akcentując charakterystycznie. Bufetowa ruszyła tylko ramionami pogardliwie.

– Niech pani da... zaproteguję panią do szacha perskiego... Oj, oj! taka obszerna facetka, to pewne angażma...

Garsoni wybuchnęli śmiechem, bufetowa trzasnęła silniej metalową podstawką.

– Wicek! – zawołał ktoś od wejścia.

– Słucham pana reżysera.

– Są już wszyscy na próbie?

– Oho! nic a będzie!...–zawołał śmiejąc się łobuzowato.

– Zamawiałeś?... byłeś z okólnikiem?...

– Byłem. Wszyscy się podpisali.

– Byłeś z afiszem u dyrektora?

– Kiedy dyrektor był jeszcze za kulisami: leżał w łóżku i but sobie oglądał.

– Trzeba go było dać dyrektorowej.

– Kiedy pani dyrektorowa załatwiała się z dziećmi; trochę było za głośno, więc dałem nura.

– Polecisz z listem na Hożą, wiesz...

– Parę razy. Zacna niewiasta! jak wczoraj jeden pan w krzesłach powiedział na pannę Nicoletę.

– Zaniesiesz, dostaniesz odpowiedź i przylecisz natychmiast.

– Panie reżyserze, zarobię co, prawda?... bo takim biedny, psiakość słoniowa, że...

– Dostałeś przecież wieczorem a conto.

– I... fajgla! Rozmieniłem go zaraz na piwonię i serdelansy. Zapłaciłem z reszty komorne, dałem a conto swojemu szewcowi, ratę na premiówkę i czysto!

– Małpa zielona jesteś!... Masz za drogę.

– Błogosławione ręce, co dają czterdziestki! – zawołał komicznie, szasnął butami i zniknął podskakując z uciechy.

– Ustawić scenę do próby! – krzyknął reżyser i usiadł pod werandą. Towarzystwo schodziło się powoli. Witali się w milczeniu i rozchodzili po ogródku.

– Dobek! – zawołał reżyser na wysokiego mężczyznę, idącego do bufetu – chlapiesz od rana, a na próbie nic cię nie słyszę, suflujesz pod psem!...

– Reżyserze! miałem taki sen: Noc... studnia... potykam się... lecę w głąb... Strach mnie ścisnął... krzyczę... ratunku nie ma... chlup!... jestem w wodzie... Brr!... tak mi teraz zimno, że niczym się rozgrzać nie mogę.

– Nie zawracaj swoimi snami. Pijesz od rana do nocy.

– Bo nie mogę pić jak wszyscy: od nocy do rana. Zimno... obrzydliwie zimno!...

– Każę ci dać herbaty.

– Jestem zdrowy, panie Topolski, a ziółek używam tylko w chorobie. A herba teus, team, czy herbatum... ziółka! Moszcz, wyciąg, pierwiastek żytni, to godne tylko pełnego człowieka, a za takiego mam się honor mieć, panie reżyserze.

Wszedł dyrektor, a Dobek poszedł do bufetu.

– Obsadziłeś Nitouche? – zapytał reżysera po przywitaniu.

– Jeszcze niezupełnie. Te baby to... Są trzy kandydatki na Nitouche.

– Dzień dobry, dyrektorze! – zawołała jedna z filarów teatrzyku,

Majkowska, aktorka przystojna, w jasnej sukni, w jasnej jedwabnej okrywce, w białym kapeluszu z ogromnym strusim piórem. Była różowa od wypoczynku nocnego i od niedostrzegalnej warstewki różu. Oczy miała wielkie, ciemnobłękitne, usta pełne i ukarminowane, twarz klasyczną i bardzo dumne ruchy. Grywała pierwsze role.

– Chodź no dyrektor, mam interesik...

– Zawsze na usługi pani. Może pieniędzy?... – rzucił frasobliwie dyrektor.

– Tymczasem... nie. Co dyrektor pije?

– Ho! ho! poleje się tutaj czyjaś krew! – zawołał podnosząc komicznie rękę do góry.

– Co dyrektor pije, pytam się?...

– Bo ja wiem. Wypiłbym koniaku, ale...

– Boisz się pan żony?... Nie gra przecież w Nitouche.

– To pewne, ale...

– Dwójka!... koniak i przekąska.

– Dasz dyrektor rolę Nitouchy Nicolecie, co?... Proszę cię o to, dyrektorze; zależy mi na tym ogromnie. Pamiętaj, Cabiński, że ja nigdy o nic nie proszę, i zrób to...

– To już czwarta!... Boże, co ja cierpię przez te kobiety!

– Któraż chce tej roli?

– A no, Kaczkowska, dyrektorowa, Mimi, a teraz Nicoleta.

– Dwójka!... dalszy ciąg!... – zawołała stukając kieliszkiem w tackę.

– Dasz dyrektor Nicolecie. Ja wiem z pewnością, że ona nie przyjmie bo ze swoim drewnianym głosem mogłaby tańczyć, a nie śpiewać, ale, widzi dyrektor, w tym leży cały interes, żeby jej dać tę rolę.

– No, pominąwszy moją babę, ale Mimi i Kaczkowska urwą mi głowę!

– Niewiele dyrektor straci na tym. Ja biorę na siebie wytłumaczenie im tego. Będziemy mieć pyszną farsę, bo, widzisz pan, będzie tu dzisiaj ten jej obywatel. Wczoraj chwaliła się przed nim, że to ją miałeś dyrektor na myśli ogłaszając w pismach, że rolę Nitouchy grać będzie najpiękniejsza i fertyczna XX.

Cabiński zaczął się śmiać cicho.

– Tylko ani słowa. Zobaczysz dyrektor, co się zrobi. Pozornie, przy nim, ona przyjmie, aby się popisać. Halt ją zaraz weźmie na próbę i sypnie... przy wszystkich; dyrektor odbierzesz jej rolę i dasz, komu ci się podoba.

– Straszną pani jesteś w nienawiści.

– Ba, w tym i nasza siła leży

Poszli na ogródek, gdzie już kilkanaście osób towarzystwa czekało na próbę. W krzesłach grupami siedzieli dramatyczni i dramatyczne. Śmiechy, żarty, opowiadania, skargi rozlegały się ze wszystkich stron, na tle strojenia instrumentów w orkiestrze.

Pod werandę przybywało coraz więcej gości. Podnosił się gwar, brzęk talerzy, skrzyp odsuwanych krzeseł. Dymy z papierosów unosiły się obłoczkami aż pod żelazne wiązania dachu. Zapanowała codzienna atmosfera restauracji, licznie odwiedzanej.

Weszła Janka Orłowska. Usiadła przy jakimś stoliku i zapytała garsona:

– Proszę pana, czy już przyszedł dyrektor teatru?

– Tam!

– Który?

– Co pani każe?

– Przepraszam, który z tamtych panów jest Cabińskim?

– Siódemka!... cztery wódki! – zawołano z boku.

– Zaraz, zaraz!

– Piwa!

– Który z tamtych panów jest dyrektorem? – zapytała Janka po raz drugi cierpliwie.

– Zaraz będę pani służył! – odpowiedział kłaniając się na wszystkie strony i nasłuchując. Czuła się ogromnie onieśmieloną. Wydało się jej, że patrzą na nią wszyscy, że garsoni przechodząc obok, z rękoma pełnymi kufli lub talerzy, przechylają się i rzucają takie dziwne spojrzenia, że się rumieniła bezwiednie.

Siedziała dosyć długo, zanim garson przybiegł przynosząc zarazem zamówioną kawę.

– Chce się pani widzieć z dyrektorem?

– Tak.

– Siedzi w pierwszym rzędzie krzeseł, od ogródka. Ten gruby, w białej kamizelce, o!... widzi pani?...

– Widzę. Dziękuję!

– Może poprosić?

– Nie. Zresztą zajęty...

– Rozmawia tylko.

– A ci panowie, z którymi rozmawia?...

– To także nasi: aktorzy.

Zapłaciła za kawę dając czterdziestówkę. Długo szukał reszty, ale widząc, że ona patrzy w inną stronę, ukłonił się za napiwek.

– Pójdę poprosić...

– Dobrze, ale jak ci panowie trochę odejdą...

– Rozumiem! – powiedział z głupim uśmiechem i odszedł.

Janka wypiła spiesznie kawę i poszła na ogródek. Przeszła obok dyrektora i przyjrzała mu się pobieżnie. Zobaczyła tylko dużą twarz o bladości anemicznej, z sinawymi plamami, niezbyt sympatyczną.

Kilku aktorów, stojących obok niego, sprawiło na niej wrażenie ludzi pięknych. Zobaczyła w ich gestach, twarzach wygolonych, śmiechach swobodnych coś tak wyższego od znanych dotychczas mężczyzn, że z pewnym skupieniem wsłuchiwała się w ich głosy. Scena odsłonięta, zaległa mrokiem, ciągnęła jej oczy swoją tajemniczością.

Widziała po raz pierwszy teatr z bliska i aktorów nie na scenie. Teatr wydał się jej niby świątynia grecka, a tych ludzi, których profile miała przed sobą i których dźwięczne głosy słyszała co chwila, wzięła za prawdziwych kapłanów sztuk., o jakich marzyła nieraz.

Oglądała to wszystko po raz pierwszy i oczyma entuzjastki.

Czuła się bardzo zadowoloną już tym, że mogła oddychać powietrzem prawdziwego teatru.

Rozglądała się ciekawie po wszystkim, gdy nagle zobaczyła, że ten sam garson coś szepce do dyrektora i nieznacznie wskazuje na nią.

Przeszedł ją jakiś dreszcz obawy dziwnej i denerwującej; nie patrzyła już, czując, że ktoś idzie do niej, że jakieś spojrzenia ciążą na jej głowie i okrążają jej postać.

Nie wiedziała jeszcze, od czego zacznie, co powie, jak to zrobi, a czuła, że musi się rozmówić. Podniosła się, gdy zobaczyła Cabińskiego przed sobą.

– Jestem dyrektor Cabiński...

Stała nie mogąc słowa przemówić z gwałtownego wzruszenia.

– Pani raczyła mnie wezwać?... – wyrzekł i ukłonił się z godnością, na znak, że gotów jest słuchać.

– Tak... proszę pana... dyrektora. Chciałam prosić... może by... – jąkała się nie znajdując na razie słów odpowiednich.

– Proszę, niech pani spocznie... niech się pani uspokoi... Czy to co tak ważnego?... – szeptał pochyliwszy się ku niej, a jednocześnie mrugał znacząco na patrzących się aktorów.

– O, bardzo ważne!... – odpowiedziała podnosząc twarz na niego. – Chciałam prosić pana dyrektora o przyjęcie mnie do teatru.

To ostatnie zdanie wypowiedziała szybko, jakby obawiając się, aby jej odwagi i głosu nie zabrakło.

– A!... tylko tyle?... angażować się panna chciała?...

Wyprostował się i przymrużonymi lekceważąco oczyma wpatrywał się krytycznie w jej twarz.

– Umyślnie przyjechałam... Pan dyrektor nie odmówi mi, prawda?...

– U kogo pani byłaś?

– Kiedy nie rozumiem... nie wiem, co...

– W czyim towarzystwie?... gdzie?...

– Nie byłam jeszcze w teatrze. Przyjechałam z prowincji umyślnie.

– Nigdzie?!... Nie mam miejsca!

I zawrócił się do odejścia.

Jankę pochwycił jakiś rozpaczliwy strach, że odejdzie z niczym, więc z odwagą i prośbą ogromną w głosie zaczęła mówić z pośpiechem:

– Panie dyrektorze!... Umyślnie przyjechałam do pańskiego towarzystwa. Tak kocham teatr, że żyć bez niego nie potrafię! Nie odmawiaj mi pan! Nikogo tutaj w Warszawie nie mam. Zgłosiłam się do pana, bo czytałam o nim tak wiele w pismach. Czuję, że mogłabym grać... Umiem na pamięć tyle ról!... Zobaczy pan, abym tylko zagrać mogła... zobaczy pan! Cabiński milczał.

– To może jutro przyjść?... parę dni mogę poczekać... – dodała jeszcze, widząc, że nie odpowiada, a przypatruje się jej tylko z uwagą. Mówiła krótko, urywanie, głos drżał prośbą i temperamentem, modulował się z łatwością i miał tyle oryginalności w dźwięku, tyle ciepła, że Cabiński słuchał jej z przyjemnością.

– Teraz nie mam czasu, ale po próbie rozmówimy się lepiej – odpowiedział. Chciała mu uścisnąć rękę i podziękować za obietnicę, ale zabrakło jej do tego odwagi, gdyż patrzyło na nią w tej chwili coraz więcej osób.

– Hej. Cabiński!

– Człowieku!

– Dyrektorze! cóż to?... randka?... w biały dzień, w oczach wszystkich, zaledwie o trzy piętra od Pepy?... – wołano do niego z krzeseł, kiedy się rozstał z Janką.

– Jaka tam randka!...

– Któż to taki?...

– Dyrektor nie mydlij, uważ... Tylko to nieostrożnie, tak na proscenium...

– Mamy cię!... Udawałeś kryształ, mój bursztynie!... – wołał jeden z towarzyszy, chudy, o ustach wiecznie skrzywionych i jakby cieknących żółcią i złośliwością.

– Idźże do diabła, mój kochany!... ani mi się śniło!... Pierwszy raz ją widzę...

– Ładna kobieta!... Czegóż chce?...

– Adeptka jakaś... chce się angażować.

– Weź dyrektor. Ładnych kobiet nigdy nie jest za dużo na scenie.

– Dosyć tych krowient ma dyrektor.

– Ba, a chóry?...

– Nie bój się, Władek, nie obciążają one budżetu, bo Caban ma zwyczaj niepłacenia, szczególniej kobietom młodym, przystojnym i początkującym.

– Glas zawsze przesadza... to jego największa wada!

– Zapomniałeś dyrektor o najważniejszej wadzie: że cię duszę o gażę. A może to zaleta, co?...

– Oj, co nie, to nie!... – zaprotestował gorąco Cabiński. Wybuchnęli śmiechem.

– Każ dyrektor dać sznapsa, to coś powiem – zaczął znowu Glas.

– No, co?

– Że reżyser każe dać po drugim...

– Mój śmieszny panie, twój brzuch rośnie kosztem dowcipu... gadasz już głupstwa!...

– Tylko dla głupich... – odciął złośliwie Glas Władkowi i poszedł za kulisy.

– Meches, skórka na buty! – mruknął za nim Władek.

– Jasiu! – zawołała dyrektorowa spod werandy. Cabiński pobiegł na spotkanie.

Była to wysoka, tęga kobieta, o twarzy pełnej śladów wielkiej piękności, starannie malowaniem podtrzymywanej; rysy miała grube, oczy wielkie, wąskie usta i czoło bardzo niskie. Ubrana była przesadnie młodo i jasno, tak że z daleka sprawiała wrażenie młodej kobiety.

Była bardzo dumną z męża dyrektora, ze swojego talentu dramatycznego i z dzieci, których miała czworo. Lubiła w życiu grać rolę matrony, zajętej tylko domem i wychowywaniem dzieci, a była największą komediantką w życiu i za kulisami: na scenie grywała matki dramatyczne i wszystkie starsze, nieszczęśliwe kobiety, nie rozumiejąc nigdy dobrze ról swoich, ale grywała z przejęciem i patetycznie.

Była straszną dla sług, dla dzieci własnych i początkujących aktorek, w których podejrzewała talent. Miała złośliwy temperament, maskowany wobec ludzi jakimś przesadnym spokojem oraz udawaniem słabości i choroby nerwów.

– Dzień dobry panom!... – wołała uwiesiwszy się z niedbałością u ramienia męża. Otoczyło ją towarzystwo. Majkowska ucałowała ją na przywitanie serdecznie.

– Jakże dyrektorowa ślicznie wygląda dzisiaj! – zawołał Glas.

– Poprawił ci się wzrok, bo dyrektorowa zawsze ślicznie wygląda! – rzucił Władek.

– Jakżeż zdrowie?... bo wczorajsze przedstawienie musiało dyrektorową dosyć kosztować?...

– Nie powinna dyrektorowa brać takich ról męczących.

– Grała dyrektorowa pysznie!... stałyśmy wszystkie w kulisach...

– Prasa płakała... Widziałem jak Żarski wycierał oczy chustką.

– Kichał przedtem... ma ogromny katar – zawołał jakiś głos z boku.

– Publiczność była wprost olśniona i porwana trzecim aktem... wstawali w krzesłach...

– Chcieli uciekać od tej przyjemności.

– Ileż bukietów dyrektorowa dostała?

– Spytajcie się dyrektora, on rachunek płacił.

– Ach!... mecenas jesteś dziś niegodziwym! – zawołała słodko dyrektorowa siniejąc ze złości, gdyż aktorzy krzywili się już z powstrzymywanego śmiechu.

– To z dobrego serca... Wszyscy mówią same piękne rzeczy, niechże ja powiem... rozsądne.

– Impertynent z mecenasa!... jak można?... a zresztą, cóż mnie obchodzi teatr!... Grałam dobrze, to Janka zasługa; grałam źle, to wina dyrektora, ze mnie zmusza do występów, do przyjmowania coraz nowych ról!... Ja bym tak chciała zamknąć się z moimi dziećmi, nie wychodzić poza sprawy domowe... Mój Boże!... sztuka to wielka rzecz!... a myśmy wszyscy przy niej tacy mali, tacy mali, że każdego występu boję się jak ognia!... – deklamowała przed mecenasem dyrektorowa.

– Dyrektorowo, proszę na słóweczko! – zawołała Majkowska.

– Widzi mecenas, nawet o sztuce nie ma czasu pomówić! – westchnęła ciężko i poszła.

– Stary koczkodan!

– Wieczna krowienta!... zdaje się jej, że jest artystką!
– Wyła tak wczoraj na scenie, że... jak Boga kocham, można się było wściec!
– Rzucała się po scenie jak w wielkiej chorobie!
– Cicho!... bo to według niej jest realizm!...
– Już mógłby Caban, bez szkody dla siebie i dla teatru, puścić ją na trawę...
– Tyle dzieci!...
– Myślisz, że ona się nimi zajmuje?... a jakże!... Dyrektor i niania. Takie zdania i uwagi krzyżowały się po odejściu dyrektorowej z Majkowską. Komedia uniesień, zachwytów, życzliwości trwała tylko chwilę. Pod werandą Majkowska kończyła rozmowę.
 – Daje mi dyrektorowa słowo?
– Dobrze, zrobi się zaraz.
– Musi tak być. Nicoleta zrobiła się po prostu niemożliwą w towarzystwie. Ośmiela się już krytykować grę pani!... Wczoraj słyszałam, jak wygadywała przed redaktorem – mówiła Majkowska.
– Jak to?... mnie się czepia?... – zapytała ze złością dyrektorowa.
– Nigdy się w plotki nie bawię, nie umiem siać zawiści, ale...
– Cóż ona mówiła?... Przed redaktorem, mówi pani?... Nędzna kokietka! Majkowska uśmiechnęła się nieznacznie, ale prędko odpowiedziała:
– Nie powiem... nie lubię głupstw powtarzać!...
– Zapłaci się jej za nie!... Damy jej radę!... – szepnęła dyrektorowa.
– Dobek! sufler!... do budy!
– Próba!
– Na scenę! na scenę!... – zaczęto wołać z widowni.
– Chodźmy!... Czy dyrektorowa dzisiaj co gra?...
– Nie.
– Dyrektorze! – zawołała Majkowska – już można... dyrektorowa się zgadza.
– Dobrze, moje robaczki, dobrze...
Poszedł pod werandę, gdzie już siedziała Nicoleta z jakimś niemłodym jegomością, ubranym bardzo starannie.
 – Prosimy na próbę... Dzień dobry dziedzicowi dobrodziejowi!...
– Z czego próba? – spytała Nicoleta.
– Z Nitouche... przecież ją pani grasz... ogłaszałem już o tym w pismach...
 Kaczkowska, która w tej chwili przyszła i patrzyła, zasłoniła się szybko parasolką, żeby nie parsknąć śmiechem z komicznego zakłopotania Nicolety.
 – Nie jestem usposobiona teraz do próby – rzekła przypatrując się Cabińskiemu i Kaczkowskiej. Przeczuwała widocznie jakiś podstęp... ale Cabiński z najpoważniejszą miną wręczył jej rolę.
 – Proszę pani rolę... Zaczynamy zaraz – rzekł odchodząc.
– Dyrektorze!... mój złoty dyrektorze, róbcie teraz próbę beze mnie! ...tak mnie jakoś głowa boli, że nie wiem, czy będę mogła śpiewać – prosiła.
– Nie można, zaraz zaczynamy.

– Niech pani śpiewa!... ja przepadam za śpiewem pani!... – prosił obywatel całując ją po rękach.

– Dyrektorze!

– Co, mój sopranie?...

I dyrektorowa wskazała na stojącą w kulisie Jankę.

– Adeptka.

– Angażujesz?

– Potrzeba do chórów... Siostry z Pragi odpłynęły, bo robiły tylko skandale.

– Dosyć sobie brzydka! – zaopiniowała Cabińska.

– Ale bardzo sceniczna twarz!... ma głos ogromnie ładny, ale dziwny..

Janka nie straciła ani słowa z tej rozmowy prowadzonej półgłosem, słyszała także chór chwalący dyrektorową i drugi chór – drwin... Patrzyła się zdziwionym wzrokiem na wszystkich, nic nie rozumiejąc, co to znaczy?...

– Ze sceny! ze sceny!

Usunęli się wszyscy w kulisy, bo wpadł na scenę cały tłum w galopie. Kilkanaście kobiet, przeważnie młodych, ale o twarzach wymalowanych, suchych, przegryzionych nerwowością i gorączkowym życiem teatru. Były tam blondynki, brunetki, małe, wysokie, szczupłe i tłuste, jakaś pstra zbieranina ze wszystkich warstw życia. Były pomiędzy nimi twarze madonn o wyzywających spojrzeniach i twarze płaskie lub okrągłe, bez wyrazu i bez inteligencji, dziewczyn z ludu.

Dwie cechy tylko miały wspólne: były wszystkie ubrane mniej lub więcej przesadnie modnie i miały w oczach to coś, co się tylko nabywa na scenie – jakiś wyraz swobodnej beztroski i cynizmu znudzonego.

Zaczęły chórem śpiewać.

– Halt!... Na nowo! – ryczały prawie olbrzymie bokobrody i wielka, czerwona twarz dyrektora orkiestry.

Cofnęły się i weszły ociężale, zawodząc jakąś zbiorową kankaniadę, ale co chwila rozlegał się trzask batuty o pulpit i skrzek:

– Halt!... na nowo! Bydło!... – mruczał pod nosem, wywijając pałeczką. Próba chórów ciągnęła się dosyć długo.

Aktorzy, rozproszeni po krzesłach, ziewali znudzeni, a ci, co brali udział w wieczornym przedstawieniu, chodzili za kulisami, obojętnie czekając na swoją kolej próby. W męskiej garderobie Wicek czyścił buty reżyserowi i spiesznie opowiadał o rezultacie wycieczki na Hożą.

– Oddałeś?... odpowiedź masz?...

– Ojej!...

I podał Topolskiemu długą, różową kopertę.

– Wicek!... jak słowo piśniesz o tym, kulfonie, to wiesz, co cię czeka! ..

– Nie nowina!... Ta pani to samo mi powiedziała, tylko że z dodatkiem rubla.

– Morys! – zawołała ostro Majkowska stając we drzwiach garderoby.

– Zaczekaj... z jednym oczyszczonym butem nie pójdę przecież!...

– Czemu służąca nie oczyściła?

– Służąca jest właściwie u ciebie; ja się jej nigdy o nic doprosić nie mogę.

– To przyjmij sobie drugą.

– Dobrze, ale tylko dla siebie.

– Nicoleta, na scenę!

– Zawołać tam!... – krzyknął ze sceny Cabiński w krzesła.

– Chodź, Morys, będziemy mieli hecę!

– Nicoleta, na scenę! – wołano z krzeseł.

– Zaraz! Jestem...

Nicoleta z butersznytem w zębach i pudełkiem cukierków pod pachą biegła, aż podłoga dudniła.

– Cóż u diabła!... próba... czekamy... – mruknął gniewnie dyrektor orkiestry "Halt", bo go tak przezywano w teatrze.

– Na mnie nie czekacie tylko.

– Właśnie tylko na panią, a pani wiesz, że nie przyszliśmy tutaj na gadanie... Zaczynać!

– Ja nic jeszcze nie umiem. Niech Kaczkowska śpiewa... to dla niej partia!

– Dostałaś pani rolę, tak?... no, to nie ma co mówić!... Zaczynajmy!

– Dyrektorze, może by po południu?... ja teraz...

– Zaczynać! – krzyknął gniewnie Halt uderzając w pulpit.

– Niech pani spróbuje... Ta partia leży w głosie pani... Ja sama mówiłam dyrektorowi, aby ją dał pani – zachęcała z przyjaznym uśmiechem Cabińska.

Nicoleta słuchała wodząc oczyma po towarzyszach, ale wszystkie twarze były nieruchome, tylko ten jej obywatel uśmiechał się miłośnie z krzeseł.

Halt zrobił ruch pałeczką, orkiestra się ozwała, sufler poddał pierwsze słowa.

Nicoleta, która była znaną z tego, że nigdy się roli nauczyć nie mogła, teraz utknęła od razu na pierwszym frazesie i zaśpiewała, jak tylko można, fałszywie.

Zaczęli po raz drugi; szło już lepiej, ale Halt umyślnie sfałszował takt, że ucięła niesłychanego kiksa.

Jednogłośny chór śmiechów podniósł się na scenie.

– Krowa muzykalna!

– Do baletu z takim słuchem i głosem!

– Dobry do zwoływania kur, jak zostanie dziedziczką!

Nicoleta prawie z płaczem podeszła do Cabińskiego.

– Mówiłam, że teraz nie mogę śpiewać... nie miałam czasu nawet zajrzeć w rolę.

– Aha, więc pani nie może?... Proszę o rolę!... Kaczkowska zaśpiewa...

– Mogę śpiewać, ale teraz nie umiem... sypać się nie chcę!

– Obywatelom masz pani czas głowę zawracać, robić intrygi, obgadywać przed prasą, jeździć po Marcelinach... to jest czas!... – syczała Cabińska.

– Pilnuj lepiej dyrektorowa swoich facetów i swoich dzieci... ode mnie ci zasię!...

– Dyrektorze! ubliża mi ta jakaś...

– Proszę o rolę... Zaśpiewasz pani sobie w chórach, kiedy partii nie możesz.

– O, nie!... właśnie teraz grać ją będę!,.. Nie dbam o podłe intrygi!

– Do kogo to pani mówisz?... – zawołała Cabińska zrywając się z krzesła.

– No, choćby do pani.

– Nie jesteś pani w towarzystwie!

– A zdychajcie tu sobie! – zawołała rzucając rolę w twarz Cabińskiego – To dawno wiadomo, że w waszym towarzystwie nie ma miejsca dla uczciwej kobiety!...

– Precz stąd, podła awanturnico!

– Drwię sobie z ciebie, stara ropucho!... Mam już dosyć waszej szopki!...

– Idź! idź!... przyjmą cię... w Koryncie!

– Pójdzie do dziedzica na guwernantkę – zawołała szyderczo Majkowska.

– Zaczekam, aż dyrektorowa założy ten Korynt... ze swoich córek!

Cabińska poskoczyła do niej, ale w połowie drogi stanęła raptownie i wybuchnęła płaczem.

– Boże mój! moje dzieci!... Jasiu!... moje dzieci!...

Zachwiała się na nogach, duszona po prostu przez spazm złości histerycznej.

– Na prawo jest kanapka... będzie pani wygodniej zemdleć! – zawołał ktoś z krzeseł. Towarzystwo uśmiechało się nieruchomymi twarzami i szydziło półsłówkami.

– Pepa!... żono!... uspokójże się... Na Boga, że też nigdy bez szopek się nie obejdzie.

– To ja je robię?...

– Nie mówię przecież do ciebie!... ale mogłabyś się uspokoić... nic ci się nie stało!

– To takim jesteś mężem, takim ojcem!... takim dyrektorem?... – krzyczała jak szalona. – Pozwalasz mi ubliżać takiej... ulicznicy i nic nie mówisz?... znieważa twoje dzieci i nic nie mówisz? zrywają spektakle i nic nie mówisz?!...

– Nie płacisz nikomu i także nic nie mówisz!... – suflował ktoś z kulis.

– Trzymaj się, Cabiński!

– Wytrwaj choć godzinę, a pójdziesz prosto do nieba, męczenniku!

– Panie – pytał obywatel kręcąc za guzik od surduta jednego z aktorów – panie!... czy to grają co nowego, czy to to Nitouche, co?...

– Najpierw, to jest guzik, któryś mi pan ukręcił!... – zawołał aktor odbierając z rąk zmieszanego obywatela guzik – a tamto, panie dobrodzieju, to pierwszy akt hecy rozczulającej pod tytułem: "Za kulisami"; daje się to codziennie i z olbrzymim powodzeniem!... Scena opustoszała.

Orkiestra nastrajała instrumenty, Halt poszedł na piwo, a towarzystwo rozsypało się po ogródku.

Cabiński chwycił się oburącz za głowę i biegał po scenie jak szalony, wyrzekając niby ze złością i niby bolejące, bo żona spazmowała jeszcze cicho.

– Co za ludzie! co za ludzie! co za szkandale!...

Janka, przestraszona brutalnością tych scen, cofnęła się głębiej w kulisę i nie wiedziała, co począć ze sobą. Czuła, że teraz niepodobna mówić z dyrektorem.

– Artyści!... teatr!... – myślała, przeniknięta do głębi rozczarowaniem i uczuciem niesmaku. Zabolało ją to i wstydziło niezmiernie.

– Kłócą się jak... jak... – myślała nie mogąc na razie znaleźć porównania. Stała nie rozumiejąc nic.

Zaczynała tylko przypuszczać, że tutaj nic z tych uśmiechów, rozmów, spojrzeń, jakie słyszała i widziała, nie było prawdą. Wydało się jej, że wszyscy grają jakieś role, że wszyscy udają przed wszystkimi. Odczuwała to intuicyjnie, ale nie była jeszcze pewną, bo nie mogła pojąć w swej prostocie, dlaczego się to robi?...

A naprawdę, to tutaj nikt nie grał; wszyscy byli sobą najzupełniej, to jest – byli aktorami. Próba po niedługiej przerwie rozpoczęła się na nowo – z Kaczkowską w roli tytułowej bohaterki. Majkowska była w przepysznym humorze, bo pozbyła się rywalki w niektórych rolach i dosięgła przez nie swojej najserdeczniejszej – Cabińskiej.

Dyrektor, po odejściu żony, zacierał ręce z uciechy i kiwnął na Topolskiego. Poszli na wódkę do bufetu. Z pewnością coś zarobił na zerwaniu z Nicoletą.

Stanisławski, najstarszy wiekiem z towarzystwa, chodził po garderobie, spluwał i mruczał do siedzącej z podwiniętymi nogami na krześle Mirowskiej:

– Szkandale i szkandale!... skąd tu marzyć o powodzeniu!...

Mirowska potakiwała mu uśmiechając się blado i robiła jakąś chustkę włóczkową na drutach. Po próbie Janka przystąpiła śmiało do Cabińskiego.

– Panie dyrektorze... – zaczęła.

– A, pani?... Przyjmę panią. Niech pani przyjdzie przed spektaklem, to się rozmówimy... Nie mam teraz czasu...

– Dziękuję panu bardzo!... – powiedziała uradowana.

– Masz pani jaki głos?

– Głos?...

– To jest: śpiewasz pani?

– W domu trochę śpiewałam... ale scenicznego głosu to pewnie nie mam... zresztą, ja...

– Przyjdź pani, tylko wcześniej, to spróbujemy... ja tam powiem dyrektorowi muzyki...

III

Dzień był bardzo piękny i ciepły.

Łazienki dyszały wiosną... Róże kwitły i jaśminy rozlewały duszącą woń po parku... Było tak cicho i pięknie, że Janka siedziała parę godzin nad stawem zapominając o wszystkim.

Łabędzie z podniesionymi skrzydłami niby chmurki białe płynęły po błękitnej tafli wody; marmurowe posągi bóstw promieniowały czystą białością i wnosiły szlachetnymi liniami w tę słoneczną ciszę parku zielonego jakiś ton antycznego piękna...

Zieleń świeża, puszysta, niby morze silnego szmaragdu, nasyconego złotem słońca, rozlewała się wokoło.

Czerwone kwiaty kasztanów spływały bez szelestu na ziemię, na wodę, na trawniki i niby różowe płomyki migotały w cieniach drzew.

Gwar miasta nadpływał przycichłym echem i rozlewał się po gąszczach.

Czasem wiatr zaszumiał w gałęziach, zmarszczył atłasową gładkość wody – i przeleciał pozostawiając po sobie drżenie ciszy jeszcze głębszej.

Janka przyszła tutaj wprost z teatru. Potrzebowała samotności z przyzwyczajenia; nie mogła w gwarze miasta myśleć ani przyciszyć w sobie serca, rozkołysanego radością dostania się do teatru – i chciała się pozbyć przykrości, jaką jej sprawiły te kłótnie na próbie.

Niepokoiło ją to, co widziała; czuła w sobie jakiś tępy ból zawodu, podobny do wahania. Cień jakiś ją straszył.

Nie chciała nic pamiętać, tylko sobie powtarzała raz po raz:

– Jestem w teatrze!... jestem w teatrze!...

Jakby sama potrzebowała w to uwierzyć, że spełniły się marzenia lat całych, że ta śniona przyszłość jest już przed nią... że jej "jutro" przedzieli się od "wczoraj" niezmierną odległością.

– Jak to będzie?... – myślała

I przesuwały się przed nią postacie tych przyszłych koleżanek. Instynktownie przeczuwała, że w tych twarzach nie ma nic przyjaznego tylko jakby zawiść i obłuda, i że ona i tutaj nie znajdzie ręki ani serca przyjacielskiego, że tak musi iść sama, jak szła dotychczas.

Rozmarzała się znowu i wtedy robiło się jej wszystko obojętnym, bo uczuwała w sobie jakąś siłę czy talent – i wtedy zdawało się jej, że będzie dosyć wystąpić raz, zagrać jakąś rolę, aby zdobyć sobie wszystko i iść naprzód!

Ale gdzie?... dokąd?... Nie wiedziała, gdzie ma dojść, nie widziała żadnej granicy, pragnęła tylko z całą gwałtownością swej natury iść naprzód ciągle i nieustannie wzlatywać w nieskończoność...

Wybierała sobie w myśli rolę, w jakiej chciałaby wystąpić po raz pierwszy.

Było jej tak dobrze siedzieć i marzyć, że już później prawie nic nie myślała, tylko z biernością poddawała się przyjemności oddychania powietrzem wonnym i czystym, patrzenia na łagodne barwy nieba i drzew.

Czuła w sobie tętna tej przyrody bujnej, rozrastającej się niepowstrzymanie, i miała w sobie to samo roślinne szczęście życia, ciche i mocne. Marmurowe postacie bogów i te młode pędy wierzb zdawały się jej błogosławić z życzliwością głęboką i szeptać słowa zachęty i obietnic.

Wiosnę czuła w sobie, rwanie się młodego i silnego życia – i te wszystkie nieśmiertelne, niezniszczone, idące przez wieki i przez ludzkość, przez uśmiechy i cierpienia – siły duszy powszechnej i uczucia.

Zbudził ją z tego rozmarzenia skrzyp piasku. Szedł jakiś młody człowiek, który tuż na sąsiedniej ławce usiadł i zdjął czapkę; zobaczyła wtedy wysokie, bardzo białe czoło, brwi silnie zakreślone i oczy siwe. Położył się prawie na ławce i zaczął czytać jakąś małą książeczkę.

Widziała przesuwające się wrażenia po jego ruchliwej, bladej twarzy: marszczył brwi, to podnosił siwe oczy w górę i tonął w długiej zadumie, a po ustach wił mu się uśmiech rozmyślania.

Przechodząc obok niego, odruchowo spojrzała na książkę: Musset – Poezje.

Zerwał się z ławki i bystro spojrzał na nią; odwróciła głowę, żeby nie zobaczył jej uśmiechu, i czuła na sobie jego spojrzenie dosyć długo, ale gdy się odważyła obejrzeć, leżał znowu z głową w dłoniach ukrytą i czytał.

Zatrzymała się zdziwiona przed Satyrem tańczącym jakby w klatce uplecionej z bzów zielonych. Nie mogła się oderwać od tej twarzy ironicznej, szyderskiej, śmiejącej się głośno ostrymi rysami; od tych ruchów rozkiełznanej wesołości.

Gęste, poczerniałe kędziory, poskręcane niby kwiaty hiacyntu, zdawały mu się trząść w tańcu, a te pogięte, koźle nogi i ten grymas komiczno-bachancki jego rysów złośliwych przejmowały ją lękiem, którego nie umiała sobie wytłumaczyć.

Satyr śmiał się jakby z tego słońca, co złociło jego kamienne ciało i nadawało mu pozór życia, z tej wiosny, co wrzała dokoła, z siebie i ze świata; śmiał się i szydził, obojętny na wszystko, co nie było samą wesołością.

Poszła, ale kilka razy zdawało się jej, że w gąszczach przebłyskuje twarz wykrzywiona i szyderska, że słyszy cichy śmiech przenikający ją zimnem.

Zasępiła się, bo na jej wrażliwe usposobienie to spotkanie podziałało dosyć przykro. Ugryzły ją w serce usta kamienne – twarde usta!

Śpiesznie pobiegła do hotelu, w którym stanęła za poradą współtowarzyszek podróży do Warszawy. Hotel ten był tani i odległy; lokowali się w nim przeważnie drobni oficjaliści rolni i aktorzy małych towarzystw prowincjonalnych.

Dano jej mały pokoik na trzecim piętrze, z oknem wychodzącym na dachy staromiejskie, czerwone i biegnące w pokrzywionych liniach.

Był to tak brzydki widok, że przyszedłszy z Łazienek, z oczyma i duszą pełną zieleni i barw słonecznych, natychmiast spuściła roletę i zabrała się do częściowego rozpakowania kufra.

Nie miała jeszcze czasu myśleć o ojcu. Miasto, które widziała po raz pierwszy, gwar, jaki ją otoczył zaraz na dworcu, zmęczenie podróżą i ostatnimi chwilami w Bukowcu, potem te gorączkowe starania o zaangażowanie się do teatru, próba, Łazienki, oczekiwanie wieczoru tej wstępnej próby, wszystko to tak ją całą zajmowało, że prawie zapomniała o domu.

Ubierała się długo i starannie, bo chciała wyglądać dobrze.

Kiedy przybyła do ogródka, światła były już pozapalane i publiczność zaczynała się schodzić.

Poszła śmiało za kulisy.

Maszyniści ustawiali dekoracje; z towarzystwa nie było jeszcze nikogo.

W garderobach gazy płonęły jasno. Krawiec szykował jaskrawe kostiumy, a fryzjer pogwizdując czesał jakąś perukę o długim, jasnym warkoczu.

W damskiej garderobie jakaś stara kobieta szyła coś stojąc pod światłem gazu.

Janka chodziła po kątach i oglądała wszystko, ośmielona tym, że nikt na nią nie zwracał najmniejszej uwagi.

Ściany murów poza olbrzymimi płachtami dekoracji były brudne, poobijane z tynków i pokryte jakąś lepką wilgocią, przejmującą wstrętem. Brud panował na podłogach przystawkach, meblach poobdzieranych i dekoracjach, które się jej wydały nędznymi łachmanami.

Woń mastyksu, szminek i włosów przypiekanych, rozwłócząca się po scenie, sprawiała jej nudności.

Oglądała zamki wspaniałe, komnaty królów operetkowych, krajobrazy olśniewające – i zobaczyła z bliska marną mazaninę, która mogła zadowolnić tylko grube zmysły i z daleka. W rekwizytorni ujrzała tekturowe korony, aksamitne płaszcze były tylko marnym welwetem, atłasy – kitajką, gronostaje – perkalem malowanym, złoto – papierem, zbroje – tekturą, miecze i sztylety – drzewem.

Kłamstwo! kłamstwo! kłamstwo!

Przyglądała się temu sztucznemu, kłamanemu przepychowi z pogardliwą wyższością. Oglądała to swoje przyszłe królestwo, jakby chcąc się przekonać, czym jest, co zawiera w sobie?... a że było blagą, szychem, kłamstwem, komedią – nie dziwiła się jakoś temu, widziała nad tym wszystkim rzecz wyższą nieskończenie – sztukę.

Scena, jeszcze nie ustawiona, była słabo oświetloną. Przechodziła ją po kilka razy krokiem posuwistym jak heroina; to znowu lekkim, pełnym wdzięku i powiewności dziewczątek, albo prędkim, gorączkowym, takim, co to ze sobą niesie śmierć, przekleństwo, zniszczenie – i twarz jej odpowiednio się układała, oczy gorzały płomieniem Eumenid, burz, żącz, walki lub rozpalone nastrojem miłości, tęsknoty, niepokoju paliły się niby gwiazdy w noc wiosenną.

Przeobrażała się bezwiednie, pod wpływem przypominania sobie sztuk i ról, że zapomniała o wszystkim, nie zważając na posługaczy, chodzących obok niej.

Czuła się w tej chwili pochłonięta świętym ogniem sztuki; ten dreszcz, taki znany wszystkim prawdziwym artystom, przenikał ją na wskroś...

Skupiła się w tej jednej szczęśliwości dusz wyższych, jaką daje zatopienie się w ekstazie, w kontemplacji idei lub wrażeń...

– Tak samo mój Oleś robił... tak samo – powiedział ktoś cicho w kulisie, od strony kobiecych garderób.

Janka zatrzymała się zmieszana i podeszła bliżej.

Stała tam jakaś kobieta, średniego wieku i wzrostu, o suchej twarzy i surowym spojrzeniu.

– Pani się zaangażowała do nas? – zapytała ostrym, energicznym głosem stara i okrągłe, sowie oczy wlepiła przenikliwie w Jankę.

– Jeszcze niezupełnie... Mam mieć teraz próbę z dyrektorem muzyki. Prawda, pan Cabiński mówił nawet, że przed przedstawieniem!... – zawołała przypominając sobie.

– Aha! z tym opojem...

Janka spojrzała na nią zdziwiona ostrym dźwiękiem jej głosu.

– Chcesz pani koniecznie być u nas?

– W teatrze?... tak!... Umyślnie przyjechałam.

– Skąd? – zapytała krótko stara.

– Z domu – odpowiedziała Janka, ale już ciszej i z pewnym wahaniem.

– A... pani świeża zupełnie!... no, no!... to ciekawe!...

– Dlaczego?... że ktoś, co kocha teatr, chce się dostać do niego?...

– I!... tak każda mówi, a ucieka z domu albo przed czymś... albo dla czegoś...

Janka usłyszała w jej głosie akcent złości jakiejś, więc się nic nie odezwała na to, ale rozważywszy coś szybko, zapytała:

– Nie wie pani, czy dyrektor orkiestry prędko przyjdzie?...

– Nie wiem! – odburknęła gniewnie stara i odeszła.

Janka została znowu sama; cofnęła się nieco w kulisę, bo na scenie rozciągano olbrzymie, woskowane płótno. Patrzyła się na to bezmyślnie, gdy stara znowu się pokazała i przemówiła łagodniej:

– Poradzę coś pani... Trzeba dyrektora mieć za sobą.

– Żebym to wiedziała, jak zrobić?...

– Masz pani pieniądze?

– Mam, ale...

– Jeśli pani usłuchasz, to poradzę.

– Ależ wszelką radę przyjmę z wdzięcznością; nie mam przecież nikogo, nie wiem, jak się obrócić i do kogo... Pomóż mi pani, proszę o to serdecznie!...

– Trzeba go trochę podpoić, to próba dobrze pójdzie.

Janka spojrzała zdziwiona; zupełnie nie zrozumiała, co to znaczy.

Stara uśmiechnęła się z politowaniem.

– Nie rozumiesz pani, widzę?... ale jak kto nawet takich rzeczy nie rozumie, w jaki sposób się wciskać, to nie powinien być w teatrze!...

– Mówiłam przecież z dyrektorem,.. Obiecał mi... więc cóż więcej zrobić?...

– Cha! cha! – śmiała się cicho. – Cha! cha!... to krowienta czysta!... Po chwili szepnęła:

– Chodźmy do garderoby... objaśnię panią trochę...

Pociągnęła ją za sobą, a potem wziąwszy się do opinania sukni na manekinie, rzekła:

– Musimy się poznajomić.

– Orłowska – powiedziała Janka.

– Pseudonim czy nazwisko? – zapytała przytrzymując jej rękę.

– Nazwisko – odpowiedziała myśląc, czy może nie lepiej byłoby użyć jakiego pseudonimu.

– Ja się nazywam Sowińska. Mogę pani być pomocną we wszystkim. Jestem tylko teatralną krawcową, ale robi się i to, i owo, co potrzeba. Córka moja ma magazyn strojów, jeśli będzie pani czego potrzebować, proszę do nas...

Głos jej miękł i czuć było, że łasiła się, przymilała z uśmiechem, chciała wzbudzić zaufanie.

– Proszę pani, jakże z tym dyrektorem?...

– Potrzeba mu kupić koniaku. Tak... – dodała po chwili – koniak, piwo i przekąska, to może wystarczy, a jeżeli nie, to już on sam powie resztę...

– Ileż to może kosztować?...

– Myślę, że za trzy ruble ugości się go należycie. Niech mi pani da, już ja wszystko załatwię. Trzeba iść zaraz, bo czas.

Janka dała pieniądze.

Sowińska wyszła i w jaki kwadrans przybiegła zdyszana.

– No, dobrze wszystko!... Chodź pani, dyrektor czeka.

Za salą restauracyjną był gabinet z fortepianem, w potrzebie używany na próby śpiewne i korepetycje.

Halt, czerwony i zasapany, już tam czekał.

– Mówił mi Cabiński o pani.. – zaczął. – Co możesz pani zaśpiewać?... Uf! jakże mi gorąco!... Może uchylę okna? – zwrócił się do Sowińskiej.

Jankę zaniepokoił jego głos chrapliwy i twarz rozogniona, pijacka, ale usiadła do fortepianu nie wiedząc, co wybrać.

– A!... pani gra?... – zdziwił się bardzo.

– Tak – odrzekła i zaczęła grać wstęp jakiś nie widząc znaków Sowińskiej.

– Zaśpiewaj pani, co bądź... niech tylko głos usłyszę... A może mogłabyś pani solo śpiewać?...

– Panie dyrektorze... ja do dramatu, do komedii wreszcie czuję powołanie, ale nigdy do opery.

– O operze nie mówimy przecież...

– Tylko?...

– O tym... o operetce! – zawołał uderzając w kolano z kankanowym zacięciem. – Śpiewaj pani!... nie mam czasu i spalę się z gorąca.

Zanuciła drżącym od emocji głosem, ale z pewnym wyrobieniem jakąś piosenkę Tostiego. Dyrektor słuchał, a patrzał się na Sowińską, wskazując na spieczone usta. Kiedy skończyła, zawołał:

– Dobrze... przyjmujemy panią... Uciekam, bo się smażę.

– Może by się dyrektor z nami... czego... napił?... – powiedziała nieśmiało, zrozumiawszy znaki Sowińskiej.

Trochę się wymawiał, ale w końcu został.

Stara kazała garsonowi przynieść pół butelki koniaku, trzy piwa i przekąski, a wypiwszy swój kufel wyszła spiesznie, narzekając na zapomnienie czegoś w garderobie. Halt przysunął się z krzesełkiem bliżej. Janka, zmieszana tym sam na sam, milczała nie wiedząc, o czym mówić.

– Hm!... masz pani głos... ładny głos!... – rzekł i położył jej na kolanie swoją olbrzymią, czerwoną łapę, a drugą dolewał koniak do piwa. Odsunęła się nieco, dotknięta nieprzyjemnie taką poufałością.

– Możesz pani dobrze stanąć... ja pani pomogę...

Wychylił kufel duszkiem.

– Jeżeli pan dyrektor łaskaw... – szepnęła usuwając się jeszcze więcej, bo ją owionął jego oddech gorący, przejęty alkoholem, i wzrok jakiś mętny obejmował niby uściskiem.

– Postaramy się o to... Ja się panią zajmę!...

I od razu, bez wszelkich ceregieli, których był zawsze przeciwnikiem, objął jej kibić i przyciągnął do siebie.

Odepchnęła go z taką siłą, że upadł na stół, i dopadła drzwi, gotowa krzyczeć.

– Phi! zostań... Brzdąc jesteś głupi!... zostań!... Chciałem się tobą zająć, pomóc ci, ale kiedyś głupia, dymajże sobie chóry do śmierci!...

Dopił resztę koniaku i wyszedł. Pod werandą siedział Cabiński z reżyserem.

– Ma jaki głos?... – zapytał pierwszy, który widział Jankę wchodzącą do gabinetu.

– Ma! To nuta jeszcze nie zaatakowana – dorzucił wybuchając grubym śmiechem.

– Ale do wzięcia?... – powiedział Topolski.

– Spróbuj. Tylko ostrzegam, że takie krowienty – to się ceni...

– Chciałeś?...

– Wolę pełny antałek niż dziewicę... Garson! piwa!

– Sopran?

– Ho! ho! coś niesłychanego prawie... alt!

Janka siedziała z godzinę w gabinecie nie mogąc się uspokoić i nie mogąc przyciszyć oburzenia i złości, która ją przejmowała tak gwałtownie, że chwilami gotowa była iść za nim i czym bądź, co spotka na drodze, rozbić mu głowę i bić... bić do śmierci.

To, co ją spotkało, było tak brutalne, tak podłe, że wstyd zalewał jej oczy łzami gorzkiego upokorzenia. Odchodziła od przytomności prawie, że to ją mogło coś podobnego spotkać!... Były mgnienia, w których zrywała się, jakby chciała uciec z tych murów, spośród tych ludzi, ale opadała natychmiast z jękiem, bo przypominała sobie, że jest bezdomną.

– Gdzie?... i po co? Zostanę!... zniosę wszystko, jeśli wszystko znieść potrzeba, ale dojdę tam, gdzie chcę... muszę!... – mówiła sobie z mocą – muszę!...

I zacinała się w zdeterminowanym uporze. Zbierała w sobie wszystkie siły do walki jakiejś z życiem, z niepowodzeniem, z przeszkodami, ze światem całym, złym i wrogim – i przez chwilę widziała się na jakimś zawrotnym szczycie, gdzie była sława i upojenie zwycięstwem, ale nie uczuła się tym szczęśliwą, nie!... bo majaczył wyżej jakiś szczyt inny, potężniejszy, ku któremu pięli się ludzie.

– Dobrzem zapłaciła za przyjęcie do teatru!... – powiedziała do siebie wchodząc za kulisy. Sowińska przybiegła do niej, patrzyła jej w oczy długo i nieznacznie chciała wybadywać, ale Janka powiedziała jej wręcz pogardliwie:

– Dziękuję pani za radę i za... pozostawienie mnie samej z bydlęciem!...

– Śpieszyło mi się... nie zjadł pani... to dobry człowiek...

– To niechże pani córkę swoją zostawi temu dobremu człowiekowi!.. – powiedziała szorstko.

– Moja córka nie jest aktorką – odpowiedziała stara.

– A!... nic to... tylko nauka – szepnęła odchodząc od Sowińskiej.

Spotkała Cabińskiego i przystępując do niego rzekła:

– Przyjmie mnie dyrektor?...

– Już pani jesteś w towarzystwie. O gażę to się którego dnia umówimy.

– Co będę grać na pierwszy występ?... Ja bym chciała grać Klarę we Właścicielu kuźnic. Cabiński spojrzał się bystro i zasłonił usta ręką, żeby nie parsknąć śmiechem.

– Zaraz... zaraz... musi się pani obznajmić ze sceną. Tymczasem będzie pani występować w chórach. Mówił mi Halt, że pani grasz na fortepianie i znasz nuty. Jutro dostanie pani partie z operetek, jakie grywamy, i nauczy się pani chórów.

Janka chciała jeszcze coś mówić, ale Cabiński zakręcił się i poszedł.

– Albo komediantka, albo ma srogiego bzika!...–szepnął przystając nagle; uśmiechnął się, machnął ręką i poszedł szybko na ogródek.

Janka poszła do garderoby i zaledwie uchyliła drzwi, gdy ją ktoś pchnął, drzwi zatrzasnął przed nosem i ze złością zawołał:

– Na górę! tam chórzystki!..

Chciała uderzyć w drzwi z gniewu, jaki ją opanował, ale zacięła tylko usta i poszła na górę. Garderoba chórzystek był to wąski, długi i niski pokój. Szeregi gazowych świateł nad prostymi z desek stołami, biegnącymi z trzech stron przy ścianach, płonęły bez obsłon. Ściany były sklecone z nie heblowanych ani malowanych desek, popisane nazwiskami, datami, dowcipami i karykaturami, robionymi węglem lub szminką czerwoną.

Na wolnej ścianie wisiały całe pęki sukien i kostiumów.

Ze dwadzieścia kobiet siedziało rozebranych przed lustrami

najrozmaitszych kształtów, a przed każdą paliły się świece.

Janka, zobaczywszy niedaleko ode drzwi wolny stołek, usiadła i zaczęła się przyglądać.

– Przepraszam, to moje miejsce! – zawołała jakaś tęga brunetka.

Janka stanęła z boku.

– Pani przyszła do kogo?... – pytała się ta sama nacierając sobie twarz wazeliną – pod puder.

– Nie. Przyszłam do garderoby. Jestem w towarzystwie – powiedziała dosyć głośno.

– Tak?!...

Kilka głów podniosło się znad stołów i kilka par oczów spoczęło na niej. Janka powiedziała swoje nazwisko tej brunetce.

– Facetki!... ta nowa nazywa się Orłowska. Poznajcie się! – zawołała brunetka. Kilka najbliżej siedzących wyciągnęły ręce do przywitania i charakteryzowały się dalej.

– Lodka, pożycz mi pudru.

– Kup sobie!

– Sowińska! – krzyczała jakaś przez uchylone drzwi na dół, do garderoby solistek.

– Spotkałam tego samego faceta... wiecie!... Idę sobie Nowym Światem...

– Blaga!... Myślałby kto, że na takiego diabła poleci który!

– Kupiłam sobie garnitur... patrzcie... – wołała niska, bardzo ładna blondynka.

– On ci kupił?...

– Jak Bozię kocham, nie!... kupiłam sobie z oszczędności.

– Perskie oko!... o!... Uwierzymy... Ten farmak składa ci oszczędności, co?...

– Zupełnie lila!... bluzka wolna z karczkiem, z koronek kremowych, spódniczka gładka z rulonikiem u dołu... kapelusz z fiołkami... – opowiadała któraś nadziewając przez głowę sukienki baletowe.

– Słuchaj no, ty, liliowa... kiedy mi oddasz pół rubla, bo potrzebuję...

– Wezmę po spektaklu, to ci oddam... słowo!

– Aha! Caban ci da akurat tyle...

– Powiadam pani, że już mnie rozpacz ogarnia!... Pokasływał trochę... Myślałam, że to nic... aż tu wczoraj zaglądam do gardziołka... plamy białe... Poleciałam po doktora... obejrzał i powiada: dyfteryt! Siedziałam przy nim całą noc, smarowałam co godzinę... nie mógł nic mówić, tylko pokazywał paluszkiem, że go bardzo boli... i łezki tak mu płynęły po buzi, że myślałam, iż umrę z boleści!... Zostawiłam przy nim stróżkę, bo chcę wziąć co pieniędzy... zastawiłam salopę i wszystko mało, i mało!... – opowiadała półgłosem sąsiadce szczupła, ładna, ale o znużonej cierpieniem i biedą twarzy aktorka i zakręcała sobie grzywkę, karminowała usta posiniałe i ołówkiem nadawała wyzywający wyraz swoim zmęczonym bezsennością i łzami oczom.

– Hela! Pytała się mnie dzisiaj twoja matka o ciebie...

– To chyba nie o mnie... Dawno matki nie mam.

– Nie gadaj!... Majkowska przecież zna was dobrze i widziała was razem na Marszałkowskiej.

– Majkowska mogłaby kupić sobie okulary, kiedy ślepa... Szłam wtedy ze stróżką do miasta. Zaczęły się śmiać. Ta, co się tak wypierała matki, zgasiła swoją świecę i wyszła zirytowana.

– Wstydzi się matki. Co prawda, ale taka matka!...

– Prosta kobieta. Kompromituje przecież, mogłaby z czułościami nie wyjeżdżać przy ludziach!

– Jak to? matka może kompromitować córkę?... można się wstydzić matki?... – zawołała Janka siedząca w milczeniu i słuchająca ciekawie tych strzępów rozmów, jakie ją dochodziły, ale dopiero ostatnie słowa oburzyły ją.

– Pani jesteś krowienta świeża, to pani nic nie wiesz – odpowiedziało jej kilka głosów.

– Można?... – zawołał jakiś głos męski z zewnątrz.

– Nie można! nie można! – zakrzyczały energicznie.

– Zielińska! twój redaktor przyszedł.

Chórzystka, wysoka, tęga, szeleszcząc spódniczkami przeszła przez garderobę.

– Szepska! wyjrzyj no za nimi.

Szepska się wysunęła, ale powróciła natychmiast.

– Poszli na dół.

Dzwonek zadźwięczał gwałtownie na scenie.

– Na scenę! – zawołał we drzwiach inspicjent. – Zaraz zaczynamy.

Zrobił się gwar nie do opisania. Krzyczały wszystkie razem, biegały, wyrywały sobie szpilki, żelazka do włosów, przypudrowywały się, kłóciły o bagatelki, gasiły świece, zamykały pospiesznie nesesery i zbiegały hurmem, bo już drugi dzwonek zadźwięczał.

Janka zeszła ostatnia i stanęła w kulisie.

Przedstawienie się zaczęło.

Grali jakąś na poły czarodziejską operetkę.

Nie poznała po prostu ani tych ludzi, ani teatru – tak to się wszystko przeistoczyło, wypiękniało pod pudrem, szminką i światłem!...

Muzyka cichymi, pieściwymi tonami fletni polała się z ciszy, w jakiej stanął teatr, i wciskała się do jej duszy kołysząc ją słodko... a potem taniec... jakiś miękki, zmysłowy, upajający, obwijał ją czarem, kołysał i pociągał na fali rytmu, przenikającego rozkoszną niemocą...

Czuła się coraz bardziej pociąganą w jakiś wir pełen światła, śpiewów i błyskawic. Jej gwałtowną i zmysłową naturę, szamocącą się dotychczas pośród szarych ludzi i codzienności pospolitej, olśniewał ten teatr.

Takim go prawie miała w duszy, pełnym światła, muzyki, akcentów denerwujących, omdleń ekstatycznych, barw silnych, uczuć wrzących i wybuchających niby pioruny.

Nie było tutaj tego wszystkiego, ale jej wyobraźnia entuzjastyczna tkała z tych strzępów widzianych światy stokroć piękniejsze i olśniewała się pięknem własnego dzieła. Flażolety skrzypiec przenikały ją ostrym dreszczem niewysłowionej rozkoszy i zalewały ciepłem denerwującym.

Zdawało się jej, że ogląda stare baśnie ludowe, że jest jakby w kole nimf i rusałek, że te grubo wymalowane kobiety, tańczące na zakredowanym płótnie bachanckie pas z zacięciem szansonistek, są cieniami fantazji, tańczącymi gdzieś w głębi wód... Elektryczne światło rozlewało jakąś mgłę błękitnawą, ledwie dojrzaną, i skrzyło się ogniem brylantów na złotych blaszkach, obsypujących kostiumy tancerek.

Dusząca woń rozpylonego pudru owiewała ją niby obłokiem, a z sali pełnej płynął potok oddechów gorących, spojrzeń pożądliwych i uderzał w scenę magnetyczną falą, zatapiającą w zapomnieniu wszystko, co nie było śpiewem, muzyką i rozkoszą.

Teatr zaczął przybierać dla niej coraz więcej kontury halucynacji na jawie.

Gdy się akt skończył i zagrzmiała ulewa braw, omdlewała prawie... Pochyliła głowę, chciwie wchłaniając te szmery, podobne do błyskawic i jak one – oślepiające duszę. Piła te krzyki rozbawionej publiczności całą piersią i mocą duszy łaknącej sławy. Przymykała oczy, aby to wrażenie, ten obraz trwał dłużej.

Zdawało się jej, że unosi się w zaświaty, że zerwała ze wszystkim, co małe, nędzne, codzienne i otrzeźwiła się usłyszawszy gwar głosów na scenie, sprzątanej pośpiesznie.

Czarodziejskie widzenie rozwiało się. Po scenie kręcili się ludzie w koszulach tylko, bez kamizelek; zmieniali kulisy, ustawiali meble, przybijali przystawki, pracowali pośpiesznie; zobaczyła karki brudne, twarze pomięte, brzydkie, ręce grube i spracowane, postacie ciężkie robotników.

Przesunęła ręką po czole, jakby chcąc się przekonać, czy nie śniła teraz właśnie; ale ktoś ją odsunął, ktoś odepchnął, ktoś przeszedł spiesznie obok, ciągnąc za sobą ciężki sprzęt.

Poszła na scenę i przez otwór w kurtynie przyglądała się sali czarniawej, nabitej publicznością. Widziała setki głów młodych, głów kobiecych, uśmiechniętych, podnieconych jeszcze muzyką, wachlujących się z wdziękiem i swobodą; mężczyźni czarnymi strojami tworzyli plamy, regularnie rozrzucone na jasnym tle tualet.

Przypatrywała się uważnie tej publiczności, którą miała za areopag potężny i ostateczny w dziedzinie sztuki – areopag, który dawał brawa, powodzenie, sławę – lub potępiał...

Pamiętała jeszcze doskonale pokorne opowiadania Kręskiej o publiczności. Ślizgała się ciekawie po wszystkich twarzach, ustach, spojrzeniach, jakby chcąc odgadnąć, co mówią o sztuce i artystach – ale słyszała tylko bezładnie grzmiący gwar głosów niby na jarmarku, czasem śmiech głośny, to brzęk kufli pod werandą lub głośne wołanie:

– Garson! piwa!

Poczuła jakiś zawód, jeszcze większy, gdy zobaczyła, że ta publiczność ma twarze podobne zupełnie do Grzesikiewicza, do ojca, do znajomych z okolicy, do przełożonej pensji, do profesorów z gimnazjum, do telegrafisty z Bukowca.

Na razie wydało się jej to wprost niemożebnym.

Jak to?... wiedziała przecież, cc ma myśleć o tamtych; poklasyfikowała ich dawno: na kretynów, głupców, płaskich, gęsi, pijaków, plotkarki, kwoki gospodarskie; na dusze małe i płytkie, na bandę zwykłych zjadaczy chleba. tonących w płytkim bagnisku spraw odżywiania się i wegetacji.

I ci ludzie, co zapełniali teatr. bili oklaski, o których dawniej myślała jak o półbogach, mieliby być tym samym, czym tamci? – pytała siebie, znajdując w nich coraz więcej cech podobieństwa...

Miała wielką intuicję, wysubtelnioną samotnością, którą widziała wiele rzeczy.

– Pani! – powiedział ktoś obok niej.

Oderwała twarz od kurtyny. Z boku stał młody, przystojny, elegancki młodzieniec; dotykał ronda cylindra i uśmiechał się szablonowo.

– Na chwileczkę tylko... – powiedział.

Usunęła się trochę.

Popatrzał na ogródek i odstąpił.

– Przepraszam... bardzo przepraszam...

– O, proszę pana, napatrzyłam się dosyć.

– Niezbyt zajmujący widok, co?... Filisterstwo najautentyczniejsze: korzenniki i szewcy!... Pani może myśli, że oni przyszli słuchać, myśleć lub podziwiać sztukę?... O, nie!... przyszli pokazać się, pochwalić strojami. zjeść kolację i zabić jakoś czas...

– Więc któż przychodzi na sztukę tylko? kogo ona tylko obchodzi?...

– Tutaj, pani, nikt!... Do Wielkiego, do "Rozmaitości"... tam się jeszcze znajdzie garstka, bardzo zresztą niewielka, ludzi miłujących sztukę i tylko dla niej samej przychodzących do teatru. Podnosiłem już nieraz w pismach tę kwestię.

– Redaktorze, dajcie no papierosa! – zawołał jakiś aktor z kulisy.

– Służę... – i podał z bardzo łaskawą miną srebrną papierośnicę w kształcie notesu. Janka odsunęła się nieco i spoglądała na redaktora z ciekawością i szacunkiem. Ona tych ludzi znała ze słyszenia tylko, z poważania, jakim ta godność otoczona jest na prowincji, więc sobie urobiła w myśli jakiś idealny typ człowieka, który jest streszczeniem cnót ogólnych i wykładnikiem myśli powszechnych, w którym musi się ogniskować talent, rozum i szlachetność.

Patrzyła z podziwem na niego, zadowolona, że mogła z bliska poznać takiego człowieka.

Ileż to razy na wsi, słuchając wiecznie tych samych rozmów: o gospodarstwie, kłopotach, polityce, deszczach i pogodach, marzyła o tym innym świecie, o ludziach, którzy jej będą mówić o ideach, o sztuce, o ludzkości, o postępie i o poezji – i którzy te wszystkie hasła, jakimi się świat karmi i dąży za nimi, uosabiają w sobie.

Pragnęła teraz, aby ten redaktor nie odszedł jeszcze i mówił z nią chwilę. Redaktor istotnie zwrócił się do niej.

– Pani musi być niedawno w towarzystwie, bo nie miałem szczęścia jej widzieć?...

– Dzisiaj się dopiero zaangażowałam.

– Grywała pani przedtem?

– Nie, na prawdziwej scenie... nigdy!... Grywałam tylko w teatrze amatorskim.

– Tak zaczynają prawie wszystkie talenty dramatyczne. Znam to, znam!... wspominała mi nieraz o tym samym Modrzejewska – powiedział uśmiechając się pobłażliwie.

– Redaktorze... do swoich czynności! – zawołała Kaczkowska wyciągając ręce. Redaktor zapiął guziczki rękawiczek, pocałował kilkakrotnie każdą rękę, dostał klapsa i znów się cofnął pod kurtynę.

– Więc pani pierwszy raz?... prawdopodobnie rodzina... opór... niezłomne postanowienie... zabita deskami prowincja... pierwszy występ amatorski... trema... powodzenie... poczucie w sobie bożej iskry... marzenia o prawdziwej scenie... łzy... noce niespane... walka z otoczeniem... wreszcie pozwolenie... a może potajemna ucieczka w nocy... strach... niepokój... chodzenie do dyrektorów... angażowanie się... zachwyt... sztuka... boskość! – mówił szybko stylem telegraficznym.

– Prawie że odgadł pan redaktor... tak samo było ze mną.

– Widzi pani, od razu poznałem. Intuicja to wszystko! Weźmiemy panią w opiekę, słowo!... Zrobi się małą wzmiankę, potem da się trochę szczegółów pod sensacyjnym tytułem, potem artykuł większy o nowej gwieździe na horyzoncie sztuki dramatycznej – leciał pośpiesznie – zrobi się rumor, dziwowisko!... ludzi się porwie... dyrektorowie będą sobie wydzierać panią, a po jakim roku lub dwóch... teatr warszawski...

– Ależ, panie redaktorze, przecież nikt mnie nie zna; nikt jeszcze nie wie, czy mam talent jaki na scenę...

– Ma pani talent, słowo! Intuicja mi to mówi: zmysłom pani nie wierz, od rozumowań trzymaj się z daleka, rachunek wyrzuć precz, ale intuicji wierz!...

– Chodź no redaktor prędzej!... – zawołano na niego.

– Do widzenia! do widzenia!...

Przesłał od ust pocałunek, dotknął palcem ronda i wybiegł.

Janka wstała, ale taż sama intuicja, której zalecał słuchać, mówiła jej, aby jego słów nie brać na serio. Wydał się jej jakimś lekkim i za pośpiesznie sądzącym; ta obietnica wzmianek, artykułów, zapewnienia o talencie wydały się jej dziwactwem. Twarzą nawet, ruchami i szczebiotem przypominał jej Józia, słynnego w okolicach Bukowca motyla i blagiera.

Zaczął się drugi akt przedstawienia.

Przyglądała się, ale jakoś bez entuzjazmu, już ją nie porwał tak jak pierwszy. Była niezadowolona z siebie, że chłodła i nie mogła wpaść w ekstazę.

– Jakże się pani podoba nasz teatr?... – zapytała ją owa brunetka z chórów.

– Bardzo – odpowiedziała.

– Ba, teatr to niby dżuma: jak kogo złapie, to już amen!... – szepnęła brunetka twardo. Za kulisami, w prawie ciemnych przejściach za dekoracjami, pełno było osób. Aktorzy stali w przejściach, jakieś pary taiły się w ciemnościach; szepty, dyskretne śmiechy rozlegały się wszędzie. Inspicjent, stary, łysy, w kamizelce tylko i bez kołnierzyka, ze scenariuszem w jednej ręce i dzwonkiem w drugiej, przebiegał ciągle głąb sceny we wszystkich kierunkach.

– Na scenę!... Zaraz pani wchodzisz!... wejść! – wołał spocony, rozgorączkowany i znowu leciał, ściągał z garderób potrzebnych mu do wejścia na scenę, stawiał ich prawie przed drzwiami, z tyłu lub z boków sceny, słuchał, co mówią na scenie, patrzał przez szpary płóciennych drzwi i w odpowiedniej chwili szeptał:

– Wejść!

Janka widziała, jak się rozmowy przerywały nagle, odbiegali w połowie frazesu, stawiali nie dopite kufle, rzucali wszystko i biegli do wejść czekając swojej kolei nieruchomi i milczący albo rozdenerwowani szeptali słowa roli, wchodzili w charakter; widziała drżenie warg, drganie nóg i powiek, bladość nagłą pod warstwą szminek, rozpalone tremą spojrzenia...

– Wejść! – rozległo się niby trzaśniecie z bata.

Prawie każdy drgnął gwałtownie, oblegał twarz piorunowo w odpowiedni nastrój, żegnał się po kilka razy i wchodził.

Ile razy się drzwi otworzyły ze sceny, tyle razy dreszczem denerwującym przejmowała Jankę ta fala dziwnego ognia, pełnego spojrzeń i oddechów, płynąca ku niej od publiczności. Zaczęła się znowu przejmować i wpadać w halucynacje: te mroki, barwy jaskrawe, wynurzające się gwałtownie z cieniów, opłynięte światłem, dźwięki muzyki niewidzialnej, echa śpiewów, rozwłóczące się po ciemnych zakątkach przyciszone stąpania, szelesty dziwne, ludzie porwani gorączką, oczy płonące, rozdenerwowanie ogólne, oklaski grzmiące niby ulewa oddalona, smugi olśniewającego światła, mgła ciemności; tłok ludzi, brzmienie słów patetycznych, okrzyki tragiczne, wzruszenia pełne łkań, jęki, płacze, cała melodrama, pompatycznie i krzykliwie odgrywana, wszystko to przepajało ją gorączką jakąś inną, niż była w pierwszym akcie, gorączką energii i czynu: grała ze wszystkimi, cierpiała z tymi papierowymi bohaterami, niepokoiła się z nimi, kochała jak i oni; czuła tremę przed wejściem, słaniała się z rozkoszy w pewnych chwilach i momentach gry patetycznej; pewne słowa i okrzyki przenikały ją dreszczem, tak dziwnym i tak bolesnym, że miała łzy w oczach i krzyk słaby na ustach.

W antraktach wracała do równowagi i do rozmyślań.

Coraz więcej osób z publiczności przychodziło za kulisy.

Pudełka cukierków, bukiety, pojedyncze kwiaty przechodziły z rąk do rąk. Pito piwo, wódkę, koniaki; zjawiła się taca kanapek w lot rozchwytanych.

Wybuchały śmiechy swobodne, cięte dowcipy pękały niby race w powietrzu. Niektóre z chórzystek przebierały się w zwykłe suknie i szły na ogródek.

Widziała aktorów w bieliźnie tylko, łażących przed garderobami; kobiety w spódniczkach białych, w połowie rozcharakteryzowane, z ramionami nagimi, wbiegały na scenę, patrząc przez kurtynę na publiczność. Cofały się niby zgorszone ujrzawszy obcych. Krzyczały, a uśmiechały się zalotnie i uciekały rzucając wyzywające spojrzenia.

Garsoni z restauracji, służące, maszyniści biegali jak charty i co chwila było słychać:

– Sowińska!

– Krawiec!

– Rekwizytor!

– Spodnie i pelerynę!

– Laskę na scenę i list!

– Wicek!... leć po dyrektora, niech przychodzi się ubierać do ostatniego aktu!

– Ustawiać scenę!

– Wacek!... przyślij mi karminu, piwa i butersznyt!... – wołała jakaś przez scenę do mężczyzn. W garderobach chaos, gwałtowne i pośpieszne przebieranie się, gorączkowa charakteryzacja roztopionymi prawie od ciepła szminkami, kłótnie...

– Jak pan będziesz mi przechodził przed nosem na scenie, to, jak Boga kocham, kopnę!...

– Kopniesz pan psa swojego!... Mnie tak z roli wypada... przeczytaj pan!

– Pan umyślnie mnie zasłaniasz!

– A co!... wyjrzałem i szmerek był...

– Wiatr zaszumiał, a temu się zdaje, że miał szmerek.

– Był szmerek... oburzenia, boś się sypał jak zwierzę.

– Jak się nie sypać, kiedy Dobek tak sufluje, że niech go drzwi ścisną!...

– Pan gadaj, to wtedy ja przestanę... zobaczymy, jak będziesz wyglądał!... Kładę słowo po słowie w uszy jak łopatą, nic!... krzyczę już, że Halt aż kopie w scenę... a ten znowu stoi!

– Ja zawsze umiem doskonale; pan mnie umyślnie "kładziesz"...

– Pan nie zawrócisz w głowie umieniem! – zawołał któryś z żydowska.

– Krawiec! pas, szpadę i kapelusz... prędzej!

– "...Mario! jeśli powiesz: odejdź... pójdzie ze mną noc, cierpienia, samotność i łzy... Mario! czy nie słyszysz mnie?... to głos serca kochającego cię... to głos..." – mówił Władek chodząc z rolą po garderobie i gestykulując potężnie, głuchy na wszystko, co się wkoło niego działo.

– Nie krzycz no, Władek!... na scenie dosyć się wydrzesz i wyjęczysz, aż uszy zabolą...

– Zdaje mi się, że temu młodzieńcowi, po zaniku wszystkich władz, pozostał tylko organ mowy.

– Ryku, powiedz...

– Panowie! nie widzieliście czasem Piotrusia?... – zapytała charakterystyczna wsadziwszy głowę.

– Panowie, zobaczcie, czy gdzie pod stołem nie siedzi Piotruś?

– Proszę pani... Piotruś poszedł do gabinetu z jakąś bardzo ładną facetką.

– Zamorduj go pani!... niewierny!...

Leciały odpowiedzi, podkreślane śmiechem.

Charakterystyczna zniknęła i już z drugiej strony sceny było słychać, jak pytała się wszystkich:

– Nie ma tutaj Piotrusia?

– Ona się kiedy wścieknie z zazdrości o niego!...

– Porządna kobieta!

– Nie przeszkadza to, że jest głupia ze swoją zazdrością o człowieka najspokojniejszego w świecie.

– Jak się masz redaktor!

– O, redaktor!... to jakby już było piwo i papierosy.

– Mecenas! dobry wieczór!...

– Co tam w kasie słychać?

– Pysznie!... teatr wyprzedany, bo Gold pali cygaro.

– Chwała Bogu! będą większe akonta.

– Bolek! jak się masz?... Nie wchodź, bo się roztopisz jak masło... mamy małą Afrykę dzisiaj...

– Zaraz się ochłodzimy, już zamówiłem piwo...

– Na scenę wszyscy!... Lud na scenę! kapłani na scenę! wojsko na scenę!... – krzyczał inspicjent biegając po garderobach.

Po chwili, prócz osób z publiczności, nie było już nikogo, wszyscy pobiegli na scenę.

Po przedstawieniu Janka idąc do hotelu uczuła się ogromnie znużoną tyloma wrażeniami. Pokój hotelowy wydał się jej jeszcze nędzniejszym, a tak pustym i nudnym, że natychmiast poszła spać, ale zasnąć nie mogła.

W mózgu czuła szum, resztki krzyków, majaczenia obrazów, błyski barw lub rozstrzępione frazy muzyczne; czuła, że ma w sobie cały ten wieczór, spędzony w teatrze. Chciała myśleć o domu, o Bukowcu, ale te wspomnienia, siłą wywłóczone, szybko ustępowały miejsca innym, nowym.

Przeszłość zaczęła blednąc, jakby się odrywała staczając w jakąś noc zapomnienia; patrzyła się w nią przez pryzmat dzisiejszych wrażeń i wydawała się jej jakąś obcą, szarą ogromnie, wiejącą chłodem, że rodzaj politowania miała dla siebie samej w duszy. Zapadała w półsen, z którego budziły ją brawa, śmiechy i muzyka... Siadała na łóżku rozglądając się po pustym pokoju, zabarwionym słabymi zorzami przedświtu, sączącymi się znad dachów kamienic.

Albo spała dłużej i śniło się jej, że słyszy huk pociągów, przebiegających pod oknami, głosy dzwonków elektrycznych; trąbki dróżników sygnalizowały pociąg osobowy.

– Z Kielc, osobowy!... – myślała i widziała pomocnika ojca, jak w białych rękawiczkach, opięty, sztywny, chodzi po peronie.

Przerywały się jej marzenia i mieszały... Widziała ojca, to znowu zdawało się jej, że śpi, czuła, że zaraz wstać musi, bo słońce czerwoną tarczą wisiało na niebie i ostre jego promienie paliły ją po twarzy.

– Jeszcze trochę... jeszcze trochę!... – prosi kogoś i czuła się ogromnie senną... ogromnie!... Krzyknęła przez sen, bo ujrzała tego Fauna z Łazienek; był tak samo wykrzywiony i drwiący – i tańczył, a pod nim, niby wizje stłoczone, kłębił się teatr: Cabiński, redaktor, Sowińska, wszyscy!... a Faun tarzał się po ich ciałach, tańczył po ich głowach, miał płaszcz gronostajowy na ramionach i powiewając nim śmiał się długo, bezustannie, a ci ludzie pod nim gnietli się, krzyczeli, oczy płakały, wyciągnięte ręce chciały chwytać za płaszcz, usta rozchylone błagały i wszyscy przybierali jakieś straszne larwy na twarze... Czuła, że i ją porywa ten wir, że mu się broni, ale te ręce ją chwytają... że już kołuje się z nimi...

Było już po dziewiątej, gdy się obudziła, zmęczona i prawie bezprzytomna; nie mogła zrozumieć na razie, gdzie jest i co to za pokój?...

Ale rychło myśli jej wróciły do równowagi. Przypomniała sobie wszystko po kolei i to, że ma dzisiaj dostać role z chórów. Ubrała się spiesznie.

Nie czuła w sobie nic z wczorajszych gorączkowych uniesień, ale czuła cichą radość i zadowolenie z tego, że już jest w teatrze. Czasami na ten jasny ton jej nastroju kładł się cień jakiś, jakieś przeczuwanie czy przypomnienie bezwiedne z przeszłości; było to majaczenie czegoś nieprzyjemnego, co choć zniknęło, ale zostawiało w głębi duszy ślady drażniące.

Wypiła spiesznie herbatę i już miała wychodzić, gdy zapukano delikatnie do drzwi.

– Proszę! – zawołała.

Weszła stara Żydówka, ubrana przyzwoicie, z ogromnym pudłem pod pachą.

– Dzień dobry panience!

– Dzień dobry! – odpowiedziała, zdziwiona tą wizytą.

– Może panienka co kupi?... Mam dobre, tanie towary. Może co z byżuterie?... Może rękawiczki, śpilki do włosów, masyw srybne! może co?... Mam różny towar, na różne ceny, a wszystko doskonałe, paryskie!... – trzepała prędko rozkładając zawartość pudła na stole, a małe jej czarne oczki, o ciężkich powiekach, czerwonych niby oczy jastrzębia, biegały po pokoju, rozglądały wszystko.

Janka milczała.

– Co to szkodzi zobaczyć... – nalegała Żydówka. – Mom tanie rzeczy i ładne rzeczy! A może wstążki, koronki gipiurowe, pończochy?... może chusteczek jedwabnych?... Janka zaczęła przeglądać rozłożone przedmioty i wybrała parę łokci jakiejś wstążki.

– Może i mama co kupi?... – rzuciła na domysł patrząc się uważnie.

– Sama jestem.

– Sama? – cmoknęła przeciągle przymrużając oczy.

– Tak, ale tutaj mieszkać nie będę – powiedziała uprawiedliwiając się niejako.

– Może bym ja nastręczyła mieszkanie?... Ja znam jedną wdowę, co una...

– Dobrze – przerwała jej Janka – niech pani poszuka dla mnie pokoju przy familii, na Nowym Świecie, blisko teatru...

– Panienka z tyjatru?..; a!...

– Tak.

– Może jeszcze co potrzeba?... Mam śliczne rzeczy i do tyjatru.

– Nie, już nie potrzebuję.

– Tanio sprzedom... na moje sumienie, tanio!... w sam raz do tyjatru.

– Nic mi nie potrzeba.

– Żebym tak zdrowa była, tanio!... Taki psi czas...

Złożyła do pudełka wszystko i przysunęła się bliżej.

– Może ja bym... co zarobiła?

– Kiedy nic nie kupię, bo mi nie potrzeba!... – odpowiedziała Janka, już zniecierpliwiona.

– Tu nie o to chodzi!

Popatrzyła się na nią uważnie i zaczęła szybko szeptać:

– Ja znam ładne, młode mężczyzny... panienka wi?... bogate mężczyzny!... To nie mój fach, ale uny mnie prosiły... Uny same przyjdą. Bogate, śliczne mężczyzny...

– Co! co?!... – krzyknęła, zaledwie śmiejąc uwierzyć własnym uszom.

– Po co panienka krzyczy?... możemy po cichu interes zrobić!... a ja mam taki feler w sercu, co...

– Wynoś się, bo służby zawołam! – krzyknęła w najwyższym oburzeniu.

– Jaka gorącość!... Kupić nie kupić, potargować można. Ja znałam nie dziesińć takie same w początku, a późni to uny Salkę w rękę całowały, coby je tylko zaprowadzić do kogo...

Nie skończyła, bo Janka otworzyła drzwi, schwyciła ją za kark i wyrzuciła na korytarz, a za nią poleciałc natychmiast pudełko z towarem.

Drzwi zamknęła na klucz i dopiero stanęła na środku pokoju uprzytomniając sobie treść jej słów.

Usiadła potem i siedziała długo w jakiejś bezradności i opuszczeniu.

Dopiero teraz poznała, że jest samą zupełnie i że w tym nowym życiu musi wystarczyć sama sobie, że tutaj nie ma ojca ani znajomych, którzy by ją mogli zasłonić od takich scen i ludzi; że ta walka życia, jaką rozpoczynała, nie jest tylko walką o sławę i wyższe cele, że musi walczyć o swoją godność ludzką i – jeśli nie chce zginąć – musi się bronić.

– To tak jest na świecie! – myślała idąc do teatru i zdawało się jej, już przejrzała, że życie niewiele może mieć dla niej niespodzianek i goryczy, ponieważ już tyle doświadczyła. Spotkała Sowińską pod werandą – i zaraz, jak tylko mogła najuprzejmiej, prosiła ją, czy nie wie o jakim pokoju do wynajęcia przy familii, bo zrozumiała, że w hotelu z wielu względów mieszkać nie może.

– A to się dobrze składa!... Jeżeli pani zechcesz, to u nas jest pokój. Możemy go pani odstąpić z całodziennym utrzymaniem, niedrogo. Pokoik ładny, na dole, okna na południe, z osobnym wejściem z przedpokoju. Umówiły się o cenę. Janka powiedziała, że może zapłacić za miesiąc z góry.

– Zgoda! Będzie pani u nas cicho, bo córka nie ma dzieci... Chodźmy go obejrzeć.

– To już chyba po próbie; a jeśli pani nie ma czasu czekać, to niech mi pani zostawi ad– res... ja trafię.

Sowińska dała jej adres i poszła.

Jance wręczono nuty i już brała udział w próbie śpiewając z nich.

Nikt ją nikomu nie przedstawiał, ale zwróciła uwagę wszystkich, bo Kaczkowska chciała, żeby Halt poszedł z nią do fortepianu akompaniować.

– Daj mi pani spokój! nie mam czasu! – odpowiedział.

– Jeżeli pani chce, to może bym ja akompaniowała, jeśli z nut?... – zaproponowała jej Janka. Kaczkowska pociągnęła ją żywo do owego gabinetu z fortepianem i coś z godzinę mordowała; ale całe towarzystwo zainteresowało się bardzo chórzystką umiejącą grać na fortepianie.

Później Cabińska rozmawiała z nią dosyć długo i prosiła, żeby przyszła do nich, do mieszkania, jutro po próbie, i pożegnała ją życzliwie.

Janka z teatru poszła prosto do Sowińskiej oglądać mieszkanie.

IV

"Dyrekcja ma zaszczyt prosić Sz. Artystki i Sz. Artystów Towarzystwa, jako też skład orkiestry i członków chórów, o przybycie do lokalu zarządu w dniu 6 bm. po przedstawieniu, na herbatkę i koleżeńską pogawędkę." Dyrektor Tow. Artystów Dramatycznych (podpisano) Jan w Oleju Cabiński.

– Co?... dobrze tak będzie, Pepa?... – pytał dyrektor przeczytawszy żonie mozolnie i z mnogimi przekreśleniami napisane zaproszenie.

– Bogdan! cicho, bo nie słyszę, co ojciec czyta.

– Mamusiu, Edek wziął mi rolę!

– Tatku, a Bogdan powiedział, że ja jestem głupi caban!

– Cicho! Jezus, Maria! z tymi dziećmi!... Przyciszże je, Pepa.

– Niech mi tatko da dychę, to będę cicho.

– I mnie! i mnie!

Cabiński ścisnął pod stołem szpicrutę i czekał; skoro tylko dzieci zbliżyły

się na pewną odległość, skoczył i zaczął je okładać, gdzie trafił.
Podniósł się pisk i wrzask; drzwi się z łoskotem otwierały i młodzi
dyrektorowicze z krzykiem zjeżdżali na dół po poręczach schodów.
Cabiński spokojnie czytał po raz drugi zaproszenie żonie siedzącej w
drugim pokoju.

– Na którą godzinę prosisz?

– Po przedstawieniu, napisałem.

– Trzeba poprosić kogo z recenzentów, ale to już osobne listy albo usmnie
prosić.

– Ja nie mam już czasu, a trzeba porządnie napisać.

– Zawołaj kogo z chóru, niech napisze.

– Ba! strzeli mi jakiego byka, jak ten Karol w przeszłym roku; wstyd
miałem później... A może ty, Pepa, napiszesz?... masz ładny charakter.

– Nie, nie wypada, żebym ja, dyrektorowa i kobieta, pisywała do obcych
mężczyzn. Mówiłam tej... jakże się nazywa ta, coś ją zaangażował do
chórów?...

– Orłowska.

– Otóż mówiłam jej, aby przyszła dzisiaj. Podoba mi się dziewczyna; coś
ma takiego w twarzy, co pociąga. Kaczkowska mówiła, że doskonale gra na
fortepianie, więc przyszła mi myśl...

– No, to niech ona napisze; gra na fortepianie, to i pisać pewnie umie.

– Nie tylko to, ale ja myślę, że mogłaby Jadzię uczyć grać...

– A wiesz, że to pomysł!... bo można by to policzyć razem z przyszłą gażą...

– Ileż jej płacisz? – zapytała zapalając papierosa.

– Jeszczem się nie umówił... ale tyle, co i innym – powiedział uśmiechając
się dziwnie.

– To znaczy, że...

– Że... bardzo wiele, bardzo wiele... w przyszłości. Ha! ha! ha!

Zaczęli się śmiać oboje i zamilkli.

– Jasiu, cóż projektujesz na kolację?

– Jeszcze nie wiem... Rozmówię się dopiero w restauracji. Jakoś to się tam
urządzi... Cabiński przepisywał na czysto zaproszenie, a Pepa paliła
papierosa bujając się na fotelu biegunowym. Po chwili rzuciła niedbale:

– Jasiu!... czyś ty nie zauważył nic w grze Majkowskiej?

– Nic... że trochę spazmuje na scenie, to już jej styl.

– Trochę?... ona epilepsji dostaje; aż przykro patrzeć, jak się wykrzywia i
rzuca na scenie. Mówił mi redaktor, że prasa zwróciła na to uwagę.

– Bój się Boga, Pepa! Najlepszą aktorkę z towarzystwa chcesz wygryźć?...
Zjadłaś Nicoletę, a była bardzo lubianą i miała swoją galerię.

– No, i tobie się ogromnie podobała; wiem coś o tym.

– Mógłbym ci wymówić choćby tego redaktora, ale że lubię przede
wszystkim spokój...

– Co ci do tego! wtrącam się, jak ty z chórzystkami włóczysz się po
gabinetach, co?...

– Ale i ja się ciebie nie pytam, co robisz?... Po co zresztą mamy się kłócić?... Tylko Majkowskiej ruszyć nie dam!... Tobie idzie o intrygę, a mnie o byt, przecież dobrze wiesz, że takiej pary bohaterskiej, jak Mela i Topolski, nie ma nigdzie na prowincji, nie ma może i w warszawskim teatrze. Naprawdę to oni jedni trzymają wszystko!... Melę chcesz wysadzić?... ależ ona ma sympatię u publiczności, prasa ją chwali... ma talent!...

– Majkowska ma talent?... Zwariowałeś, panie dyrektorze! Majkowska ma histerię, ale nie talent! – zawołała podniesionym głosem.

– Ma talent!... niech mnie kaczusie zdziobią, ale Majkowska ma ogromny talent. Ze wszystkich kobiet na prowincji tylko ona ma talent i najlepsze warunki.

– A ja?!... – spytała groźnie, stając przed nim.

– Ty?... ty także masz talent, ale... – mówił ciszej – ale...

– Tu nie ma "ale", tylko jesteś skończonym idiotą, panie dyrektorze!... Nie masz pojęcia o grze, o sztukach, o artystkach, a chcesz je rozdzielać na mniejsze i większe... Ty sam jesteś ogromny artysta, ogromny! Wiesz, jak ty grałeś Franciszka w Zbójcach? wiesz?... nie! to ci powiem... Grałeś jak szewc, jak cyrkowiec!...

Cabiński skoczył, jakby go kto batem uderzył.

– Nieprawda! Królikowski tak samo grał; radzili mi, żebym naśladował, i naśladowałem...

– Królikowski tak jak ty?... Jesteś krowienty, mój artysto!

– Pepa, cicho, żebym ja ci nie powiedział, czym ty jesteś!

– O, powiedz, proszę cię, powiedz! – wołała ze złością.

– Nic wielkiego, nic nawet małego, moja najdroższa.

– Powiedz wyraźniej, co?

– No, mówię, mówię, że nie jesteś Modrzejewską – zaśmiał się cicho i drwiąco Cabiński.

– Ty mi nie wyjeżdżaj z tymi... z warszawskiego!...

– Nie irytuj się, Pepa, że cię wtedy nie dopuścili do debiutu...

– Milcz! Widziałeś?... Słyszałeś, że dzwonią, ale nie wiesz, w którym kościele. Nie chciałam wtedy, jak i teraz nie chcę!... Za bardzo szanuję swoją godność ludzką i artystyczną. Cabiński śmiał się już głośno.

– Milcz, klownie!... – krzyknęła rzucając w niego papierosem.

– Czekaj, czekaj, gabinetowa primadonno! – syknął siniejąc z gniewu. Zamilkli, bo im nienawiść zatkała gardła.

Cabiński, w szlafroku podartym na łokciach, w bieliźnie i w pantoflach, zaczął biegać wzdłuż pokoju, a Pepa, tak jeszcze jak wstała, nie umyta z wczorajszej charakteryzacji, nie uczesana, z roztarganymi włosami, zataczała koła z taką szybkością, że tylko jej biała, brudna spódnica szumiała.

Spoglądali na siebie z wściekłością i groźbą głuchą. Stara ich zawiść współzawodnicza wybuchnęła z całą siłą. Oni się nienawidzili jako artyści, bo sobie wspólnie i niepohamowanie zazdrościli talentu i powodzenia u publiczności.

Kryli się z tym przed sobą starannie, ale mieli w sercach wiecznie krwawiące rany, które lada słowo podrażniało.

Cabiński szczególniej, który znał wartość artystyczną swojej żony, wściekał się nieraz, usłyszawszy, że tę jej nędzną, sztuczną grę publiczność oklaskuje zawzięcie. Każdy oklask był jakby uderzeniem noża w jego serce; zdawało mu się, że ona jest wprost podłą złodziejką, że te brawa są jego, do niego powinny należeć i tylko on je powinien dostawać. I taka śmie jeszcze mówić mu w oczy, że grał jak cyrkowiec – on, co czuł w sobie prawie geniusz aktorski, co był pewnym niemal, że gdyby nie klika, to wszystkie role po Królikowskim powinien by grywać w teatrze warszawskim...

Biegał jeszcze prędzej i co tylko spotkał na drodze, to kopał w uniesieniu wściekłym; a leżało po kątach dosyć rupieci: stare buciki, bielizna, garderoba teatralna, sienniki dzieci pod ścianą, stosy nut i muzykalii, kosze z biblioteką, to kupa starych łachów i dekoracji.

Złość się w nim podnosiła coraz większa.

– Ja źle grałem?... ja cyrkowiec?... a żeby cię jasności, psiakrew, ogarnęły!... Chwycił jakąś szklankę z pak i grzmotnął nią o ziemię, potem uniósł stos książek i rzucił nim, potem krzesło wyplatane potłukł.

Zaogniał się coraz więcej, wywierał złość swoją na rzeczach różnych i rozbijał same drobiazgi – ale spotkawszy się ze wzrokiem Pepy, tak samo ziejącym nienawiścią i pogardą, skoczył do fortepianu i uderzył pięścią w klawiaturę, aż kilka strun pękło z brzękiem smutnym – i pobiegł do okna; na parapecie stał stos talerzy z resztkami wczorajszego obiadu.

Pepa skoczyła co prędzej i zasłoniła sobą talerze.

– Odejdź!... – mruknął groźnie, zaciskając pięście.

– To moje! – zawołała i cały stos talerzy rzuciła mu pod nogi z taką siłą, że się rozbiły na drobne kawałki.

– Bydlę!

– Błazen!

Skrzyżowały się przymiotniki, stanęli naprzeciw siebie groźni, gotowi rzucić się i gryźć wzajemnie, tak oczy płonęły im nienawiścią i zęby szczękały – gdy wtem weszła służąca.

– Proszę pani pieniędzy na śniadanie.

– Niech ci pan da! – odpowiedziała i krokiem dumnym, takim, jak Rakiewiczowa schodzi ze sceny, wyszła do drugiego pokoju zatrzaskując drzwi za sobą.

– Niech pan da pieniędzy, już czas, dzieci płaczą, że im się jeść chce!

– Niech niania idzie do pani po pieniądze...

– Ale!... nie tako ja głupia! Narobił pan piekła, że w całym domu było słychać, a teraz ja mam iść do pani?... Niech no pan da i ubiera się prędzej! Loboga, już je dziesiąta, a pan łazi kiej Żyd rozbabrany przed siabasem...

– Bez uwag, nianiu; mówię ci ciągle, nie wtrącaj się...

– A juści!... a kto by o czym pamiętał?... państwo ino kumedie wyprawiają, a o dzieciskach po ludzku to nikt nie pamięta.

– Brakuje co dzieciom? – spytał udobruchany, gdyż dzieci były jego słabością.

– Przecie!... Edziowi trza bucików, Waciowi ubrania, bo hycel chłopak do cna portecki ściarachał, a i pannie Jadzi też wrazić nie ma co... Państwo ino na kumedie to nie żałują, a lo dzieci to pieprzu za grosz musi starczyć! – burczała pomagając mu się ubierać.

– Niech się niania dowie w sklepach, co to wszystko będzie kosztowało, i powie mi, to dam pieniędzy... a tutaj ma niania na śniadanie.

Położył rubla, wytarł rękawem rudawy cylinder i wyszedł.

Niania zabrała dzbanek, koszyk na bułki i poszła.

Cabińscy prowadzili życie koczownicze, cygańskie i mieli artystyczne zwyczaje w domu.

Tylko herbatę wieczorem robiono na miejscu, i to nie w samowarze, jaki ciągle obiecywała kupić pani Pepa, ale na maszynce benzynowej. Żeby nie mieć kłopotów gospodarskich, cały dom stołował się w restauracji: dyrektorstwo, czworo dzieci, dwie służące; dla wszystkich rano kawę kupowało się w kawiarni, a w południe obiad w restauracji.

Tak samo nie mieli czasu myśleć o domu, jak i o dzieciach. Nie dbali o nic, pochłonięci teatrem, rolami i walką o powodzenie.

Płócienne ściany dekoracji i kulis, przedstawiające salony świetne i mieszkania wytworne, wystarczały im w zupełności; tam oddychali głębiej i czuli się lepiej, tak jak wolna okolica, przedstawiająca jakiś dziki krajobraz, z zamkiem na szczycie góry czekoladowego koloru i z lasem namalowanym niżej, wystarczała im za żywą przyrodę, za prawdziwe pola i lasy.

Zapach mastyksu, szminek i perfum – to były ich najwspanialsze zapachy.

Sypiali tylko w mieszkaniu – mieszkali i żyli na scenie i za kulisami.

Pepa, ze swoją wrażliwością kobiecą, tak przesiąkła teatrem, że ilekroć gniewała się na serio lub radowała albo wreszcie opowiadała coškolwiek, to zawsze w jej akcencie, pozie, ruchach – można było znaleźć echa sceny, powtarzane bezwiednie.

Nie umiała powiedzieć dwóch słów, żeby nie były powiedziane scenicznie i takim głosem, jakby ją słuchały setki osób.

Cabiński był to przede wszystkim aktor, a później aferzysta tego pokroju, że nigdy sam nie wiedział, co w nim przeważa: miłość sztuki czy pieniędzy? Staczał ze sobą częste walki na tym punkcie i nie zawsze pieniądz wygrywał. Miał szczęście i do sztuki, i do publiczności; robił po cichu pieniądze, ale miał zwyczaj głośno płakać na nędzę i niepowodzenie, oszukiwać, jak się tylko dało, wszystkich. Obcinał gaże, zwlekał z rachunkami i lubił płacić akontami, o ile można najmniejszymi. Marzył przy tym w cichości o czymś wielkim, wspominał o tym często i niejasno, że się już śmiano z niego, ale ile razy był przez letni sezon w Warszawie, to często chodził do arch.tektów, naradzał się z autorami dramatycznymi, łaził po redakcjach – i potem obliczał coś w tajemnicy.

Wierzył, że poniedziałki są fatalne do wystawiania nowych sztuk i wyjazdów, że jak położyć rolę na łóżku, to pustki pewne wieczorem w teatrze, że wszyscy dyrektorowie są idiotami i – że on ma wielki talent tragiczny.

Dwadzieścia parę lat był w teatrze i grywał ciągle, a łaknął każdej nowej roli, zazdrościł drugim, ubolewał, że wszyscy będą grać kiepsko, i nieraz nocami myślał, jak by to on zagrał, wstawał wtedy, zapalał świecę i z egzemplarzem w ręku chodził po pokoju i próbował roli.

Dopiero krzyki Pepy albo wołanie niani, że takie kumedie po nocy i do psa niepodobne, zapędzały go z powrotem do łóżka.

Pomimo przeciwieństw różnych i nienawiści tajonej była to para bardzo dobrana.

Wszystko, co nie miało związku bliskiego z teatrem, zbywali lekceważeniem i obojętnością.

Zamknęli duszę w tej małej orbicie sztucznego życia i to im w zupełności wystarczało.

Pepa faktycznie przewodziła nad teatrem, ale nad mężem tylko pozornie, bo jej pomimo zawiści imponował; ale za to we wszystkich zakulisowych plotkach, intrygach i skandalach była mistrzynią.

Nigdy sobie nie zdawała sprawy z niczego, słuchała tylko instynktu chwilowego i męża czasami. Przepadała za melodramatem, za sytuacją groźną, targającą nerwy; lubiła szeroki gest, ton mowy podniesiony i niezwykłość jaskrawie uderzającą.

Bywała często przesadnie patetyczna, ale grywała z zapałem; tak ją nieraz porywała sztuka, akcent, słowo jakieś, że po zejściu ze sceny, jeszcze za kulisami, płakała prawdziwymi łzami.

Rolę umiała zawsze najlepiej, bo każdą wykuwała; o dzieci dbała tyle, co o starą garderobę: rodziła je – i pozostawiała mężowi i niani.

Zaraz po wyjściu Cabińskiego krzyknęła przeze drzwi:

– Nianiu, do mnie!

Niania dopiero co wróciła z kawą i chłopakami, których ledwie ściągnęła z podwórza; rozdzielała śniadanie dzieciom i obiecywała:

– Edziuś!... będziesz miał buciki... tatko kupi. Wacio dostanie garniturek, a panna Jadzia sukienkę... Pijcie, dzieci!

Głaskała je po głowach, przysuwała bułki, obcierała twarze z troskliwością. Kochała je i chodziła około nich jak około własnych dzieci.

– Nianiu! – wołała dyrektorowa.

Niania nie słyszała, bo zdjąwszy najmłodszemu zabłocone buciki szczotkowała je zawzięcie.

– Edziuś był na ulicy. Edziuś nie słucha niani... niania przyprowadzi dziada i każe wziąć...

– A jakże, dziada!... Tatuś grywa dziadów, widziałem! – odezwał się powątpiewająco Wacek.

– A to zawołam Żydówkę, co sprzedaje śledzie, i Edziusia i Wacia sprzedam, jak nie będziecie niani słuchali.

– Niania jest głupia!... Żydówki przecież grywa pani Wolska, to się jej nie boję.

– A kiej to będzie Żydowica prawdziwa, nie żadna kumediantka.

– Niania się sypie! – powiedziała Jadzia, najstarsza, ośmioletnia, z miną i głosem głęboko przekonanej wyższości.

– Nianiu! – krzyknęła Cabińska wysadzając przeze drzwi głowę.

– Adyć słyszę, ale przecież dzieci pilniejsze.

– Gdzie Antka?

– Poszła do magla.

– Pójdzie mi niania po suknię na Widok, do Sowińskiej. Wie niania gdzie?...

– Adyć wiem!... do ty chudy i zły kiej pies...

– Niechże niania zaraz idzie i powraca prędko...

– Mamusiu!... to i my pójdziemy z nianią... – prosiły po cichu dzieci, bo się bały matki.

– Zabierze niania dzieci ze sobą.

– To się wi, że bym ich samych nie zostawiła!

Poubierała dzieci, włożyła na siebie wspaniały łowicki wełniak, w szerokie pasy pąsowobiałe, okryła się chustką i wyszła z dziećmi.

W teatrze nianię nazywano Babą Jagą albo niewiastą. Był to typ kopalniany, szczątkowy. Przyjęła ją Cabińska we Włocławku za niańkę do pierwszego dziecka i została już u nich na stałe.

Można śmiało powiedzieć, że pomimo iż była popychadłem dla wszystkich, była prawdziwą opatrznością domu. Wyhodowała wszystkie dzieci Cabińskim. Miała lat z pięćdziesiąt, swarliwy charakter, uczciwość prawdziwie chłopską i przepadała za dziećmi. Ją jedną teatr nie przekształcił ani na odrobinę.

Sama jedna na świecie, przywiązała się do Cabińskich jak pies.

Nie chciała nigdy zmienić wełniaka na suknię, malowanej w czerwone kwiaty skrzynki – na kufer, chłopskich wierzeń – na miejskie i swojego zdania o teatrze. Nazywała wszystko rozpustą, kumedią, kumedianctwem, ale ogromnie lubiła patrzeć na przedstawienia.

Za kulisami urządzano jej tysiące kawałów, nieraz bardzo bolesnych, nie gniewała się jednak.

– Rozpustnik!!... da wam Pan Bóg radę, da! – mawiała wtedy.

Miała także swoją namiętność: dzieci, które kochała nad wszystko, i myśl o pierzynie dużej ze świeżego pierza – pierzynie gospodarskiej. Jeśli miała pieniądze, to wtedy wydawało się jej, że pierze jest za drogie i niedobre; kiedy trafiało się jej tańsze, nie kupowała z nieufności.

– Może jaki parch na nim styrgnął!... – mawiała.

Pasjami także lubiła kury. Żeby się na nią nie wiem jak gniewano, umiała zawsze na wiosnę wystarać się o jajka i o kwokę; nasadzała ją choćby w nogach swojego łóżka, a gdy się kurczęta wylęgły, chodziła około nich troskliwiej niż około dzieci. Za nic w świecie nie pozwoliła zabić tych kurcząt...

Było to dla niej coroczne uroczyste święto, kiedy już kurczęta wyrośnięte były odpowiednio, wybierała z nich jakie trzy kokoszki i koguta na chowanie, a resztę wsadzała w koszyk i niosła na targ.

I czy to było w Płocku, Lublinie albo Kaliszu, szła pomiędzy kobiety wiejskie, siadała razem z nimi i sprzedawała kurczęta.

Trzeba było wtedy widzieć jej twarz rozpromienioną, dumną – gospodarską, lub słyszeć jej dyszkancik poważnie brzmiący, jakim zachęcała do kupna i rozmawiała z sąsiadkami!... Nic, tylko gospodyni na jakiej włóce ziemi!...

Towarzystwo chodziło wtedy in gremio oglądać ją.

Żadne drwiny ani tłumaczenia nie potrafiły wykorzenić tej odziedziczonej po matce skłonności.

Nie mogła się pozbyć zwyczaju całowania wszystkich kobiet w ręce i ukłonów do ziemi – robiła to bezwiednie, siłą przyzwyczajenia, choć Cabińska ciągle ją upominała.

Sprawiała dziwne wrażenie ta chłopka, prosta, szczera i jasna jak dzień letni na wsi, w tym świecie szminki i kłamstwa.

Prędko wróciła z suknią i dziećmi.

Cabińska się ubrała i miała już wychodzić, gdy zadzwoniono.

Niania poszła otworzyć.

Wtoczył się niski, dosyć otyły i niezmiernie ruchliwy jegomość.

Był to mecenas.

Twarz miał starannie wygolcną, złote binokle na małym nosku i uśmiech jakby przyklejony do wąziutkich warg.

– Można?... dyrektorowa pozwoli?... Na minutkę, bo zaraz uciekam!... – recytował szybko.

– Ależ szanowny mecenas zawsze może...

– Dzień dobry! Proszę o łapkę... Ślicznie mi dyrektorowa wygląda!... Ja tylko w przelocie...

– Niechże mecenas siada, proszę! Nianiu, daj no krzesełko panu!

Mecenas usiadł, binokle chustką przetarł, poprawił włosy mocno przerzedzone, ale niepokalanie czarne, przerzucił szybko nogę na nogę, mrugnął kilkanaście razy newralgicznie oczami, wyjął papierośnicę i podał.

– Doskonałe po prostu! Mam przyjaciela w Kairze, przysłał mi właśnie...

– Dziękuję!

Wzięła papierosa, obejrzała go uważnie i zapaliła z uśmiechem nieznacznym.

– Słowo honoru, egipskie oryginalne – zapewniał pochwyciwszy jej uśmieszek.

– Rzeczywiście, doskonałe!

– Cóż tam dzisiaj gramy, kochana dyrektorowo?...
– Naprawdę to nie wiem, nianiu, czy ja co gram dzisiaj?...
Udawała zawsze, że nie dba i nie pamięta o scenie, że tylko oddycha domem i dziećmi.
– Wicek z książką nie przychodził dzisiaj, to pani nie gra – odpowiedziała niania, sprzątając pośpiesznie ślady spustoszeń, jakie narobił Cabiński.
– Czytałem dzisiaj w "Gońcu" bardzo pochlebną wzmiankę o dyrektorowej.
– Niezasłużona może, bo ja wiem, jak się tę rolę grać powinno.
– Grała ją pani prześlicznie, cudownie!...
– Komplemencista z mecenasa, niedobry, nieżyczliwy!... – kaprysiła naiwnie.
– Prawdę tylko mówię, istotną prawdę, słowo honoru!
– Proszę pani, dyć je już kole połednia – powiedziała niania, która w ten sposób przypominała gościowi, że czas iść sobie.
– Dyrektorowa do teatru?
– Tak, zajrzę na próbę, a potem wyjdę trochę na miasto.
– Pójdziemy razem, dobrze?... Po drodze załatwimy mały interesik...
Cabińska spojrzała na niego z niepokojem. Nie widział tego, bo mrugał znowu oczkami, przekładał nogę na nogę i obsadzał binokle, wciąż się zsuwające.
– Pewnie chce pieniędzy – myślała Cabińska, kiedy już szli po schodach. Mecenas tymczasem kręcił się, uśmiechał się i szczebiotał.
Był to naprawdę "mecenas" towarzystwa; wszystkim mówił po imieniu i wszystkimi się interesował. Nie wiedziano, czym był, gdzie mieszkał, co robił, ale kieszeń miał zawsze otwartą.
Zjawiał się w ogródku na pierwsze przedstawienie, znikał po ostatnim aż do przyszłej wiosny. Pożyczał pieniędzy, których mu nigdy nie oddawano; czasami fundował kolacje, przynosił cukierki aktorkom, opiekował się młodymi adeptkami i podobno zupełnie platonicznie kochał się zawsze w którejś z aktorek.
Był to dziwny, ale zarazem bardzo dobry człowiek.
Cabiński zaraz po wyjeździe pożyczył od niego sto rubli – i umyślnie przy wszystkich, żeby ich przekonać, że nie ma pieniędzy, zmusił go do wzięcia w zastaw bransoletki żony.
Cabińska myślała właśnie, że teraz będzie chciał zwrotu pieniędzy.
Siedli cicho w krzesłach, bo próba była w pełni i właśnie Majkowska z Topolskim grali jakąś kapitalną scenę miłosną.
Mecenas słuchał, kłaniał się na wszystkie strony, uśmiechał i szepnął:
– Pyszna to rzecz miłość... na scenie!
– I w życiu nie jest złą...
– Miłość prawdziwa to rzadkość w życiu, więc ja przekładam scenę, bo tutaj mam ją codziennie – mówił szybciej i znowu powieki zaczęły mu drgać.
– Mecenas rozczarowany?...

– O, nie, niechże Bóg broni!... to taka sobie luźna uwaga. Jak się masz, Piesiu!

– Zdrowo, najedzono i nudnie – odpowiedział wysoki aktor o ładnej, myślącej twarzy wyciągając rękę i witając się z dyrektorową.

– Palisz egipskie papierosy, co?...

– Mogę, jak mecenas dasz – odpowiedział chłodno.

– Piesiowa zdrowa i zazdrosna zawsze... co? – pytał mecenas podając papierosa.

– To tak, jak mecenas zawsze w humorze: i to choroba, i tamto nie zdrowie.

– Uważasz humor za chorobę, co? – pytał ciekawie.

– Ja uważam, że człowiek normalny powinien być przede wszystkim obojętnym, zimnym i nie dbać o nic, powinien zostać spokojnym wewnętrznie.

– Dawno jeździsz na tym koniku?

– Prawdę późno się zwykle poznaje.

– Zostaniesz przy tej prawdzie długo?

– Może na zawsze, jeśli nie znajdę czegoś lepszego.

– Pieś, na scenę!

Aktor wstał sztywno i spokojnym, automatycznym krokiem poszedł za kulisy.

– Ciekawy, bardzo ciekawy człowiek! – szepnął mecenas.

– Tylko nudny porządnie z tymi wiecznie szukanymi prawdami, ideałami i inną głupią galanterią! – zawołał młody aktor, ubrany jak lalka, w jasny garnitur, koszulę w różowe paski i w żółte, cielęce pantofle.

– A, Wawrzecki!... musiałeś znowu położyć trupem jaką niewinność, bo promieniejesz niby słońce...

– Wolne żarty, szanowny mecenasie!... – bronił się z uśmiechem domyślnym i wysuwał zgrabną nogę; pozował się wdzięcznie, podnosił rękę i migotał w słońcu pierścionkami, bo dyrektorowa przymrużonymi oczami spoglądała na niego.

– Więc któż u ciebie nie jest nudnym, hę?... wyspowiadaj no się, chłopaczku.

– Mecenas, bo ma humor i złote serce; dyrektor wtedy, jak płaci; publiczność, kiedy mnie bije brawa; kobiety piękne i łaskawe; wiosna, jeśli jest ciepłą; ludzie, kiedy są weseli – wszystko, co jest pięknym, miłym, uśmiechniętym; a nudne to same brzydkie rzeczy: troski, łzy, cierpienia, nędza, starość, zimno...

– O czymś zapomniałeś; w którą szufladę kładziesz dobro: na lewo czy na prawo?

– A jak to dobro wygląda?... jeśli ma lat, tak od piętnastu do dwudziestu pięciu i jest pięknym, to na prawo. Ale naprawdę, niech mi mecenas powie, co to jest właściwie dobro? .. Dla Cabana jest dobrem nie płacić gaży, dla mnie nie płacić krawca, a brać gażę, a więc...

– To, co mówisz, jest tylko cynizmem pośledniejszego gatunku.

– Mecenas lubisz to samo, ale w przednim gatunku – odpowiedział aktor ze śmiechem, ogarniając wiele mówiącym wzrokiem jego i dyrektorową.

– Głupiś, Wawrzecki! a nie chwal się z tym, bo i tak ludzie to dosyć prędko spostrzegą.

– E! bibuła z mecenasa!... rozmoczona bibuła – odpowiedział kwaśno i pobiegł do gromady aktorek, siedzących pod werandą i tworzących jasnymi, świeżymi sukniami niby bukiet przepysznie jaskrawy.

– Moja dyrektorowo, a to co za jedna? – zapytał mecenas wskazując na Jankę zasłuchaną w próbę.

– Adeptka.

– Dobrze jej z oczów patrzy. Twarz rasowa i inteligentna. Nie wie pani, co ona za jedna?...

– Wicek! – zawołała Cabińska na chłopaka, grającego w klasy na ogródku – idź i poproś tej pani, co stoi przy loży, żeby tutaj przyszła.

Wicek pobiegł, obszedł Jankę, zajrzał jej w oczy i powiedział:

– Stara tam prosi panią do siebie.

– Jaka stara?... kto?... – zapytała nie rozumiejąc.

– Cabanowa, pani Pepa, dyrektorowa przecież!...

Janka podeszła wolno; mecenas przyglądał się jej uważnie.

– Niechże pani siada. Nasz kochany mecenas, opatrzność dobra teatru – rzekła Cabińska prezentując.

– Orłowska! – powiedziała Janka krótko, dotykając wyciągniętej ręki.

– Przepraszam! – zawołał mecenas przytrzymując jej rękę i odwracając dłonią do światła.

– Niech się pani nie boi!... Mecenas ma niewinną manię wróżenia z rąk – zawołała wesoło Cabińska zaglądając przez ramię mecenasa w dłoń, którą oglądał.

– Ho! ho! dziwna, dziwna! – szeptał stary.

Wyjął z kieszeni małą lupę i przez nią przyglądał się liniom dłoni, paznogciom, stawom palców i całej ręce.

– Szanowna publiczności! Tu się wróży z ręki, z nogi i z czegoś tam jeszcze!... tu się przepowiada przyszłość, daje się talent, cnotę, monetę w przyszłości! Po pięć kopiejek wejście, po pięć!... dla biedniejszych po dziesięć groszy! Prosimy szanowną publiczność, prosimy! – krzyczał Wawrzecki naśladując doskonale głos hecarzy z Ujazdowskiego placu. Aktorzy otoczyli ze wszystkich stron siedzących, zaglądali w rękę i śmiali się głośno.

– Niechże mecenas mówi!

– Prędko za mąż pójdzie?

– Kiedy zakasuje Modrzejewską?

– Czy bogatego bębenka mieć będzie?

– Może każe co postawić?

– Ilu tam już było?...

Leciały drwiące i swawolne zapytania.

Mecenas nie odpowiadał, tylko w milczeniu oglądał obie dłonie.

Janka słyszała drwiny, ale ten dziwny człowiek przykuł ją wprost do krzesła; czuła, że ją ogarnia złość i wstyd, a nie mogła ruszyć rękami, które trzymał.

Przeniknął ją jakiś dreszcz zabobonny – przed przepowiednią.

Nie wierzyła, śmiała się nieraz pogardliwie ze znajomych, pozwalających sobie gadać set– ne głupstwa Cygankom, ale bała się czegoś nieokreślonego.

Wreszcie mecenas puścił jej ręce i powiedział do otaczających:

– Moglibyście chociaż raz nie błaznować, bo to czasami jest nie tyle głupie, co nieludzkie. Przepraszam panią, że ją naraziłem, bardzo przepraszam, ale nie mogłem się powstrzymać, żeby ręki nie obejrzeć; to moja słabość...

Pocałował ją ostentacyjnie w rękę i zwrócił się do zdziwionej Cabińskiej:

– No, chodźmy, dyrektorowo!

Jankę paliła ciekawość taka, że pomimo tylu widzów zapytała cicho:

– Nic mi pan mecenas nie powie?

Mecenas się obejrzał, ale zobaczył, że dziesiątki osób już chwytały mu prawie z ust odpowiedzi, więc się nachylił i szepnął ciszej:

– Teraz nie mogę... Za dwa tygodnie, jak powrócę, powiem pani wszystko.

– Chodźże, mecenas, bo teraz to już naprawdę jesteś nudny! – wołała Cabińska. – Ale, ale!... czy pani będzie mogła przyjść do mnie po próbie? – zwróciła się z zapytaniem do Janki.

– Owszem, przyjdę – odpowiedziała siadając.

– Stary zwariował!... pocałował ją w łapę niby księżnę! – mówiły do siebie chórzystki.

– Będzie się nią opiekował.

– Podobno jest dosyć pierzasty i leci tylko na krowienty... stary cymbał!

Janka, choć słyszała, że to do niej było powiedziane, nie odpowiedziała nic, bo już tyle zrozumiała, że w teatrze lepiej nic nie odpowiadać i płacić za wszystko pogardliwą obojętnością.

– Gdzież pójdziemy, dyrektorowo? – pytał mecenas, ale był jakiś mniej wesoły, zamyślał się i szeptał coś do siebie.

– Chyba tam, gdzie zwykle, do mojej cukierni.

Cabińska nic się nie pytała, dopiero gdy usiedli w cukierni, w której stale przesiadywała codziennie po kilka godzin, pijąc czekoladę, paląc papierosy i przypatrując się ruchowi ulicznemu, zapytała się udając obojętność:

– Cóż tam mecenas zobaczył w rękach tej sroki?

Mecenas poruszył się niecierpliwie, wsadził na nos binokle i krzyknął na posługującego chłopaka:

– Mazagran i czekolada bardzo lekka!

Zwrócił się do Cabińskiej:

– Widzi pani, to tajemnica... wprawdzie nic nie znacząca, ale tajemnica nie moja. Cabińska nalegała koniecznie, bo przecież dość jest zawołać głośno: "tajemnica!", żeby wszystkie kobiety wyprowadzić z równowagi – ale nie powiedział nic, tylko rzucił krótko:

– Wyjeżdżam, dyrektorowo.

– A to gdzie i po co? – zapytała zdziwiona mocno.

– Muszę... wrócę za dwa tygodnie. Otóż przedtem chciałbym uregulować nasz... Cabińska skrzywiła się i czekała, co dalej powie.

– Bo widzi pani, mogłoby wypaść, że wróciłbym dopiero jesienią, kiedy was już nie będzie w Warszawie...

– Dawno przeczuwałam, że jesteś stary lichwiarz – myślała Cabińska dzwoniąc w szklankę.

– Ciastek owocowych!

– ... I dlatego też wracam kochanej pani ową bransoletkę – ciągnął dalej.

– Kiedy my jeszcze pieniędzy nie mamy. Powodzenie się ciągle rwie... dawne wypłaty...

– Mniejsza o pieniądze. Niech dyrektorowa myśli, że jej na imieniny daję mały, przyjacielski upominek... dobrze, co?... – pytał wsuwając na jej pulchną rękę bransoletkę.

– Mecenasie, mecenasie! gdybym nie kochała tak swojego Janka, to... – mówiła, uradowana niezmiernie z odzyskania bransoletki darmo, ściskała mu silnie ręce i paliła go rozpromienionym wzrokiem tak blisko, że poczuł na twarzy jej oddech i zapach werweny, którą sobie twarz wycierała. Odsunął się delikatnie i zagryzł usta, tak mu się śmieszną wydawała.

– Mecenasie, jesteś idealnym człowiekiem! najszlachetniejszym, jakiego znam!

– Dajmy pokój!... zrobiłem to dzisiaj, bo na imieninach dyrektorowej być nie mogę.

– Ani słuchać o tym nie chcę!... musisz mecenas być!

– Nie, nie mogę... mam smutne obowiązki w tym czasie. Muszę... – odpowiedział wolniej i ciszej; oczy mu zaszły jakąś mgłą, ale ten sam uśmiech miał na twarzy.

– Czym ja się mecenasowi odwdzięczę za tyle dobroci?...

– Zaprosi mnie dyrektorowa na kuma.

– Szkaradnik z mecenasa!... Jak to?... już, już mecenas idzie?...

– Za dwie godziny mój pociąg odchodzi. Do widzenia!

Zapłacił w bufecie i wyszedł przesyłając jej uśmiech jeszcze z ulicy. Cabińska siedziała zapatrzona w ulicę.

– Czyżby się we mnie kochał?... – myślała uśmiechając się do jakichś niejasnych jeszcze, ledwie rysujących się obrazów, popijając wystygłą czekoladę.

Wyciągnęła z kieszeni rolę jakąś, przeczytała parę wierszy i znowu zapatrzyła się w ulicę.

Obszarpane dorożki, zaprzągnięte w chude konie, wlokły się leniwie; tramwaje huczały przebiegając; po trotuarach snuli się pospiesznie, gorączkowo ludzie, jak długa, ruchoma wstęga. Jakiś szyld naprzeciwko błyszczał się w słońcu i migotał.

– Czyżby się we mnie kochał?... – pomyślała znowu i zapadła w bezmyślną niepamięć wszystkiego.

Zegar wydzwonił trzecią: podniosła się i poszła ku domowi.

Szła wolno, spoglądając majestatycznie na tłum wymijających ją przechodniów.

W oknie cukierni Bliklego spostrzegła Cabińskiego; siedział i zamyślonym wzrokiem tonął w ulicy nie spostrzegłszy przechodzącej.

Wyprostowywała się coraz bardziej, bo coraz częściej patrzano na nią. Kupcy, subiekci, dorożkarze nawet z tej dzielnicy znali panią dyrektorową. Zdawało się jej, że na ich twarzach, które sobie przypominała słabo z sali widzów, jaśnieją uśmiechy zachwytów, że wszyscy szepczą z uniżonością "Patrzcie! dyrektorowa Cabińska..." Szła coraz wolniej, żeby się dłużej rozkoszować wrażeniem zadowolenia. Zobaczyła z daleka redaktora z Nicoletą i nagle zachmurzył się horyzont jej myśli.

– On z Nicoletą?!... z tą... podłą intrygantką?!...

Paliła ich już z daleka okiem Gorgony.

Na rogu Wareckiej Nicoleta zniknęła gdzieś w ulicy, a redaktor szedł ku niej rozpromieniony.

– Dzień dobry!... – zawołał wyciągając rękę.

Pepa zmierzyła go wyniosłym wzrokiem i odwróciła twarz w drugą stronę.

– Cóż to za nowa heca, Pepa?... – mówił ciszej, idąc obok niej.

– Jesteś pan niegodziwym!...

– Znowu komedia?...

– Śmiesz pan w ten sposób mówić do mnie?!...

– Przestaję... i tylko mówię: do widzenia! – powiedział gniewnie, ukłonił się sztywno i zanim mogła się zorientować, wsiadł w dorożkę i pojechał.

Cabińska skamieniała z oburzenia; nie przeprosił ją i odjechał! Wściekłość nią zaczęła miotać; szła prędko, nie zważając już na nic i nikogo.

Podobno było tam coś pomiędzy nimi; mówiono o tym po cichu za kulisami, ale z pewnością wiedziano tylko to, że Pepa nigdy się nie obywała bez wielbicieli kilku kategorii. Jeśli w jakim mieście nie miała wielbiciela spośród publiczności, to musiał być jej amantem jaki początkujący aktor o ładnej twarzy i dosyć naiwny, że pozwalał się oplatać nudnej, starej i kapryśnej kokietce. Musiała mieć zawsze kogoś zaufanego, który by chciał słuchać skarg, lamentów i serdecznych zwierzeń z przeszłości.

Cabiński nie bronił jej tego, bo go nie obchodzili nawet nieplatoniczni kochankowie żony, a drwił przy każdej sposobności z ich nieszczęsnej doli.

Cabińska, po rozstaniu się z redaktorem, wróciwszy do domu zrobiła istotne piekło: dzieci wybiła, nianię wykrzyczała i zamknęła się na klucz w swoim pokoju.

Słyszała, że mąż przyszedł, pytał się o nią, pukał do drzwi; gdy podawano obiad, nie wyszła chodząc gniewnie po swoim pokoju.

Wkrótce przyszła Janka. Kazała ją prosić do siebie i przywitała serdecznie, zaprowadziła do buduarku, przepraszała, że musi poczekać, nim ona zje obiad: zrobiła się do niepoznania przystępną i gościnną.

Janka, zostawszy samą, z ciekawością rozglądała się po tym buduarze, bo o ile całe mieszkanie wyglądało na skład rupieci, na salę pasażerską trzeciej klasy, pełną tłomoków, waliz i kufrów, o tyle ten pokój jaśniał elegancją, a nawet pewnym zbytkiem.

Pokój był o dwóch oknach, wychodzących na ogród, obciągnięty ciemnym, udającym brokatelę, papierem, z malowanymi amorkami na suficie.

Jedwabny pąs w złote pasy pokrywał dziwacznie powyginane meble. Kremowy dywan, naśladujący starą włoską makatę, zaścielał całą podłogę. W złoconą skórę oprawny Szekspir leżał na stoliczku z laki, malowanej w desenie chińskie.

Janka niewiele zwracała na to uwagi, bo całą ją pochłonęły wieńce, wiszące na ścianach, z napisami na wstęgach: "Koleżance w dniu imienin", "Znakomitej artystce", "Od wdzięcznej publiczności", "Dyrektorowej – od Towarzystwa", "Od wielbicieli talentu". Wawrzynowe łodygi i liście palmowe były pożółkłe ze starości i wisiały poskręcane, okryte pyłem. Szerokie wstęgi, białe, żółte, pąsowe, spływały ze ścian, niby oddzielne kolory tęczy i krzyczały tymi literami tłoczonymi złotem o czymś dawno przebrzmiałym. Te szumnie brzmiące napisy, wieńce poschnięte, nadawały pokojowi pozór kaplicy grobowej; szukało się jeszcze bezwiednie napisu: "Śp. – zmarła... itd."

Janka uczuła jakieś ściśnięcie smutne serca i zdawało się jej, że tutaj musiał koniecznie ktoś umrzeć, tak tam było cicho i tak smętnie.

Proste łóżko pod pawilonem z liliowych tiulów, upiętych bukiecikami sztucznych róż bordo, stoliczki, albumy, stojące fotografie w różnych rolach i kostiumach, zeszyty ról, porozkładane od niechcenia na konsolkach i taburetach – tworzyły całość dosyć wdzięczną, ale bardziej pretensjonalną. Czuć było, że ten pokój paradny jest tylko na pokaz, że tutaj nikt w nim nie mieszka i nie myśli.

Janka oglądała albumy, gdy weszła cicho Cabińska.

Miała wyraz cierpiący i melancholijny; upadła ciężko na fotelik, westchnęła głęboko i cichym przebolałym głosem szepnęła:

– Przepraszam, że pozwoliłam się pani nudzić tutaj.

– Nie nudziłam się wcale, tyle tutaj rzeczy ciekawych...

– To moje sanktuarium. Tutaj zamykam się, kiedy mi życie za bardzo dokuczy, kiedy cierpię zbyt silnie... przychodzę przypominać sobie przeszłość jasną i szczęśliwą: marzyć o tym, co już nie powróci!... – dodała wskazując role i wieńce na ścianach.

– Pani dyrektorowa cierpiąca?... może ja przeszkadzam, bo rozumiem doskonale, że na pewne smutki i cierpienia samotność jest najlepszym lekarstwem – powiedziała Janka ze szczerym współczuciem, poruszona dźwiękiem jej głosu i twarzą.

– Zostań pani!... sprawi mi to prawdziwą ulgę pomówić z osobą, obcą

jeszcze temu światu kłamstwa i pustoty! – mówiła z emfazą, niby recytując
rolę.

– Nie wiem, czy jestem godna zaufania – rzekła skromnie Janka.

– O! moja intuicja artystki nigdy mnie nie zawodzi!... Proszę, usiądź pani
bliżej, o tak! Boże, jakże cierpię!... Więc pani nigdy jeszcze nie była w
teatrze?...

– Nie.

– Jakże żałuję pani i zazdroszczę!... Ach, gdybym mogła zaczynać po raz
drugi, to może nie byłabym w teatrze, nie wypiłabym tylu goryczy i tylu
zawodów! Kochasz pani teatr?...

– Poświęciłam prawie wszystko dla niego.

– O, smutna jest dola artystek!... Poświęcić wszystko, spokój, szczęście
domowe, miłość, rodzinę, stosunki towarzyskie – i za co?... za to, co o nas
piszą; za takie wieńce, co trwają dwa dni; za oklask naprzykrzonego
tłumu?... O, strzeż się pani prowincji!... O, los rzuca ludźmi, rzuca!.., Pomyśl
pani o mnie... Widzisz te wieńce... Prawda, jakie wspaniałe i jakie zwiędłe,
co?... A jeszcze tak niedawno grywałam we Lwowie!...
Zatrzymała się chwilę, jakby olśniona przypomnieniem.

– Sceny świata całego stały przede mną otworem. Dyrektor "Komedii
Francuskiej" umyślnie przyjeżdżał, aby mnie widzieć i zaangażować...

– Pani tak dobrze włada francuskim?...

– Nie przerywaj pani. Miałam parę tysięcy gaży; pisma nie znajdowały
słów na określenie mojej gry; w dniu benefisów młodzież wyprzęgała
konie, zasypywano mnie bukietami, rzucano mi brylantowe kolie!... –
poprawiła bezwiednie bransoletkę. – Najpierwsza młodzież: hrabiowie,
książęta, starali się o moje względy... Potrzeba było nieszczęścia:
zakochałam się... Tak, nie dziw się, pani! Kochałam i byłam kochaną ..
Kochałam, jak tylko można kochać, najpiękniejszego i najlepszego... Był to
pan, książę–ordynat. Przysięgliśmy sobie miłość i mieliśmy się pobrać. Nie
wypowiem pani szczęścia naszego!... Wtem... grom z jasnego nieba!..
Rodzina jego: stary książę, tyran, magnat dumny, bez serca, rozdzielił nas...
Wywieźli go, a mnie chciał zapłacić sto tysięcy guldenów czy nawet milion,
żebym się tylko wyrzekła mego ukochanego... Rzuciłam mu pod nogi
pieniądze i pokazałam drzwi. Wyszedł wściekły i zemścił się srogo;
rozpuścił o mnie najhaniebniejsze pogłoski, przekupił prasę, prześladował
mnie, nędznik, na każdym kroku... Musiałam opuścić Lwów i życie moje
popłynęło innym łożyskiem... innym...
Chodziła po pokoju gorączkowym krokiem; miała łzy w oczach, miłość w
uśmiechu, smętek goryczy w kątach ust, tragiczną maskę rezygnacji na
twarzy, opuszczenie głębokie w postawie i dziki akcent rozpaczliwego
bólu w głosie.

Grała to opowiadanie z mistrzostwem takim, że Janka wierzyła
wszystkiemu i głęboko odczuwała jej nieszczęście.

– Jakże serdecznie żałuję pani!... co za okropny los!... – wyrzekła.

– To już przeszło!... – odpowiedziała Cabińska osuwając się w fotelik z bezwładnością cichej rozpaczy.

Ona sama wierzyła już w te historie, opowiadane z rozmaitymi wariantami setki razy wszystkim, którzy tylko słuchać chcieli. Czasami, na dokończenie, poruszona dźwiękiem własnego głosu i tą niedolą urojoną, wybuchała płaczem głośnym i przez chwil kilka cierpiała prawdziwie.

Tak wiele grywała nieszczęśliwych, zdradzonych kobiet, że już zatraciła pamięć granic własnej osobowości; stapiała się coraz bardziej z tymi granymi postaciami własnym uczuciem i stąd opowiadanie jej nie było prostym kłamstwem.

Po długim milczeniu Cabińska zapytała spokojnie:

– Pani mieszka podobno u Sowińskiej?

– Jeszcze nie. Wynajęłam już, ale muszą mi pokój trochę odświeżyć, bo taki brudny, że niepodobna mi było się sprowadzić, a tymczasem mieszkam w hotelu.

– Kaczkowska i Halt mówili mi, że pani grasz dobrze na fortepianie.

– Tak, trochę, po domowemu...

– Chciałam pani prosić, czybyś nie zechciała uczyć mojej Jadzi?... Dziewczyna jest bardzo zdolna, słuch ma ogromny, bo wszystkie operetki śpiewa najdokładniej.

– Z prawdziwą przyjemnością! Niewiele umiem, ale początków muzyki mogę udzielać córeczce... nie wiem tylko, czy mi starczy czasu?...

– Starczy pani z pewnością. A honorarium to już razem z gażą liczyć się będzie.

– Dobrze... Czy córka ma już jakie początki?

– Doskonale. Zaraz się pani przekona... Nianiu, przyprowadź no Jadzię! – zawołała Cabińska. Przeszły do drugiego pokoju, w którym stało łóżko dyrektora, parę pak, koszy i stary klekot – fortepian.

Janka zrobiła próbę z Jadzią i umówiła się, że będzie przychodzić pomiędzy drugą a trzecią, to jest wtedy, kiedy dyrektorstwa w domu nie będzie.

– Kiedyż pani pierwszy raz wystąpi? – zapytała Cabińska.

– Dzisiaj, w Baronie cygańskim.

– Ma pani kostium?

– Panna Falkowska obiecała mi pożyczyć, bo jeszcze nie zdążyłam sobie kupić.

– Chodź pani... może ja coś znajdę dla pani...

Poszły do pokoju, w którym się rano odbyła scena artystyczna i gdzie sypiały dzieci z nianią. Cabińska wyciągnęła z jakiejś paki jeszcze nieźle zachowany kostium i dała go Jance.

– Widzi pani, my dajemy kostiumy, ale że wszystkie wolą mieć swoje własne, bo nasze nie mogą być przecież tak wykwintne, więc te leżą... pożyczę pani tymczasem...

– Będę i ja mieć swoje własne.

– Tak jest najlepiej, bo niezbyt przyjemnie grać w kostiumie używanym już przez drugich. Pożegnały się bardzo serdecznie i niania zaniosła za Janką kostium do hotelu. Janka, przyprowadzając do stanu używalności mocno przygnieciony kostium, myślała o Cabińskiej.

Czuła w sobie jeszcze jakąś miękkość współczucia dla tej nieszczęśliwej i bezwiedny, artystyczny podziw dla formy, w jakiej się wypowiedziała.

Tak się paliła gorączką dzisiejszego występu, że pusto jeszcze było za kulisami, gdy przyszła do teatru.

Chórzystki schodziły się wolno i jeszcze wolniej się ubierały. Rozmowy, śmiechy, ciche szepty toczyły się jak zwykle, ale Janka nie słyszała nic, zajęta ogromnie ubieraniem się. Zaczęły jej pomagać wszystkie, wśród śmiechów z jej niezaradności i z tego, że nie miała nawet pudru i różu.

– Jak to, nigdy się pani nie pudrowała? – pytały.

– Nie... a po co?... – odpowiedziała po prostu.

– Trzeba jej zrobić twarz, bo jest za blada – powiedziała któraś.

Wzięły ją w swoje obroty.

Natarto jej twarz warstewką białej szminki, przyciemniono ją następnie różem, ukarminowano usta, podkreślono oczy pędzelkiem umaczanym w tuszu, ufryzowano włosy, pozapinano; przerzucano ją z rąk do rąk, dawano tysiące rad i przestróg.

– Wchodząc, niech pani patrzy prosto na publiczność, żeby się nie potknąć.

– A niech się pani prześegna przed wejściem.

– I prawą nogą wchodzić na scenę.

– No, ślicznie!... ale pani chcesz wejść na scenę w krótkim kostiumie i bez trykotów?...

– Nie mam!...

Zaczęły się śmiać wszystkie z jej miny zakłopotanej.

– Ja pani pożyczę! – zawołała Zielińska. – Zdaje się, że będą dobre na panią. Okazywały jej życzliwość prawdziwą dlatego, że się dowiedziały, iż uczyć będzie Jadzię Cabińskich i że jej Pepa pożyczyła kostiumu. Chciały ją ując i mieć za sobą w dyrekcji. Janka, przejrzawszy się w lusterku, aż krzyknęła z zadziwienia; nie poznała się prawie, tak ją zmienił róż, podczernione oczy i bielidło. Wydało się jej, że ma jakąś maskę na twarzy, bardzo mało podobną do niej samej i przystojniejszą, ale z takim dziwnym wyrazem, jaki miały wszystkie chórzystki.

Zeszła na dół do Sowińskiej.

– Moja złota pani, niech mi pani powie prawdę, jak ja wyglądam?... – prosiła rozgorączkowana. Sowińska obejrzała ją ze wszystkich stron i roztarta palcem lepiej róż na policzkach.

– A od kogo ma pani kostium?

– Pani dyrektorowa mi pożyczyła.

– O! musiała się czymś rozczulić, bo inaczej to ona nikomu dać nie chce.

– Istotnie, była dzisiaj jakaś cierpiąca... opowiadała mi takie smutne historie...

– Komediantka!... żeby ona tak grała na scenie, to nie byłoby lepszej aktorki na świecie.

– Pani żartuje chyba?... Opowiadała mi o Lwowie i o swojej przeszłości.

– Łże baba! Była tam kochanką jakiegoś huzara, robiła skandale i wyrzucili ją z teatru. Czymże ona była w lwowskim teatrze?... chórzystką tylko. Ho! ho! to stare kawały... My wszyscy znamy je tu dawno... Wierz pani tylko we wszystko, co aktorzy i aktorki opowiadają, to się pani bardzo wiele dowie!...

Janka nie odpowiedziała, bo nie mogła i nie chciała wierzyć Sowińskiej.

– Niech mi pani powie, jak ja wyglądam?...

– Dobrze... nawet ślicznie!... mogę ręczyć, że od dzisiaj już będą lecieć na panią! – powiedziała tak jakoś twardo a znacząco, że Jankę oblał rumieniec.

Ogarniała ją coraz większa trema; chodziła po scenie, patrzyła przez dziurkę w kurtynie na publiczność schodzącą się powoli, biegała do garderoby i przeglądała się we wszystkich zwierciadłach, próbowała siedzieć i czekać, ale nie mogła wytrzymać: rozdenerwowanie, go- rączka pierwszego występu trzęsła nią niby febra. Nie mogła minuty ustać lub usiedzieć spokojnie. Strach jakiś dziwny tak ją chwilami obezwładniał, że chciała rzucić wszystko i uciec.

Nie widziała ludzi, przygotowań, świateł, sceny nawet, tylko miała pod czaszką odbicie jakiejś ruchomej masy oczów i twarzy. Co chwila spoglądała z trwogą na publiczność i czuła, że serce jej przestaje bić.

Gdy zadzwoniono po raz drugi, zeszła ze sceny i stanęła obok chóru za dekoracją oczekując chwili wejścia, żegnała się bezwiednie i tak drżała całym ciałem, że jedna z chórzystek wzięła ją pod rękę.

– Wejść! – wrzasnął inspicjent i tłum ją porwał i zaniósł na front sceny. Cisza nagła i błysk powiększonego światła onieprzytomnił ją. Patrzyła bezmyślnie na publiczność nie mogąc wydobyć z siebie ani jednego dźwięku.

Szarpały ją, dodawały odwagi, ale nie wiedziała, co się z nie dzieje. Dopiero dialog i chór następny oprzytomnił ją trochę.

Po zejściu ze sceny stanęła w kulisie i ochłonęła zupełnie, ale wtedy porwała ją złość na siebie za ten strach dziecinny, któremu uległa.

Po drugim wejściu miała tylko jakieś wewnętrzne drżenie w sobie, ale już śpiewała, słyszała muzykę i patrzyła prosto na publiczność.

Ośmieliło ją i to, że spotkała się ze wzrokiem redaktora siedzącego w pierwszym rzędzie, który życzliwym uśmiechem dodawał jej odwagi. Patrzyła się na niego, a później już coraz lepiej widziała pojedyncze twarze publiczności.

W jakiejś scenie, w której chór spacerował udając lud – bo szedł komiczny dialog na przedzie sceny – Janka przyglądała się, a koleżanki rozmawiały szeptem.

– Bronka, jest twój farmak; patrz, w trzecim rzędzie na lewo...
– Patrzcie! Dasza jest w teatrze... u! jaka wystrojona...
– Co nie ma być! Odbiła Mimi bankiera.
– Gdzie ona teraz pokazuje?
– W "Eldorado".
– Siwińska! zapnij mi haftki, bo czuję, że mnie spódnica opada; tylko mów mi co do ucha, to nikt nie zauważy.
– Ludka! peruka ci się leni.
– Pilnuj ty swoich kudłów!...
– Jadę jutro z kimś do Marcelina... może z nami pojedziesz, Zielińska?
– Patrz, jakie ten student z boku robi do mnie oko.
– Nie lubię gołych fatygantów.
– Ale jakie to wesołe facety!
– Dziękuję! Mają tylko wódkę i serdelki. Dobre przyjęcie, ale tylko dla... ulicy.
– Cicho, bo Cabanowa siedzi w loży.
– Cóż to ona się dzisiaj zrobiła na dziewiczo...
– Cicho! śpiewamy.
Powtarzało się to ciągle z małymi zmianami. Rozmawiały z publicznością uśmiechami i spojrzeniami. W przerwach, a czasem pomiędzy jednym taktem a drugim, rzucały sobie krótkie, jędrne uwagi o publiczności, szczególnie męskiej, bo kobiety tylko krytykowały i drwiły z nich.
  W kulisach pełno było najrozmaitszych twarzy; służące, maszyniści, chłopaki z bufetu, aktorzy czekający wejścia – wszystko to patrzyło na scenę.
  Niania z dwojgiem najstarszych dzieci siedziała przy samym proscenium, pod sznurem kurtyny.
  Gorąco było takie, że aktorzy dusili się prawie i szminki nieomal spływały im po twarzy.
  Wawrzecki z kulisy gwałtownie kiwał na Mimi śpiewającą duet z Władkiem; aktorka w przerwach pokazywała mu złośliwie język i przysuwała się coraz bliżej.
  – Dajże klucz od mieszkania. . zapomniałem botfortów, a zaraz ich potrzebuję.
– Jest w sukni, w garderobie. Mogłeś się domyśleć przecież... – odpowiedziała odchodząc na środek sceny, z szeroką frazą muzyczną na ustach.
Halt trzaskał o pulpit batutą, bo Władek połykał nuty i ciągle się chwiał, detonowała go bowiem do reszty groźna irytacja dyrektora orkiestry, tak że coraz gorzej śpiewał.
  – Umyślnie mnie sypie, świnia szwab! – mruczał ze złością, ściskając w miłosnej scenie śpiewającą Mimi.
– Nie ściskajże mnie tak mocno... żebra mi, jak Boga kocham, połamiesz!... – syczała Mimi uśmiechając się jednocześnie omdlewająco.

– "Bo kocham cię miłością szału!... bo kocham cię!..." – śpiewał Władek ogniście.

– Czyś się pan wściekł?!... siniaki mieć będę i...

Urwała nagle, bo Władek skończył śpiew i brawa sypnęły się jak lawina, więc go pociągnęła za rękę i poszli na front sceny kłaniać się publiczności. W antrakcie Janka przyglądała się ciekawie pierwszemu rzędowi krzeseł, bo jej powiedziano, że tam siedzą sprawozdawcy pism; zresztą, sama widziała na grzbietach krzeseł tytuły gazet.

Redaktor stał w przejściu środkowym i rozmawiał z jakimś tłustym blondynem.

– Proszę pana, z którego pisma jest ten redaktor, co przychodzi za kulisy? – spytała Janka inspicjenta pilnującego ustawiania sceny do następnego aktu.

– Z żadnego pewnie, bo to jest sezonowy, ogródkowy redaktor.

– Nie może być!... mówił mi sam, że...

– Hi! hi! – zaśmiał się cicho – to z pani krowienta jeszcze, żeby wierzyć temu, co publiczność, przychodząca za kulisy, mówi!

– Siedzi przecież w krzesłach prasy – powiedziała Janka jako argument przekonywający.

– To cóż?... siedzi tam więcej takiej hołoty. Widzi pani... tylko ten jasny blondyn jest literatem naprawdę i krytykiem teatralnym, a reszta... to takie sobie ptaki letnie: Bóg wie, co za jedni, co robią... a że żyją ze wszystkimi, dużo gadają, mają skądciś pieniądze, są wszędzie na pierwszych miejscach, to się nikt nawet nie pyta, co oni za jedni...

Janka jeszcze słuchała, niemile dotknięta tym odkryciem.

– Ależ prześlicznie, prześlicznie pani wygląda! – zawołał redaktor wpadając na scenę i wyciągając już z daleka ręce do niej. – Istny portret Greuza! Tylko więcej odwagi, a wszystko pójdzie jak po aksamicie. Zrobię jutro wzmiankę o pojawieniu się pani na scenie.

– Dziękuję redaktorowi – powiedziała chłodno nie patrząc na niego.

Redaktor zakręcił się i pobiegł do męskiej garderoby.

– Dobry wieczór panom!... Jak się dyrektor masz?...

– Jakże w sali?... był redaktor w kasie?... Rekwizytor!... psiakość, brzuch dawaj mi prędzej!...

– Prawie wszystkie miejsca są wyprzedane...

– Jak tam idzie sztuka?...

– Dobrze, bardzo dobrze! Odświeżył, widzę, dyrektor chóry: jakaś śliczna jasnowłosa, aż ciągnie oczy...

– Co?... ona tak dobrze wygląda?... To świeża zupełnie.

– Policzę to jutro dyrektorowi za zasługę, że dbasz o oczy publiczności.

– Dobrze, dobrze... Brzuch dawać mi prędzej!

– Dyrektorze, proszę o kartkę na dwa ruble do kasy, muszę sobie zaraz posłać po buty – prosił jakiś aktor naciągając pośpiesznie kostium.

– Po przedstawieniu! – odpowiedział przytrzymując sobie poduszkę na żołądku. – Ściśnij mocno, Antek!

Okręcili go w długie powijaki niby mumię.

– Dyrektorze, ja butów potrzebuję na scenę, nie mam w czym grać!

– Idź pan do diabła, mój kochany panie, a teraz mi pan nie przeszkadzaj!... Dzwonić! – rzucił do inspicjenta. – Kamizelkę dawać prędko!... Rekwizytor, jakie meble na scenie? – pytał krzycząc prawie, ale rekwizytor nie słyszał.

– Fryzjer, peruka!... prędzej! Wy mnie zawsze, jak Pana Boga kocham, spóźniacie!

Cabiński, ilekroć grał, zawsze robił zamieszanie w garderobie. Miewał ciągle tremę, więc żeby ją zagłuszyć, krzyczał, wymyślał, kłócił się o co bądź; fryzjer, krawiec, rekwizytor musieli biegać koło niego i pamiętać, żeby czego nie zapomniał wziąć na scenę. Pomimo że wcześnie zaczynał się ubierać, zawsze się spóźniał, zawsze kończył kompletowanie garderoby lub charakteryzację prawie już za kulisami. Na scenie dopiero odzyskiwał przytomność.

Teraz było tak samo, laska mu gdzieś zginęła; szukał i krzyczał:

– Laska! kto mi wziął laskę?... Laska, psiakość, bo zaraz wchodzę!...

– Słoniowe hece robisz w garderobie, ale na scenie to brzęczysz cicho niby mucha – powiedział wolno Stanisławski, który nienawidził wszelkich krzyków.

– Nie chcesz słuchać, to idź na ogródek.

– Zostanę tutaj i chcę mieć spokój. Nikt się przy tobie ubierać nie może...

– Mistrzu, patrz siebie! – krzyknął wściekły Cabiński szukając daremnie po kątach laski.

– Terminatorze, mówię ci, że mistrzostwo nie jest krzykiem.

– Ale i nie jest twoim bełkotem... Laska! ludzie, dajcież mi laskę!

– I nie jest także twoim tapicerstwem na scenie! – syknął ze złością Stanisławski.

– Podesta na scenę! – zawołał inspicjent.

Cabiński pobiegł, wyrwał komuś laskę z ręki, zawiązał sobie czarną chustkę na szyi i wpadł na scenę.

Stanisławski poszedł za kulisy, wszyscy się rozbiegli, garderoba opustoszała, tylko krawiec zbierał kostiumy porozrzucane po ziemi, po stołach i zaniósł je do rekwizytorni.

Przyszedł reżyser Topolski i swoim stałym zwyczajem położył się na rozstawionych stołkach podkładając sobie rękę pod głowę.

Była to jego namiętność słuchać tak z oddalenia głosów ze sceny, przyciszonych dźwięków muzyki, niewyraźnych ech śpiewu – i marzyć.

Był to ognisty amalgamat z najrozmaitszych żywiołów: aktor, który miał prawdziwy talent i poza teatrem nie chciał nic znać. Był realistą w grze aż do przesady, z czego się do woli natrząsano. Żył z Majkowską; oni oboje tworzyli czoło towarzystwa. Kochali się bardzo, ale codziennie prawie robili sobie awantury.

– Moryś! jak ci powiem kawał, jaki zrobiłem Cabińskiemu, to aż skoczysz na równe nogi! – zawołał Wawrzecki wbiegając do garderoby.

– Idź do diabła! – mruknął reżyser i takie kopnięcie wymierzył nogą, że byłby go przetrącił, gdyby się Wawrzecki w porę nie usunął; wpadał we wściekłość, kiedy mu przerywano to sam na sam.

– Masz specjalny talent w kierunku fikania... mógłbyś iść śmiało do cyrku i na trapez!...

– Czego chcesz?... mów prędko i idź do piekła!

– Cabiński dał mi dziesięć rubli... A co! nie mówiłem, że się zerwiesz?...

– Cabiński dał ci dziesięć rubli akonta?... blaga na brzydki sposób! – rzekł Topolski i położył się znowu.

– Słowo. Powiedziałem mu tylko pod sekretem, że Ciepiszewski znowu się zjawił, że sprzedał ostatni folwark w Łomżyńskiem i angażuje nowe towarzystwo, że nawet już z tobą traktował.

– Jesteś małpa zielona! Żeby mi Ciepiszewski dawał tysiąc rubli gaży miesięcznej, to i tak nie byłbym u niego. Wolałbym już założyć sam towarzystwo...

– Moryś, czemu ty naprawdę nie założysz towarzystwa?...

– Myślę o tym dawno. Żebyś nie był taki głupi i rozumiał trochę sztukę, to bym ci opowiedział plan, bo pieniądze mieć będę w każdej chwili. Ty wiesz, że ja mam do ciebie słabość, ale mnie nie zrozumiesz, bo jesteś bezbrzeżnie głupi i papla.

Wawrzecki opuścił głowę i odpowiedział naiwnie:

 – Cóż ja na to poradzę!... Przecież ja chciałbym i umieć dużo, i rozumieć wiele rzeczy; ale jak zacznę myśleć albo co czytać, to mi się spać zaraz chce lub wreszcie Mimi mnie gdzie wyciągnie na spacer i już po wszystkim!

– Po co z nią żyjesz?... puść ją na trawę albo odprzedaj jakiemu hebesowi...

– A po cóż ty żyjesz z Melą?... Przecież ci z nią także niezbyt dobrze...

– To co innego. Mela ma talent, kocham ją, no i lubię ogromnie mocne kobiety; lubię kobiety z pasją, takie, co to jak się rozwścieklą, to w miłości kąsają, a w gniewie żrą i biją. W takiej, to wiem, że jest jakaś dusza! Nienawidzę ludzi sklejonych sztucznie, poprawnych manekinów... tfu... psiakrew!

– A Mimi taka sprytna i wesoła. To ona poddała mi tę myśl z Ciepiszewskim, bo mamy którego dnia wyprawić sobie frajdę i pojechać na Bielany. Jedzie z nami ten... wiesz... autor jakiś, co mamy grać jego sztukę...

– Głogowski. Ho! ho! ten chłop ma zęby. Sztuka pójdzie w tym miesiącu; przepyszna rzecz, wściekła po prostu, ale zrobi klapę, bo dla naszej publiczności za twarda... nie ugryzą...

– Mimi się ogromnie podobał za to, że jej prosto w oczy mówi, iż jest głupia... Wesoły facet!

– Wawrzek! może założę dyrekcję, ale puścimy baby kantem, będziemy mieszkać razem... pamiętasz, jak w Płocku i Kaliszu... będziemy sobie sami gotować...

– Dobre czasy... tylko bieda była u tego Grabcia jak cholera!

– Ty tego nie wiesz, ale trochę biedy i dużo walki to potrzebne zawsze dla prawdziwego artysty.

Zamilkli.

Śmiech postrzępionymi falami płynął od publiczności, to oklaski hałaśliwym wrzaskiem trzęsły szybkami okien, to krzyki zadowolenia wpadały niby burza w cichość garderoby, że aż płomienie gazowe drgały – i znowu przyciszało się i wolne, przerywane odgłosy płynęły rytmicznie dotąd, aż ogłuszająca wrzawa podniosła się nagle... Akt się skończył.

– Przejechałbym z rozkoszą po łbach tych krzykaczy obcasem! – mruknął Topolski.

– Opowiedz mi ten plan, daję ci uroczyste słowo, że nie powiem.

– Pojadę z wami na Bielany, to ci opowiem.

– Uda się frajda. Mimi będzie ogromnie kontenta; lecę jej powiedzieć, że i wy będziecie. Topolski podniósł się i wyszedł na ogródek, bo do garderoby wlewał się tłum schodzących ze sceny. Myślał o Wawrzeckim. On go bardzo lubił, choć to było najdiametralniejsze jego przeciwieństwo.

Wawrzecki był głupi, lekkomyślny, birbant, cynik i hulaka pierwszego rzędu, ale pomimo tego miał dużo talentu; był to jeden z najlepszych lekkich amantów na prowincji.

Było to zdumiewającym, jak on, dziecko ulicy i rynsztoka prawie, syn stróża z Leszna, grywał młodych i rozpieszczonych paniczów. Nie rozmyślał nigdy nad rolą, nie uzupełniał jej opracowaniem jakimś, od razu odczuwał i wiedział wszystko, co mu było potrzeba; wiedział intuicją, tym czymś, z czego się składa każdy prawdziwy talent; tworzył zawsze nowe typy i charaktery.

Był lubianym przez publiczność, zwłaszcza żeńską, bo był bardzo ładnym i bardzo cynicznym. Nie znosił żadnego wędzidła; w towarzystwach dłużej jak dwa miesiące nie mógł wytrzymać, bo o co bądź robił awanturę i wyjeżdżał gdzie indziej.

U Cabińskiego siedział już od wiosny, bo go przytrzymywał Topolski i jakiś romans zawiązany za plecami Mimi, którą uwielbiał.

Był po dziecinnemu zły i przewrotny. Miał namiętność do modnej garderoby i do coraz nowych romansów... ot, dusza motyla, ale i z barwami motyla.

W garderobie solistek wybuchnęła burza; krzyczano tam tak, że Cabiński schodząc ze sceny pobiegł czym prędzej, aby przyciszyć.

Rzuciła się do niego Kaczkowska z jednej strony, a Mimi z drugiej; pochwyciły go za ręce i razem, starając się nie dopuścić wspólnie do głosu, krzyczały jedna przez drugą.

– Jeśli dyrektor pozwoli, żeby się takie rzeczy działy, to ja nie jestem w towarzystwie!...

– Skandal!... Dyrektorze!... wszyscy widzieli... ani godziny dłużej z nią razem nie będę!

– Dyrektorze! ona...

– Nie kłam pani!

– To jest oburzające!

– To jest wprost nikczemne i śmieszne!

– Na miłość boską! co się stało?... Jezus, Maria! po co ja tu przyszedłem?! – wołał Cabiński żałośnie.

– Ja opowiem dyrektorowi...

– To właśnie ja powinnam opowiedzieć, bo pani kłamiesz!

– Robaczki moje!... bo, jak Boga kocham, nie wytrzymam i pójdę!

– Tak było: dostałam bukiet, bo go mnie najwyraźniej podawano, a ta... pani, stała bliżej, podeszła i odebrała go... i zamiast oddać mnie, ukłoniła się bezczelnie i zatrzymała go sobie! – wołała wśród łez i złości Kaczkowska.

– Pani blaguj!... myślisz, że ci uwierzą!... Chyba od kominiarzy miałaś kiedy bukiet!... Mój dyrektorze, podawano mi bukiet po kuplecie; wzięłam, a ta się przyczepia, że to dla niej... To przecież jest śmieszne i głupie!... Ona myśli, że za jej przedarte wycie obsypią ją kwiatami!

– Tobie dadzą?... tobie, co ani jednej nuty nie bierzesz po ludzku?!... za twój pisk szansonetkowy?!...

– Śpiewa jak słoń obdzierany ze skóry i stawia się jeszcze!

– Milcz pani! Jestem aktorką na stanowisku i taka krowienta, taki głąb kapuściany, chórzystka marna, będzie mi ubliżać!

– Taka krowienta jest więcej warta, bo ją nie trzymają przez grzeczność, dla zasług dawniejszych, dla jej sztucznych zębów, włosów i późnego wieku!... Mogłabyś już pani wnuczki bawić swoim śpiewem, a nie grywać na scenie!

– Niech dyrektor każe milczeć tej awanturnicy, bo w tej chwili opuszczam towarzystwo!

– Jak ta wiedźma nie będzie cicho, to... jak Wawrzka kocham, nie kończę sztuki... Niech diabli wezmą wszystko!... Już mi się życie sprzykrzyło grywać z takimi!... Zaczęła płakać.

– Mimi, bo sobie oczy zamażesz! – zawołała któraś.

Mimi natychmiast przestała płakać.

– Cóż ja mam paniom poradzić, co?... – wołał Cabiński przyszedłszy do głosu.

– Niech mi bukiet odda w tej chwili i zaraz przeprosi! – zawołała Kaczkowska.

– Mogę ci jeszcze co dołożyć do tego, ale pięścią... Niech się dyrektor spyta chórów: widzieli wszyscy dobrze, komu bukiet podawano.

– Chór z czwartego aktu! – krzyknął Cabiński w kulisy. Weszło kilkanaście kobiet i mężczyzn, na pół już porozbieranych, a pomiędzy nimi i Janka.

– No, zrobić sąd salomonowy!

Do garderoby tłoczyło się wiele osób i drwiące uwagi pod adresem ogólnie niecierpianej Kaczkowskiej sypały się jak fajerwerki.

– Kto widział, komu bukiet był podawany? – zapytał Cabiński.

– Nie uważaliśmy – odpowiedziano jednogłośnie, nie chcąc narażać sobie stron obu; tylko Janka, nienawidząca wszelkiego fałszu i niesprawiedliwości, powiedziała na końcu:

– Pannie Zarzeckiej podano... stałam obok i dobrze widziałam.

– A ta krowienta czego tutaj chce?!... Z ulicy przyszła i chce zabierać głos, ta... jakaś!... – zakrzyczała pogardliwie Kaczkowska.

Janka postąpiła ku niej i głosem aż ochrypłym nieco od gwałtownego gniewu powiedziała:

– Pani mi nie masz prawa ubliżać! Za mną nie ma się kto ująć, ale ja sobie sama dam radę i nie ścierpię, żeby mi kto ubliżał! Słyszysz pani?... Do gardła wpakuję obelgi! Nikt mi nie ubliżał i nie będzie!

Podniosła głos prawie do krzyku, bo jej niepohamowana natura brała górę. Cisza się zrobiła dziwna, tyle było godności i siły w jej słowach. Popatrzała groźnie rozpłomienionymi oczyma i wyszła.

Kaczkowska dostała spazmów z irytacji, bo Mimi z resztą kobiet pękały ze śmiechu. Cabiński uciekł; rozebrał się pośpiesznie z kostiumu i pobiegł do kasy.

– U! zdrów numer ta nowa! – mruknął któryś.

– Kaczkowska jej tego nigdy nie podaruje...

– Co tej tam zrobi!... dyrekcja ma ją w opiece...

Mimi zaraz po skończeniu sztuki pobiegła do chórzystek. Znalazła Jankę jeszcze wzburzoną z gniewu; rzuciła się jej na szyję i dziękowała serdecznie, obcałowując.

– Jaka pani dobra... jak ja panią kocham za to!...

– Zrobiłam to, bo tak powinnam była zrobić.

– Nie dbałaś, jak drudzy, że robisz sobie nieprzyjaciółkę z Kaczkowskiej.

– Nigdy o to nie dbałam. Siłę człowieka mierzy się ilością jego nieprzyjaciół – powiedziała dumnie, wolno się rozbierając.

– Niech pani pojedzie z nami na Bielany, dobrze?...

– Kiedyż?... ale nie wiem, kto będzie?

– W tych dniach pojedziemy... Będzie Wawrzek, no ja, jeden autor, którego sztukę będziemy grać, bardzo zabawny chłopiec... Majkowska, Topolski i pani. Musi pani z nami jechać. Ubawimy się, że to ha! już ja pani ręczę.

Po długich naleganiach i pocałunkach, które Janka przyjmowała obojętnie, zgodziła się wreszcie.

– Wie pani, jutro będzie wyższa frajda! imieniny Cabińskiej. Niechże się pani ubiera, to wyjdziemy razem.

Zaczekały na Wawrzeckiego i później poszli wszyscy razem do cukierni na herbatę zabierając ze sobą jeszcze Topolskiego, który w cukierni napisał okólnik do całego towarzystwa, żeby jutro, koniecznie i punktualnie, zebrano się na próbę o godzinie dziesiątej rano.

V

U Cabińskiego wszystkie dni, w których się grało, były ważne, ale tylko trzy dni zwykle nadzwyczajnymi: wigilia Bożego Narodzenia, pierwszy dzień świąt Wielkanocy i... imieniny żony przypadające w dniu 19 lipca, na św. Wincentego a Paulo.

W te trzy dni dyrekcja teatru występowała z przyjęciami na wielkę skalę.

Cabiński–skner znikał, a występował wtedy Cabiński gościnny po staroszlachecku i jakieś ukryte głęboko, dziedziczne komórki rozrzutności otwierały się wtedy. Występowano wspaniale, pojono nad miarę i nie żałowano na nic pieniędzy; a że tam później przez jaki miesiąc akonta były mniejsze, narzekania na pustki większe i częstsze odkładanie wypłat, to mało kto zauważył, ale co się bawiono, to bawiono, zwłaszcza w dniu imienin.

Cabińskiej było Wincentyna na imię; dlaczego nazywał ją maż "Pepą", nikt tego się nie dowiadywał, bo aż tak dalece nikogo to nie obchodziło.

Stosownie do zapowiedzi Topolskiego towarzystwo zebrało się na próbę punktualnie. Miano grać Męczennicę D'Ennery'ego, w której rolę tytułową, jedną z popisowych i najbardziej płaczliwych w swoim repertuarze, niezmiennie raz do roku grywała dyrektorowa. Grała ją rzeczywiście dobrze; wkładała w nią cały zapas łez i głosu i miała to głębokie zadowolenie, że porywała publiczność.

Przedstawienie to imieninowe było zwykle benefisem prawdziwym dla wszelkiego rodzaju "krowient", bo umyślnie obsadzano zaledwie znośnymi siłami sztukę, żeby gra Pepy wyszła efektowniej.

Cabińska poszła wprost na scenę nie rozmawiając z nikim i przez cały czas próby miała w twarzy wyraz głębokiego rozrzewnienia i przejęcia.

Po skończeniu, kiedy towarzystwo całe ustawiło się wokoło, wystąpił Topolski naprzód. Cabińska skromnie spuściła oczy i udając zdziwienie – czekała.

– "Pozwoli Sz. dyrektorowa, że imieniem kolegów i koleżanek złożę jej najserdeczniejsze życzenia w dniu imienin, życząc z głębi duszy, żeby Sz. dyrektorowa jeszcze bardzo długo była ozdobą sceny naszej, pociechą męża i dzieci. W uznaniu jej zasług artystycznych i z wdzięczności za jej koleżeństwo towarzystwo prosi cię, pani, abyś raczyła przyjąć ten skromny upominek serc życzliwych, słabe odwdzięczenie się tylko za twoją, pani, dobroć i serce." Zakończył podając jej otwarte pudełko, w którym był garnitur z szafirów kupiony ze składek ogólnych. Pocałował ją w rękę i usunął się na bok.

Teraz zaczęli wszyscy podchodzić do niej z osobna; całowali ją w ręce, kobiety rzucały się jej na szyję z wynurzeniami przyjaźni i życzliwości. Władek, który najpierw odbył pańszczyznę całowania, odciągnął Topolskiego za kulisę.

– Wypluj no pan, tylko prędko, bo się strujesz taką furą blagi.

– Ale ona się nie struje.

– Ba! szafiry kosztowały sto dwadzieścia rubli, za tyle pieniędzy może słuchać choćby cały tydzień.

– Dziękuję, dziękuję z całego serca. Zawstydzacie mnie, państwo, bo nie wiem doprawdy, czym mogłam zasłużyć sobie na tyle życzliwości, na tyle pamięci – mówiła Cabińska wzruszonym głosem, bo istotnie szafiry były bardzo ładne.

Dyrektor uśmiechał się, zacierał ręce i zapraszał wszystkich do siebie po spektaklu, serdeczniej, bo nie przypuszczał, że dadzą Pepie taki piękny prezent.

Dyrektorowa była tak rozradowana, że ze szczególnym wyróżnieniem ucałowała Jankę, która, wiedziona sympatią, przyniosła jej prześliczny bukiet róż tłumacząc się, że do składki nie należała, bo jeszcze przed jej zaangażowaniem się zbieraną była.

Cabińska nie puściła jej od siebie i zabrała ze sobą na obiad.

– Ależ to bardzo dobrzy ludzie i kochają panią – powiedziała Janka przy stole.

– Raz na rok to ich nie zrujnuje – odpowiedziała wesoło Cabińska.

Wyszła z domu do cukierni, żeby nie przeszkadzać przygotowaniom, jakie robiono w do- mu do wieczornego przyjęcia.

Odsiedziała tam swoje opowiadając Jance historię takich dni imieninowych z rozrzewnieniem, które jednak nie mogło przytłumić pewnej goryczy i niepokoju, ze redaktor nie dał znaku życia, nie przysłał nawet biletu.

Przedstawienie było dla niej owacją. Od publiczności dostała masę kwiatów, redaktor przysłał olbrzymi kosz kwiatów z bardzo ładną bransoletką.

Porwało ją to. Skoro się tylko zjawił za kulisami, odciągnęła go w najciemniejszy głąb teatru i ucałowała ogniście.

————

Mieszkanie Cabińskich przedstawiało niezwykły widok. Dwa pierwsze pokoje urządzono zupełnie scenicznie i zastawiano meblami używanymi w teatrze. W pierwszym pokoju na olbrzymim dywanie, zaścielającym zupełnie brudną podłogę, stał puf w pośrodku z wachlarzową palmą; dwa lustra z marmurowymi konsolami stały w rogach. Ciężkie, z wiśniowego welwetu portiery wisiały u okien i drzwi. Klomb z wielkich fikusów i rododendronów pomiędzy oknami tworzył oazę pysznej zieloności uwydatniającej przepiękną linię torsu Venus Milońskiej z pożółkłego gipsu, stojącej na niskim udrapowanym purpurą postumencie.

Fortepian w głębi, otoczony girlandą sztucznych kwiatów, dźwigał na sobie wysoką, złotą paterę, zarzuconą stosem biletów wizytowych. Cztery malutkie stoliczki, obstawione błękitnymi krzesełeczkami, rzucono bardzo umiejętnie w najjaśniej oświetlone miejsca. Poczerniałe i obite złocenia ram luster zręcznie zamaskowano czerwonym muślinem, artystycznie poprzepinanym kwiatami; poobdzierane obicia ukryto pod obrazami.

Salon wyglądał doskonale i taką miał cechę wytworną i artystyczną, że Cabińska wróciwszy z teatru stanęła zdumiona i zawołała z entuzjazmem:

– Przepyszna scena!... Jasiu, jesteś mistrzem i dostałbyś ogromne brawo za takie urządzenie.

– Loboga!!... pięknie kiej na kumedii! – dodawała niania przechodząc po salonie na palcach.

Cabiński uśmiechał się tylko; jego tapicerska przeszłość dostawała brawo.

Drugi pokój, jeszcze większy, stanowiący w zwykłym czasie śmietnik po prostu, tak był zastawiony i zarzucony utensyliami scenicznymi, obecnie przemieniony na jadalnię, olśniewał restauracyjnym przepychem: białością obrusów, błyszczącymi platerami, bukietami kwiatów, masą zastawy stołowej i – szablonem.

Cabińska zaledwie zdążyła się przebrać w paradną suknię liliową, przy której jej cera, przywiędła i zniszczona kosmetykami, nabrała młodzieńczego tonu i świeżości, a już towarzystwo zalewało pokoje.

Panie przechodziły do pokoju Cabińskiej, trzeciego, sąsiadującego z buduarkiem, a mężczyźni zostawiali okrycia w kuchni, przedzielonej ścianą francuską, malowaną w stylu Ludwika XV i przyniesioną ze sceny.

Wicek, w liberii teatralnej, w butach z żółtymi, tekturowymi sztylpami, w granatowym spencerku obszytym czerwonym sznurkiem i ozdobionym masą złotych guziczków, trochę za wielkim, pomagał się rozbierać aktorom sztywno i poważnie niby prawdziwy groom z angielskiej komedii; ale że jego łobuzerski temperament nie mógł długo wytrzymać w jednym nastroju, więc chwilami mrugał do aktorów i wykrzywiał się pociesznie.

– To ze mnie małpę imieninową zrobił dyrektor, co?... rodzona matka by mnie nie poznała! Pewnie za te śliczności kolacji nie dostanę albo rozgrzeszenia! – szeptał ze śmiechem.

– Gotowe!... zaczynać! – zawołał Władek do reżysera klasnąwszy w dłonie.

– Za piękna scena do takiej nędznej farsy! – dopowiedział Glas wchodząc za nimi.

– Pan wolałbyś knajpę na Zapiecku, bo tam brudno – rzucił Władek.

– Każde bydlę przekłada najsłuszniej oborę nad salon – odezwał się zimno Stanisławski zdejmując poprzecierane mocno, nieśmiertelne, jak je nazywano, rękawiczki.

– Nasz znany, ceniony i zasłużony ma dzisiaj stajenny humorek.

– Nie!... tylko umie do każdego przemawiać językiem odpowiednim – wyręczył Stanisławskiego Władek, który z Glasem był zawsze na stopie wojennej.

– Skończcie ten moralizujący dramat, a zacznijcie co z operetki, będzie weselej. Rozeszli się.

Kobiety postrojone, uróżowane, piękne, zaczęły napełniać pokój jakąś sztywną i lodowatą atmosferą, siadały nieruchome, skrępowane czymś i nieśmiałe.

Janka przyszła dosyć późno, bo miała daleko od hotelu i chciała się ubrać starannie. Witała się z wszystkimi, zdziwionym wzrokiem wodząc po twarzach i mieszkaniu, bo ją uderzył uroczysty wyraz panujący we wszystkim. Ubrana w kremową jedwabną suknię wpadającą w odcień heliotropu, z chabrami we włosach i u gorsu, wysoka, doskonale rozwinięta, ze swoją złotawą cerą przy rudawych włosach, wyglądała bardzo oryginalnie i bardzo ładnie. Miała w sobie wiele wdzięku i naturalnej dystynkcji, poruszała się swobodnie, jakby przywykła do salonów, gdy tymczasem reszta towarzyszek czuła się skrępowana wykwintem teatralnym salonu; chodziły, mówiły, uśmiechały się jak na scenie, w roli niezmiernie trudnej i wymagającej ciągłej przytomności: widać było, że ich niezmiernie krępuje dywan pod nogami, że z obawą siadają na jedwabnych krzesełkach; że się przesuwają tylko, obawiając się dotykać przedmiotów, że się czują tylko – komparsami.

Przyjęcie było uroczyste: z winem roznoszonym przez garsonów restauracyjnych, z tacami ciast, z likierami krążącymi w pękatych butelkach. Krępowało to je do reszty. Nie umiały wykwintnie pić ani jeść; bały się poplamić sukien, mebli i – śmieszności, bo kilku mężczyzn, którym wcale nie imponował ten szyk, patrzyło się na nie, złośliwe rzucając uwagi.

Majkowska, wspaniała dzisiaj po prostu, w jasnożółtej sukni, ubranej różami bordo, przy swoich czarnych, prawie granatowych włosach i śniadej, klasycznie pięknej twarzy wyglądała jak Veronesa; wzięła Jankę pod rękę i spacerowała z nią swobodnie po salonie rzucając dum– ne spojrzenia na otaczających.

Za to jej matka, którą ktoś złośliwy posadził na maleńkim tabureciku, znosiła męki; miała w jednym ręku pełny kieliszek wina, w drugiej tartynkę i na kolanach ciastko Wypiła wino i nie wiedziała, co zrobić z kieliszkiem.

Spoglądała błagająco na córkę, czerwieniła się i wreszcie zapytała Zielińskiej siedzącej obok niej:

– Moja paniusiu, co ja mam zrobić z tym kieliszkiem?

– Postaw go pani pod krzesłem...

Stara tak uczyniła. Zaczęły się z niej śmiać, więc go znowu podniosła i trzymała w ręku. Stara Niedzielska, matka Władka i właścicielka domu na Piwnej ulicy, zawsze bardzo honorowana przez Cabińskich, siedziała pod klombem z Kaczkowską i wodziła ustawicznie oczyma za synem.

Mężczyźni w pokoju jadalnym szturmowali bufet tymczasem; humory się podnosiły razem z gwarem, przecinanym śmiechami albo dobitnym dowcipem Glasa.

– Skąd ty masz ciągły humor?... – zapytał go Razowiec, aktor najchmurniejszy z towarzystwa, ale grywający wesołych szlagonów i pociesznych wujaszków.

– To jest głośna tajemnica: nie martwię się i mam dobry żołądek.

– Masz to, czego mnie właśnie brak... Wiesz, używałem tego środka, coś mi zalecił, i nic... już mi nic nie pomoże. Czuję, że nie przeżyję tej zimy z pewnością, bo jak mnie nie boli żołądek, to bok, to serce, to włazi mi ten straszny ból w kark lub łamie mi po prostu krzyż, jakby drągiem żelaznym.

– Imaginacja! Pij no do mnie koniak... Nie myśl o chorobie, a będziesz zdrów.

– Wy się śmiejecie!... a ja ci szczerze mówię, że po całych nocach spać już nie mogę, bo czuję, jak ta choroba rozrasta się we mnie, jakbym widział coś, co się wciska do każdej żyły, do każdej kości mojej i ssie mnie tak okropnie... tak okropnie!... Coraz słabszy już jestem; wczoraj ledwie mogłem skończyć rolę, tak mi brakło tchu...

– Imaginacja, mówię ci! Pij no do mnie koniak!

– Imaginacja! imaginacja! ale ta imaginacja mnie boli, zabija codziennie, ta imaginacja jest cierpieniem i skończy się śmiercią... słyszysz, śmiercią!

– Lecz się wodą! albo każ sobie głowę ogolić, w żółty kaftan ubrać i odstawić na Bonifratry; tam cię z pewnością wyleczą.

– Łatwo szydzić tym, co nigdy sami nie cierpieli.

– Cierpiałem, jak Boga kocham, cierpiałem... Pij no do mnie koniak. Zjadłem raz "Pod Gwiazdą" taki kotlet, że leżałem po nim w łóżku przez tydzień i wiłem się jak piskorz z bólu. Usunęli się trochę w głąb, w sam koniec bufetu pod okno i rozmawiali ciągle. Jeden narzekał i skarżył się, drugi ciągle się śmiał, ale wkrótce nie było już nic słychać, tylko gorączkowy szept Razowca albo wesoły głos Glasa rzucający co chwila:

– Pij no do mnie koniak!

Topolski stał z Piesiem we drzwiach salonu. Pieś smutną i ładną twarz pochylił do niego, gryzł wolno butersznyt i ciągle obcierał usta kolorowym fularem. Jego wielkie, turkusowe oczy błądziły niespokojnie po nieruchomej, kanciastej twarzy Topolskiego, obojętnie zamkniętej na wszystko.

– Sztuka dla sztuki!... Nie mów tak, to nieprawda... taka nie ma racji bytu na scenie... To jakbyś chciał sztukę sprowadzić do nędznej zabawki dla kilku niedołęgów, którym by taki sos mdły smakował; to jakbyś nie brał do tej sztuki impulsów z życia, chciał się z niego wyodrębnić, wyszedł z siebie – człowieka, członka jakiejś rasy i jakiejś społeczności.

– Nic mnie to nie obchodzi. Sztuka nie jest odbiciem łajdactw tej jakiejś rasy i tej jakiejś społeczności; nie jest trąbą, przez którą mogą krzyczeć rozmaite bałwany, że jest ciepło albo mokro, że im się jeść chce albo potańcować...

– A czymże jest, człowieku, czymże?... – szeptał gorączkowo.

– Jest światem osobnym i samym w sobie, poza wszystkim leżącym i tylko dla niewielu...

– Nieprawda, to fałsz!... Sztuka nie jest poza wszystkim, ale ponad wszystkim... wyższym czymś, ale tym samym... jest streszczeniem wszystkiego, bo wszystko się zazębia, wszystko się łączy i wszystko powinno być jednym: dobrem i poznaniem. Sztuka to sama przyroda, tylko przyroda uświadomiona niejako.

– Daj spokój!... co nam po tym wszystkim? I tak dosyć wcześnie spuszczą kurtynę i farsa życiowa się skończy! – powiedział Topolski jakimś szorstkim głosem, w którym zadrżały akcenta zniechęcenia.

– Nie, nie!... Żyć to właśnie działać, to rozlewać po świecie talent, energię, uczucie... pomagać w czasie teraźniejszym pokoleniom przyszłym.

– Deklamujesz, Piesiu! gdzież się podział twój stoicyzm, twoje zalecanie obojętności i poszukiwanie spokoju wewnętrznego, twój artystokratyzm ducha?

– Gdzie?... poznałem, żem źle myślał, że nam nie wolno odsuwać się pogardliwie od życia i jego cierpień, że to jest egoizm tylko. Śmiej się, ale powiadam ci, że teraz znalazłem prawdę.

– A jeżeli i to nie jest prawdą?...

– To znajdę ją kiedyś... będę szukał i znajdę...

– Prędzej znajdziesz śmierć albo szpital wariatów...

– Nie przestrasza mnie to wcale. Cóż by było z wygranych bitew, gdyby żołnierze z obawy śmierci rozbiegli się przed walką na wszystkie strony świata, co?...

– Moryś! – zawołała szeptem Majkowska uchylając portiery. Topolski pochylił się do niej, a ona szepnęła mu do ucha:

– Kocham cię!... wiesz?... – i poszła dalej, rozmawiając z Janką.

– ... Mnie to nie przestrasza, przynajmniej wiem, że żyję, mam cel... Nędze życia osobistego dotykają mnie tylko w połowie...

– Głupstwo wszystko, marność! Cóż odkryli wszyscy ci mędrcy i badacze?...

– Co ty mówisz, człowieku!... ależ światy odkryli, miliony rzeczy wprost dobroczynnych. Porównaj stan ludzkości przed wiekiem choćby – z dzisiejszym, a zobaczysz szalone różnice.

– Nie widzę, aby było lepiej; jest nawet gorzej, bo jest więcej takich jak ty, co się męczą na próżno... ale dajmy temu pokój... mam ważniejsze rzeczy na myśli... Piesiu, czy mogę liczyć na ciebie, gdybym zakładał towarzystwo? – powiedział ciszej.

– Zawsze. Wolę nawet mniejszą gażę, byle być z ludźmi. Od sezonu?

– Jeszcze z pewnością nie wiem. Powiem ci za parę tygodni... tylko tajemnica... pamiętaj.

– Bądź pewnym. Forszus ty ko dać mi musisz, bo mam długi.

Szeptali dalej po cichu, spiskując; aby nie zwrócić na siebie uwagi, maskowali rozmowę swoją częstymi i głośnymi wybuchami śmiechu. Po całym salonie potworzyły się grupy rozmawiających. Cabiński biegał bezustannie, zapraszał do picia, sam nalewał, całował się z wszystkimi.

Pepa siedziała w salonie z redaktorem i z Kotlickim, jednym ze stałych protektorów ogródka. Rozmawiała o czymś żywo i wesoło, bo redaktor wybuchał co chwila dyskretnym śmiechem, a Kotlicki swoją długą, gniadą, prawdziwie końską twarz krzywił w uśmiechu i obciągał poły długiego surduta. Wiedziano tylko o nim, że jest bogatym i znudzonym.

Kotlicki słuchał dosyć cierpliwie, wreszcie zapytał jakimś drewnianym, bez dźwięku głosem nachylając się do Cabińskiej:

– Kiedyż kulminacyjny akt sztuki dzisiejszej, kolacja?

– Zaraz... czekamy tylko na właścicielkę domu.

– Pewnie za kwartał komorne nie zapłacone, kiedy macie dla niej tyle względów – szepnął drwiąco i swobodnie.

– Pan zawsze i wszędzie widzi tylko najgorsze rzeczy! – powiedziała uderzając go jakimś kwiatem.

– Dzisiaj widzę tylko, że dyrektorowa jesteś zachwycającą, że Majkowska ma minę lwicy, że ta, co z nią chodzi... ale któż to taki?...

– Świeżo angażowana chórzystka.

– Otóż, że ta adeptka kunsztu dramatycznego jest śliczna przez swoją oryginalność i jedna ma dystynkcji więcej niż wszystkie razem, że Mimi podobna jest dzisiaj do bułki świeżo upieczonej, taka biała, okrągła i zarumieniona; że Rosińska ma twarz czarnego pudla, który wpadł do skrzyni z mąką i jeszcze się z niej dobrze nie otrząsnął, a ta jej Zosia wygląda na charciczkę świeżo umytą i wygładzoną... Kaczkowska ma wygląd patelni z roztopionym ma– słem... Piesiowa, jak kwoczka, która szuka pogubionych kurcząt... Brzezińska, jak długie C zadumana, a Glasowa niby cielę w tęczy; skąd ona u licha tyle barw wsadziła na siebie?

– Jesteś pan nieubłaganym szydercą!

– Wolno mnie dyrektorowej ubłagać: przyśpieszyć kolację...

Zamilkł.

Dyrektorowa opowiadała ze szczegółami o nowej hecy, jaką Majkowska urządziła Topolskiemu.

Kotlicki słuchając tego marszczył się niecierpliwie, bo nie lubił plotek i bliżej żył z Topolskim.

– Szkoda, że nie ma prawa zmuszania was, panie, do przekłuwania zamiast uszów – języków; byłoby to wielce dobroczynne prawo dla świata – powiedział złośliwie, zakrywając się obłokiem dymu i obserwując Jankę spacerującą wciąż z Majkowską.

Obie były rozpromienione, bo obie czuły się zadowolone z tego, że wszyscy patrzą na nie. Janka miała jakiś wyraz wesela w dużych oczach, a karminowe jej usta śmiały się z taką swobodą i wdziękiem odsłaniając pyszne zęby, że Kotlicki mrużył oczy z zadowolenia. Pochyliła głowę naiwnie i tak prosto patrzyła w Majkowską, że widać było dość wyraźnie ton nieufnej ciekawości w jej twarzy. Czasami tylko przemykał się jakiś wyraz twardy i zacięty w kątach ust i w spojrzeniu; wtedy palce jej bezwiednie i nerwowo miażdżyły główki chabrów u gorsu przypiętych. Przechodziło to błyskawicznie, ale nie uchodziło uwagi Kotlickiego.

Władek rozmawiał coś dłużej ze swoją matką i także śledził wzrokiem Jankę. Imponowała mu swoją powierzchownością kobiety z towarzystwa. Spotkał się ze spojrzeniem Kotlickiego i odwrócił głowę, zmieszany nieco.

Majkowska tymczasem opowiadała rozmaite epizody swojego

artystycznego życia, bardzo swobodne i bardzo cyniczne. Podkreślała je czasami ostrym śmiechem histeryczki tak wymownie, że Janka uczuwała niechęć, i wtedy to przelatywał przez jej twarz, niezmiernie ruchliwą, ów twardy cień.

Przyłączyła się do nich Zosia Rosińska, czternastoletni podlotek, typ aktorskiego dziecka, o chudym i długim pyszczku charciczki, sinawej cerze i wielkich oczach Madonny. Krótkie, zafryzowane włosy trzęsły się je: za każdym ruchem głowy, a cieniutkie, wąskie usta wprost gryzły wyrazem złośliwości, kiedy opowiadała coś żywo Majkowskiej.

– Zosia! – zawołała energicznie Rosińska.

Zosia odeszła i usiadła obok matki, chmurna i zła.

– Mówię ci ciągle, żadnych stosunków z Majkowską! – szeptała Rosińska poprawiając z taką pieszczotliwością loki na głowie córki, że ta aż syknęła z bólu i odpowiedziała cicho:

– Niech mi mama głowy nie zawraca!... Nudzi mnie mama tylko!... Ja lubię pannę Melę, bo nie jest takie czupiradło jak inne – szczebiotała złośliwie i uśmiechała się z naiwnością dziecięcą do Niedzielskiej patrzącej na nią.

– Czekaj, rozmówimy się w domu! – powiedziała jeszcze ciszej matka.

– Dobrze, dobrze... zobaczymy, mamusiu!

Rosińska zwróciła się do Stanisławskiego, który nic nie pijąc siedział obok niej przez cały czas i rozmawiał. Zaczęła robić uwagi o Majkowskiej, z którą zawsze była na stopie wojennej, bo miały prawie jeden repertuar, a do tego Majkowska miała talent, młodość i piękność, więc Rosińską powoli odsuwano od ról ważniejszych. Gryzła się tym strasznie i robiła o to skandaliczne awantury, bo zazdrość i upokorzenie paliły ją niby ogniem. Znosiła nieopisane męki aktorki, której zaczynało brakować sił, głosu i warunków scenicznych, i kobiety starzejącej się, którą porzucano jak sprzęt już nieużyteczny – dla innej, młodszej, zdolniejszej i piękniejszej.

Nienawidziła wszystkich młodych kobiet, bo w każdej przeczuwała rywalkę, złodziejkę wydzierającą jej role i publiczność.

Ach! ileż razy ona płakała łzami niewypowiedzianego bólu, kiedy w roli, w której kiedyś robiła furorę, schodziła teraz bez brawa ze sceny!... ile ją nocy bezsennych i gorzkich jej kosztowały powodzenia Majkowskiej – tego nikt nie wiedział.

W ostatnich czasach zbliżyła się do Stanisławskiego, bo odczuwała, że coś podobnego i w nim się dzieje; nie mówił jej tego, nie skarżył się nigdy, ale teraz, kiedy pochylił ku niej swoją chudą, żółtą twarz, pociętą drobniutkimi jak włosy zmarszczkami, w której żółtawe oczy płonęły ponuro; kiedy zobaczyła w nich jakiś okropny, męczący niepokój, jakąś myśl szalenie trapiącą i trzymaną w głębi i ten wyraz ust sinawych, gorzki, smutny i bezbrzeżnie znękany, była prawie pewną przypuszczenia.

– Nie tylko Majkowska... widzisz przecież, jak oni wszyscy grają!... co to jest ten ich teatr!...

– Czyś pan uważał jak Cabińska grała dzisiaj?

– Czy uważałem?... ja to codziennie widzę, ja to dawno wiem, czym oni są... dawno!... Cóż to jest sam Cabiński?... błazen, linoskok, któremu za moich czasów nie dano by grać lokaja!... A Władek! to artysta, co?... Bydlę, które ze sceny robi dom publiczny!... on grywa tylko dla swoich kochanek! Jego panowie są szewcami i fryzjerami, a jego fryzjerzy i szewcy są... andrusami znad Wisły... Cóż oni wprowadzają na scenę?... Łobuzerię, ulicę, szwargot, błoto... A Glas co to jest? Pijaczyna w życiu, to mniejsza, ale nie wolno prawdziwemu artyście włóczyć się z najwstrętniejszą hołotą po szynkach; nie wolno artyście wprowadzać na scenę czkawek pijackich ani ordynarnego brutalstwa... Zobacz w Majstrze i czeladniku Żółkowskiego; to typ, skończony typ pijaka, wzięty szeroko i klasycznie, jest tam i gest, i poza, i mimika, i jest szlachetność... Cóż Glas z tej roli robi?... robi brudnego, wstrętnego, zapijaczonego szewca najlichszego gatunku. To sztuka!... A Pieś?... Pieś także nie lepszy, choć ma markę dobrego arty– sty... ale to nędza, wieczna partanina; ma humor na scenie taki, jaki mają psy, kiedy się gryzą, ale nie ludzki i nie szlachecki... i nie nasz!...
Zamilkł na chwilę i przetarł sobie oczy długą, chudą ręką o węzłowatych, cienkich palcach.

– A Krzykiewicz?... a Wawrzek?... a Razowiec?... to artyści, co?... Artyści!... Pamiętasz Kalicińskiego?... to był artysta!... starego Krzesińskiego, Stobińskiego Felka, Chełchowskiego?... to mury łamać takimi artystami!... Czymże są ci nasi przy nich?... – pytał, nienawistnym wzrokiem wodząc po zgromadzonych – czymże jest ta banda szewców, krawców, tapicerów, fryzjerów... komedianci, hecarze, błazny!... Tfu! na psa schodzi sztuka! Jeszcze za parę lat, kiedy my zejdziemy w dół, zrobią ze sceny szynk, cyrk albo lamus publiczny. Znowu zamilkł, bo dusiła go nienawiść bezsilna i gniew.

– Słyszysz?... oni mnie dają półarkuszowe role: starych dziadów, starych niedołęgów, mnie! słyszysz? mnie, com przez czterdzieści lat trzymał cały klasyczny repertuar... mnie! O! a! – syczał cicho, drąc sobie paznogciami ręce z bólu dzikiego. – Topolski!... Topolski jeden ma talent, ale co z nim robi?... Zbój jeden, Syngalez, co dostaje epilepsji na scenie, co gotów byłby nawet postawić na scenie oborę, jeżeli tego zechcą ci ich nowi autorowie... Nazywają to realizmem, a to jest tylko świństwem i łajdactwem!
– A kobiety?... zapominasz pan o kobietach!... Kto to grywa amantki i bohaterki?... kto jest w chórach?... szwaczki, kelnerki, ostatnie... co sobie zrobiły z teatru parawan do nierządu. Ale to nic... potrzeba tego dyrektorom; co ich obchodzi, że nie mają talentu, inteligencji, urody!... i grają, grają pierwszorzędne role; grywają bohaterki, a wyglądają jak pokojówki albo jak takie, co się włóczą po ulicach!... Byle handel szedł, byle pełno było w kasie, o to im idzie! – mówiła prędko i fala krwi zalała jej twarz, że poczerwieniała pomimo grubej warstwy pudru i bielidła.
Umilkli oboje, bo im złość, nienawiść, ból skręcały i żarły wnętrzności. Nie byli w stanie znieść tego i zrozumieć, i zgodzić się z tym, że ich czas

przechodził, że wypierali ich nowi ludzie i nowe pojęcia; że sam ich wiek obezwładniał w tej walce ponurej i zaciętej, toczącej się bez słów i ciągle. Czepiali się ostatnich skrawków jak topielcy. Krzyczeli na morze, że wieczny i nieustanny przypływ fal kształtował coraz inaczej brzegi. Czuli z niewypowiedzianą rozpaczą niemoc swoją, ubytek sił, zapadanie się w mroki niepamięci...

Inspicjent, który kiedyś był znanym bohaterem kilku teatrów, stara Mirowska, trzymana już teraz z łaski, przez wzgląd na jej wiek i świetną przeszłość – dopełniali obozu niedobitków starej gwardii aktorskiej, walczącej w innych czasach, w czasach najświetniejszego rozkwitu sztuki aktorskiej – no, i patrzącej na teraźniejszość sępim okiem... Byli pod pomostem tonącego okrętu, więc nawet ich rozpaczliwych krzyków nikt nie słyszał.

Kotlicki kiwnął na Władka i zrobił mu miejsce obok siebie.

Władek przechodząc obrzucił Jankę ognistym wzrokiem i usiadł trąc kolano, które mu dolegało, ilekroć siedział dłużej.

– Reumatyzm już jest, co?... a sława i pieniądze jeszcze daleko!... – zaczął drwiąco Kotlicki.

– I!... diabli mi po sławie!... pieniądze to chciałbym mieć...

– Myślisz, że jeszcze kiedy mieć je będziesz?...

– Będę... wierzę w to głęboko. Chwilami zdaje mi się, jakbym je już czuł u siebie w kieszeni.

– Prawda, przecież matka ma dom.

– I... dzieci sześcioro i długów po kominy!... To nie to!... Ja je widzę gdzie indziej...

– Tymczasem, wedle starego zwyczaju, pożyczasz, gdzie się da, co?... – drwił dalej Kotlicki.

– Tobie przecież oddam, i to w tym miesiącu, z pewnością.

– Poczekam nawet do komety z tysiąc ośmset dwunastego roku; będzie przechodzić w roku...

– Nie kpij... Ty jesteś okropny po prostu z drwinami swoimi. Kijem nie zrobiłbyś tyle ludziom krzywdy, co im robisz drwinami i cynizmem swoim.

– To moja broń! – odrzekł Kotlicki ściągając brwi.

– Ożenię, się może niedługo, to wszystkie długi spłacę...

Kotlicki gwałtownie się odwrócił, zajrzał mu w oczy i zaczął się śmiać swoim cichym, rżącym głosem, przekrzywiając pociesznie twarz.

– To jest blaga wprost genialna jako pomysł; na nią możesz nawet naciągnąć jeszcze nie tylko swoje siostry, ale i swoją matkę; opatentuj ten pomysł i wyzyskaj...

– Na serio myślę się ożenić... mam już coś upatrzonego: kamienica na Krzywym Kole... panna lat dwudziestu, blondyneczka jasna, pulchniutka, zgrabna, rezolutna... Jeśli mi matka pomoże, to się ożenię jeszcze przed końcem sezonu.

– A teatr?...

– Założę towarzystwo... zrobię taką konkurencję wszystkim dyrektorom, że ich diabli wezmą!... Kotlicki śmiał się znowu.

– Matka twoja jest za rozsądna, i jestem pewny, że się nie da nabrać, mój piękny!... Co ty tak strzelasz oczami za tą kremową, hę?...

– O, to kokosowa niewiasta, bardzo piękna!...

– Tak, ale na taki kokos masz zęby trochę za słabe. Nie zgryziesz, a ząb stracić można...

– A wiesz, jak dzicy robią?... kiedy nie ma pod ręką noża albo kamienia, rozpalają ognisko, kładą kokos w ogień i pod działaniem ciepła sam się otwiera...

– A jak nie ma ognia, to co?... Nie odpowiadasz, mój sprytny?... To odchodzą pocieszywszy się patrzeniem i myślą, że inni dadzą im radę...

Przerwało im rozmowę wejście właścicielki domu. Zrobił się rumor. Cabińska wyszła naprzeciwko niej z wyciągniętą ręką, z miną rozjaśnionego majestatu.

Właścicielka podnosiła do oczów binokle w złotej oprawie i spoglądała z wysoka na wszystkich.

– Bardzo mi przyjemnie!... bardzo mi miło!... – powtarzała z mdłym uśmiechem, wyciągając łaskawie rękę do przedstawianych sobie przez Cabińską osób.

Robiła minę wielkiej damy, chłodnej, wyniosłej i obojętnej, a żarła ją już od rana ciekawość zobaczenia bliżej tych kobiet, tak głośnych, o których życiu słuchała z oburzeniem niepokojącym kobiety wychowanej i przebywającej w innym świecie.

Cabiński przybiegł do niej uśmiechnięty, z winem i ciastkami, ale Pepa prosiła już wszystkich do kolacji.

Właścicielka usprawiedliwiała się ze spóźnienia, ale głos jej cienki ginął we wrzawie kilkudziesięciu osób siadających do stołu. Usiadła na honorowym miejscu, obok Pepy, Majkowskiej i redaktora; Kotlicki usiadł na końcu stołu obok Janki, a Władek przybiegł i wsunął się pomiędzy Jankę a Zielińską.

Wszyscy się lokowali, jak mogli. Krzykiewicz tylko, człowieczek mały, grywający czarne charaktery, z kwadratowym podbródkiem i spiczastą brodą, został poza obrębem stołu i grał rolę wicegospodarza. Co chwila widać było jego żółciową, jakby posklejaną z kawałków, twarz coraz w innej stronie pokoju.

Janka spoglądała po twarzach, powoli nabierających życia; milczenie i sztywność rozwiązywały się, oczy zaczęły świecić i połyskiwać.

Srebrne kandelabry, bukiety, koszyki do owoców, butelki – wszystko to tworzyło niby sieć, przez którą czerwieniły się coraz wyraźniej twarze towarzystwa.

Po pierwszych daniach i wódkach zaczynała się zrywać wesołość, rozlegał się już miejscami śmiech lub dowcip wypowiedziany po cichu.

Po toaście, wygłoszonym przez redaktora na cześć solenizantki, gwar buchnął jak potok i z siłą niepowstrzymaną zalał cały pokój.

Zaczęli wszyscy naraz mówić, śmiać się i dowcipkować. Upojenie zaczęło przysłaniać różową mgłą wesołości mózgi i przędło radość w sercach.

W połowie kolacji zabrzmiał gwałtownie szarpnięty dzwonek w przedpokoju.

– Kto to może być? – zapytała Cabińska przeglądając wszystkich. Nikogo nie brakowało.

– Nianiu! niech niania idzie otworzyć.

Niania uwijała się około bocznego stolika, gdzie jadły dzieci; poszła zaraz i otworzywszy wróciła.

– Któż tam przyszedł?...

– A nikt, ino ten żółtek niechrzczony! – powiedziała pogardliwie. Najbliżsi wybuchnęli śmiechem na to określenie.

– A prawda, brak Golda!... kochanego i nieocenionego Golda!

Gold wszedł i kłaniał się towarzystwu skubiąc rzadką, żółtą brodę.

– Jak się masz, niechrzczony!

– Po szabasie już jesteś?...

– Hej, Żyd! chodź no tutaj, jest dla ciebie koszerne miejsce.

– Kasjerze!... perło kasjerów, chodź do nas!...

– Fundamencie towarzystwa!

Kasjer wciąż się kłaniał i witał ze wszystkimi nie zważając na grad złośliwych docinków.

– Pani dyrektorowa mi daruje, że się spóźniłem, ale to moja rodzina mieszka na Szmulowiźnie, musiałem istotnie siedzieć z nimi do końca święta.

– No i kugiel, i szabasówka tak ci smakowały, żeś się nie spieszył na katolicką kolację...

– Siadaj pan. Jeżeli jeść pan nie chcesz, to pić ci przecież wolno – zapraszał Cabiński robiąc mu miejsce obok siebie.

Gold ulokował się ostrożnie, uśmiechając się do wszystkich, gdy tymczasem drwiny coraz złośliwsze i pogardliwe spojrzenia leciały gradem na jego kędzierzawą, semicką głowę. Nie zważał na to i zabrał się do jedzenia. Był klasycznie wytrzymałym na ataki podobne i obelgi, których mu nigdy nie szczędzono, mszcząc się za jego łajdactwa i lichwę. Kiedy trochę zapomniano o nim, zabrał głos.

– Przyniosłem najświeższą wiadomość, bo widzę, że jeszcze nikt nie wie...

Wyjął gazetę z bocznej kieszeni i czytał głośno:

– "Panna Śniłowska, znana i utalentowana artystka scen prowincjonalnych, grywająca pod pseudonimem «Nicolety», uzyskała pozwolenie na debiuty w teatrze warszawskim. Artystka wystąpi po raz pierwszy w nadchodzący wtorek w Odecie Sardou. Mamy nadzieję, że dyrekcja angażując p. Ś. zrobi bardzo cenny nabytek dla sceny."

Schował gazetę i spokojnie jadł dalej.

Towarzystwo osłupiało na razie, usłyszawszy tak dziwną wiadomość.

– Nicoleta na warszawskiej scenie!... Nicoleta debiutuje!... Nicoleta?!... – szeptali przyciszonymi głosami, zdziwieni, dotknięci i poruszeni do żywego usłyszaną przed chwilą wieścią. Wszyscy zaczęli spoglądać na Majkowską i Pepę, ale obie milczały. Majkowska miała wyraz twarzy pogardliwy, a Pepa nie mogąc ukryć złości wewnętrznej szarpała bezmyślnie koronki u rękawów...

– Pewnie błogosławi teraz tę hecę, przez którą od nas wyleciała; to jej pomogło – powiedział ktoś.

– Albo talent!... – dorzucił umyślnie Kotlicki.

– Talent?... – zawołała Cabińska. – Nicoleta i talent!... ha! ha! ha!... Ależ ona pokojówki grać u nas nie mogła!

– Ale w warszawskim teatrze będzie grywać drugie role.

– Warszawski teatr! warszawski teatr to jeszcze gorsza szopka! – zawołał Glas.

– Ho! ho! wielki cymes teatr warszawski i tamci ich aktorzy!... wielka mi rzecz!... Powiedzcie to tym, co nie znają go dobrze!... – krzyczał rozczerwieniony Krzykiewicz nalewając wina właścicielce domu.

– Płaćcie nam tylko takie gaże, a zobaczycie, czym jesteśmy!

– Prawda. Pieś ma rację... Kto może myśleć tylko o sztuce, jeżeli mu ciągle brak na życie, na komorne, jeżeli codziennie musi żreć się z nędzą, czy to usposabia do dobrej gry?...

– Fałsz! To by znaczyło, że można zrobić artystą pierwszego lepszego pastucha, któremu tylko da się jeść! – zawołał przez stół Stanisławski.

– Bieda to ogień, co spala drzewo, puch i wszelkie śmiecie, ale metal szlachetny wychodzi z niego jeszcze czystszym – mówił prędko Topolski.

– Gadanie!... Wychodzi nie czystszym, tylko bardziej okopconym i potem rdza zjada go jeszcze prędzej... Butelka nie dlatego jest coś warta, że w niej mógł być najwspanialszy tokaj, tylko dlatego, że tam jest w niej pełno sznapsa, psia twarz... – bełkotał niewyraźnie Glas.

– Warszawski teatr! Boże kochany! przecież tam oprócz dwóch, trzech osób to nędza sa- ma, której nikt nie chciał już na prowincji!...

– Tak, tak, psia twarz! aktorzy, co nie potrafią zagrać nowej sztuki w dwa dni, o jednej próbie, co najmarniejszej operetki nie ugryzą!... Niech ich kaczusie zdziobią, psia twarz!... jak mówi nasz kochany Cabiński. Panowie, proszę o głos! – wołał pijany zupełnie Glas chcąc się unieść z krzesełka.

– Niechby nas tak prasa wzięła w opiekę, niechby do nas robiła codzienną nagonkę publiczności, niechby o nas codziennie pół szpalt zapisywała!...

– No, to cóż?... i tak zostałbyś tylko Wawrzeckim!

– Tak, ale przyszłaby publiczność i zobaczyła, że ten Wawrzecki nie jest wcale gorszym, a może nawet lepszym od tych patentowanych znakomitości.

– Psia twarz, panowie, proszę o głos! – szeptał Glas, na próżno starając się oderwać od krzesełka i utrzymać na nogach.

– Publiczność!... publiczność to stado baranów: tam leci, gdzie chcą owcarze.

– Nie mów tak, Topolski...

– Nie sprzeczaj się, Kotlicki! Ja ci powiem, że publiczność jest głupia, ale i ci jej pastuchy jeszcze głupsi!... A to, na co chcecie, żeby chodziła podziwiać, przecież to nie ma sensu! Teatr obecny, czy to będzie Cabińskiego, czy warszawski albo "Komedii Francuskiej" – jest szopką, teatrem marionetek, zabawką dla dzieci albo dla tłumu! – mówił przez stół Topolski do Kotlickiego uśmiechającego się ironicznie.

– Jakiegoż ty chcesz teatru, co?...

– Psia twarz, panowie, proszę o głos! – mruczał już prawie niedosłyszalnie Glas, opierając się ciężko na stole i mętnym wzrokiem patrząc w świece.

– Glas, idź spać, bo jesteś pijany! – powiedział mu ostro Topolski.

– Ja jestem pijany?... psia twarz, proszę o głos... ja jestem pijany?!... – mruczał rozczerwieniony Glas.

Podnosiły się głosy coraz namiętniejsze przeciwko teatrowi warszawskiemu. Zapanował gwar nieopisany. Ale czuć było we wszystkich głosach protestu, drwin, wyrzekań się, w spojrzeniach, rozpłomienicnych winem i wódką, w twarzach nagle poruszonych, że ten teatr, nienawidzony tylko pozornie, tkwi głęboko w każdej czaszce i w każdym sercu tli się ciągle pragnienie dostania się do niego, że panuje nad ich duszami niby majak Ziemi Obiecanej.

Pito coraz bardziej i przesiadano się, gdzie komu było wygodniej.

Władek usadowił się pomiędzy Majkowską a właścicielką domu i z tą ostatnią puścił się we flirt.

Mimi, podochocona i rozbawiona, podeszła do Kaczkowskiej, z którą już przez stół zamieniała spojrzenia i pojedyncze, bardzo życzliwe słowa. Siedziały teraz obok siebie trzymając się wpół i całując się co chwila z serdecznością przyjaciółek.

Janka, która tylko krótkimi zdaniami odpowiadała Kotlickiemu, bo z największą uwagą patrzyła i słuchała rozmów, zobaczywszy Mimi w takiej serdecznej komitywie z Kaczkowską, spojrzała zdumionym i pytającym wzrokiem na Kotlickiego.

– Dziwi panią, że się całują?... – powiedział.

– Onegdaj tak strasznie się pogniewały, że myślałam, iż pomiędzy nimi niemożebną jest zgoda...

– E... to była sobie tylko taka komedia, zagrana nieźle w chwilowym usposobieniu...

– Komedia?... Proszę pana, a ja myślałam, że...

– Że się pobiją, bo przecież to się trafia za kulisami pomiędzy najpierwszymi i najserdeczniejszymi. Z jakiej planety, u Boga, spadła pani do teatru, że się pani dziwi ludziom i komedianctwu?...

– Przybyłam ze wsi, gdzie się nie słyszy nic prawie o artystach, tylko o teatrze samym – odpowiedziała po prostu.

– A! to przepraszam... Teraz rozumiem zdumienie i pozwolę sobie objaśnić panią, że te wszystkie kłótnie, hałasy, intrygi, zazdrości, bójki nawet to tylko nerwy, nerwy i nerwy! które wszystkim grają jak fortepian rozklekotany za najmniejszym dotknięciem. Łzy są chwilowe, gniewy chwilowe, nienawiści chwilowe, a miłości co najwyżej tygodniowe. Jest to komedia życia rozdenerwowanych, grana stokroć lepiej niż ta sceniczna, bo instynktowo. Pozwolę sobie określić tak: że wszystkie kobiety w teatrze to historyczki, a mężczyźni, mniejsi lub więksi – neurastenicy. Tutaj, pani, jest wszystko, tylko nie ma ludzi – szepnął ciszej, pokazując spojrzeniem po wszystkich. – Pani dawno w teatrze?...

– Pierwszy miesiąc.

– To nic dziwnego, że jeszcze wszystko panią dziwi, zdumiewa, irytuje; że wiele rzeczy, widzianych tutaj, oburza panią i może nawet przejmuje wstrętem; ale jutro, za miesiąc, za cztery najdalej już pani nie zobaczy nic dziwnego; wszystko się wtedy wyda zwykłym i naturalnym.

– Czyli że zostanę taką samą histeryczką – podchwyciła wesoło.

– Tak. Słowo pani daję, że z całą szczerością mówię: tak! Pani sądzi, że w tym świecie można bezkarnie istnieć i nie stać się tym, czym wszyscy?... – jest to konieczność naturalna. Może to rozszerzymy nieco, żeby się lepiej przekonać, dobrze?...

– Z przyjemnością słucham i nic już nie mówię.

– Na wsi się pani chowała, więc musi pani znać lasy... Otóż, proszę, niech sobie pani przypomni dobrze drwali: czy nie mają oni w sobie coś z tego lasu, który ciągle rąbią, bywają sztywni tak samo, robią się mocni, ponurzy i obojętni. Po paru latach przebywania w lesie mają już nie tylko w konturach, ale i w spojrzeniu tę twardość drzewa i cichą melancholię wegetacji... A rzeźnik?... człowiek, który ciągle zabija, ciągle oddycha świeżym mięsem i krwią dymiącą, nie ma później tych samych cech, co i pomordowane przez niego bydlęta?... ma, i powiem, że jest sam bydlęciem. A chłopi?... zna pani dobrze wieś?... Janka skinęła głową potwierdzająco i słuchała.

– Niech pani sobie uprzytomni pola zielone na wiosnę, złotawe latem, szaro–rdzawe, omotane posępnością – jesienią; białe, twarde, dzikie pustką – zimą; niech teraz pani patrzy, jakim jest chłop od urodzenia aż do śmierci. Mówimy o przeciętnych, normalnych chłopach. Chłopak – to będzie dziki, rozkiełznany źrebiec, to będzie siła przyrody wiosennej. Chłop w rozwoju – to lato, to mocarz fizyczny, twardy jak ziemia spieczona słońcem lipcowym, szary jak jego ugory i pastwiska, powolny jak dojrzewanie zbóż... Jesieni zupełnie odpowiada starość chłopska, ta rozpaczliwa, brzydka starość, co ma oczy wyblakłe, cerę ziemistą jak podorówki, brak jej sił, w łachmanach – jak ziemia, z której już wydarto większość płodów, że tylko gdzieniegdzie żółcą się posłe łodygi pól kartoflanych; wylęga się pod przyzbami, nie myśli, nie czeka, nie raduje się... on już z wolna powraca do ziemi, co sama głuchnie po zbiorach i w bladym słońcu jesieni stoi cicha, zadumana i senna... Później przychodzi zima; chłop się kładzie w białej trumnie, nowych butach i czystej koszuli do tej ziemi, która się pewnego poranku tak samo wyświątecznił śniegiem i zasnęła, a której życiem on żył, którą bezwiednie i dziko kochał i razem z nią umiera, tak samo zimny i twardy jak te zagony ścięte mrozem, co go żywiły. Pani! to nie jest człowiek taki jak my, on się nie oderwał od ziemi i ma jej wszystkie cechy nie przekształcone, i ziemia go urobiła na swoją modłę... Zamyślił się na chwilę, a potem mówił w dalszym ciągu:

– A pani nie chciałabyś być histeryczką i zostać w teatrze, i grać, i być aktorką... to niemożliwe! To życie wśród mar, to codzienne odtwarzanie coraz innych ludzi, uczuć i myśli na tej ruchomej powierzchni wrażeń wśród sztucznych podniet, otoczeń, zachwytów, bólów, uniesień i miłości, zbrodni i poświęceń – to musi przekształcić każdego człowieka, zburzyć jego dawną osobowość, przekuć, a raczej tak rozmiękczyć duszę, że na niej wszystko się odciśnie Musisz pani być kameleonem: na scenie – dla sztuki, w życiu potem – z konieczności, bo inną być nie potrafisz... Artyzm to ta szalona ruchliwość wrażliwości mózgowej i czuciowej, co wszystko wchłania i rozlewa się na wszystko, i dąży przede wszystkim do tego, żeby swoje ja zatracić. Gdzież tutaj miejsce – bo mówię o aktorach – na indywidualizm życiowy, na świadomość ogólniejszą i jaką bądź równowagę, gdy się pomieszają wszystkie stany scenicznych nastrojów z własnymi tak ściśle, że się nie wie, gdzie się zaczyna moje własne ja, a gdzie komediowe, artystyczne, to jest: wyobrażeniowe?... Ludzie ci też żyją resztkami rozprzężonej jaźni, są jakby własnymi cieniami...

– Czyli, mówiąc po prostu, trzeba zwyrodnieć, aby móc zostać artystą – odpowiedziała Janka.

– Tak, bez entuzjazmu nie ma sztuki; bez pewnego zapamiętania się nie ma artysty!... Ale po co ja to mówię pani?... Temu, kto się wybiera w daleką drogę, nie powinno się naprzód pokazywać wszystkich niebezpieczeństw, bo przez to może nie dojść...

– Ja sądzę, że świadomość tych niebezpieczeństw dodaje siły.

– Nigdy. Osłabia... tak, rozumowanie osłabia wolę. Patrzeć od razu na wszystko to tyle, co nie widzieć nic i stanąć w połowie drogi, i rozglądać się bezradnie... Najlepiej jest nic nie wiedzieć, tylko mieć siły i iść naprzód...

– Można się przez to nie obliczyć z siłami i paść w pół drogi...

– To i cóż?... inni, drudzy dojdą z pewnością i przekonają się, że nie warto było iść... że nie warto dążyć do niczego, że nie warto ani jednego wysiłku ponieść, ani jednej łzy wylać, ani jednej przykrości znieść... bo wszystko urojenie i urojenie...

– Boję się zrozumieć .. – szepnęła Janka.

– Lepiej, abyś pani nie zrozumiała, abyś nigdy nie pytała, po co i dlaczego?... Lepiej jest być bydlęciem niż człowiekiem, niech mi pani wierzy...

Zamilkli.

Jance zimno się zrobiło i przykro; myślała nad jego ostatnimi słowami – i ten dawny, jeszcze z Bukowca strach przed czymś nieznanym przejmował ją, ale starała się go pozbyć i – zapatrzona w szeregi świec – leciała w jakąś dal ogromną, pełną ciszy i szczęścia...

Kotlicki oparł się jedną ręką o stół i zapatrzył się w kryształowe karafki z arakiem. Nalewał sobie kieliszek po kieliszku, pił i zadumywał się w nudzie, co go ściskała jakimś bólem tępym i niespokojnością... Znudziła go rozmowa z Janką – opowiadał, ale był zły na siebie, że tak wiele zachciało mu się mówić. Jego twarz żółta, obsypana piegami i pokryta czerwonawym, krótkim włosem, twarda w wyrazie, cała w liniach, w krwawym reflekse karafki z arakiem, podobną była do łba końskiego.

Spoglądał na Jankę i czuł, że w nim zaczyna wrzeć złość jakaś cicha, bo widział w tej twarzy tyle siły, zdrowia wewnętrznego, pragnień, marzeń i nadziei, że aż szepnął z głuchą niechęcią:

– Po co?... po co?...

I wychylił znowu kieliszek wina wsłuchując się w gwar ogólny.

Była to już wrzawa pijacka. Głosy brzmiały chrapliwie, twarze były czerwone i oczy błyszczały przez sinawą mgłę odurzenia alkoholem, a niejedne usta już bełkotały niewyraźnie i bez związku. Wszyscy mówili, nie dbając, czy ich kto słucha; wszyscy dowodzili z siłą, kłócili się głośno, klęli bez ceremonii, krzyczeli lub śmiali się bez powodu, chwilami wybuchała zwierzęcość brutalna...

Świece dopalały się prawie; zmieniono je na świeże. Szary świt bliskiego dnia wpływał przez trzcinowe story cienkimi smugami i poszarzał ton świateł.

Zaczęto wstawać od stołu i rozchodzić się po pokojach.

Cabińska, a za nią kilka kobiet poszły do buduaru na herbatę, którą już roznoszono w filiżankach.

W pierwszym pokoju urządzono naprędce kilka stolików i zaczęto grać w karty.

Tylko Gold siedział jeszcze przy stole i jadł, opowiadając coś Glasowi, który się tak upił, że bał się poruszyć z krzesła, aby nie upaść.

– To biedni ludzie... Siostra moja jest wdową i ma sześcioro dzieci; ja jej pomagam, jak mogę, ale czy ja dużo mogę?... a dzieci rosną i coraz więcej potrzebują – opowiadał Gold.

– To więcej nas okradaj, psia twarz!... bierz większe procenta i pomagaj tym swoim parchom.

– Starszy pójdzie na medycynę, młodszy chodzi do sklepu, a reszta jeszcze drobiazg i takie to słabe, chorowite, że aż strach!

– Potop je jak szczeniaki, psia twarz!... potop, i basta! – mruczał nieprzytomny już prawie Glas.

– Jesteś pan bardzo pijany... – szepnął Gold pogardliwie. – Pan nie masz pojęcia, co to są za dzieci!... co to są za kochane, dobre dzieci! Ja się stamtąd nigdy wyrwać nie mogę...

– Ożeń się, będziesz miał bachory swoje własne, psia...

Czkawka zaczęła go męczyć.

– Nie mogę... muszę wpierw to wyprowadzić w świat – szeptał Gold biorąc szklankę z herbatą w obie ręce i popijając ją małymi łykami. – Muszę je wyprowadzić na ludzi – dodał i oczy mu się zamgliły głęboką radością tego kochania.

Krzykiewicz przechodząc potrącił Golda tak silnie, że ten aż syknął z bólu, ale uśmiechał się do tej swojej myśli o gromadce siostrzeńców.

Krzykiewicz, jak najprzytomniejszy, bo nigdy nie mógł się upić, nie przeprosiwszy nawet Golda pobiegł dalej.

Podchodził do gromadek, jakie się potworzyły, zniżał swoją spiczastą głowę, rzucał kilka słów i szedł dalej. Intrygował; wygadywał okropności na zbytek Cabińskiego i roznosił w tajemnicy nowinę, że Ciepiszewski zakłada towarzystwo; dawał do zrozumienia, że wie bliższe szczegóły.

– Wiem z pewnością, że gdybyś się pan angażował do niego, oddałby zupełnie kierownictwo w pańskie ręce – szepnął do ucha Topolskiemu.

– Możesz pan wziąć, bo ja nie będę nigdy razem z Ciepiszewskim.

– Dlaczego?... Facet, co ma dobre chęci i jeszcze lepsze pieniądze... gaża pewna...

– Dlatego, że Ciepiszewski jest bałwan, że Ciepiszewski zakłada towarzystwo tylko dlatego, ażeby mieć harem i tytuł dyrektora. Zrozumiano, panie Krzykiewicz?...

– Zrozumiano, panie Topolski, że dodawszy do poprzedniego, będzie jedno nic, na które nie warto zwracać uwagi, a pieniądz zostaje pieniądzem.

Topolski odwrócił się do niego plecami i poszedł napić się wody sodowej.

Wrzało wszędzie gdyby w ulu, kiedy młody rój szykuje się lecieć w świat.

Wszystkie przyciszone żądze, zazdrości, kłótnie i kłopoty wyłaziły na wierzch niepowstrzymanie. Mówiono głośno, potępiano bez pardonu, obczerniano bez litości, miażdżono i szydzono bez miłosierdzia. Byli już teraz sobą: nikt się nie maskował i nie krępował ramami jednej roli; wszyscy grali tysiące ról. Komedianctwo dusz tutaj miało swoją scenę, widzów i aktorów, często genialnych.

Janka, którą trochę odurzyło wypite wino i to liczne zebranie, rozmawiała z Wawrzeckim o teatrze. Pokładał się aż ze śmiechu, tak mu się wydawała naiwną ze swoimi poglądami. Potem Janka chodziła po pokojach, przyglądała się grającym w karty, słuchała rozmów i sprzeczek najrozmaitszych, czuła jednak, że jej czegoś brak, aby była zupełnie zadowoloną. Marzyła kiedyś o tym świecie i ludziach, wśród których chodziła teraz; miała to wszystko, ale jej się wydało, że to jeszcze nie to, że to, co sobie utworzyła w wyobraźni, jest stokroć większym i potężniejszym, i dać by powinno głębsze zadowolenie. Ci ludzie, prócz jednego Kotlickiego, o którym zapomniała, byli tak samo podobni dla niej do publiczności. Nie mogła w nich zobaczyć artystów. Sowińska już ją objaśniła o wszystkich, opowiadając ze złośliwym zadowoleniem, że tylko

Topolski i Pieś nie wiadomo czym byli przed teatrem, a reszta eksrzemieślnicy, kantorzyści, kupczyki itd.

Obniżało to w jej oczach ich wartość aktorską. Teraz przyszła jej na pamięć scena ze Snu nocy letniej Szekspira.

– Ja jestem księżyc! a ja jestem lew! – mówił poczciwy stolarz, daremnie chcąc naśladować grozę i majestat króla pustyni.

– To ci sami, ci sami! – szeptała przypatrując się towarzystwu ostrym wzrokiem poznawania.

– Czyżby Szekspir drwił świadomie ze wszystkich i mówił przez usiłowania tych grubych i prostych natur, że wszyscy tak wyglądają i wszyscy są takimi tylko wobec prawdziwego artyzmu... Wszystko to miałoby być tylko nieudolną chęcią, bezwiednym dążeniem ślepców do słońca! – myślała z pewną goryczą i znowu patrzyła; chciała nieomal zobaczyć choćby tylko końce skrzydeł u jakich ramion, choćby bardzo słabe odbicie czegoś nieskończonego w oczach którejkolwiek z osób; ale widziała tylko tłum, który zdawał się mówić:

– Ja jestem mur! Ja jestem księżyc! Ja jestem Piram! Ja jestem lew!... Nie bójcie się, my jesteśmy poczciwymi ludźmi, którym, Bóg wie po co, kazano grać komedię! Cicho! ja, jako lew, zaryczę zaraz!...

Tak, oni byli krawcami, szewcami, tapicerami, kelnerkami, szwaczkami, żonami, które uciekły od mężów i którym coś, jakiś fatalizm kazał udawać komedię... Tak, były to mózgi ciasne, indywidualności przeciętne, serca małe – tłum czarny; ale w tym tłumie, zbieranym ze wszystkich grzęd życia, było tyle miłości i zapału do sztuki i teatru, tak ukochali oni tę chimerę, że rzucali warsztaty, sklepy, względny dobrobyt, mężów i dzieci, dobre imię, świat, w którym wzrośli, i nie dbając o nic szli za triumfalnym rydwanem Melpomeny.

Nie rozumowali tak jak Topolscy i Piesiowie, co to jest sztuka?... ale dawali tej sztuce życie swoje, poświęcali jej swoje mózgi i serca, byli jej niewolnikami bezwzględnie i na zawsze. Znosili dla niej nędzę, cierpieli dla niej, przestawali być dla niej ludźmi...

Były to może dusze złe, przewrotne, brutalne, takie, które na targowisku świata witano śmiechem lekceważenia i nieomal pogardą; ale pomimo to dusze te były większe, choćby tylko dlatego, że nie pchał ich do teatru ordynarny instynkt żeru, że walczyli o jakąś ideę, której nawet ich mózgi nie umiały sobie jasno uświadomić.

Były to dusze lepsze, bo szły za głosem przyrody – i cierpiały.

Janka ocknęła się z zadumy, bo Kotlicki stanął przy niej z filiżanką herbaty w ręku i ze swoim cierpko znudzonym uśmiechem zaczął mówić:

– Przygląda się pani towarzystwu?... Prawda, co za energia jest we wszystkich ruchach, jakie to teraz silne dusze; żeby te wszystkie nerwowe napięcia można zebrać w jaki zbiornik, wytworzyłaby się siła na kilka koni parowych, siła, która się marnuje na gadanie...

– Pańska złośliwość ma także siłę... – powiedziała Janka powoli, bo ją zaczynał irytować.

– Marnującą się na obgadywaniu i drwinach... chciała pani tak powiedzieć?...

– Prawie tak, z małym streszczeniem, że jedno i drugie jest...

Zawahała się.

– Czym?... błagam, niech pani powie... ogromnie lubię, jak kobiety... nie kłamią. – ...Jest flirtem dosyć nudnym i dosyć pospolitym – powiedziała prędko.

– O, mocno! mocno!... Słucham dalszego szczebiotu z ciekawością.

– Tylko tyle miałam powiedzieć. Powiedziałam szczerze, bo nie lubię lemoniadek, mniej lub więcej ocukrzonych banalnością towarzyską... Lubię widzieć i mówić prosto, nienawidzę w niczym flirtu i idę zwykle na prawo albo na lewo, byle nie stać.

– Złoty środek to złota równowaga mędrców; z niego widzi się całość dopiero.

– E! jest to miejsce dla niedołęgów, którzy nie mając woli, sił, chęci, aby coś robić, wolą patrzeć i popisywać się obserwacjami zbieranymi z daleka. Takim się zdaje, że widzą wszystko dobrze, a oni tylko widzą odbicia – mówiła Janka dobitnie, unosząc się.

– Mocno, mocno!... Chcę wierzyć, że tak mówi szczerość – szeptał Kotlicki z uśmiechem.

– Mnie się zdaje, że powinno się zawsze stać w szeregu jednym lub drugim i czegoś pragnąć, coś robić, pracować i kłaść całą duszę, i żyć z całą pasją...

– I łudzić się niemądrze, że to nas doprowadzi do czego – dokończył za nią Kotlicki.

– Nie, i nie dbać, do czego doprowadzi, byle nie doprowadziło do nudy.

– Proszę pani, to także flirt, tylko w innej odmianie. Ciekaw jestem, do czego panią doprowadzi ta pasja; co pani zdobędzie tą swoją nadmiernie rozpaloną energią.

– Może i zdobędę to, co chcę zdobyć – odpowiedziała ciszej, bo jakaś szarość przysłoniła jej myśli subtelną niezmiernie bojaźnią przed czymś nieznanym.

– Zobaczymy, zobaczymy... – mówił wolno i akcentując długo, postawił filiżankę na stoliczku, następnie pożegnał się z Janką i wyszedł po cichu. W przedpokoju, kiedy rozespany Wicek podawał mu palto, usłyszał za przepierzeniem monotonnie szepczące głosiki dzieci. Uchylił płótna i zobaczył czterech chłopaków Cabińskiego, klęczących w koszulach i szepczących za nianią pacierz.

Mała, oliwna lampka, błyszcząca się przed obrazem, umieszczonym nad łóżkiem niani, oświecała słabo tę grupę dzieci i starą, siwą kobietę, co z pokorą nachylała się ku ziemi, biła się mocno w piersi i szeptała łzawym głosem:

– "Baranku Boży, który gładzisz grzechy świata!"

Dzieci powtarzały sennymi głosikami i biły się piąstkami w piersi.

Popatrzył zdumiony i cofnął się, cicho i bez śmiechu. Dopiero na schodach, jakby odpowiadając i temu obrazowi, i ostatnim słowom Janki, szepnął:

– No, no! Zobaczymy, zobaczymy...

Janka poszła do buduaru, ale ją w drodze zatrzymała Niedzielska i gwałtem wciągnęła w rozmowę; dosiadł się do nich później i Władek. Zaczęli się wszyscy rozchodzić do domów.

– Pani daleko mieszka? – zapytała Niedzielska.

– Na Podwalu, ale za tydzień najdalej przeprowadzam się na Widok.

– A to dobrze, bo my idziemy na Piwną, to będziemy szli razem...

I zaraz wyszli.

Niedzielska wzięła Jankę pod ramię, Władek szedł z boku, trochę zły, że musiał odprowadzać matkę, klął po cichu, a głośno robił melancholijne uwagi o poranku.

Cicho było zupełnie na ulicach.

Świt rozbielił mroczne głębie horyzontu, domy rysowały się już dosyć wyraźnie. Latarnie gazowe niby złoty sznur o węzłach zbladłych płomieni ciągnęły się nieskończoną linią i rozsiewały złotawy pył na pokryte rosą trotuary i szare mury kamienic. Świeży, jędrny powiew poranku lipcowego szedł ulicami i napawał dziwnym urokiem i spokojem. Domy i ulice stały ciche, zapadłe jeszcze w śnie nocy, czuć było, że wokoło jeszcze śpią ludzie, że trzepoczą dokoła sny swymi skrzydłami i snują się tłumnie w popielatym brzasku świtu.

W milczeniu odprowadzali Jankę do hotelu; Niedzielska z jakąś nagłą życzliwością ucałowała ją i rozeszli się.

VI

– Dobrze pani będzie?.,.

– Sądzę, że tak. Cicho i widno, to dla mnie wystarcza... Kto tu mieszkał przede mną?

– Panna Nicoleta. Teraz jest w teatrze warszawskim, to także omen.

– No jeszcze zupełnie nie jest. Mogą ją nie zaangażować jeszcze...

– Ale zaangażują... Panna Śniłowska to spryt, da ona sobie radę. Nie zjadły ją Majkowska z Cabińską, nie zjadła ją przez sześć lat prowincja, to ją już nic nie zje! – mówiła z głębokim przekonaniem M–me Anna, córka Sowińskiej, do której się teraz właśnie sprowadziła Janka. Była to dwudziestoczteroletnia kobieta, ani brzydka, ani ładna, coś niezdecydowanego co do barwy oczów i włosów, ale o zdecydowanej mocno chudości i złośliwości nieprzebranej.

Miała magazyn strojów pod firmą M–me Anna, która się złociła ogromnymi literami nad sklepem. Nazywała się pospolicie Stępniak, więc prawdopodobnie tylko dlatego występowała pod francuskim daszkiem. Ubierały się u niej przeważnie aktorki i półświatek. Miała kilkanaście panien w pracowni i męża, który podobno pracował w jakimś biurze, ale przeważnie włóczył się po bilardach i wycierał wszystkie kąty knajp. Nie mieli dzieci, co im zawsze z szorstkością wymawiała jej matka – Sowińska, której oboje lękali się naprawdę, bo trzęsła wszystkim i wszystko trzymała krótko w swoich rękach.

M–me Anna miała jeszcze tę cnotę, że choć żyła z aktorek i bardzo często miewała bezpłatne bilety do teatrów, nie chodziła nigdy i nienawidziła artystów. Mąż sekundował jej w tym zupełnie szczerze. Bywały bardzo często o to sceny z matką, ale stara ani sobie mówić nie dała o tym, żeby miała przestać chodzić do teatru.

Wrosła tak głęboko w teatr, że się wyrwać z niego nie mogła, a M–me Anna żółtaczki dostawała ze wstydu, że jej matka jest krawcową teatralną. Była skąpa do obrzydliwości, głupia, nielitościwa i zazdrosna... Przeglądała garderobę Janki ze źle skrywaną złośliwością.

– Trzeba to wszystko przerobić, przefasonować, bo to o milę czuć zapadłą prowincją – zawyrokowała. Janka zaczęła trochę oponować twierdząc, że takie same fasony widzieć można często na ulicy.

– Tak, ale któż to nosi, niech pani na to zwróci uwagę: sklepikarki albo jakie szewcówny; szanująca się kobieta nie weźmie takich łachów na siebie!

– No, to niech pani każe wszystko poprzerabiać, choć dla mnie zupełnie jest to wszystko jedno. Mogę pani zaraz zapłacić za te przeróbki i za mieszkanie za pierwszy miesiąc.

– Nic pilnego. Potrzebuje pani przecież kupić sobie kilka kostiumów, to jest pilniejsze.

– Jeszcze mi wystarczy...

Zapłaciła trzydzieści rubli za pierwszy miesiąc, bo tak się zgodziła z Sowińską.

– Osiedliłam się już na dobre – powiedziała później do starej, która zajrzała do niej.

– Bo to na długo! Za dwa miesiące znowu przeprowadzka... Cygańskie życie, z wozu na wóz z miasta do miasta... Nigdy kąta nie zagrzać, to także przyjemność!...

– Może kiedy będzie można osiąść gdzie na stałe...

Sowińska uśmiechała się posępnie i cicho mówiła:

– Tak się z początku myśli, a potem... potem diabli biorą wszystko i kończy się na włóczędze do śmierci... Człowiek się tam zszarga jak łach i zdycha gdzie na hotelowym barłogu ..

– Nie wszyscy tak kończą! – odpowiedziała Janka wesoło, niewiele zważając na jej słowa, bo była zajęta wybieraniem i ustawianiem różnych drobiazgów.

– Z czegóż się pani śmieje?... to wcale nie śmieszne!... – zawołała gwałtownie Sowińska.

– Alboż ja się śmieję?... mówię, że nie wszyscy tak kończą, bo tak jest przecież...

– To wszyscy powinni tak kończyć, wszyscy! – zawołała ze złością i wyszła. Janka nie mogła zrozumieć ani jej gwałtownego gniewu, ani słów ostatnich. Rozkładała dalej rozmaite przedmioty, ale słyszała, że w sąsiednim pokoju, który zajmowała Sowińska, ktoś chodzi prędko, roztrąca sprzęty i klnie głośno.

Dnie szły naprzód niepowstrzymanie i niby fale wiecznego przypływu biły w brzegi nieskończoności, roztrącały się o nie i zapadały w głębie czasu cicho i tak zupełnie, że tylko ślad ich istnienia pozostawał w sercach ludzkich.

Janka coraz głębiej wchłaniała w siebie teatr.

Chodziła regularnie na próby, potem na dwie godziny lekcji do Cabińskich, później przychodziła na obiad, szykowała garderobę na przedstawienie i szła około ósmej znów do teatru.

W dni, w które nie grywali operetek i chóry były wolne, chodziła do Letniego Teatru i tam, wciśnięta wysoko, przepędzała na marzeniach całe wieczory. Połykała oczami aktorki, ruchy ich, stroje, mimikę, głos. Śledziła za akcją sztuki tak uważnie, że później mogła ją sobie najdokładniej rozsnuwać w myśli i nieraz po powrocie z teatru zapalała świece, stawała przed wielkim zwierciadłem, które jej kazała wstawić M–me Anna, i powtarzała widzianą grę śledząc uważnie każde drgnienie twarzy, próbując najrozmaitszych póz, ale rzadko kiedy była z tego zadowoloną.

Sztuki, jakie widziała, nie porywały jej wcale; czuła się wobec nich zimną i znudzoną. Nie rozgrzewały jej mieszczańskie dramaty, wieczne konflikty sercowo–obyczajowe, flirt, jaki przeważnie uprawiali autorowie. Powtarzała ich frazesy chłodno i w połowie sceny przestawała i szła spać. Były dla niej za małe wszystkie te sztuki współczesnego repertuaru.

Nikt o tym nie wiedział, bo nie lubiła zwierzeń i nie miała przyjaciółki pomiędzy koleżankami, z którymi żyła na stopie pewnej wyniosłości. Pisywała im listy, słuchała cierpliwie wiecznych zwierzeń i tajemnic, ale sama się nie odsłaniała. Czuła się nieomal tak samotną jak w Bukowcu, zdawało się jej, że ten gąszcz ludzki, jaki ją otaczał, był dalszym, więcej obcym niż tamte buki i sosny.

Mówiła Cabińskiemu o rolę przy obsadzie jakiejś nowej sztuki.

Zbył ją niczym.

– Myślimy o pani, ale pierwej musi się pani obznajmić ze sceną... Będziemy grali jaki melodramat albo sztukę ludową, to pani dostanie większą rolę...

Tymczasem grywali tylko operetki, bo zapełniały teatr.

Uśmiechała się w odpowiedzi, choć targała ją niecierpliwość, ale się już nauczyła panować nad sobą i nosić maskę uśmiechniętej obojętności. Pocieszała się tym, że przecież skończy kiedyś z tymi chórami, że przyjdzie ta chwila, w której grać będzie.

I przymykała oczy z lubością, bo się przenosiła piorunowo w przyszłość, bo już widziała się stojącą na scenie w jakiejś roli ogromnej; widziała magnetyczny wzrok tłumów publiczności, czuła bicie serc i uśmiechała się tęsknie do tego obrazu.

Chwile, w których śpiewała chórem na scenie albo "robiła tłum", były dla niej wiekami całymi marzeń. Z chciwością łowiła szmery zadowolenia i entuzjastyczne okrzyki publiczności. Jak ona wtedy zazdrościła szalenie tych braw i oklasków, jakby obawiając się, że zbraknie dla niej w przyszłości, że ją teraz ograbiają niejako.

Przesiąknęła już z wolna atmosferą, w której żyła.

A ta publiczność, tak dziwna, tak kapryśna, którą jedni posądzali o głupotę i brak wszelkiego smaku i wyższych pragnień, drudzy o obojętność, a której wszyscy bili hołdy, przed którą się wszyscy płaszczyli, drżeli i żebrali jej łask, ta publiczność przejmowała ją nawet gniewem. Było coś dziwnego w zachowaniu się Janki wobec niej. Ubierała się bardzo wykwintnie na scenę, by tylko zwrócić na siebie uwagę; wysuwała się często na front sceny, pozowała się w najwdzięczniejszy sposób, ale ile razy poczuła na sobie wzrok tłumu, który ją przejmował denerwującym dreszczem, cofała się szybko w tył, rozgniewana.

– Szewcy! – szeptała pogardliwie i już wtedy cały wieczór trzymała się w cieniu. W garderobie nie ustępowała nikomu, chórzystki jej ulegały z biernością, bo czuły w niej jakąś wyższą siłę i bały się jej wiedząc, że jest w bliskich i ciągłych stosunkach z dyrekcją – imponowało im to, że Władek chodzi za nią ustawicznie, a Kotlicki, który dawniej tylko czasami przychodził za kulisy, siedzi teraz codziennie przez całe przedstawienie i rozmawia z nią zawsze bez cylindra na głowie. Otaczał ją jakiś obłoczek niedostrzegalny szacunku bezwiednego, bo chociaż na konto Kotlickiego opowiadano sobie o niej różne przypuszczenia, nie śmiały jej jednak mówić tego wprost w oczy.

Lgnęła z początku do aktorek, chciała zawiązać z nimi bliższą znajomość, ale ją zniechęciły, bo ile razy zaczęła mówić z nimi o teatrze i sztuce milkły lub zaczynały opowiadać o swoich tryumfach, bibach, rolach popisowych, benefisach, a zresztą co one mogły wiedzieć sztuce?... Wlokły się za tym Thespisowym wozem marząc o brawach i wielkich akontach, zmęczone życiem, zawsze zatroskane o byt, przejęte ciągłą walką ze wszystkim; z drwinami słuchały porywów takiej entuzjastki, jaką była Janka. Kpiły z jej marzeń i poglądów, bo one przeważnie nie umiały marzyć, umiały tylko żyć tak, jak ona marzyła.

Za to stary Stanisławski i inspicjent byli jej serdecznymi przyjaciółmi. Leż to razy podczas prób szli razem na górę, do pustych garderób albo pod scenę zawaloną różnymi rupieciami, i opowiadali jej dzieje swoich teatrów, dzieje ludzi i epok już umarłej; rysowali przed nią jakieś wielkie postacie, wielkie dusze i wielkie namiętności, takie właśnie nieomal, o jakich marzyła.

Czasami chodziła z nimi do Łazienek, namawiała ich sama do tych wycieczek, bo ją zaczynało dusić miasto i miała coraz dotkliwsze chwile tęsknoty za wsią, za lasem, za kawałem pól obsianych i szumiących, za ciszą, przerywaną co najwyżej pieśnią skowronka; skrywali się w najodleglejszej alei i tam, ukryci w klombie lub w gąszczu zarośli, grali przed nią fragmenty swoich dawnych ról bohaterskich; opowiadali jej różne kawały z dawnych czasów. Odżywali wtedy na nowo i porywali swoim entuzjazmem. Krew zarumieniała im żółte twarze, przygasłe oczy promieniowały błyskawicami, postacie się prostowały i wracały im wtedy na chwilę młodość, pamięć, talent i szczęście stracone dawno.

A ona wtedy śmiała się z nimi, płakała i była takim samym dzieckiem jak i oni.

A ileż jej rad nadawali co do wymowy, klasyczności pozy i sposobu dobrego mówienia wiersza!

Słuchała z ciekawością, ale kiedy przyszła do domu i chciała jaki fragment roli grać we– dług ich metody, nie mogła, i tak się jej wydawali sztywni, patetyczni, nienaturalni, że zaczęła później traktować ich z pewną pobłażliwością.

Z M–me Anną żyła na stopie zimnej grzeczności i unikała starannie wszelkich z nią rozmów, bo ją zwykle wyprowadzały z cierpliwości, tak że rzucała jej w oczy nieraz jakieś słowo tchnące pogardą i zamykała się w swoim pokoju. Z Sowińską żyła trochę bliżej, bo stara chodziła koło niej, jak około lokatorki płacącej z góry, i doglądała, żeby jej czego nie brakowało.

Sowińska była szorstka i gwałtowna, na zięcia często porywała się z pięścią, robotnice z pracowni nieraz przepędzała bez najmniejszego powodu i cały dzień krzyczała na wszystkich. Miała swoje dni, w których nic nie jadła, do teatru nawet nie szła siedząc zamknięta w swoim pokoju i płacząc dzień cały lub chwilami wyklinając z całą pasją kobiety prostej.

Po takim dniu była jeszcze energiczniejszą i bardziej rzucała się w intrygi zakulisowe. Wtedy widać ją było wszędzie. Chodziła do publiczności, rozmawiała cicho z młodzieżą kręcącą się koło teatru i aktorek. Przemieniała się w pewnego rodzaju rajfurkę. Przynosiła aktorkom zaproszenia na kolacje, bukiety, cukierki, listy i starała się z prawdziwą namiętnością nakłaniać do uległości oporne. – Chodziła za towarzyszkę na biby i wiedziała, kiedy wynaleźć ważny powód do natychmiastowego wyjścia, żeby nie przeszkadzać...

Miała wtedy pod maską dobrodusznej i pomarszczonej starości wyraz okrutnej, złośliwej uciechy. Dla opierających się miała w pogotowiu rodzaj filozofii, którą im wygłaszała.

Janka raz tylko słyszała, jak stara mówiła do Szepskiej, która wstąpiła do teatru uwiedziona przez jakiegoś chórzystę.

– Pani mnie słuchaj!... Cóż ci twój miły daje? Mieszkanie na Browarnej i serdelki z herbatą na rano, południe i wieczór... To przecież wstyd marnować się dla takiego! Możesz pani przecież tak mieszkać, jak tylko zechcesz; możesz sobie kpić z Cabana i nie dbać, czy ci da po przedstawieniu dwa złote albo nie da. Co tam dbać o co!... tyle zysku, co człowiek użyje... Młoda, ładna dziewczyna powinna się bawić, żyć, używać, a nie marnować z jakimś tam... Pluń, pani, na to, co powiedzą. Wszystkie tak żyją i widzisz, że nie płaczą wcale na biedę ani nie narzekają, że im źle na świecie. Dobrze im z tym, bo tak być powinno. Myślisz pani może, że prędzej rolę jaką dostaniesz?... oho! jak rak świśnie!... dostają te, z którymi się dyrekcja musi liczyć, które mają kogoś za sobą, co je popycha.

Szepska się broniła jeszcze, ale stara jako ostatni argument rzuciła:

– Pani myślisz, że Leszcz zrobi pani jaki skandal?... Mogę pani zaręczyć, że on nie jest taki głupi. Nie potrzebujesz przecie zrywać z nim zupełnie...

I zwykle przeprowadzała wszystko, co chciała.

Za to ciemne pośrednictwo nie chciała nigdy przyjmować nic, choć jej dawano nawet kosztowniejsze upominki.

– Nie chcę... Jeśli komu radzę, to z życzliwości – odpowiadała krótko. Tymi drogami doszła do pewnej władzy w teatrze; trzymała tajemnice wszystkich w swoim ręku, więc się jej obawiano i radzono w każdej drażliwej sprawie. Janka, która już dosyć poznała głębin życia zakulisowego, patrzała na Sowińską z pewną trwogą. Wiedziała, że nie dla zysków spycha drugie w błoto, tylko dla czegoś, czego jeszcze odkryć nie umiała. Obawiała się chwilami, nie mogąc znieść jej dziwnego wzroku, z jakim się przypatrywała czasami jej twarzy. Czuła tylko, że Sowińska jakby czekała na co lub upatrywała jakiej sposobności.

Janka prędko zauważyła sposób życia, jaki prowadzą jej koleżanki, ale nie oburzała się na nie ani patrzyła z pogardą. Było to jej najzupełniej obojętnym, bo się patrzyła na nie jak na przedmioty jakieś, a nie na ludzi, i nigdy jej nie przyszło nawet na myśl, że ona mogłaby żyć tak samo. Za bardzo żyła tylko mózgiem i miała jeszcze pieniądze, nie zaznała ona jeszcze biedy teatralnej.

Jednego z takich płaczliwych dni Sowińskiej Janka wychodząc do teatru chciała się jej zapytać, jak jest daleko do Bielan, gdzie miała jutro jechać z Mimi i całym towarzystwem.

Weszła do pokoju i stanęła zdumiona.

Sowińska klęczała przy otwartym kufrze, a na łóżku, stole i krzesłach leżały porozkładane części jakiegoś teatralnego kostiumu. Na ziemi leżały stosy pożółkłych zeszytów, w ręku trzymała fotografię młodego mężczyzny o twarzy dziwnej, tworzącej trójkąt długi, wychudłej tak, że wszystkie kości policzkowe rysowały się poprzez skórę najwyraźniej. Czoło miał nadmiernie wysokie, rozszerzone w skroniach, i głowę olbrzymią. Oczy ogromne patrzyły z białej twarzy niby oczodoły trupie.

Janka popatrzyła się na wszystko i zaczęła:

– Wie pani, jadę jutro na Bielany z całym towarzystwem. Czy to daleko?...

Sowińska nie odpowiedziała, tylko zwróciła się do niej z fotografią i głosem przesiąkniętym bólem szepnęła:

– Patrz pani, to mój syn... a to... relikwie moje!... – dodała wskazując ze łzami w oczach na porozkładane przedmioty.

– Artysta? – zapytała Janka z jakimś bezwiednym szacunkiem.

– Artysta!... Przecie, że nie taka małpa, jak ci u Cabińskiego. Jak on grał, pani moja, jak grał!... klękajcie!... Gazety pisały o nim. Był w Płocku i pojechałam do niego. Bo jak grał Zbójców, teatr się aż trząsł od braw i od krzyków... Ja sobie siedziałam za kulisami i jak usłyszałam jego głos, jak go później zobaczyłam, to jak mnie zaczęło coś trząść, łamać, rzucać mną niby w chorobie, to myślałam, że już umrę z radości... A on grał!... widzę go takim ciągle... widzę... o!...

Porwała się z ziemi, stanęła zapatrzona we wspomnienie, a łzy wolno spływały po jej twarzy żółtej i pomarszczonej.

– A jak sobie pomyślałam, że to mój syn, dziecko moje, to mi się ćmiło w oczach, a w dołku to mnie tak coś ściskało, ściskało... a każda kosteczka trzęsła się we mnie z radości... i rosłam z pychy, rosłam...

Janka słuchała jej ze współczuciem.

– Byłam mu taką matką, że wnętrzności dałabym wypruć sobie dla niego!... Artysta był, artysta! grosza nigdy nie miał, bieda go nieraz żarła, jak pies, alem ją odganiała, jakem tylko mogła. Służyłam prawie, żyłam herbatą i chlebem, aby coś oszczędzić dla niego. Dawałam krew, ale dziecku najdroższemu to choćby i zdechnąć, niech tam, aby tylko ono, żyło... Matką mu byłam rodzoną, niczym więcej.

Umilkła nie obcierając nawet łez, co płynęły cicho po jej zmiętej, sinawej twarzy niby dwa strumienie, żłobiące sobie krwawe koryta.

Janka po długim milczeniu zapytała cicho:

– Gdzież syn teraz?

– Gdzie?... – odpowiedziała głucho, podnosząc się z ziemi – gdzie?... Umarł! Zastrzelił się, psi syn!... zastrzelił się!... A!... że cię, psubracie, święta ziemia nie wyrzuciła za tę krzywdę, jaką matce zrobiłeś!... Trzeba być ostatnim hyclem, ażeby mnie tak zostawić samą... I to rodzone, najukochańsze mi zrobiło... o!...

Zaczęła dyszeć ciężko, bo ją dusił gwałtowny spazm łez i bólu nieopisanego.

– Całe życie moje już takie! – zaczęła znowu, bo znajdowała jakąś okropną rozkosz w rozdrażnianiu ran trochę zabliźnionych. – Jego ojciec był taki sam pies... Krawiectwo robił, a ja miałam sklepik; dobrze nam było z początku, bo grosz był na zapas i w mieszkaniu mieliśmy po ludzku. Ale to niedługo trwało. Zgodzili go na krawca do cyrku; ja sama tego chciałam, bo płacili dobrze i nie miał wiele roboty. Kto mógł wiedzieć, że z tego będzie nieszczęście, kto?... Wpadła mu w oczy jakaś skoczka cyrkowa: rzucił wszystko i jak cyrk wyjeżdżał, poleciał z nimi w świat...

Odetchnęła ciężko.

– Zęby ścisnęłam tylko! Na zbity łeb, na złamanie karku, przepadnij!... Targałam się do kości, żeby tylko wyżyć z córką, ale zachorowałam na tę słabość, co tak na nią ludzie padali wtedy jak muchy... Chorowałam długo i ledwiem się wylizała, ale wszystko diabli wzięli, bo sklepik sprzedali mi za długi. Zostałam wprost na bruku. Szewska pasja mnie ogarnęła.

Pożyczyłam, gdziem tylko mogła, pieniędzy i pojechałam z dzieckiem szukać swojego miłego. Znalazłam go. Z jakąś kupczychą żył, dobrze im było razem, tak że zapomniał o mnie i o dziecku. Za łeb go prawie przywlokłam do Warszawy... Siedział cały rok, obdarzył mnie synem i znowu uciekł... Już go nie szukałam. Plunęłam za nim... Co z psem zaczęło, niech z psem kończy. Miałam dwoje dzieci, było więc o czym myśleć; robiło się różnie, byle wyżyć, i tak jakoś lata szły... Chłopca, jak tylko skończył dziesięć lat, choć się darł do książki, choć ino po całych dniach czytywał, do terminu, do brązownika oddałam... Nie było nieraz jeść kupić za co, a cóż dopiero uczyć.

Miałam z nim utrapienia, miałam!

Majster się skarżył, że po nocach czytuje, że przy robocie za pazuchą książki nosi i robotę opuszcza dla czytania. Ale jak się tylko wyzwolił, zwąchał się zaraz z aktorami i już przepadł dla mnie... Com się naprosiła, com napłakała krwawymi łzami; nic nie pomogło. Całował mnie po nogach, przepraszał, a mówił jedno: "Pójdę do teatru! nie wytrzymam i pójdę!" – Biłam go, katowałam jak psa, nie powiedział mi marnego słowa za to, ale rzucił nas i przyłączył się gdzieś na prowincji do tej zgrai... Dopust boży! – pomyślałam. To już widać tak stało napisane, że pociechy z niego mieć nie będę, a tylko udręczenie!... Zaczęłam pomagać mu po trochu... Córka mi dorosła, brałyśmy szycie do domu i tak się jakoś żyło.

Aż tu jednego dnia przywożą mi męża – ślepego zupełnie. Matko Boska! myślałam, że mnie szlag trafi ze złości, bo jak był zdrowy, to się tłukł po świecie, a ślepy, z chorobą niewyleczalną przywlókł się do mnie zdychać... Dałam mu kąt, bo dzieci tak chciały. Ja bym go była z drugiego piętra zrzuciła na bruk za moją poniewierkę przez niego... Ale Pan Bóg był wtedy o tyle łaskaw na mnie, że zabrał go niedługo.

Córkę wydałam za mąż. Oleś się krzywił na szwagra, że to układu lepszego nie ma, że się po chamsku nazywa, ale, moja pani, co mąż to mąż, zawsze on lepszy, jaki jest, niż żaden. A ten zły nie jest; że się napije czasami, ale swojego grosza przy tym nie straci, to i cóż?... każdy potrzebuje się zabawić czasami. Poszłam do obowiązku, jak już mówiłam, żeby chłopcu pomóc, a i im nie ciężyć, bo otworzyli ten magazyn i z początku bardzo im kiepsko szło.

Raz, będzie temu dwa lata, córka na swoje imieniny zaprosiła kilka osób po kumostwie, po dobrej znajomości. Akurat, kiedy bawiliśmy się w najlepsze, przynieśli do mnie "telegraf", a że ja pisanego tak dobrze nie czytam, więc przeczytał zięć.

Pismo było aż z Suwałk. Pisali, żeby przyjechać, bo Oleś bardzo chory..

Jak stałam, tak i pojechałam, a tak mnie coś niedobrego w środku gryzło, tak Żydy wolno jechały, jak na złość, że ledwiem nie umarła z niespokojności...

Zawiesiła głos na chwilę, obejrzała się jakoś błędnie po pokoju i cichym, przesiąkniętym rozpaczą głosem szeptała dalej, podnosząc na Jankę twarz posiniałą.

– ...Nie żył już... Z pochowaniem czekali na mnie...

Janka spojrzała na nią smutnie...

– Pani moja, jak zobaczyłam tę pociechę moją, to dziecko najdroższe... w trumnie, z obwiązaną głową, nieżywe... tak coś pękło we mnie... I tak mi się zrobiło pusto, i tak ciemno a strasznie, że sobie powiedziałam: Basta, i ja zaraz zdechnę...

Żeby Bóg był sprawiedliwy, to bym powinna była umrzeć. Nie płakałam prawie, tylko czułam, że mnie coraz więcej coś w sercu pali, żre i dusi... Tak się płaszczyłam na tej ziemi, która mi go zabrała, tak wyłam, tak mnie coś tłukło i ciągnęło tam, gdzie ten mój chłopiec leżał, że psy wyłyby nad moją żałością i sieroctwem.

Powiedzieli mi później, że się zakochał w chórzystce i z tego kochania się zabił!

Pokazali mi ją. Szurgot był ostatni; wszystkie kulisy nią wycierali i dlatego się właśnie zabił...

Jak ją złapałam na ulicy, to ją tak stłukłam, skopałam, zdarłam za łeb; podrapałam pazurami mordę, że mnie aż oderwali. Zabiłabym, zabiłabym jak psa wściekłego, za mój ból, za krzywdę!... – krzyczała głośno, zaciskając pięścić. – Takie jest moje życie, takie!

Przeklinam codziennie, ale zapomnieć nie mogę... siedzi mi to wszystko tu, pod piersiami...

Czasem, w nocy, to przyjdzie do mnie i stoi, z tą obwiązaną zawsze głową, a ja się aż trzęsę z żałości i serce mnie tak boli, że o mało nie pęknie. Oczy już wypłakałam...

Jestem w teatrze, bo mi się ciągle zdaje, że on wróci, że się już ubiera i zaraz wejdzie na scenę... To wtedy, kiedy mnie tak napadnie, chodzę po garderobie i jestem szczęśliwa, bo zapominam na chwilę, że jego nie ma, że go już nigdy nie będzie, że go już nigdy nie zobaczę!...

Boże mój. Boże!... a!... to nie on winien, tylko ta... Wy wszystkie jesteście suki wściekłe, wszystkie szarpiecie serca matczyne... podłe... ostatnie!... Jak złe robaki rozgniotłabym wszystkie, mordowała... spychała w dół, w nędzę, w choroby, żebyście cierpiały tak jak ja... żebyście się męczyły, męczyły, męczyły!...

Umilkła dysząc ciężko; żółtą jak wosk gromniczny twarz jej napiętnowała nienawiść straszna i dzika; drgała nerwowo w długich zmarszczkach twarzy i z sinych, pogryzionych ust wyła zniszczeniem i zemstą.

Janka cały czas stała, chciwie pochłaniając każde słowo, każdy gest i drgnięcie ust. Przejmowała ją głęboko tragiczność opowiadania. Prawda wstrząsająca tej boleści, tak prostej i mocnej, przegryzała jej serce bólem... Czuła to wszystko tak, jakby sama przecierpiała. Stopiła się z jej istnością tak, że płakały razem. Przenikał ją dreszcz ekstazy, miała krzyk bólu w sercu, szarpanym wspomnieniem utraty, śmierci tego najdroższego, obłęd rozpaczy bezbrzeżnej w oczach zaszklonych beznadziejnością, smętność duszy, dogorywającej w uśmiechu...

Grała, nie wiedząc prawie o tym; a później, ochłonąwszy nieco i widząc, że Sowińska siedzi pogrążona w bolesnym rozpamiętywaniu, wyszła na miasto.

Miała pełną duszę i mózg wyrazów tego bólu. Rozkoszowała się wprost tym nastrojem tragicznym, jako szczegółem przepysznym do roli jakiej.

– Matkę w Karpackich góralach albo Matkę rodu można by tak grać... – myślała. I znowu wchodziła wnętrznie w ten dramat słyszany i widziany, swoją organizacją na wskroś nerwową.

– Już nie żył! – szepnęła, bezwiednie powtarzając ten rozpaczliwy ruch szczęki i jakieś płaskie rozpostarcie rąk, i opadnięcie ich bezsilne, i to piorunowe zagaśnięcie oczów w twarzy zesztywniałej w boleści nagłej. Oprzytomniała, ale powstała w niej chęć zobaczenia wsi, zieleni... Zapragnęła ciszy i spokoju.

Tutaj, w tych murach, żyła tylko jakby połową swej duszy, dusiła się w nich; zdawało się jej, że te kamienice rzucają na jej duszę jakiś szary i posępny cień, że jej zagradzają drogę i zasłaniają słońce.

Stanęła na ulicy namyślając się, gdzie iść, gdy ktoś za nią wyrzekł:

– Dzień dobry pani!

Odwróciła się szybko. Stała przed nią Niedzielska, matka Władka, z uśmiechem na starej, poczciwej twarzy o wyblakłych oczach. Janka przywitała ją prędko i zdecydowała się nie jechać nigdzie.

– Odprowadzę panią kawałek drogi, przejdę się trochę...

– Dziękuję, dziękuję... A może pani zajrzy do mnie?... – prosiła cichutko Niedzielska. – Ja taka sama siedzę, że nieraz po całych dniach, oprócz swojej Anusi i stróża, nikogo nie widuję, bo Władeczek, jak wyjdzie rano, to wraca dosyć późno, że nigdy nie mogę z nim pomówić. No, pójdzie pani ze mną, prawda?...

Zakaszlała się bardzo i dreptała wolno.

– Dobrze, mam jeszcze dosyć czasu do przedstawienia.

– Pani to pewnie od niedawna w teatrze, co?...

– Dopiero trzy tygodnie... to jakby od wczoraj.

– To zaraz znać, o, znać!

– Po czymże pani poznaje?... – zapytała Janka ciekawie.

– Nie umiem tego tak powiedzieć. Przyglądałam się pani wtedy na imieninach Cabińskiej i zaraz poznałam. Mówiłam nawet o tym Władeczkowi...

– Wezmę panią pod rękę, to będzie wygodniej... – powiedziała Janka widząc, że Niedzielska dyszy ciężko ze zmęczenia i ledwie idzie.

– O, jaka to pani dobra! Prawda, że to i wiek, i chora jestem ciągle, ale wyszłam kupić Władeczkowi chusteczek i za nimi zaszłam aż tak daleko.

– Weźmy dorożkę; pani, widzę, ogromnie zmęczona...

– Nie, nie... po co?... to koszt zaraz; zresztą, dojdę sobie gdzie do skweru, to odpocznę trochę... Janka pomimo protestu starej zawołała dorożki, ulokowała Niedzielską i pojechały na Piwną.

Jak tylko dorożka stanęła, Niedzielska wysiadła prędko, bez pomocy i wpadła w bramę, żeby nie płacić dorożki, i aby to zamaskować, zaczęła krzyczeć na stróża:

– O! już się Michał ubrał w nową bluzę? a w starej to nie można chodzić, co?... Ja już nie mogę nastarczyć, tak Michał drze!... Niech Michał zaraz zdejmie i włoży starą. Stróż się tłumaczył, ale go zakrzyczała. Odeszła trochę i znowu zaczęła wołać:

– Michał! niech Michał zapowie, żeby mi się dzieci żadne nie bawiły na podwórzu piłkami; wybiją jeszcze szybę i trzeba będzie znowu płacić! Skaranie boskie z tymi dziećmi!... nie mogłoby to spokojnie siedzieć w mieszkaniu... a to nie tylko biega, ale kopie mi podwórze, brudzi schody i drze słomianki... Niech Michał zaraz zapowie lokatorom, że wymówię mieszkania. Stróż słuchał w pogardliwym milczeniu, a Janka uśmiechała się nieznacznie, idąc za Niedzielską, która podniosła z ziemi jakiś kawałek węgla.

– Po co się ma marnować!... nie szanują nic, a potem nie mają czym płacić komornego!... – mówiła otwierając drzwi do mieszkania.

– Niechże się pani rozgości... Ja zaraz pani służę.

Wyszła do drugiego pokoju.

Janka z ciekawością przyglądała się staroświeckiemu urządzeniu.

Stół mahoniowy z klapami półokrągłymi, pokryty siatkową serwetą o włóczkowym wyszyciu, stał przed ogromną i wysoką kanapą, obciągniętą czarną włosiennicą; krzesła takież same, z oparciami w kształcie lir. Serwantka, żółto politurowana w rogu pokoju, pełna była dziwacznej porcelany, zielonawych dzbanuszków, figurynek kolorowych, kieliszków pękatych z monogramami i filiżanek malowanych w kwiaty, na wysokich nóżkach. Zegar pod kloszem, stare, spleśniałe staloryty z epoki cesarstwa, przedstawiające sceny mitologiczne, lampa z zieloną umbrelką na osobnym stoliczku, kilka doniczek mizernych kwiatów na oknie i dwie klatki z kanarkami meblowały ten pokój paradny. Okno wychodziło na podwórze wielkości pokoju i otoczone było wysokimi murami. Było tutaj cicho, ale i smutnie, jakaś woń pleśni, starości i skąpstwa wiała ze wszystkiego.

– Napijemy się kawusi... – mówiła Niedzielska.

Wyjęła z serwantki dwie paradne filiżanki i postawiła je na stole. Poszła potem do kuchni i przyniosła kawę, nalaną już w obtłuczone, fajansowe kubki, i talerzyk z kilkoma suchymi ciastkami.

– A, mój Boże, zapomniałam, że ja już wystawiłam filiżaneczki... No, to nic, przecież i w tych wypijemy, prawda?...

Postawiła kawę i znowu zawołała zakłopotana:

– Zapomniałam cukru! Paniusia lubi kawusię słodką?...

– Nie bardzo.

Stara wyszła; słychać było przez drzwi wybieranie ze szklanego klosza cukru, przyniosła na maleńkiej podstawce dwa kawałki tylko.

– Niechże paniusia pije... Ja bo, widzi pani, już tak ze starości nie mogę nic słodkiego pijać – mówiła czerpiąc kawę łyżeczką i rozdmuchując każdą kroplę.

Janka uśmiechała się z jej tłumaczeń i piła nie mogąc ukryć wstrętu co kawy obrzydliwej i do tych ciastek, które czuć było pleśnią i szafą sosnową. Niedzielska rozgadała się o Władku, przysuwała ciągle ten talerzyk z ciastkami i zachęcała do jedzenia.

– No, niech pani sama powie, po co jemu to aktorstwo? Do klas chodził, to mógłby być jakim urzędnikiem przecie... Tylko wstyd nam robi i tyle, że aż się płakać chce. No bo, jak tam kto musi, trudno... to i hyclami są ludzie, ale pewnie nie z rozkoszy... Jego koledzy, a wszystko to ma już i żony, i dzieci, są w jakichś profesjach i zarabiają dobrze, i po ludzku żyją, jak Pan Bóg przykazał... a on co?... Aktor! I niech pani nie myśli, że myśmy bogaci, domek jest, ale mały i lokatorzy nie płacą, i podatki coraz większe, że prawie nic z tego nie ma... Widzi paniusia... No, może ciasteczko jeszcze?... Czas by i Władeczkowi się ożenić i powiem pani w sekrecie, że mamy już coś na oku... Władeczek przyrzekł mi, że jeszcze w tym roku rzuci teatr i ożeni się... Poznałam tę przyszłą swoją synowę: śliczne dziecko i dobry ród. Mają na Świętojańskiej sklep z wędlinami i dwa domy, a tylko troje dzieci; na każde padnie ładny grosz!... Już bym chciała, żeby to jak najprędzej się stało, bo co ja mam z nim zmartwienia!... Mój Boże, ja się nie skarżę, ale on i napić się lubi, i stracić lubi, jak jego ojciec... Tak, tak, i ożenić się musi bogato. Obywatelski syn, to, moja paniusiu, jakże by on wyglądał, gdyby się ożenił z taką, co nic nie ma!... byłoby to nieszczęście dla tej dziewczyny, co by wyszła za niego... nieszczęście!... Znam ja trochę świat, znam!

I tak opowiadała dalej cichutkim głosem, szepleniąc trochę i spieszczając dźwięki ze starości, i poruszała się niby cień nikły, tak była sucha i malutka. Na jej niskim, pomarszczonym czole leżała troska o ukochanego Władeczka i w wyblakłych niebieskich oczach tkwił ciągły niepokój.

Jance spać się po prostu zachciało słuchając jej monotonnego głosu w tej ciszy, jaka panowała w mieszkaniu. Podniosła się do wyjścia.

– Niech paniusia zajdzie tu do mnie czasami, moja droga, będę bardzo rada. Pożegnała ją serdecznie i jeszcze wychyliła się lufcikiem, patrząc za Janką z jakimś dyplomatycznym uśmiechem.

Niedzielska umyślnie po kolei zapraszała do siebie wszystkie ładniejsze kobiety z teatru i opowiadała im o małżeństwie Władeczka, żeby im z głów wybijać jakie zamysły na niego. Janka przed bramą spotkała się z Władkiem, który aż krzyknął z zadziwienia.

– Pewnie pani była u matki – zawołał nie witając się.

– Przecież w tym nie ma nic złego – odpowiedziała uśmiechając się z jego pomieszania.

– Jak Boga kocham, ta stara wariatka kompromituje mnie tylko. Pewnie opowiadała o moim małżeństwie, jaki ja jestem hultaj, no itd. Śmieszne dzieciństwo. Ja panią bardzo przepraszam...

– Wcale mnie to nie gniewało...

– Tylko śmieszyło, wiem, bo to przecież idiotyczne... Cały teatr śmieje się ze mnie, bo już tutaj były wszystkie panie.

– Jest w tym trochę dziwactwa, ale to dziwactwo pochodzi z miłości... matka kocha pana.

– Już mi ta miłość kością w gardle stoi! – odparł kwaśno i chciał coś więcej jeszcze mówić, ale Janka skinęła mu głową w milczeniu i poszła.

Władek nie śmiał iść za nią i zły pobiegł do matki.

Jance przypomniało to dom i aż zadrżała do smętnie wyłaniających się wspomnień.

– Co się tam dzieje?... – myślała – co ojciec robi?... Prawda, przecież ja mam ojca!... I poczuła w sobie nagle jakąś cieniutką nić sympatii ku temu dziwakowi i tyranowi. Zobaczyła teraz jego samotność wśród ludzi obcych i szydzących z jego dziwactw.

– Może myśli o mnie?... – pytała sama siebie, ale przyszła jej na pamięć ostatnia scena i wszystkie przebyte udręczenia i poczuła w sobie jakąś niechęć zimną, prawie nienawistną. Pomimo wszystkiego podczas przedstawienia, na scenie, za kulisami, w garderobie, ojciec przychodził jej ciągle na pamięć. Zaczynała spokojnie rozmyślać nad stosunkiem swoim do ojca i nad jego charakterem i poczuła, że jest i było coś nienormalnego pomiędzy nimi. Myślała, co mogło go zrobić takim srogim i dziwacznym?... dlaczego jej nienawidził?...

Kotlicki przyniósł jej bukiet róż.

Przyjęła chłodno, nie patrząc na niego, tak była zajęta myślą o ojcu.

– Pani dzisiaj nie w nastroju – rzekł biorąc jej rękę. Wyrwała mu ją i zapytała:

– Czy jest możebnym, aby dzieci i ojcowie nienawidzili się wzajemnie?...

– W samym tym pytaniu jest już twierdząca odpowiedź... W takich klasycznych objawach jest to rzadkość po prostu, bo nienawiść nie jest przecież obojętnością, tylko... tylko cokolwiek odmienną formą miłości... Nienawiść to zawsze krzyk serca zranionego... Janka nie odpowiedziała nic, bo przypomniała sobie Sowińską i jej gwałtowne, nienawistne narzekania na syna.

– Może on mnie kocha w ten sposób? – myślała – ale ja w takim razie nic a nic, bo jest mi obojętnym.

– Nieprawda! – odpowiedziała sobie później – nieprawda, nie jest mi zupełnie obojętnym; mam tylko żal do niego...

I pochyliła się niżej, żeby ukryć twarz, bo ten nagły żal tak szarpnął ją za serce, że aż poczuła łzy w oczach.

– Co to jest miłość?... co to jest miłość w ogóle?... – myślała stojąc w kulisie i patrząc na otwartą scenę, na której Wawrzecki oświadczał się Rosińskiej w słowach niezmiernie czułych, z przesadną afektacją.

– Komedia!

Majkowska, przechodząc obok niej, szepnęła wskazując na grającą:

– Co za czupiradło, co za szablon!... na jeden akcent prawdziwego uczucia zdobyć się nie może!

Za nią, w mrocznej głębi, jakiś pan w cylindrze ściskał ręce którejś z chórzystek i szeptał gorące słowa miłości...

– Komedia!

Janka przeszła na drugą stronę, bo jej się ta czuła scena wydała wprost obrzydliwą.

– Co to jest miłość?... Co mi jest?...

Nie mogła się uspokoić.

– Coś mnie spotka... Może ojciec przyjedzie, może Grzesikiewicz?...

Ale się rozśmiała prawie głośno, tak się jej wydało nieprawdopodobnym to przypuszczenie. Mimi przybiegła do niej i zaczęła szeptać:

– Dobrze nam się składa, bo jutro nie ma próby, pojedziemy na Bielany w południe. Niech pani czeka u siebie, wstąpimy i zabierzemy panią...

– Co to jest miłość?... – snuło się ustawicznie Jance po głowie.

– O, ten Wawrzek! mógłby nie robić do tej wiedźmy takich min głupich... to świństwo! – szeptała Zarzecka patrząc z niechęcią na scenę. – Patrz pani, jak ona mu leci w objęcia!... całuje go naprawdę... to małpa dopiero... Czekaj! ja ci dam... – syknęła groźnie i pobiegła czekać u drzwi, którymi wychodzić miała Rosińska.

– Komedia!

– I ja z państwem wybieram się na tę wycieczkę – mówił Kotlicki do Janki – Topolski ma tam wyłożyć jakiś plan... Będziemy opiniować razem, bo pani będzie?...

– Prawdopodobnie; a gdybym nie mogła, to i beze mnie uda się wycieczka.

– Tak, ale ja bym także nie pojechał, nie miałbym już po co...

Pochylił się tak, że czuła jego oddech na swojej twarzy.

– Nie rozumiem – rzekła odsuwając się od niego.

– Jadę tam tylko dla pani... – szepnął ciszej.

– Dla mnie?... – spytała patrząc się na niego bystro, przejęta akcentem jego głosu i podrażniona nagłym przypływem niechęci wprost pogardliwej do niego.

– Tak... przecież pani mogłaś już to poznać, że kocham panią... – powiedział ściągając usta, które mu drżały, i patrzył się na nią błagalnie.

– Tam tak samo mówią, tylko że trochę lepiej grają! – powiedziała pogardliwie wskazując na scenę.

Kotlicki wyprostował się, jakiś cień posępny przeleciał po jego końskiej twarzy i oczy błysnęły mu groźnie.

– Moje uczucie bierze pani za komedię?... Przekonam panią, że to nie komedia, przekonam!...

– Dobrze, ale jutro na Bielanach – przerwała podając mu rękę na pożegnanie i nucąc jakąś piosnkę poszła do garderoby.

Kotlicki patrzał za nią pożądliwie, gryzł usta i burzył się ze złości.

– Komediantka! – szepnął w końcu, wychodząc z teatru.

– Jak on kłamał!... Dobrze, ale dlaczego on śmiał mi to powiedzieć?... dlaczego?... – myślała oburzając się z wolna i z wolna uświadamiając sobie jego postępowanie od dnia imienin Cabińskiej.

– Kocha mnie!

I uśmiechała się z pewnym uczuciem upokorzenia i buntu jednocześnie. Czuła niejasno, że on tymi oświadczynami ubliżył jej godności; ubliżył jej choćby już tym samym, że mógł ją uważać za podobną do wszystkich kobiet w teatrze.

– Cóż to jest miłość?... – snuła dalej bezwiednie pierwszy temat i patrzyła na koleżanki, ubierające się szybko, żeby jeszcze prędzej biec na schadzki; słuchała śmiechów i szeptów, sporów, których ustawicznym tematem byli tylko mężczyźni i miłość. Uśmiechała się ironicznie z tego, ale w głębi nękało ją jedno zapytanie i jakaś pustka, jakiś brak czegoś w sobie i wszystko to denerwowało ją.

Przyszła do domu i zaraz udała się na spoczynek, ale nie usnęła, tylko słuchała szelestów, niewyraźnie napływających z ulicy. Godziny szły wolno, a ten niepokój, to przeczuwanie czegoś rosło w niej ustawicznie.

– Coś mnie spotka! – szeptała przechodząc w słuch prawie.

Słyszała wolny odgłos kroków jakiegoś przechodnia na ulicy, później stuk kija nocnego stróża.

Zadzwonił ktoś do bramy.

– Kto to?!... – zapytała się prawie głośno, unosząc głowę, jakby chcąc ujrzeć poprzez mury, ale natychmiast zapomniała zupełnie o wszystkim, bo tylko miała jedną myśl w mózgu:

– Co mnie spotka?...

Leżała cicho i nieruchomymi, przymkniętymi źrenicami patrzyła w jakąś przestrzeń bez końca...

Drgnęła gwałtownie i jeszcze głębiej wcisnęła się w poduszki; patrzyła wytężonymi oczyma duszy w jakieś cienie, co się rysować zaczęły przed nią. Zadrżała znowu, bo jakby uczuła spojrzenie jakieś, płynące z nieskończoności i pełne jakichś szklistych, łzawych blasków i mocy...

Usnęła... ale kiedy po jakimś czasie przebudziła się i znowu przez jakieś ciemne skojarzenia ujrzała te same cienie, czuła, że się poruszają nieznacznie, widziała je lepiej, ale nie mogła rozeznać konturów twarzy; czuła, że są coraz bliżej. Oprzytomniała zupełnie, ale ten niepokój przeczucia jakiegoś był nie do wytrzymania. Oglądała się na wszystkie strony, bo jej się zdawało, że słyszy czyjeś kroki, że ktoś wszedł do pokoju i podchodzi do jej łóżka na palcach, że nachyla się nad nią...

Zesztywniała z trwogi ogromnej, nie śmiała się ruszyć ani odezwać, tylko myślała ciężko: Kto to?... kto?... – i trzęsła się wewnętrznie od zdenerwowania.

Usnęła na dobre dopiero nad ranem, kiedy pierwsze czerwone promienie
wschodzącego słońca wpadły do pokoju.

VII

Obudziła się wpół do jedenastej rano; Sowińska właśnie przyniosła jej
śniadanie.

– Był kto do mnie?... – zapytała Janka.

Sowińska kiwnęła głową potakująco i podała list.

– Może godzinę temu dał mi go jakiś tęgi, czerwony szlagon i prosił bardzo
o oddanie... Janka nerwowo rozerwała kopertę i poznała natychmiast
pismo Grzesikiewicza. "Szanowna pani! Umyślnie przyjechałem do
Warszawy, aby się widzieć z panią w bardzo ważnym interesie. Raczy pani
być w mieszkaniu o jedenastej, to przyjdę i zechce mi pani wybaczyć
śmiałość. Przepraszam i całuję rączki. Sługa Grzesikiewicz"

– Co to będzie?... – myślała ubierając się prędko. – Cóż to za bardzo ważny
interes?... Ojciec!... czyżby był chory i tęsknił za mną?... O nie, nie!...
Wypiła śpiesznie herbatę, uporządkowała pokój i czekała niecierpliwie tej
wizyty. Myślała z pewną radością nawet, że zobaczy naresczie kogoś
swojego z Bukowca.

– Może znowu mi się oświadczy?... – pomyślała.

I widziała jego twarz wielką, spaloną od słońca i te niebieskie oczy, tak
łagodnie patrzące spod konopnej grzywy, i przypomniała sobie jego
kłopotliwą nieśmiałość.

– Dobry, poczciwy człowiek! – myślała chodząc po pokoju; ale przyszło jej
na myśl znowu, że może jej ta wizyta popsuć wycieczkę na Bielany, i
ochłodła dla niego postanawiając sobie rozmówić się z nim zwięźle i
krótko.

– Czego on może chcieć?... – pytała siebie niespokojnie, przypuszczając
najniemożliwsze rzeczy.

– Ojciec bardzo musi być chory i wzywa mnie do siebie – odpowiedziała
sobie ze strachem prawie.

Stanęła na środku pokoju; tak zamroczyło ją obawą przypuszczenie, że
musiałaby może wracać do Bukowca.

– Nie, to niemożebne; ja bym tam już tygodnia nie wytrzymała... zresztą,
wypędził mnie na zawsze...

Jakaś ciemna walka pomiędzy nienawiścią, żalem i cichym, ledwie
odczuwalnym uczuciem tęsknoty zaczynała nagle wrzeć w jej sercu.

Dzwonek zadźwięczał w przedpokoju.

Janka usiadła i czekała spokojnie. Słyszała otwieranie drzwi, głos
Grzesikiewicza i Sowińskiej, wieszanie palta, łoskot przewróconej laski, a
nie miała sił na tyle, aby się podnieść i wyjść naprzeciw gościa.

– Można? – zapytał głos z zewnątrz.

– Proszę – wyszeptała przez zaciśnięte obawą gardło wstając z krzesła. Grzesikiewicz wszedł.

Miał twarz jeszcze więcej opaloną i oczy jakby bardziej niebieskie. Musiał być wzruszony, bo szedł sztywno wyprostowany jak skamieniała bryła mięsa, wciśnięta z trudem w surdut obcisły. Kapelusz rzucił prawie na kosz, stojący przy drzwiach, i całując Jankę w rękę powiedział cicho:

– Dzień dobry pani...

Wyprostował się, powlókł oczyma po jej twarzy i usiadł ciężko na krześle.

– Zaledwie panią odszukałem... – zaczął głośniej i urwał nagle, a dla nabrania odwagi chciał odsunąć nieco krzesło, które mu tamowało ruchy, i pchnął je tak silnie, że się przewróciło. Zerwał się rozczerwieniony i zaczął przepraszać.

Janka uśmiechnęła się, tak jej to żywo przypomniało ostatnią z nim rozmowę i niefortunne oświadczyny. I było mgnienie, w którym jej się zdawało, że to teraz właśnie ma się jej oświadczyć, że siedzą w saloniku zacisznym w Bukowcu. Nie umiała sobie wytłumaczyć wrażenia, jakie on wywierał teraz na nią tą swoją twarzą poczciwą i zmizerowaną bardzo i tymi jasnymi oczyma, jakby przyniósł ze sobą echa tych pól i lasów kochanych, jarów zacisznych, słońca i bujności przyrody niekrępowanej. Rozmyślała o tym przez mgnienie oka, ale równocześnie przyszła jej pamięć wszystkich udręczeń i wygnania swojego...

Podsunęła mu papierosy i rzekła swobodnie, przerywając dosyć długie milczenie:

– Daje pan dowód niemałej odwagi i... dobroci, że po tym wszystkim odwiedza mnie pan jeszcze...

– Pamięta pani, com powiedział wtedy, kiedyśmy ostatni raz mówili ze sobą?... – mówił przyciszając i zmiękczając głos – że nigdy i zawsze!... Że nigdy nie przestanę i zawsze będę panią kochać.

Janka poruszyła się niecierpliwie; zabolał ją ten jego akcent głęboki i szczery.

– Przepraszam... kiedy to panią gniewa, nie powiem już o sobie ani słowa...

– Cóż tam słychać w domu? – zapytała podnosząc na niego oczy.

– A no, co słychać?... Sodoma i Gomora! Nie poznałaby pani ojca: zrobił się już podobno niemożliwym pedantem na służbie, a poza służbą chodzi na polowanie, jeździ do sąsiadów, pogwizduje... ale tak schudł, tak zmizerniał, że go poznać nie można. Gryzie go zmartwienie jak robak.

– Dlaczego?... Jakie ojciec może mieć zmartwienie?...

– Jezus, Maria! pani się pyta: dlaczego? jakie może mieć zmartwienie?... Czy pani żartuje, czy też pani nie ma ani odrobiny serca?... Dlaczego?... no, bo pani nie ma, no, bo usycha, jak i my wszyscy, z tęsknoty za panią!...

– A Kręska?... – pytała niby ze spokojem, a wewnątrz czuła się poruszona.

– Cóż tu ma Kręska?... wyrzucił ją do diabła zaraz na drugi dzień po wyjeździe pani; potem się podał o urlop i wyjechał... Po tygodniu powrócił, ale tak zbiedzony, taki mizerny, że go poznać nie mogliśmy... Obcy ludzie płaczą nad nim, ale pani się nie zlitowała i poszła w świat, jeszcze jaki? – do komediantów!...

Janka zerwała się z krzesła gwałtownie.

– Niech się pani gniewa na mnie, dobrze, ale ja panią za bardzo kocham... my wszyscy za bardzo kochamy panią i cierpimy przez nią, żebym ja nie miał prawa mówić. Niech mnie pani każe wyrzucić od siebie, dobrze, zaczekam pod bramą, spotkam panią gdzie bądź i będę mówił, że ojciec umiera bez pani, że jest chory coraz bardziej! Moja matka spotkała go niedawno w lesie: leżał w jakimś gąszczu i płakał jak dziecko. Zabija go pani... Wy się oboje zabijacie tą swoją dumą i uporem zawziętym. Pani jest najlepszą, najświętszą kobietą; ja wiem, czuję, że pani go nie zostawi, że pani powróci i rzuci ten teatr podły... Pani się nie wstydzi być z taką bandą szubrawców?... może się pani pokazywać na scenie?!

Urwał gwałtownie i dysząc obcierał chustką oczy. Nigdy nie powiedział tyle jednym tchem i nie wiedział, skąd mu się wzięła ta dzika i szorstka wymowa.

Janka siedziała ze spuszczoną głową, blada jak płótno, ze ściśniętymi ustami i sercem przepełnionym burzą buntu i cierpienia. Ten ostry głos, jaki słyszała, miał takie łzawe, szarpiące uczuciem głębokim akcenta, i te słowa: "Ojciec cierpi... ojciec płacze...ojciec tęskni za nią!... kocha ją!..." – przejmowały ją ostrym bólem i gryzły tak boleśnie, że chwilami chciała się zerwać i biec tam, do niego, ale znowu napływały wspomnienia przeszłości i ochłodła; uprzytomniła sobie teatr i obojętniała zupełnie.

– Nie! wypędził mnie na zawsze... jestem sama i pozostanę sama... Nie mogłabym żyć bez teatru! – myślała i powstawała w niej owa szalona chęć zdobywania świata. Grzesikiewicz także milczał i oczy coraz częściej zaczynały mu zachodzić mgłą, i czuł coraz sroższą burzę żalu i miłości do niej. Ogarniał ją wzrokiem i miał wielką ochotę paść przed nią na kolana, całować jej ręce, nogi, kraj sukni i prosić... To znowu, kiedy sobie przypomniał wszystko, zrywał się z krzesła i byłby tłukł, łamał i rozbijał, co by mu pod rękę podpadło; al– bo napadało go takie rozrzewnienie, że byłby płakał głośno i bił głową o ścianę z rozpaczy, jaka go przegryzała...

Siedział i patrzał na tę twarz kochaną, bladą i wynędzniałą, na której powietrze miasta i nocne, gorączkowe życie wyciskało już swoje piętno – i oddałby krew swoją i życie swoje dla niej, niechby tylko zechciała je wziąć.

Janka podniosła na niego oczy płonące mocnym i niecofniętym postanowieniem.

– Pan musi wiedzieć, jak mnie ojciec nienawidzi; musi pan i to wiedzieć, że kiedym panu odmówiła mojej ręki, to wypędził mnie z domu na zawsze... prawie mnie przeklął i wypędził... – powtórzyła z goryczą. – Odeszłam, bo musiałam, ale już nie wrócę nigdy. Nie zamienię swobody i teatru na niewolę domową. Stało się tak, bo się tak stać musiało. Ojciec mi wtedy powiedział, że nie ma córki, a teraz ja mówię, że nie mam ojca. Rozeszliśmy się i nie zejdziemy nigdy. Ja zupełnie wystarczę sobie; sztuka starczy mi za wszystko.

– Więc pani nie wróci? – zapytał, bo tyle tylko zrozumiał z jej słów.

– Nie; nie mam domu i z teatru nie wyjdę – odpowiedziała spokojnie, patrząc zimno na niego, tylko jej usta blade drżały trochę i pierś szybko się podnosiła, wstrząsana walką wewnętrzną.

– Zabije go pani... on panią tak kocha... nie przetrzyma tego... – mówił łagodnie.

– Nie, panie Andrzeju, ojciec mnie nie kochał i nie kocha... Kogo się kocha, tego się nie męczy przez całe lata i nie wypędza z domu jak ostatnią... Pies nie wypędza szczeniąt swoich z legowiska... nawet pies, zwierzę, nie robi tego nigdy, co mnie spotkało!...

– Panno Janino! Ja głęboko jestem przekonany, że chociaż nawet w chwili gniewu i uniesienia wymówił pani swój dom, ale ani na chwilę nie mógł myśleć o tym na serio, nie mógł nawet przypuszczać, że pani to zrozumie tak literalnie. Ja widziałem i wiem, jak strasznie żałuje tych słów niebacznych, jak mu ciężko bez pani... Panno Janino! przysięgam, że go pani uszczęśliwisz powrotem swoim!... że mu pani wrócisz życie!...

– Mówił panu, żebym wróciła do Bukowca? Może napisał list do mnie?... – mówiła szybko.

– Proszę pana o całą prawdę.

Grzesikiewicz się zaciął i posmutniał bardziej.

– Nie... ani mówił mi o tym, ani pisał przeze mnie – odpowiedział ciszej.

– Więc tak bardzo mnie kocha i tak bardzo mnie pragnie ujrzeć?... cha! cha! cha! – zaśmiała się jakimś suchym, spazmatycznym śmiechem.

– Czy go pani nie zna?... Umrze z pragnienia, a nie poprosi nikogo o szklankę wody. Kiedym odjeżdżał i powiedziałem mu, gdzie jadę, nie powiedział mi ani jednego słowa, ale tak na mnie spojrzał, tak mi ścisnął silnie rękę, że go zrozumiałem zupełnie...

– Nie, panie Andrzeju, nie zrozumiał go pan wcale. Ojcu nie chodzi o mnie, chodzi mu tylko o to, że cała okolica musi mówić o moim wyjeździe i wstąpieniu do teatru... Już tam Kręska nie próżnowała... Chodzi mu tylko o to, że mnie okrywają plotkami, że szarpią mu jego nazwisko; chodzi mu o to, że się musi wstydzić za mnie... chodzi mu o to, że chciałby mnie widzieć złamaną i żebrzącą u nóg swoich, żeby móc zadowolić swój instynkt nienawiści do mnie, żeby mnie mógł, jak dawniej, męczyć i torturować. O to mu chodzi!

– Nie zna go pani!... takie serca...

Przerwała mu prędko.

– Nie mówmy o sercach tam, gdzie one z jednej strony wcale nie wchodzą w grę, gdzie ich nie ma zupełnie, tylko wariactwo...

– Więc?... – zapytał wstając, bo go dusił spazm jakiegoś gniewu.

Dzwonek w przedpokoju zadźwięczał ostro, szarpnięty snadź gwałtownie.

– Nie wrócę nigdy!

– Panno Janino!... niechże się pani zlituje...

– Nie rozumiem tego słowa – cdpowiedziała z naciskiem – i mówię: niʒdy! chyba... po śmierci.

– Niech pani tak nie mówi, bo są chwile takie...

Nie dokończył, gdyż nagle drzwi otworzyły się szeroko i wpadła przez nie Mimi z Wawrzeckim.

– No, jazda! Niech się pani zabiera, bo zaraz jedziemy! A, przepraszam! nie zauważyłam... – zawołała Mimi, ciekawie przypatrując się Grzesikiewiczowi, który wziął kapelusz, skłonił się automatycznie i nie patrząc na nikogo szepnął pogardliwym tonem:

– Żegnam panią!

I wyszedł.

Janka porwała się, jakby chcąc go zatrzymać, ale Kotlicki z Topolskim wchodzili do pokoju i witali ją wesoło. Ktoś trzeci szedł za nimi.

– Cóż to za szeroki pan?... Niech zdechnę, ale pierwszy raz widzę taką masę mięsa w surducie! – wołał ten trzeci.

– Głogowski! Za tydzień gramy jego sztukę, a za miesiąc... sława europejska! – przedstawiał Wawrzecki.

– A za trzy... będę głośny na Marsie z przyległościami!... Jak blaga, to niechże już będzie tęga.

Janka witała się i odpowiadała półgłosem Mimi, ciekawie wypytującej się o Grzesikiewicza.

– Dawny znajomy, sąsiad nasz, bardzo uczciwy człowiek...

– Kopiejczasty być musi ten młodzian... wygląda na takiego! – wołał Głogowski.

– Nawet bardzo bogaty. Mają największą owczarnię w Królestwie...

– Owczarz!... a wygląda, jakby miał do czynienia ze słoniami!... – błaznował Wawrzecki. Kotlicki uśmiechał się tylko i dyskretnie obserwował Jankę.

– Coś tu było... wzruszona i mocno w wyrazie... – myślał. – Może to jej dawny kochanek?...

– Chodźmy prędzej, bo Mela czeka na nas w dorożce.

Janka ubrała się szybko i wyszli zaraz wszyscy.

Pojechali nad Wisłę i stamtąc łodzią ruszyli na Bielany. Wszyscy mieli humory wiosenne, tylko Janka nie zwracała uwagi na to, co się działc koło niej. Siedziała posępna i zamyślona.

Kotlicki rozmawiał wesoło, Wawrzecki błaznował z Głogowskim; wtórowały im kobiety rozbawione, ale Janka nic prawie nie słyszała z tego. Przeżywała jeszcze rozmowę niedawną i to znękanie, jakie jej pozostało w sercu po niej.

– Pani coś jest?... – zapytał Kotlicki z troskliwością w głosie.

– Mnie?... nic!... ot, zamyśliłam się o ludzkiej niedoli... – odparła spoglądając na falę, co ich niosła cicho.

– Nie warto myśleć c niczym, co nie jest rozkoszą, pełną życia i młodości...

– Nie kończ pan głupstwa. Zjadać tylko masło z chleba, a potem marzyć przy suchym chlebie, że się było jednak dosyć naiwnym! – podchwycił

Głogowski.

– Pan, widzę, nie lubisz jeść, tylko oblizywać.

– Panie...

– Kotlicki! – rzucił drwiąco.

– Mam honor wiedzieć o tym od drugiej klasy. Nie o to idzie; idzie o to, że pan zaleca rzeczy wprost naiwne, bo używanie, a mogłeś już na sobie sprawdzić smutne skutki tej wesołej teorii.

– Pan jesteś w życiu i w literaturze zawsze paradoksalnym.

– Niech zdechnę, jeżeli pan nie masz słabych płuc, artretyzmu, małego "tabes", neurastenii i...

– Licz aż do dwudziestu.

Zaczęli się gwałtownie sprzeczać, a potem wprost kłócić.

Przejechali za most kolejowy i cisza ich wielka ogarnęła. Słońce świeciło jasno, ale chłód podnosił się z mętnych wód rzeki. Drobne fale, przesycone światłem niby węże o grzbietach lśniących, pluskały się dokoła w słońcu. Długie ławice piasku podobne były do jakichś olbrzymów wodnych, wygrzewających się na słońcu żółtawymi brzuchami. Sznur tratew płynął przed nimi: retman na małym niby łupina czółenku lawirował przodem i coraz to rzucał okrzyk jakiś, który się rozchodził krótko i dolatywał do nich jakby splątanym tylko kłębem dźwięków... Kilkunastu flisaków poruszało automatycznie wiosłami; jakaś piosenka smutna leciała od nich i rozwiewała się ponad głowami. Cisza potem rozpościerała się jeszcze większa.

Łagodna zieleń brzegów, woda lśniąca się pasmami jakąś połyskliwą miękkością atłasu, kołysanie lekkie łodzi i rytmiczne uderzanie wioseł, i ta melancholia, jaka się podnosiła z przestrzeni, przyciszała wszystkich.

Ucichli i siedzieli jakby rozmarzeni milczeniem.

Można było siedzieć i nic nie myśleć, i nic nie czuć nad rozkosz życia zawieszonego w kontemplacji. Tak było dobrze płynąć i rozmyślać o niczym.

– Nie wrócę! – myślała Janka powracając automatycznie do tego słowa; wpatrywała się w sinawą przestrzeń, goniła okiem fale, co uciekały w dal z pośpiechem. – Nie wrócę! Czuła, że ją samotność ogarnia szerszymi jeszcze ramionami i otacza pustką; patrzyła się w nią hardo. Żal jej, ojciec, Grzesikiewicz, wszyscy dawni znajomi, cała jej przeszłość zdawała się płynąć daleko za nią, że ich widziała już słabo w szarej mgle oddalenia i że tylko czasami jakiś akcent prośby czy płaczu dolatywał do niej niby echo.

Nie! nie miałaby sił zawrócić i płynąć pod ten prąd, z jakim płynęła naprzód. Ale czuła także, że jakieś łzy spływają na jej serce i rozpalają je goryczą.

Wysiedli na Bielanach w przystani statków i szli wolno pod górę.

Janka poszła naprzód z Kotlickim, który jej nie odstępował.

– Jest mi pani winną odpowiedź – powiedział po chwili, przybierając czuły wyraz twarzy.

– Odpowiedziałam panu wczoraj, a dzisiaj pan mi jest winien wyjaśnienie – mówiła twardo, bo teraz, po tej niedawnej rozmowie z Grzesikiewiczem, po tylu wzruszeniach, uczuła do niego jakąś nienawiść fizyczną po prostu; wydał się jej wstrętnym i bezczelnym.

– Wyjaśnienie?... Czy można czymś objaśnić miłość, analizować uczucie?... – zaczął mówić, niespokojnie zagryzając wąskie usta. Nie podobał mu się ton jej głosu.

– Bądźmy szczerzy, bo to, co pan powiedział... – zawołała porywczo.

– ...Jest właśnie szczerością.

– Nie, jest tylko komedią! – rzuciła ostro i miała ochotę uderzyć go w twarz.

– Obraża mnie pani... Można wierzyć nie podzielając nawet czyjegoś uczucia – mówił ciszej, ażeby idący za nimi nie usłyszeli.

– Proszę pana! Powiem panu, że ta komedia nie tylko mnie nudzi, ale i gniewać zaczyna. Jestem jeszcze za mało aktorką–histeryczką, a za dużo zwykłą i normalną kobietą, żebym się lubowała w takiej grze... Mnie nigdy matka ani ciotki lub opiekunki nie uczyły sekretów na postępowanie z mężczyznami i nie ostrzegały mnie przed ich fałszem albo podłością. Ja to sama za prędko zobaczyłam i oglądam to codziennie za kulisami. Pan sądzi, że można każdej kobiecie, która jest w teatrze, śmiało mówić o swojej miłości, ot tak sobie... a może się uda!... Aktorki są takie zabawne i takie głupie, nieprawdaż?... – mówiła z zaciętością nieubłaganą. Czyby pan śmiał powiedzieć mi to samo, gdybym była w domu?... Nie, nie powiedziałbyś pan tego nie kochając naprawdę, gdyż tam byłabym dla pana kobietą, a tutaj jestem tylko aktorką; bo tam wreszcie byłby za mną jakiś ojciec, matka, brat albo jakiś konwenans, który by zabraniał panu popełnić podłość względem młodej i może naiwnej dziewczyny... Ale tutaj nie zawahał się pan ani na chwilę, bo jakżeż!... tutaj jestem samą i aktorką, to jest taką kobietą, której można bezkarnie mówić kłamstwa, którą można bezkarnie wziąć, potem rzucić i iść dalej, nie tracąc nic ze swojej opinii człowieka uczciwego i honorowego!... O, możesz pan być pewnym, panie Kotlicki, że nie zostanę pańską kochanką, że nie zostanę niczyją, jeśli nikogo kochać nie będę... Dużo, za dużo już myślałam, żebym się dała uwodzić frazesom! – mówiła prędko, a słowa jej ostre, brutalne nawet, spadały jak cięcia topora na jego głowę.

Upokorzyła go tak głęboko, że ledwie był w stanie słuchać, drżał z niecierpliwości i spoglądał na nią zdumiony. Nie znał jej, ani przez chwilę nie przypuszczał, że może znaleźć jakąś aktorkę, co by mu takie rzeczy powiedziała prosto w oczy. Przypłaszczał się, mrużył oczy i zacinał się coraz bardziej, tak mu się ogromnie podobała. Porywała go swoją siłą i uczciwością, bo po tych słowach, po jej twarzy odbijającej najdokładniej wszystkie wewnętrzne wrażenia, po szczerych akcentach jej głosu poznawał, że to jest uczciwa i niepospolita dziewczyna; a do tego była tak piękna!

– Bat był rzemienny, z ołowiankami na końcu... Biła pani z kobiecą zaciekłością winnych i niewinnych – powiedział Kotlicki, a widząc, że Janka nie odpowiada, dodał po chwili:

– Czy pani jeszcze za mało?... Gdyby można podczas całego tego aktu całować rączki pani, to proszę o ciąg dalszy...

Widząc jej zasępioną minę chciał obrócić wszystko w żart.

– Kotlicki!... Czekajcie no państwo i pomóżcie nieść koszyki! – zawołał Wawrzecki w chwili, kiedy Janka przystanęła bezwiednie i byłaby rzuciła Kotlickiemu w twarz jakiś silny wyraz swojej pogardy, ale nie zdążyła.

Mężczyźni nieśli koszyki z prowiantami; wszyscy szli stromym brzegiem, upatrując dogodnego miejsca na rozbicie obozowiska.

Las stał pusty i szumiał cicho młodymi liśćmi dębów i krzakami jałowcu.

Rozłożyli się pod grupą zielonych dębów. Las stał za nimi cichy, a w dole Wisła bełkotała falami, rozbijającymi się o brzegi, i błyszczała w słońcu.

Po pierwszych wódkach i przekąskach ożywili się wszyscy.

– No, teraz wypijmy zdrowie inicjatorów wycieczki! – zawołał Głogowski nalewając kieliszki.

– Lepiej pijmy za powodzenie pańskiej sztuki.

– Nie, to jej nie pomoże... i tak zrobi klapę...

– Może by teraz Topolski opowiedział nam swój tajemniczy plan – mówił Kotlicki, spokojnie rozciągnięty na pledzie, prawie obok Janki.

– Dajcież teraz pokój!... Zjemy dobrze, podpijemy lepiej jeszcze, to dopiero wtedy. Może tam panie rozwiążą sepeciki i dadzą co przedniego – zawołał Wawrzecki. Rozłożono na trawie serwetę, wyładowano rozmaite specjały i ustawiono je wśród śmiechów, bo Mimi nie mogła dać sobie rady, a Majkowska nie chciała jej pomagać. Dopiero Janka z Głogowskim urządzili wszystko porządnie.

– Pięknie, a herbata?... – zawołała Janka.

Kotlicki się zerwał.

– Herbata jest, samowar jest, tylko pan przyniesiesz wody. Pójdźmy po nią do Wisły! – zawołała Majkowska wytrząsając węgle z jakiegoś dzbanka. Kotlicki skrzywił się trochę, ale poszedł. Nastawiono w kilka minut samowar, w czym mistrzem prawdziwym okazał się Głogowski.

– To moja specjalność! – krzyczał dmuchając jak miech. – A trzeba paniom wiedzieć, że często, częściej, aniżeli mi się to podoba, brakuje mi węgli, otóż wtedy występuje na jaw mój geniusz wynalazczy: nastawiam papierem lub wreszcie jakąś deseczkę z podłogi trochę się uskubnie i herbata być musi.

– Nie możesz pan sobie kupić maszynki benzynowej?...

– Ba! lubię tylko familijne instrumenty... a po drugie, jak mi zabraknie benzyny, to przecież deseczka, choćby z kanapy, nic nie pomoże.

– Musisz pan prowadzić bardzo urozmaicone życie! – rzekł ze śmiechem Topolski.

– Troszeczkę! troszeczkę!... ale żeby to tak smakowało, to nie powiem.

– Ogłaszam wszem wobec i każdemu z osobna, że zaczyna się gotować!... Zabawcie się panie w Heby.

Janka ponalewała wszystkim herbaty i sama, ze szklanką w ręku, usiadła nie opodal Mimi.

– Jest teraz sposobna pora do gadania – rzucił Kotlicki.

– Mów, Topolski... Słuchamy w skupieniu! – wołał Wawrzecki.

– Zakładam towarzystwo dramatyczne – zaczął Topolski.

– Dam ci jedyny sposób na to: angażuje się kilkanaścioro teatralnego narodu obietnicą wielkiej gaży, daje się małe forszusy; szuka się kasjerki tak mądrej, żeby miała kaucję, i tak dalece naiwnej, żeby ją złożyła, bierze się rzeczy towarzystwa, wysyła się je za zaliczeniem – no i gotowe, można się już rozbić, a za dwa miesiące powtórzyć to samo, aż do skutku.

– Wawrzek, nie błaznuj! – zawołał zirytowany Topolski pijąc jeden kieliszek po drugim. – Takie towarzystwo stworzy każdy idiota, każdy Cabiński. Mnie nie potrzeba bandy, która się rozleci zaraz, jak jej kto mignie forszusem, tylko organizacji silnej, z planem pewnym, organizacji mocnej jak mur!...

– Rozbijałeś sam nieraz towarzystwa i jeszcze myślisz, że z aktorami trafisz kiedy do ła– du?...

– Jestem tego pewny. Słuchajcie! robię tak: warunek pierwszy, z pięć tysięcy rubli na początek: wyławiam ze wszystkich towarzystw najlepsze siły, osób najwięcej ze trzydzieści; płacę średnio, ale rzetelnie; wyznaczam feu, dywidendy...

– No, no, daj no pan pokój z marzeniami o dywidendzie! – mruknął Kotlicki.

– Będzie dywidenda! musi być! – wołał Topolski zapalając się coraz bardziej. – Wybieram sztuki: szereg rzeczy typowych i klasycznych; to będą mury i fundamenta mojego gmachu; dalej wszystkie poważniejsze nowości i wszystkie sztuki ludowe, ale precz z operetką, precz z błazeństwem, precz z cyrkiem, precz ze wszystkim, co nie jest naprawdę sztuką! Chcę mieć teatr, a nie szopkę! – wołał coraz głośniej – artystów, a nie klownów!... Nie ma popisów na scenie!... Całość to mój ideał! prawda na scenie to mój cel! Teatr jest to ołtarz! przedstawienia to misteria święte na cześć bóstwa! Obecny teatr to błazeństwo!... Jeszcze nie wiem, czego potrzeba, aby stworzyć teatr wzorowy, doskonały, ale już chwilami czuję, że go stworzę, bo ten obecny jest śmieszny, jest budą dla dzieci, w której się pokazują marionetki, wypchane frazesami. Teatr był kiedyś instytucją religijną, był kultem i musi na powrót nim być!...

Zakaszlał się tak gwałtownie, że mu wszystkie żyły na szyi ponabrzmiewały jak postronki. Kaszlał długo, potem się napił wódki i znowu mówił, ale już ciszej i wolniej, nie patrząc na nikogo i nie widząc nic poza tym marzeniem całego swego życia, które im opowiadał w krótkich i pogmatwanych zdaniach.

– Trzeba wyrzucić wszystkie obecne imitacje, fałszywe i głupie;

paldamenta, kulisy, malowane zwierciadła itp. tandetę kuglarską. Jeżeli ma
być salon na scenie, to niechże on będzie naprawdę salonem; jeśli ma być
bal, to niechże tańczą, flirtują, cisną się, niech to będzie bal rzeczywisty, a
nie imitowny; obora, to niech będzie obora ze wszystkim,
najdokładniejsza, nie już utopia, ale rzeczywistość... A gra na scenie? bo to
grają! deklamują, markują ludzi rzeczywistych, mizdrzą się ze sztuką,
paplą jak dzieci lekcję pamięciową. Aktor powinien zapomnieć, że patrzy
na niego publiczność; że on się nie popisuje jak błazen, ale że odtwarza
tajemnice życia, że sam nie jest celem, tylko środkiem, narzędziem...
Artysta powinien zejść na plan drugi zawsze, bo zawsze mówi przez niego
idea – autor. Tak, zakładam prawdziwe towarzystwo artystów, tworzę
prawdziwy teatr, grywam prawdziwe dzieła talentu i natchnienia, i z takim
towarzystwem idę w świat – zobaczycie powodzenie! Objeżdżam kraj,
potem Rosję, potem Europę – zobaczycie tryumf!... Zdobędę Amerykę!
Zobaczycie zwycięstwo sztuki prawdziwej! – wołał prawie nieprzytomny,
ochrypły, porwany olśnieniem tej walki przyszłej i zwycięstwa.
 Podnosił ramiona w górę, jak do zdruzgotania wszystkiego, co nie było
sztuką prawdziwą, rozbijał sobie pierś pięścią, uśmiechał się do
przyszłości, rzucał się naprzód, wstrząsał całym światem, zapalał
wszystko płomieniem szczytnego szału duszy i pędził już naprzód, jak
wódz i reformator, jak niczym nie powstrzymana energia i żądza czynu...
Znikły mu sprzed oczu Bielany, towarzysze, wszystko, czuł się sam jeden
wobec wszystkiego; skrzydła rosły mu u ramion i szybował w górę – do
ideału!
 Kotlicki, którego ta mowa, pełna zapału, ale i nielogiczności, nie porwała
ani na chwilę tak, jak resztę towarzystwa, powiedział:
– Spóźniłeś się pan trochę. Antoine w Paryżu już to samo zrobił dosyć
dawno; to są jego myśli...
– Nie! to jest moja myśl, moje marzenie; od dwudziestu lat to już noszę w
sobie! – zawołał Topolski posiniawszy nagle, jak od uderzenia piorunu, i
patrząc się błędnie na Kotlickiego.
– Cóż z tego, kiedy te marzenia już inni urzeczywistnili w części i dali im
swoje nazwisko...
– Złodzieje! ukradli mi myśl! ukradli mi myśl! – krzyczał Topolski i upadł
nieprzytomny na trawnik, ukrył głowę w dłoniach i przez ciężkie,
spazmatyczne łkania i bełkot pijacki szeptał:
– Ukradli mi myśl!... Ratujcie! ukradli mi myśl!... – i łkał rzucając się po
trawie jak dziecko rozżalone.
– Nie w tym, że ta myśl już jest znana, widzę niemożebność
urzeczywistnienia projektu – zaczął spokojnie Głogowski – tylko w tym, że
publiczność nasza nie dorosła jeszcze do takiego teatru i nie odczuwa
jeszcze potrzeby takiej sceny. Tymczasem dawajcie jej dalej farsę, gdzie
będą kozły i fikania, na pół nagi balet, kankanowe wycia, trochę
zdawkowej, kuchennej czułostkowości, kupa frazesów na temat cnoty,

moralności, rodziny, obowiązków, miłości i...

– Licz aż do dwudziestu...

– Jaka publiczność, takie teatry; jedno warte drugiego! – odezwała się Majkowska.

– Kto chce mieć tłum i chce nad nim panować, musi się pochlebiać i robić to, co ten tłum chce; dawać mu to, czego potrzebuje; musi być wprzód jego niewolnikiem, aby potem zostać panem – mówił Kotlicki powoli i z namaszczeniem.

– Ja bo powiadam: nie! Nie chcę ulegać motłochowi i nie chcę mu panować; wolę iść sam...

– Pyszne stanowisko! można kpić z niego ze wszystkich do syta.

– Żeby podcinać batem i jednym mówić: głupi! drugim: podli!

– Panno Janino, proszę o herbatę! – zawołał zaperzony już Głogowski poruszył się gwałtownie, rzucił kapeluszem o drzewo i gorączkowo wichrzył rzadką czuprynę.

– Jesteś pan zawsze siarczystym radykałem swojego chowu – rzekł z dobroduszną ironią Kotlicki.

– A pan jesteś, niech zdechnę, rybą, foką, wielorybem...

– Licz do dwudziestu!

– Piękne argumenty!... masz pan tutaj lepszy... – zawołał Wawrzecki podając mu swoją laskę.

Głogowski powstrzymał się, popatrzył przez chwilę i zaczął pić herbatę.

Majkowska słuchała w milczeniu, a Mimi, rozciągnięta na palcie Wawrzeckiego, spała w najlepsze.

Janka podawała wszystkim herbatę i nie traciła ani słowa z rozmowy. Zapomniała już o Grzesikiewiczu, o ojcu, o rozmowie z Kotlickim; pochłaniały ją podnoszone kwestie, a marzenia Topolskiego olśniły swoją fantastycznością. Absorbowały ją zupełnie takie ogólniejsze rozmowy o sztuce i artystycznych kwestiach.

– Cóż będzie z towarzystwem? – zapytała Topolskiego podnoszącego głowę.

– Będzie... musi być! – odpowiedział Topolski.

– Ręczę pani, że będzie – odezwał się Kotlicki – nie takie, jakiego chce Topolski, ale takie, jakie będzie możliwie najlepsze. Można będzie nawet wprowadzić pewien postęp, jako urozmaicenie i siłę atrakcyjną, ale reformowanie teatru zostawmy komu innemu; na to trzeba setek tysięcy rubli i trzeba to przeprowadzać w Paryżu.

– Reforma teatru nie wyjdzie od dyrektorów, a twórczość dramatyczna dzisiejsza – to co to właściwie jest?... szukanie czegoś po omacku, wietrzenie psie, łażenie bez celu lub skoki... Musi przyjść geniusz, co to zrobi, ja go już przeczuwam...

– Jak to? nie wystarcza obecnych arcydzieł, aby stworzyć teatr wzorowy? – spytała Janka.

– Nie... te arcydzieła są w czasie przeszłym arcydziełami; nam potrzeba innych utworów. Dla nas te arcydzieła są bardzo poważną archeologią, którą dobrze oglądać w muzeach i gabinetach.

– Więc Szekspir to archeologia?

– Sza!... nie mówmy o nim; to jest cały wszechświat: można go tylko rozważać, ale nie pojmować...

– A Szyller?...

– Utopista i klasyk: echo encyklopedystów i rewolucji francuskiej. Jest to szlachetność, porządek, doktrynerstwo szwabskie, deklamacja patetyczna i nudna.

– A Goethe?... – rzuciła Janka, której się bardzo podobały paradoksalne definicje Głogowskiego.

– To znaczy: tylko Faust, ale Faust to maszyna tak skomplikowana, że od śmierci wynalazcy nikt nie umie jej nakręcić i puścić w ruch. Komentatorzy ją pchają, rozbierają składowe części, czyszczą, obkurzają, ale maszyna stoi i zaczyna ją coś niecoś jeść rdza... Zresztą, to wściekła arystokracja. Ten pan Faust to nie jest przede wszystkim idealny typ człowieka, ale eksperymentator; to tylko mózg jednego z tych rabinów uczonych, którzy całe życie myślą nad tym: jak wchodzić do bóżnicy, prawą nogą czy lewą; to wiwisektor, a że przy doświadczeniu pękło serce Małgorzaty, że mu groziła koza i że krótki wzrok nie pozwalał mu zobaczyć nic poza pracownią i retortami, więc sobie zrobił sport z narzekania i ględził, że życie jest podłe, a wiedza nic niewarta. Naprawdę, trzeba wielkiej, prawdziwie niemieckiej arogancji, żeby mając na przykład katar, twierdzić, że go mają wszyscy albo mieć go powinni...

– Wolę takie wesołe kawały niż pańskie mądre sztuki – szepnął Kotlicki.

– Panie... a Shelley? a Byron? – pytała Janka rozciekawiona.

– Wolę głupstwo, gdy zabiera nawet głos, niż gdyby coś robić chciało – rzucił prędko Głogowski.

– Aha, Byron!... Byron to maszyna parowa, produkująca buntowniczą energię; lord, któremu było źle w Anglii, źle w Wenecji z Guicciolą, bo choć miał ciepło i pieniądze, nudził się. Jest to buntownik–indywidualista, mocna bestia pasją; pan, który się ciągle wścieka i wszystkie siły cudownego talentu zużywa na to, aby na złość robić swoim nieprzyjaciołom. Policzkował Anglię arcydziełami. Jest to potężny protestant z nudów i w osobistej sprawie.

– A Shelley?

– Shelley znowu to boskie gadanie dla publiczności Saturna; poeta żywiołów, nie dla nas, ludzi.

Głogowski zamilkł i poszedł nalać sobie herbaty.

– Słuchamy jeszcze; przynajmniej ja czekam dalszego ciągu z upragnieniem – mówiła Janka.

– Dobrze, ale będę przeskakiwał, żeby prędzej skończyć.

– Z warunkiem niebrząkania dzwonkami i bicia w tamburyn...

– Kotlicki, bądź cicho! Ty jesteś marny filister, typowy przedstawiciel swojego podłego gatunku i nie masz głosu, kiedy ludzie mówią!

– Dajcież panowie pokój, bo ja spać nie mogę – prosiła żałośnie Mimi.

– Tak, tak, bo to wcale niezabawne! – rzekła Majkowska ziewając potężnie. Wawrzecki zaczął znowu nalewać kieliszki. Głogowski przysunął się do Janki i z zapałem wykładał jej swoją teorię.

– Ibsen jest dla mnie dziwnym; on zapowiada kogoś potężniejszego, jest jakby zorzą przed wschodem słońca. A najnowsi, okrzyczani, przereklamowani Niemcy: Sudermann i spółka, to głośne gadanie o małych rzeczach. Chcą przekonywać świat, że dajmy na to: noszenie majtek na szelkach nie jest koniecznym, bo można je nosić czasami bez szelek...

– Więc doszliśmy do tego – wtrącił Kotlicki – że już nie ma nikogo. Jeden dostał po głowie, drugi w box, trzeci nogą bardzo grzecznie...

– Nie, panie, jestem ja! – odpowiedział Głogowski kłaniając się komicznie

– Zwaliliśmy gmachy dla... bańki mydlanej!

– Może tak, ale że i w bańkach odbija się słońce...

– To napijmy się jeszcze wódki! – odezwał się Topolski, milczący dotychczas.

– Za drzwi ze wszystkim!... Pijmy i nie myślmy!

– To ostatnie jest twoim streszczeniem, Wawrzecki!

– Pijmy i kochajmy! – podniósł głos Kotlicki ożywiając się i dzwoniąc kieliszkiem w butelkę.

– Zgoda, jakem Głogowski, zgoda, bo jedno kochanie stanowi duszę świata!

– Czekajcie, zaśpiewam wam coś o miłości...

A kochajżeż mnie, kochaj,
A kiedyś mnie napoczął –
A nie daj opłakiwać,
A moim modrym oczom
hu, ha!

– Brawo, Wawrzek!

Ożywili się wszyscy i już nic nie roztrząsano, tylko paplano, co ślina przyniosła.

– Zacni i zacne!... Chmurzy się na niebie, a na ziemi już pustki w butelkach. Zmykajmy!

– A jak?

– Pójdziemy pieszo, jest co najwyżej mila do Warszawy.

– A koszyki?

– Wynajmiemy jakiego drabanta... Idę się tym zająć – zawołał Wawrzecki i pobiegł w kierunku klasztoru.

Zanim wrócił, już wszyscy byli gotowi do drogi. Nastrój podniósł się jeszcze, bo Mimi tańczyła z Głogowskim walca na trawniku. Topolski był tak pijany, że ciągle rozmawiał ze sobą albo kłócił się z Majkowską. Kotlicki uśmiechał się i trzymał się blisko Janki, rozbawionej i wesołej niezmiernie. Uśmiechała się do niego i rozmawiała nie pamiętając prawie jego oświadczyn. Był pewnym, że to wrażenie ześlizgnęło się tylko po jej duszy i przepadło w niepamięci.

Szli bezładnie, jak z wycieczki.

Janka z liści dębowych wiła wieniec, a Kotlicki jej pomagał i bawił ją pikantnymi uwagami. Słuchała, ale gdy weszli w las większy, prawdziwy, zarośnięty u dołu krzakami, spoważniała i przyglądała się tak radośnie drzewom, z taką pieszczotą dotykała się pni i gałęzi, tak się jej usta i oczy rozjaśniły radością jakąś, że Kotlicki zapytał wskazując na las:

– Pewnie dobrzy znajomi?...

– Dobrzy, serdeczni i nie komedianci – odpowiedziała z lekką ironią w głosie.

– Pani ma mściwą pamięć. Nie wierzy pani i nie przebacza... Pragnę tylko jednego: abym mógł przekonać panią...

– Niech się pan ożeni ze mną! – zawołała szybko, zwracając się do niego.

– Proszę o rękę pani! – odpowiedział w tym samym tonie.

Spojrzeli sobie prosto w oczy i spochmurnieli. Janka zmarszczyła brwi i zaczęła bezwiednie rwać zębami nie dokończony wieniec, a on spuścił głowę i zamilkł.

– Chodźmy prędzej, bo się spóźnimy na przedstawienie.

– Więc jutro czytana próba z mojej sztuki?...

– Właściwie to dopiero czytanie sztuki, gdyż Dobek nie skończył jeszcze rozpisywania ról...

– Jezu! a kiedyż wystawicie?...

– Nie bój się pan! i tak dość wcześnie wygwiżdżą cię filistrzy! – dogryzał mu Kotlicki.

– Wystawimy w przyszły wtorek, za tydzień... przynajmniej ja tak chcę!... – mówił Topolski.

– Czyli, ściśle licząc, zostanie na próby i uczenie się ról ze cztery dni. Nikt nie będzie umiał, nikt nie zdąży opracować roli jako tako... Przecież to istne zabójstwo, zabójstwo!

– Zafundujesz pan Dobkowi parę wódek, a on sztukę poprowadzi.

– Tak, będzie krzyczał za wszystkich... To już lepiej ogłosić, że odbędzie się czytanie sztuki.

– O mnie możesz pan być spokojny, nauczę się roli..

– I ja także.

– Wiem, że panie zawsze umieją rolę, ale mężczyźni...

– Mężczyźni i bez uczenia się grać będą dobrze. Wiesz pan, że Glas nigdy, ale to nigdy nie uczy się roli; kilka prób obznajmiają go z sytuacjami sztuki, a resztę robi sufler.

– Toteż i tak gra!

– Co pan chcesz, to dobry aktor, wcale niezły komik.

– Tak, bo zawsze improwizuje błazeństwa i tym wszelkie "sypki" pokrywa.

– Proszę o odpowiedź zupełnie na serio. Czy te ostatnie słowa były żartem, czy też wyrazem pani życzeń, warunkiem?... – szeptał znowu Kotlicki, któremu jakaś myśl przyszła do głowy.

– Każdy rodzaj jest dobrym, byleby nie był... nudnym. Zna pan to? – odpowiedziała zniecierpliwiona.

– Dziękuję! Będę pamiętał... ale zna pani to: cierpliwość jest pierwszym warunkiem powodzenia. Zmrużył oczy, pochylił głowę w ukłonie i cofnął się w tył. Miał bezczelną pewność siebie i bądź co bądź postanowił czekać. Kotlicki nie był jednym z tych, których kobieta może odpędzić od siebie pogardą albo wprost zniewagą. Wszystko przyjmował i skrzętnie składał w pamięci na przyszły rachunek. Był to człowiek, który pogardzał kobietą, który wszystkim mówił w oczy otwarcie wszystko i który zawsze pożądał kobiet i miłości. Nie zważał na to, że jest brzydkim, bo wiedział, że jest dosyć bogatym na to, aby kupić sobie każdą, której zapragnie. Należał on do gatunku – gotowych do wszystkiego.

Teraz szedł i uśmiechał się do jakiejś myśli strącając laską przydrożne chwasty. Pociemniało i deszcz zaczął padać wielkimi kroplami.

– Zmokniemy jak kury! – zaśmiała się Mimi otwierając parasolkę.

– Panno Janino, służę pani swoim deszczochronem – wołał Głogowski.

– Bardzo dziękuję, o ile mogę, nie używam żadnej ochrony przed deszczem; lubię pasjami moknąć na deszczu.

– Ma pani instynkta.. – urwał nagle i komicznie przysłonił sobie usta.

– Niechże pan skończy... proszę pana o to...

– Ma pani rybio–gęsie instynkta. Ciekawa rzecz, z czego się to rozwinęło w pani?...

Janka uśmiechnęła się, bo przypomniała sobie dawne wycieczki swoje jesienne lub zimowe w największe burze i nawałnice, i odpowiedziała wesoło:

– Lubię takie rzeczy. Jestem przyzwyczajona od dziecka znosić deszcze i niepogody... przepadam po prostu za każdą burzą.

– Ognista krew, coś atawistycznego, fantazja itd.

– Tylko przyzwyczajenie lub potrzeba wewnętrzna, która się rozrosła do stopnia namiętności. Głogowski podał ramię Jance; przyjęła i opowiadała mu w swobodnym, przyjacielskim tonie różne przygody swoich wycieczek. Czuła się z nim tak swobodna, jakby go znała od dziecka. Chwilami nawet nie pamiętała, że widzi go po raz pierwszy w życiu. Ujmował ją swoją pogodną twarzą i tą trochę dziką szczerością charakteru; przeczuwała w nim jakąś bratnią i uczciwą duszę.

Głogowski słuchał jej, odpowiadał i patrzył się na nią ciekawie; wreszcie, upatrzywszy stosowną chwilę, rzekł szczerze:

– Niech zdechnę, ale z pani ciekawa niewiasta... bardzo ciekawa! Coś powiem; w tej chwili mi błysła myśl i podaję ją natychmiast, na gorąco, niech się pani tylko nie wyda dziwaczną. Nie cierpię konwenansów, obłudy towarzyskiej, minoderii aktorek itp., licz do dwudziestu!... a właśnie nie widzę jeszcze tego w pani... Oho! zaraz zobaczyłem, że pani tego wcale nie masz w sobie. Pani mi się wprost podobasz, jako pewien dosyć rzadko spotykany typ. Ciekawe, ciekawe! – mówił prawie do siebie. – Moglibyśmy zostać przyjaciółmi! – zawołał uradowany wypowiadając głośno myśl swoją. – Bo chociaż baby zawsze mnie zawodzą, gdyż prędzej czy później z każdej wylizie samiczka, ale nowy eksperyment byłby może coś wart...

– Otwartość za otwartość – mówiła śmiejąc się z jego błyskawiczności, z jaką postanawiał – pan także jesteś ciekawym okazem.

– No więc zgoda!... podajmy sobie ręce i bądźmy przyjaciółmi! – zawołał wyciągając rękę.

– Nie skończyłam jeszcze: otóż ja w zupełności obywam się bez powiernic i przyjaciół; to czuć sentymentalnością i nie jest bardzo bezpieczne.

– Gadanie! Przyjaźń jest więcej wartą od miłości... Zaczyna, widzę, lać nie na żarty! To psy płaczą nad odrzuconą przyjaźnią. Ja panią będę spotykać, prawda? bo pani masz w sobie coś, coś... jakby kawałek duszy jakiejś, rzadko spotykanej.

– W teatrze bywam codziennie na próbach i prawie codziennie na przedstawieniach...

– Niech zdechnę, ale to na nic!... Gdybym przez tydzień asystował pani, to powstałoby tyle plotek, gadań, przypuszczeń itd., licz aż do dwudziestu!

– A cóż mnie obchodzi, co tam mówią o mnie!... – zaśmiała się swobodnie.

– Ho! ho! rodem kurki czubate. Lubię to, kiedy człowiek nie robi sobie ceregeli z tym łachem, nazywającym się opinią publiczną.

– Myślę, że skoro nie mam sobie nic do wyrzucenia, to spokojnie mogę patrzeć i słuchać tego, co mówią o mnie.

– Pycha, jak Boga kocham, kapitalna pycha!

– Czemu pan swojej sztuki nie wystawia w warszawskim teatrze?

– Bo jej nie chcieli wystawić. To, widzi pani, jest zakład ogromnie wyperfumowany, elegancki i tylko dla delikatnej, dla bardzo subtelnie czującej publiczności; a moja sztuka wcale nie pachnie salonem; co najwyżej, czuć ją polem, trochę lasem, nieco chałupą chłopską. Tam trzeba nie prawdy, tylko flirtu, konwenansu, blagi itd., licz aż do dwudziestu. Zresztą, nie miałem protekcji i oni mają już swoich, patentowanych fabrykantów sztuk.

– A ja myślałam, że to dosyć napisać rzecz dobrą, aby ją natychmiast grali.

– Boże mój!... niech zdechnę, o ile jest inaczej. Niech pani uważa, ile ja znieść muszę, nim mi taki Cabiński wystawi sztukę!... Teraz niech to pani podniesie do kwadratu, a dopiero mieć będzie pani jakie takie pojęcie o rozkoszach początkującego komediopisarza, który w dodatku nie umie używać do swoich sztuk patronów...

Zamilkli. Deszcz padał nieustannie i tworzył już po drodze kałuże wody. Głogowski spoglądał posępnie na miasto, rysujące się wieżami na zamglonym horyzoncie.

– Podłe miasto! – mruknął gniewnie. – Od trzech lat nie mogę go wziąć... Walczę, zabijam się... i pies mnie nie zna!

– Jak im pan będzie mówić, że są podli i głupi, to tym ich pan nigdy chyba nie zdobędzie...

– Zdobędę. Nie będą mnie kochać, ale liczyć się ze mną muszą, muszą, niech zdechnę!... Najłatwiej to brać takie twierdze aktorom, śpiewakom i tancerkom; zdobywa się jednym występem wszystko.

– Ale na jeden dzień. Po zejściu ze sceny nie zostawia się śladu po sobie, jak kamień w wodę! – mówiła Janka z pewną goryczą, wpatrując się w coraz bliższe, stłoczone mury Warszawy. W tej chwili dopiero pomyślała, że ta sława, o której marzy, jest tylko sławą jednodniową.

– Mnie się zdaje, że ma pani apetyt na to samo danie?

– Mam! – odpowiedziała mocno i głos jej rozdźwięczał niby wybuch długo potęgowany.

– Mam! – powtórzyła, ale już znacznie ciszej i bez zapału.
Oczy jej przygasły i błądziły po tych szczytach nic nie rozumiejąc, bo ją nękała myśl tej sławy jednodniowej, bo sobie przypomniała te uschłe wieńce Cabińskiej, dawną sławę Stanisławskiego, bo myślała z coraz większą goryczą o tych tysiącach sławnych aktorów, którzy byli, pomarli i nikt nie zna nawet ich imienia. Czuła, że ma jakiś przykry zamęt w sercu. Oparła się silniej na Głogowskim i szła nie odzywając się ani słowem.
Na ulicy Zakroczymskiej wsiedli do dorożki; wskoczył do nich Kotlicki na trzeciego.
Janka spojrzała na niego z gniewem, ale udawał, że tego nie widzi, i patrzał na nią z tym swoim wiecznym uśmiechem. Odwieźli ją do mieszkania. Miała tylko tyle czasu, żeby wpaść do domu, przebrać się, zabrać potrzebne rzeczy i natychmiast jechać do teatru.
Z powodu deszczu kilka chórzystek także się spóźniło.
Cabiński, zirytowany spodziewanymi z powodu deszczu pustkami w teatrze, biegał po scenie i krzyczał do wchodzących:

– Panienki się gżą... Po ósmej i jeszcze żadna nie ubrana!

– Byłyśmy na nieszporach w kościele Świętego Karola Boromeusza – tłumaczyła się Zielińska.

– Nie mnie brać na nieszpory! a jakże!... Pilnować tego, z czego jest chleb!

– Ogromnie dużo go dyrektor daje! – odcięła się ze złością Ludka, bo sobie przy wejściu złamała parasolkę.

– Nie daję?... a z czegóż żyjecie?

– Z czego?... przecież nie z tej głupiej, obiecywanej tylko gaży.

– O! i pani się spóźnia?! – zawołał do wchodzącej Janki.

– Gram dopiero w trzecim akcie, mam jeszcze dosyć czasu...

– Wicek! leć po Rosińską... Gdzie jest Zośka? Zaczynać prędzej!... a niech was psy gryzą! Spojrzał przez dziurkę w kurtynie.

– W teatrze pełno, jak Boga kocham, a w garderobach nikogo... potem krzyczą, że nie płacę! Panowie, na litość boską, ubierać się i zaczynać!

– Zaraz, skończymy bank.
Kilkunastu porozbieranych aktorów, w połowie nawet pocharakteryzowanych, ciągnęło małego sztosika. Jeden tylko Stanisławski

siedział w kącie garderoby przed kawałkiem lusterka i "robił twarz".

Już trzeci raz ścierał sobie szminki ściereczką i charakteryzował się na nowo; gimnastykował usta, ściągał brwi gniewnie, marszczył czoło, rzucał najrozmaitsze spojrzenia; robił charakter i mruczał półgłosem przy każdej zmianie fizjognomii odpowiednie ustępy roli, rzucając tylko czasami w stronę grających dziesiątkę i dwa słowa:

– Czwórka! dziesiątka.

– Publika awanturę robi! Czas dzwonić i zaczynać – błagał Cabiński.

– Nie przeszkadzaj dyrektor. Niech czekają... Dycha, oczko... sypać!

– Walet! złocisz!

– Damusia w kierusiach... pięć dydków!

– Gotowe! postaw dyrektor na Desdemonę.

Stasował, zebrał, zapieczętował, trzepnął i zawołał:

– Gotowe! Postaw dyrektor.

– Zdradzi! – syknął Cabiński rzucając monetę srebrną na kartę.

– A tak to cię nie zdradza?

– Dzwonić! – krzyczał Cabiński na inspicjenta usłyszawszy w sali tupot.

Przez chwilę nie było nic słychać prócz szelestu kart, z błyskawiczną szybkością spadających na stół.

– Cztery mamuty... w łeb!

– Płacić dychy!

– Walet w dół!

– Pięć, dobre. Zarobeczek jest.

– Dama w kierach, w łeb!

– Miejcież wzgląd dla płci pięknej.

– Dama pik, w łeb. Płacić!

– Dosyć! Ubierajcie się. Tam już, jak Boga kocham, wyją...

– Kiedy to ich bawi, to czemuż im przeszkadzać?

– Będziesz się bawił, jak wyjdą i poodbierają pieniądze z kasy! – zawołał Cabiński wybiegając. Rzucono karty i wszyscy gorączkowo kończyli się ubierać i charakteryzować.

– Co zaczyna?

– Przysięga.

– Stanisławski!

– Już można dzwonić, idę! – zawołał Stanisławski.

I poszedł powoli.

– Prędzej! teatr rozwalą! – krzyczał we drzwiach Cabiński.

Grali tak zwany bukiet dramatyczny albo "co kto lubi", to jest: komedyjkę, operetkę jednoaktową, wyjątek z dramatu i taniec solowy. Prawie całe towarzystwo brało udział w przedstawieniu.

Janka, już ubrana w kostium, siedziała w kulisie i patrząc na scenę czekała na swoją kolej. Czuła się ogromnie zdenerwowaną wrażeniami dnia całego. Przymykała oczy zatapiając się w jakimś cichym rozpamiętywaniu słów Grzesikiewicza, który się jej znowu przypomniał, ale się wzdrygnęła,

bo ujrzała spoza jego twarzy wynurzający się z głębin uśmiech Kotlickiego
i jego twarz satyra, a potem majaczył się jej Głogowski ze swoją wielką
głową i dobrym spojrzeniem. Przecierała ręką oczy, jakby chcąc odegnać
widziadła, ale ten uśmiech wciąż tkwił w jej pamięci.

– Co za obrzydliwy pudel z tej Rosińskiej! – szepnęła Majkowska stając
przed Janką. Janka wzdrygnęła się i z pewną niechęcią spojrzała na nią.
Co ją w tej chwili obchodziło wszystko?...

I zaczynała ją już gniewać i niecierpliwić ta wieczna walka wszystkich ze
wszystkimi. Co ją obchodziła Rosińska, która istotnie grała niemożliwie,
szarżowała lub wpadała w ckliwy szablon tam, gdzie było potrzeba tylko
trochę uczucia; mizdrzyła się do pierwszych rzędów krzeseł z
rutynicznym, mdłym wdziękiem, co sprawiało wprost niesmaczne
wrażenie.

– Mógłby ją Cabiński nie puszczać na scenę – mówiła Majkowska nie
zważając na milczenie Janki, ale urwała prędko, bo nadeszła Zośka, córka
Rosińskiej, która miała tańczyć solo pas z szalem.

Stanęła obok Majkowskiej, już ubrana do tańca. Wyglądała w tym swoim
kostiumie na lat dwanaście; figurę miała nierozwiniętą, twarz chudą i
ruchliwą, a wyraz doświadczonej kurtyzanki w szarych oczach i cyniczne
skrzywienie ukarminowanych ust. Przypatrywała się grze matki i sykała
przez zęby z niezadowolenia, wreszcie nachyliła się do Majkowskiej i
szepnęła tak, żeby ją i Janka słyszeć mogła:

– Niech no pani patrzy, jak ta stara gra!

– Kto? matka?...

– Podobno. Niech pani patrzy. Jak się to mizdrzy do tego faceta w
cylindrze. Podskakuje jak stara indyczka... O! jak się to ubrała! Koniecznie
chce się wydać młodą, a nawet twarzy nie umie zrobić sobie porządnie.
Wstydzić się muszę za nią... Myśli, że wszyscy tacy głupi i nie poznają się...
oho! mnie aby na łapę nie weźmie. Przy ubieraniu to się zamyka przede
mną, żebym nie widziała, jak się sztukuje, cha! cha! cha! – śmiała się
prawie nienawistnie. – Te chłopy to takie głupie, że we wszystko wierzą,
co tylko widzą... Wszystko kupuje dla siebie, a ja to się parasolki doprosić
nie mogę.

– Zosiu, któż słyszał wygadywać tak na matkę!

– Phi! wielka mi rzecz: matka! Za cztery lata, jak tylko zechcę, mogę nią
parę razy zostać; ale niegłupiam, oho! bachory!... niegłupiam!...

– Jesteś wstrętny i głupi bachor! Powiem zaraz matce... – szepnęła
oburzona Majkowska odchodząc.

– Sama jest głupia, choć aktorka na stanowisku. Lubię takie!... – rzuciła za
nią Zośka zacinając usta.

– Przestań, przeszkadzasz mi słuchać...

– Ma też panna Janina kogo słuchać!... Stara ma głos jak garnek rozbity –
ciągnęła dalej nie zrażona. Janka zrobiła ruch niecierpliwy.

– A jak ona mnie obełguje, żeby pani wiedziała! W Lublinie to przychodził do nas jakiś pan Kulasiewicz; nazywałam go "Kulasem", bo mi nawet cukierków nie przynosił. Wytłukła mnie za to i powiedziała, że to mój tatko... Cha! cha! cha! znam ja takich tatków... Tam był Kulas, w Łodzi Kamiński, a teraz mam ich dwóch... Chowa się z nimi... Ona myśli, że ja jej zazdroszczę; miałabym też kogo! Takich gołych fatygantów to nie brak nigdy...

– Przestań, Zośka! Jesteś niegodziwa! – szepnęła Janka oburzona do głębi cynizmem tego aktorskiego dziecka.

– A cóż ja złego mówię?... Czy tak nie jest?... – odpowiedziała z cudownym akcentem prawdziwej nieświadomości.

– Pytasz się!... Któż matkę własną tak obgaduje?...

– No, bo proszę pani, po co taka głupia? Wszystkie mają "bębenków" takich, co coś mają... a ona!... I mnie byłoby lepiej, żeby była mądrzejsza... Już ja się urządzę inaczej!.. Janka cofnęła się, ze zdumieniem patrząc na nią; ale Zośka nie zrozumiała tego, tylko nachylając się bliżej, szepnęła znacząco:

– Panna Janina już ma kogo?...

Odbiegła natychmiast, gdyż kurtyna spadła, a taniec miał się zaraz zacząć w międzyakcie. Janka poruszyła się, jakby ją coś plugawego dotknęło. Dreszcz ją przeszedł zimny, jakiś rumieniec wstydu i upokorzenia powlókł jej twarz.

– Co za brudy! – szeptała patrząc, jak Zośka wchodziła na scenę uśmiechnięta i rozpromieniona. Jej chudy pyszczek charciczki tylko migotał w szalonym tempie walca.

Tańczyła z takim temperamentem i wprawą, że burza oklasków zerwała się w sali. Ktoś rzucił jej nawet bukiet; podniosła go i cofając się ze sceny uśmiechała się kokieteryjnie jak wytrawna aktorka, rozdętymi nozdrzami wciągając te objawy zadowolenia.

– Panno Janino! – zawołała za kulisami – bukiet, o! Teraz Caban musi mi dać a konto. Oni przyszli na mój taniec... oni mnie wywołują!...

Skoczyła na otwartą scenę kłaniać się publiczności.

– Wasze gadanie warte figę!... Żeby nie taniec, byłyby puchy, że no!... Wykręciła się na palcach, rozśmiała tryumfująco i pobiegła do garderoby. Zaczęli grać akt niezmiernie płaczliwego dramatu Córka Fabrycjusza. Fabrycjusza grał Topolski, a córkę Majkowska. Grali zupełnie dobrze, choć Moryś był tak pijanym jeszcze, że nic a nic nie wiedział, co się z nim dzieje; ale grał tak, że nikt nie poznawał jego stanu. Tylko Stanisławski stał w kulisie i śmiał się głośno z jego automatycznych ruchów i spojrzeń nieprzytomnych. Majkowska podtrzymywała Topolskiego co chwila, bo byłby padł na scenie.

– Mirowska! chodź no pani i patrz, jak oni grają! – mówił do starej aktorki, apatycznie dzisiaj usposobionej, i oczy mu płonęły gorączkową nienawiścią.

– To moja rola!... ja ją grać powinienem. Co on z niej zrobił?... Bydlę pijane!

– syczał przez zaciśnięte zęby i gdy zerwały się brawa gorące i pomimo wszystkiego zasłużone, Stanisławski zsiniał i aż się chwycił kulisy, ażeby nie runąć, taka straszna zazdrość go dławiła.

– Bydło! bydło! – szeptał wygrażając zaciśniętą pięścią publiczności. Pobiegł potem do inspicjenta, nie mógł go znaleźć i przyszedł z powrotem; chodził następnie, ledwie wlokąc nogi za sobą, rozdenerwowany i zły.

– "...Córko moja! dziecię ukochane! więc nie odpychasz starego ojca?... przyciskasz do czystego serca ojca zbrodniarza?... nie uciekasz od jego łez i pocałunków?..." – płynął ze sceny gorący szept Topolskiego i uderzał w starego aktora, że stawał, zapominał piorunowo o wszystkim, porwany grą i szeptał te same słowa, i kładł w te ciche akcenta miłości ojcowskiej tyle uczucia i łez, tyle krwi i zapału, i taki był śmieszny jednocześnie w niepewnym świetle kulis, z patetycznie wyciągniętymi rękoma do próżni, z głową podaną naprzód, z oczyma utkwionymi w sznur od kurtyny, że Wicek, który to zobaczył, pobiegł do garderoby z krzykiem:

– Proszę panów!... Stanisławski, tam, za kulisami, pokazuje znowu coś swojego... Pobiegli hurmem przyglądać się widowisku, a zobaczywszy go jeszcze w tej samej patetycznej postawie, wybuchnęli jednogłośnym śmiechem.

– Cha! cha! to małpa amerykańska!

– To je taka mamuta afrykańska! co una sto lat żyje! co una ludzi jadła, papier jadła, role jadła, sławę jadła i jaże kręćka dostała, tak się objadła! – wołał Wawrzecki naśladując ton i mowę jakiegoś prowincjonalnego pokazywacza osobliwości.

Stanisławski oprzytomniał i obejrzał się poza siebie, a spotkawszy się z oczyma szydzących zadrżał i opuścił smutnie głowę na piersi.

Janka, która była świadkiem całej sceny i w chwili jego ekstazy nie śmiała ręką poruszyć, aby mu nie przeszkodzić, nie mogła już teraz wytrzymać zobaczywszy łzy w jego oczach i tę całą bandę szyderczego bydła – podeszła do niego i pocałowała go w rękę z jakąś czcią bezwiedną.

– Moje dziecko! moje dziecko! – szepnął słabo, odwracając głowę, aby ukryć łzy coraz gęstsze, ścisnął jej silnie rękę i wyszedł.

Burza szalonego żalu, bólu i nienawiści wstrząsała nim tak silnie, że ledwie mógł zejść ze schodków.

Poszedł na ogródek, ogarnął stamtąd grających i publiczność bezbrzeżnie smutnym wzrokiem i szedł przez werandę ku ulicy, ale zawrócił raptownie i pozostał.

– Byłby z niego poważny opiekun! – zawołał któryś do Janki po odejściu Stanisławskiego.

– Założy towarzystwo i będą razem grywać kochanków! – rzucił znowu głośno ktoś drugi.

– Szakale! szakale! – rzekła Janka głośno z wyzywającym spojrzeniem. I miała wielką ochotę plunąć im wszystkim w oczy, tak gwałtowna fala nienawiści zalała jej serce i tak się jej wszyscy wydali podli i nielitościwi, powstrzymała się jednak i usiadła na powrót, długo nie mogąc się uspokoić.

Wchodziła z chórem na scenę jeszcze drżąca i wzburzona, i pierwszą osobą, jaką zobaczyła w krzesłach, był Grzesikiewicz, siedzący w pierwszych rzędach. Spotkali się oczami; on zrobił ruch jakiś, jakby chciał wyjść, a ona przystanęła na mgnienie oka na środku sceny z zadziwienia, ale odzyskała natychmiast przytomność, bo spostrzegła także Kotlickiego, siedzącego niedaleko i obserwującego bacznie Grzesikiewicza, a dalej zobaczyła Niedzielską, stojącą nie opodal lóż i uśmiechającą się do niej przyjaźnie i życzliwie.

Nie patrzyła na Grzesikiewicza, ale czuła jego wzrok na sobie; to ją zaczęło drażnić i denerwować jeszcze więcej. Przyszło jej na myśl, że ma za krótki kostium, i jakiś dziwny wstyd ją ogarniał, że stoi wobec niego w tych jaskrawych teatralnych szmatach.

Nie można wprost określić tego, co się w niej dziać zaczynało. Nigdy przedtem nie czuła czegoś podobnego. Występując patrzyła zwykle na publiczność z góry, jak na tłum niewolniczy i prawie głupi, dzisiaj wydało się jej, jak gdyby stała na przedzie klatki olbrzymiej lub że jest jakimś zwierzęciem w budzie osobliwości i ta publiczność przyszła ją oglądać i bawić się pokazywanymi przez nią sztukami: patrzy się ze wszystkich stron, lornetuje, dotyka ją nieomal końcem lasek lub parasoli.

Pierwszy raz zobaczyła u nich ten uśmiech, którego nie było na pojedynczych twarzach, ale który się wił jednak przez twarze wszystkich i zdawał się wypełniać teatr; był to uśmiech jakiejś dobrodusznej i bezwiednej ironii, uśmiech wyższości przygnębiającej, jaki miewają starsi przypatrujący się zabawom dzieci. Czuła go wszędzie.

Potem widziała tylko Grzesikiewicza nieruchome, wpatrzone w siebie oczy. Oderwała się gwałtem od niego i patrzyła w inną stronę, ale zobaczyła jednak, jak Grzesikiewicz podniósł się i wyszedł z teatru. Nie czekała przecież na niego, nie spodziewała się już z nim widzieć, a jednak dotknęło ją przykro jego odejście. Patrzyła jakby z pewnym uczuciem zawodu na to puste miejsce, gdzie siedział przed chwilą.

Cofnęła się z chórem na plan dalszy, bo Glas zaczął śpiewać duet komiczny z Kaczkowską. Glas stanął przed samą budką suflera i cicho, a znacząco pukał na Dobka, bo nadchodził jakiś ustęp solowy, którego swoim zwyczajem nie umiał ani słowa.

Halt skinął na niego batutą i Glas z nastrojoną komicznie twarzą zaczął śpiewać jakieś zapamiętane słowo i wytężał słuch, ale Dobek nie podpowiadał.

Halt uderzył energicznie w pulpit, ale Glas wciąż śpiewał jedno i to samo, rzucając w chwilowych pauzach ciche i proszące:

– Sufluj! sufluj!

Chóry, rozproszone z tyłu, zaczęły się mieszać tą sytuacją, zza kulis ktoś poddawał głośno słowa nieszczęsnej piosenki, ale Glas, spocony, czerwony z gniewu i emocji, śpiewał ciągle dokoła: "Moją jesteś, piękna Róziu!" nie słysząc już nic i nie widząc, co się dzieje koło niego.

– Sufluj! – szepnął raz jeszcze z rozpaczą, bo już orkiestra i część publiczności spostrzegła, co się dzieje, i rozległy się śmiechy. Kopnął Dobka w twarz i stanął nagle, bezprzytomnym wzrokiem patrząc się na publiczność.

Dobek bowiem, otrzymawszy cios w zęby, schwycił go za nogę i trzymał silnie.

– Widzisz, synku! nie brykaj! – szeptał sufler, tak mocno trzymając go, że Glas nie mógł się poruszyć. – Położyłeś się na amen!... Malowałeś Dobka, umalował ciebie Dobek... Teraz jesteśmy na kwit!

Sytuację uratował Halt i Kaczkowska zacząwszy śpiewać numer następny.

Dobek puścił nogę Glasa i cofnął się tak głęboko w budę, jak tylko mógł, i najspokojniej suflerował dalej z pamięci, uśmiechając się dobrodusznie do grożącego mu zza kulis Cabińskiego i do chórzystek.

Janka nie mogła się nawet dobrze zorientować, co się dzieje na scenie, bo zobaczyła wracającego Grzesikiewicza z olbrzymim bukietem w ręku.

Usiadł na poprzednim miejscu; dopiero, kiedy znowu chór przyszedł na proscenium, wstał, doszedł do orkiestry, rzucił kwiaty pod nogi Jance, a następnie zawrócił najspokojniej, przeszedł salę i zniknął nie dbając, że wywołał wrażenie w teatrze.

Janka automatycznie podniosła kwiaty i cofnęła się w głąb sceny, poza koleżanki, bo oczy całej publiczności poczuła zwrócone na siebie.

– Dusza jest jaka? – szepnęła jej Zielińska.

– Niech pani zobaczy w środku pomiędzy kwiatami, może co jest... – szepnęła jej znowu któraś.

Nie oglądała, ale poczuła głęboką wdzięczność dla Grzesikiewicza za te kwiaty.

Zeszła ze sceny nie zważając na ostrą kłótnię Glasa z Dobkiem, jaka się zawiązała po zapadnięciu zasłony.

Glas skakał z wściekłości, a Dobek naciągał wolno palto i cicho, a złośliwie odpowiadał:

– Malunek za malunek. Słodka jest zemsta sercu człowieczemu.

Zemścił się bowiem za to, że poprzedniego dnia Glas spoił go i pijanego do spółki z Władkiem ucharakteryzowali na Murzyna. Dobek, kiedy trochę wytrzeźwiał, poszedł z knajpy najspokojniej do teatru, o niczym nie wiedząc, co się stało z jego obliczem. Była to niebywała zabawa za kulisami, ale Dobek poprzysiągł zemstę i słowa dotrzymał grożąc jeszcze, że i Władkowi nie daruje.

Cabiński, rozirytowany, gadał różne głupstwa Glasowi, ale ten nie odzywał się, głęboko upokorzony samym "położeniem się" na scenie.

Janka, już ubrana, czekała tylko na Sowińską, aby iść do domu, gdy Władek się do niej przysunął i miękko zapytał:

– Pozwoli się pani odprowadzić?...

– Idę z Sowińską, a pan przecie w przeciwnej stronie mieszka...

– Właśnie Sowińska mi mówiła, abym uwiadomił panią, że dopiero za jaką godzinę wróci... Jest w dyrekcji.

– No, to chodźmy.

– Może bukiet pani przeszkadza, to go mogę nieść... – rzekł wyciągając rękę po kwiaty.

– O nie! dziękuję...

– Bardzo drogi!... – rzekł, uśmiechem podkreślając słowa.

– Nie wiem, ile kosztuje – odpowiedziała zimno, nie okazując wcale usposobienia do rozmowy. Władek się roześmiał; potem mówił o matce, a w końcu rzekł:

– Może pani zajrzy do nas... Mama jest chora; od kilku dni nie podnosi się wcale z łóżka...

– Mama chora?... Widziałam ją dzisiaj w teatrze.

– Nie może być!... – zawołał naprawdę zmieszany. – Daję pani słowo, że byłem pewny... bo mi matka mówiła, że od kilku dni nie wstaje...

– Mama mi coś urządza... – dodał w końcu pochmurnie.

Niedzielska go tylko szpiegowała nieustannie i wytrwale, i zawsze musiała wiedzieć, z kim prowadzi jaki romans, bo wciąż truchlała, żeby się Władek nie ożenił z jaką aktorką... Pożegnał ją z przesadnym szacunkiem przed samą bramą i mówił, że musi biec do matki, aby się przekonać o jej chorobie.

Skoro tylko Janka weszła do domu, zawrócił ku teatrowi i spotkawszy Sowińską mówił z nią coś długo i tajemniczo. Stara spoglądała na niego drwiąco i obiecała swoje poparcie.

Władek pobiegł spiesznie do Krzykiewicza na karty, gdyż urządzali sobie często takie kolejne karciane wieczory, na które gęsto uczęszczali znajomi z publiczności.

Janka przyszedłszy do swojego pokoju wstawiła kwiaty w wodę i idąc spać spojrzała raz jeszcze na róże i szepnęła miękko:

– Poczciwy!

VIII

– Proszę pani, okólnik! – wołał Wicek.

– Cóż tam nowego?...

– Czytanie tej nowej sztuki czy coś tam takiego!... – odrzekł myszkując oczyma po pokoju. Janka podpisała się na okólniku, w którym reżyser zwoływał całe towarzystwo na godzinę dwunastą w południe, na czytanie sztuki Głogowskiego pt. Chamy.

– Fajn bukiet! – zawołał Wicek oglądając kwiaty w wazoniku. – Można by jeszcze stopić...

– Mów no po ludzku! – rzekła Janka oddając mu podpisany okólnik.

– Mógłbym jeszcze sprzedać ten bukiet, żeby mi go tylko pani dała.

– A któż sprzedaje takie bukiety i kto kupuje?...

– Proszę pani, pani jeszcze frajerka!... Niektóre panie, to jak dostaną kwiaty, to je sprzedają zaraz kwiaciarce, tej, co wieczorem sprzedaje kwiaty w ogródku... Ojej!... fajgielka jak nic można by za to wziąć. Jak ja bym go dostał...

– Nie dostaniesz... Masz tu co innego i bądź zdrów!

Wicek pocałował Jankę w rękę pokornie, uradowany, że mu dała rubla, i wybiegł. Szastała pieniędzmi nieopatrznie.

Po odejściu Wieka Janka zmieniła wodę w wazoniku z kwiatami i ustawiała je właśnie na stoliku, gdy weszła Sowińska ze śniadaniem.

Była dzisiaj promieniejąca: jej siwe, okrągłe oczy miały tyle słodkiej życzliwości, że aż to Jankę uderzyło.

Stara ustawiła kawę na stoliku i wskazując na bukiet rzekła z uśmiechem:

– Piękne kwiaty!... Czy to od tego obywatela?...

– Tak – odpowiedziała krótko.

– Znam kogoś, co by z wielką przyjemnością przysyłał takie same codziennie... – zaczęła niby od niechcenia Sowińska sprzątając pokój.

– Kwiaty?

– No... i coś więcej, jeśliby to coś było przyjmowanym.

– Musiałby ten ktoś być barczo a bardzo naiwnym i mnie nie znać...

– Proszę pani, każdy głupieje podobno z miłości.

– Być może! – odpowiedziała krótko i słuchała coraz pilniej, bo przeczuwała jakąś propozycję.

– Nie domyśla się też pani, kto to taki?

– Nie jestem ciekawą zupełnie.

– A jednak zna go pani dobrze...

– Dziękuję pani, ale nie potrzebuję żadnych informacji.

– Niechże się pani nie gniewa... Cóż w tym może być złego?... – cedziła wolno Sowińska.

– A! pani tak mówisz?...

– Ja, a przecież życzę pani jak córce rodzonej...

– Życzysz mi pani jak własnej córce? – spytała wolno Janka patrząc się jej prosto w oczy. Sowińska spuściła powieki nie mogąc wytrzymać jej spojrzenia i w milczeniu wyszła z pokoju, ale za drzwiami przystanęła i pogroziła pięścią.

– Święta! Poczekaj!... – szepnęła nienawistnie.

Dzień był mglisty i zimny, deszczyk niby rosa mżył ciągle, tworząc grubą warstwę błota na ulicach i trotuarach; chmury snuły się szare i przypominały jesień.

W teatrze zastała Janka tylko Piesia, Topolskiego i autora.

Głogowski podszedł do niej z uśmiechem i rzekł podając jej rękę:

– Dzień dobry! Myślałem wczoraj o pani; niech mi pani koniecznie za to podziękuje...

– Dziękuję! ale ciekawam bardzo...

– Nie myślałem źle... Nie myślałem o pani, jak mnie podobni o takich ładnych jak pani kobietach, nie! niech zdechnę!... Myślałem... Jezus, Maria! nie mogę wyleźć z "myślałem"!... Dlaczego pani ma w sobie to coś, co jest siłą?... skąd ona?...

– Stąd chyba, skąd i słabość bierze początek: jest przyrodzoną – odparła Janka siadając.

– Musisz pani mieć jakiś dogmacik i zapatrzona w niego, idziesz pani naprzód. Ten dogmat ma ryżożółte włosy, około dziesięciu tysięcy rubli rocznego dochodu, nosi binokle... i...

– I... nie kończ pan!... Głupstwo zawsze czas powiedzieć! nie zestarzeje się... – przerwał Topolskiemu Głogowski.

– Piątka! cztery koniaki, bo i pani się z nami napije?...

– Dziękuję! nigdy nie piłam i nie piję.

– Ależ koniecznie... choć ustka umoczy pani. Jest to początek stypy pogrzebowej po mojej sztuce.

– Przesada! – mruknął Pieś.

– Ano, zobaczymy! Co tam, panie Pietrze, panie Topolski, po jednym jeszcze... na pohybel!... – wołał Głogowski nalewając koniak w kieliszki. Śmiał się, dowcipkował ciągle, przyprowadzał wchodzących aktorów do bufetu, rwał się, ale znać było, że pod tą sztuczną wesołością kryje się troska i niepewność powodzenia. Pod werandą zrobił się mały huczek, bo Głogowski wszystkim fundował, ale humory były w części zwarzone niepogodą.

Cabiński co chwila spoglądał w niebo, zdejmował cylinder i drapał się w głowę z nieukontentowaniem; dyrektorowa chodziła pochmurna jak dzień jesienny; Majkowska spoglądała zaiskrzonymi oczyma na Topolskiego i miała ochotę zrobić jakąś scenę, bo usta miała sine i oczy zaczerwienione od płaczu lub bezsenności; Glas także chodził jak struty po wczorajszej "sypce" i nie opowiadał ani jednego kawału; Razowiec w lustrze oglądał sobie język i narzekał przed Piesiową; Wawrzecki nawet nie był "w sytuacji", jak określał swoje usposobienie.

Jakaś senność, taka sama, jaka rozwłóczyła się w powietrzu, przejmowała wszystkich nudą i apatią.

– Wpół do pierwszej... chodźmy czytać – rzekł reżyser, Wysunięto stół na środek sceny, poustawiano krzesła i Topolski, uzbrojony w ołówek, zaczął czytać.

Głogowski nie usiadł, tylko chodził zataczając ogromne koła i co chwila przechodząc obok Janki szeptał jej jakieś uwagi, z których śmiała się półgłosem; a on odchodził, wichrzył włosy, podrzucał kapelusz do góry i palił papierosa po papierosie słuchając pomimo to uważnie czytania.

Deszcz mżył w dalszym ciągu i woda z łoskotem spływała z rynien. Dzień brudnym światłem zalewał scenę. Tak było nudno, że nie mogli wytrzymać w spokoju, więc zaczęły się szepty coraz częstsze.

Glas rzucał niedogarkami od papierosów w nos Dobka, a Władek delikatnie dmuchał w głowę drzemiącej Mirowskiej.

Z garderoby dochodził zgrzyt piłki rżnącej drzewo i stuk przybijania gwoździ; to maszynista szykował sobie przystawki na wieczór.

– Panie Głogowski, tutaj trzeba trochę skreślić – mówił niekiedy Topolski.

– Skreśl pan! – odpowiadał Głogowski spacerując w dalszym ciągu.

Szepty były coraz głośniejsze.

– Kamińska, idziesz pani ze mną na Nalewki? Chcę sobie kupić na suknię.

– Dobrze, obejrzymy zaraz płaszczyki jesienne.

– Co to będzie?... wstawka?... – zapytała Rosińska Piesiowej, gorliwie robiącej szydełkiem.

– Tak. Widzi pani, jaki ładny deseń... Dostałam próbkę od dyrektorowej.

Znowu nastała chwila ciszy zupełnej, w której słychać było tylko spokojny i dźwięczny głos reżysera, chlupot deszczu i zgrzyt piłki.

– Daj mi papierosa – zwrócił się Wawrzecki do Władka. – Wygrałeś co wczoraj?

– Spłukałem się jak zawsze. Powiadam ci – szeptał Władek przysuwając się bliżej – postawiłem na czwórkę, dwadzieścia pięć rubli oczko. Gram na dublę, przechodzi; mówię: kwadra – moje! Kotlicki mi proponuje ściągnąć połowę. Nie chcę; przestają grać wszyscy, bo zaczyna być ciepło; ciągnę dalej: sześć, siedm, ośm, dziesięć – precz moje! Już się tylko patrzą. Kotlicki już zły, gdyż już ze trzysta rubli moje; ciągnę jedenasty raz – moje! Krzyczą już na mnie, żebym ściągnął połowę... Nie chcę! Ciągnę dwunasty raz i przewalam! Pareset rubli jak w błoto, to pech, co?... Przyszedł mi na myśl pewien plan!

Nachylił mu się do ucha i szeptał tajemniczo.

– Cóżeś zrobił z mieszkaniem? – pytał się Krzykiewicz Glasa podając mu papierosa.

– A, nic! mieszkam dalej.

– Płacisz?

– Nic, a będzie! – odpowiedział komik przymrużając jedno oko.

– Słuchaj, Glas! Podobno Cabiński kupuje dom na Lesznie.

– Zawracanie! A, jak Boga kocham, zaraz bym się sprowadził do niego odmieszkać gażę. Ale to bajki! Skąd by on wziął tyle groszy?...

– Ciepiszewski widział go z faktorami od domów.

– Nianiu! – zawołała Cabińska.

Niania spiesznie szła niosąc przez fartuch list jakiś.

– To nie ja, to Felka zbiła lustro; rzuciła szampanką celując w lichtarz, a trafiła w lustro... Brzdęk!... i już trzydzieści rubli przybyło do rachunku. Ten gruby tylko się skrzywił.

– Nie kłam! Ja przecież nie byłam pijana i dobrze pamiętam, kto stłukł.

– Pamiętasz?... A pamiętasz, jak skakałaś ze stołu, a potem zdjęłaś buciki i... Cha! cha! cha!...

– Cicho!... – zawołał ostro Topolski na chórzystki, opowiadające sobie wrażenia dnia wczorajszego.

Przyciszyły się, ale Mimi zaczęła prawie głośno opowiadać Kaczkowskiej o nowym fasonie kapelusza, jaki zobaczyła na ulicy Długiej.

– Jeżeli tak będzie dłużej, to już nie wytrzymam... Gospodarz wymówił mi komorne. Wczoraj ostatni łach prawie zastawiłam, bo musiałam kupić wina Jankowi. Biedactwo tak wolno przychodzi do zdrowia, chce już wstawać, nudzi się i kaprysi; potrzeba by mu coś lepiej dawać jeść, a tu ledwie na herbatę starczy... Jeżeli się nie zaangażuję do Ciepiszewskiego i nie wezmę forszusu, to mnie gospodarz wyrzuci na bruk, bo nie będę miała czym zapłacić...

– Czy tylko aby z pewnością zakłada towarzystwo?

– Z pewnością; mam być u niego w tych dniach do podpisania kontraktu.

– Nie będzie pani u Cabińskiego?

– Nie chce mi gaży zaległej płacić – szeptała charakterystyczna Wolska. Trzydzieści lat było wypisane wyraźnie na jej twarzy zmęczonej i pobruzdżonej troskami. Gruba warstwa pudru i różu nie mogła pokryć zmarszczek ani zatrzeć niepokoju błyszczącego w oczach. Miała sześcioletniego synka, który jej chorował od wiosny. Broniła go rozpaczą, głodem własnym; pozbawiała się wszystkiego, byle go ocalić, i ocaliła, ale sama zrobiła się podobną do szkieletu.

– Mecenasie! prosimy do nas! – krzyknął Glas zobaczywszy starego, który już od kilku tygodni nie pokazywał się w teatrze.

Mecenas wszedł i witał się ze wszystkimi. Czytanie przerwano, bo się wszyscy porwali z miejsc.

– Dzień dobry! dzień dobry!... Przeszkadzam może?...

– Nie, nie!

– Siadaj no mecenas – wołała Cabińska – będziemy razem słuchać...

– A, młody mistrzu! moje uszanowanie!

– Stary idiota! – mruknął Głogowski kiwając mu głową i schował się w kulisę, bo go już wściekłość ogarniała na te ciągłe przerwy i rozmowy.

– Cicho!... Jak Boga kocham, istna bożnica! – wołał zirytowany Topolski i czytał dalej. Ale już nikt nie słuchał. Dyrektorowa wyszła z mecenasem, a za nią wysuwali się wszyscy po cichu.

Deszcz zaczął lać i uderzał w blaszany dach teatru z łoskotem, który głuszył wszystko. Ściemniło się tak, że Topolski nie mógł czytać. Przenieśli się wszyscy do garderoby męskiej; było tam trochę widniej i cieplej, rozpoczęli więc pogawędkę.

Janka z Głogowskim stała we drzwiach i mówiła coś gorąco o teatrze, gdy Rosińska przerwała jej drwiąco:

– A to pani dopiero teatr zajechał w głowę!... no, nie uwierzyłabym, gdybym nie widziała...

– To przecież proste: w teatrze zamyka się dla mnie wszystko.

– Ja przeciwnie: żyję dopiero poza teatrem.

– To czemuż pani nie rzuci sceny?

– Gdybym się tylko mogła wyrwać, to godziny bym tu nie była!... –

odpowiedziała z goryczą.

– Tak się tylko mówi! Każda z nas by mogła, tylko że się nie potrafi oderwać od teatru – mówiła cicho Wolska. – Mnie jest ciężej niż wszystkim i wiem, że gdybym rzuciła scenę, miałabym lepiej, ale ile razy pomyślę, że się tu musi kiedyś przestać grać, to mnie taki strach ogarnia, iż zdaje mi się, że umarłabym bez sceny...

– O, teatr!... to trucie się powolne i konanie codzienne! – szepnął płaczliwie Razowiec.

– Nie wyrokuj, boś chory nie na teatr, tylko na żołądek.

– To konanie i to trucie się ciągłe jest jednak i rozkoszą pewną! – zaczęła znowu Janka.

– I!... Jaka tam rozkosz!... chyba że jest rozkoszą głód, zazdrość ciągła i niemożność życia inaczej.

– Szczęśliwi są ci, co tej chorobie nie ulegli lub w porę się cofnęli.

– Lepiej przecież tak żyć, tak cierpieć i tak konać, ale mieć jakiś cel: sztukę, niżeli żyć ślimaczym życiem płazów. Tysiąc razy wolę żyć tak niż być mężowską sługą, niewolnicą dzieci, sprzętem gospodarskim i nie znać żadnej troski – wybuchnęła Janka. Władek zaczął deklamować z komicznym patosem:

Kapłanko! tobie ołtarze

W tej sztuki farse

Wystawić każę!...

– Proszę mi darować. Ja sam mówię, że poza sztuką... nie ma nic!... że gdyby nie teatr...

– Byłbyś został operatorem obcasów!... – wtrącił Glas.

– Tak może mówić tylko bardzo młoda i bardzo naiwna! – zawołała złośliwie Kaczkowska.

– Albo ta, co jeszcze nie wie, jak smakuje Cabińskiego gaża...

– Litości godna osobo! masz entuzjazm... weźmie ci go bieda; masz zapał... weźmie ci go bieda; masz młodość, talent, urodę... weźmie ci wszystko bieda! – mówił Pieś surowym głosem i tonem przepowiedni.

– Nie, to nic!... ale takie towarzystwo, tacy artyści, takie sztuki pozbawią panią wszystkiego... A jeśli takie piekło zniesiesz bez szczerby, to będziesz wielką artystką! – szeptał zgryźliwie Stanisławski.

– Mistrz tak rzekł, więc, rzeszo, pochyl głowy i powiedz, że tak być musi! – drwił Wawrzecki.

– Błazen!...–mruknął Stanisławski wychodząc.

– Mamut!

– Opowiem wam, jak zaczynałem... – rzekł Władek.

– Wiadoma rzecz, że u cyrulika.

– Nie błaznuj, Glas!... Koniecznie chcesz się wydać głupszym, niż jesteś! Byłem w czwartej klasie, gdy zobaczyłem w Hamlecie Rossiego... i przepadłem!... Ojcu buchałem grosze, a kupowałem sobie tragedie i chodziłem do teatru; dniami i nocami uczyłem się ról. Marzyłem, że zdobędę świat cały...

– I jesteś krowientym u Cabana! – szydził Dobek.

– Dowiedziałem się, że Rychter przyjechał do Warszawy i zamierza otworzyć szkołę dramatyczną. Poszedłem do niego, gdyż czułem w sobie talent i chciałem się uczyć. Mieszkał na Świętojańskiej... Przychodzę i dzwonię; otwiera mi on sam, wpuszcza i zamyka drzwi na klucz. Ciepło mi się zrobiło ze strachu... Nie wiem, od czego zacząć... Przestępuję z nogi na nogę. On najspokojniej mył jakiś rondelek, potem nalał nafty w maszynkę; zdjął surdut, włożył jakąś watówkę i zaczyna obierać kartofle.

Po długim milczeniu widząc, że się nie doczekam, zaczynam coś bełkotać o powołaniu, o miłości sztuki, o chęci uczenia się i tam dalej.

On wciąż obierał kartofle. proszę go już wreszcie, aby mi zechciał dawać lekcje. Popatrzył na mnie i mruknął:

– "A ile kawaler ma lat?"

Zbaraniałem, a on ciągnie dalej:

– "Z mamą kawaler przyszedł?"

Łzy poczęły mi zalewać oczy, a on znowu mówi:

– "Tatko frycówkę sprawi... o, sprawi!... i ze sztuby wyleją."

Tak mi się przykro zrobiło i tak czułem się upokorzonym, że słowa przemówić nie mogłem.

– "Niech kawaler zadeklamuje jaki wierszyk, na przykład Staś na sukni zrobił plamę.... Noc była ciemna..., coś z wypisów Łukaszewskiego..." – powiedział cicho, systematycznie obrzynając kartofle.

Nie zrozumiałem ironii, bo się niebo otworzyło przede mną. Deklamować przed nim!... Marzyłem przecież o tym... sądziłem, że go olśnię i zachwycę, bo przecież wszystkie moje kuzynki i całe gimnazjum unosiło się nad moim głosem.

– To jeszcze z tamtych czasów pozostał ci pociąg do krzyków?...

– Glas, nie przeszkadzaj...

– Ha! myślę, trzeba się od razu pokazac!... i choć drżałem ze wzruszenia, stanąłem w tragicznej postawie i zaczynam... no, cóż by?... Czarny szal, który wtedy był modnym... Przebiłem się przez tremę i z miejsca uniósł mnie patos, łamię się, wykręcam stawy, krzyczę, wybucham niby Otello, syczę nienawiścią jak samowar i skończyłem, oblany potem...

– "Jeszcze co?" – rzekł obierając wciąż kartofle i ani jeden muskuł twarzy nie zdradził, co myśli o tym.

Zdawało mi się, że idzie dobrze, i wybieram Hagarę; jadę na całego: rozpaczam jak Niobe, przeklinam niby Lear... błagam, grożę i w rozdenerwowaniu kończę, a on mówi:

– "Jeszcze!"

Dał spokój kartoflom i zabrał się do siekania mięsa. Olśniony już tym przyzwoleniem i zachętą, jaką zdawałem się słyszeć w jego głosie, wybieram z Mazepy Słowackiego tę scenę w więzieniu z czwartego aktu i mówię ją całą...

Jęczę za Amelię, ględzę za Chmarę, przeklinam za Zbigniewa, huczę za Wojewodę... Wkładam w to tyle uczucia, tyle głosu, że aż chrypnę; włosy mi powstają na głowie, drżę, zapominam, gdzie jestem, natchnienie mnie unosi, ogień bucha ze mnie, bucha jak z pieca; łzy mam w głosie, kolki z wysiłku pod piersiami, a gadam... Już Amelię przekląłem, sponiewieram, szarpię się z bólu i miłości; kończę akt czwarty i jak potok walę z piątym. Tragiczność mnie porywa, podnosi pod sufit nieomal pokój zaczyna mi tańcować, w oczach robi się kolorowo, brak mi już tchu – słabnę, wzruszenie mnie dławi, dusza mi opada kawałami – omdlewam...

Wtem – on kichać zaczyna i łzy obciera rękawem...

Przestałem mówić.

On cebulę, jaką krajał, położył, dzbanek mi w rękę wcisnął i najspokojniej mówi do mnie:

– "Przynieś no mi wody..."

Przyniosłem.

Nalał kartofle, wstawił je na maszynkę i zapalił knot.

Nieśmiało go pytam, czy mogę przychodzić na lekcje.

– "Przychodź, przychodź!... – odrzekł. – Zamieciesz mi, przyniesiesz wody. A umiesz ty po chińsku?..."

– "Nie!" – odpowiadam nie wiedząc, do czego zmierza.

– "To się naucz, a jak będziesz już umiał, przyjdź do mnie; pogadamy wtedy o teatrze!" Wyszedłem zrozpaczony, ale mnie to wcale nie ostudziło. Chwili tej nigdy w życiu nie zapomnę!...

– Nie roztkliwiaj się, na piwo już Głogowski nie poleci.

– Mówcie, co chcecie, ale tylko przez sztukę życie coś warte.

– I nie widział się pan już więcej z Rychterem? – spytała ciekawie Janka.

– Przecież nie nauczył się jeszcze po chińsku...

– Nie, nie byłem; a zresztą, jak mnie wypędzili ze szkoły, uciekłem zaraz z domu i zaangażowałem się do Krzyżanowskiego.

– Byłeś u Krzysia?...

– Cały rok chodziłem z nim, z jego żoną, z nieśmiertelnym Leosiem, jego synem, i jeszcze jedną krowientą: mówię "chodziłem", bo innych sposobów lokomocji bardzo rzadko używaliśmy. Jeść bardzo często nie było co, ale grywać i deklamować mogłem tyle, ile tylko chciałem. Repertuar miałem ogromny. W cztery osoby grywaliśmy Szekspira i Szyllera, najcudaczniej przerobionych dla naszego użytku przez Krzysia który prócz tego miał bardzo wiele sztuk własnych, o potrójnych i poczwórnych tytułach. Krzyżanowski sam je nosił w dużej skrzynce i nieraz na popasach mawiał klepiąc pudło:

– "Tu albo Szekspir, albo Molier jest polski. Bieda, głupstwo!... kiedy się ma zapewnioną nieśmiertelność. Leoś, pamiętaj, co ojciec mówi!"

Zaczęli się wszyscy śmiać serdecznie.

Jankę dotknął przykro ten śmiech i przypomniał jej Stanisławskiego, odezwała się więc energicznie:

– Tak bardzo nie jest śmieszną nędza i poniewierka talentu.

– O tak, bratnia duszo! tak!... To był apostoł sztuki, geniusz bez całych butów i... okoliczności!... Szekspir podwórzowy! Talma karczemny!... – wołał patetycznie Glas.

– Hołota! bydło! szubrawcy! i licz aż do dwudziestu! – mruczał Głogowski, bo garderoba aż się trzęsła z wesołości.

– Jakie my z nim kumedie puskali, jak ja miał swoją kompanię, to ha!... Wy i widzieć już takich nie będziecie! – rzekł gorzko inspicjent.

Zaczęli drwić i prześladować go tą galicyjską "kompanią".

– Komedianty jesteście, nie artysty!... – zawołał rozgniewany inspicjent i wyszedł na ogródek. Zaczęli po kolei opowiadać najrozmaitsze kawały, bo ten temat był niewyczerpany i zawsze znajdował mówców i chętnych słuchaczy.

Deszcz wciąż padał i na świecie było coraz zimniej i posępniej, więc się skupili ściślej i opowiadali.

Wtem przerwały im głośne krzyki, dochodzące ze sceny.

– Cicho! co to?... Aha! Majkowska contra Topolski: scena wolnej miłości. Janka wyszła, żeby zobaczyć, co się tam dzieje.

Na scenie, prawie ciemnej, kłóciła się bohaterska para towarzystwa.

– Gdzieżeś był?! – krzyczała Majkowska przyskakując do niego z pięściami.

– Daj mi spokój, Mela.

– Gdzieżeś był przez całą noc?

– Proszę cię, odejdź... Kiedyś chora, to idź do domu.

– Grałeś, co?... a ja sukni nie mam! Kolacji nie miałam sobie wczoraj za co kupić!...

– Dlaczegoś nie chciała?...

– A! ty byś chciał, ja wiem! Ty byś chciał, żebym ja miała pieniądze, miałbyś grać za co... Pomagałbyś mi nawet mieć pieniądze... nikczemnik! podły!

Rzuciła się do niego nerwowo i zajadle. Piękna, posągowa jej twarz pałała rozdrażnieniem, a z gardła zaciśniętego wydobywały się krótkie, przeciągłe sykania. Wpadała w paroksyzm histerii: pochwyciła go za ramię, szczypała i trzęsła nim nie wiedząc sama, co robi.

Topolski, zniecierpliwiony, uderzył ją i odepchnął od siebie gwałtownie. Majkowska, prawie z rykiem, tak głos jej nie miał nic ludzkiego, przerywanym śmiechem i płaczem, z tragicznym załamaniem się, upadła przed nim na kolana.

– Moryś!... kochanku duszy mojej, przebacz!... Słońce moje!... ha! ha! ha! Psiakrew, łajdaku ty!... ty!... najdroższy mój, przebacz mi!...

Przyczołgała mu się do nóg, pochwyciła go za ręce i zaczęła je z uniesieniem całować.

Topolski stał chmurny; żal mu jej było i wstyd własnego uniesienia, więc tylko gryzł papierosa i szeptał cicho:

– Wstańże... nie graj komedii... Chyba nie masz wstydu!... Zaraz się tutaj wszyscy zlecą... Przybiegła matka Majkowskiej, stara, podobna do wiedźmy kobieta; usiłowała podnieść ją z ziemi.

– Mela! córuchno!

– Niech matka zabierze tę wariatkę; robi tylko skandale... – rzekł Topolski i wyszedł na ogródek.

– Córuchno!... a widzisz... mówiłam, prosiłam, nie bierz go... taki fatygant! Nie umie cię uszanować i jeszcze ci tylko zdrowie niszczy, a tamten... Masz, kochanie, Melciu! Wstań, dzieciąteczko, wstań!

– Idź matka do choroby! – zawołała Majkowska. Odtrąciła starą, zerwała się z ziemi, wytarła sobie twarz i zaczęła szybko chodzić po scenie.

Musiała w ten gwałtowny ruch wyładować z siebie resztę złości, bo zaczęła nucić i uśmiechała się do siebie, a później zawołała do Janki najnaturalniejszym głosem:

– Może pani pójdzie ze mną na miasto?...

– Dobrze, nawet deszcz już przestał padać – odpowiedziała Janka spoglądając na jej twarz.

– Co! to mam soliterka... widziała pani?

– Widziałam i... nie mogę jeszcze stłumić oburzenia.

– I... głupstwo!

– Wiele już rzeczy zrozumiałam z trudem w teatrze i wytłumaczyłam sobie, jak mogłam, ale takiej sceny nie potrafię. Jak to! pani możesz znieść coś podobnego?...

– Za bardzo go kocham, aby zważać na takie bagatelki.

Janka zaczęła się śmiać nerwowo.

– Tylko w operetce można coś podobnego zobaczyć, no i za kulisami.

– Ba, ja się zemszczę!

– Pani się zemści?... Ciekawam bardzo... bo ja bym nigdy, nigdy nie darowała.

– Wyjdę za niego... Musi się ze mną ożenić.

– To będzie zemsta? – zawołała zdumiona Janka.

– Nie potrzeba lepszej. Już ja mu urządzę życie! Wie pani, wstąpmy najpierw do cukierni, muszę kupić czekolady...

– Nie miałaś pani na kolację!... – zawołała mimo woli Janka.

– Ha! ha! toś pani jeszcze naiwna... ha! ha! Widziałaś pani tego, co mi bukiety przysyła, i myślisz, że jestem bez grosza! ha! ha! Gdzieżeś się pani taka uchowała? to wprost pyszne!... I znowu śmiała się jak wariatka, aż się przechodnie na ulicy oglądali za nimi; zmieniła nagle ton mowy i zapytała ciekawie:

– Masz pani kogo?...

– Mam... sztukę – odpowiedziała Janka poważnie, nie obrażona nawet zapytaniem, bo wiedziała, że to są rzeczy dość zwykłe w teatrze.

– Jesteś pani albo bardzo ambitną, albo bardzo mądrą... nie znałam pani... – rzekła Majkowska i zaczęła przysłuchiwać się jej uważniej.

– Ambitną, być może! bo mam tylko jeden cel w teatrze: sztukę.

– Nie grajże pani ze mną farsy! ha! ha! Sztuka: cel życia, to motyw co pysznego kupletu, choć stary kawał.

– Jak dla kogo...

Majkowska zamilkła; zaczęła nad czymś rozmyślać chmurnie, bo przeczuwała w niej rywalkę, i do tego groźną przez swoją inteligencję.

– Ledwiem dogonił panie! – zawołał ktoś za nimi.

– Mecenas tutaj?... nie na służbie?... – szepnęła złośliwie Majkowska, bo zawsze chodził z dyrektorową.

– Chcę zmienić panią... właśnie szukam miejsca.

– U mnie ciężkie obowiązki.

– O, to dziękuję!... jestem już za stary... Znam kogoś, co by był względniejszy na moje lata. I skłonił się z wyszukaną grzecznością przed Janka.

– Idzie mecenas z nami?

– Owszem, ale panie pozwolą, że ja poprowadzę.

– Zawsze zgoda.

– Proponuję śniadanie w "Wersalu".

– Ja muszę wrócić – rzekła Janka – przecież nie skończyli jeszcze czytania sztuki.

– Skończą i bez pani. Chodźmy.

Szli wolno, bo deszcz ustał zupełnie i lipcowe słońce osuszało błoto ulic. Mecenas się szastał, zaglądał w oczy Jance i uśmiechał się znacząco; kłaniał się znajomym i wobec młodych przechodniów przybierał minę zwycięzcy.

W "Wersalu" było pusto. Rozsiedli się przy balustradzie i mecenas zarządził dosyć wykwintne śniadanie.

Janka żenowała się trochę z początku, ale widząc, że Majkowska zachowuje się z taką swobodą, jak zawsze, odzyskała humor i nie zwracała uwagi na garsonów ani na spoglądających z uśmiechem przechodniów.

Mecenas usługiwał tylko Jance, nie odstępował jej ani na krok i sypał komplementami, z których się Majkowska śmiała głośno. Jankę trochę to dziwiło, ale później tak się jej te zabiegi wydały komiczne, że śmiała się serdecznie razem z Melą.

Śniadanie było doskonałe, wina wyborne i słońce tak wesoło przyświecało, że czuła, iż przenika ją jakieś ciepło denerwujące i że to tak dobrze siedzieć bez troski i bez myśli żadnej, i bawić się, ale swoją drogą przypomniała próbę.

– Niech czekają! Cóż to, ja się będę do nich dopasowywać!

Majkowska bywała często despotyczną z kaprysu, a wtedy trzęsła teatrem i zmuszała, żeby wystawiano takie sztuki, w których by mogła się popisywać. Cabiński ulegał, bo musiał i bał się, żeby w środku sezonu nie rozbiła mu towarzystwa swoim wystąpieniem z niego z Topolskim.

Już było po trzeciej, gdy wróciły do teatru. Próba z dzisiejszego przedstawienia była w pełni.

Cabiński chciał im coś grymasić, ale Majkowska spojrzała na niego takim miażdżącym wzrokiem, że się tylko skrzywił i odszedł.

Matka przybiegła do niej z jakimś listem. Majkowska przeczytała, nakreśliła zaraz kilka słów odpowiedzi i oddała starej.

– Niech matka to odniesie, tylko zaraz.

– Mela, a jak go nie będzie?... – zapytała stara

– Niech matka poczeka, a oddać samemu... Ma tu matka na to...

I przytknąwszy się w krtań po pijacku, dała jej czterdziestówkę. Zielonkowate oczy starej rozbłysły wdzięcznością, pocałowała córkę w rękę i pobiegła. Janka szukała Głogowskiego, ale już go nie było, więc poszła do krzeseł do mecenasa, który z powrotem przyszedł z nimi, bo się jej przypomniało owo wróżenie kiedyś z ręki.

– Panie mecenasie... jest mi pan coś dłużnym... – zaczęła siadając obok niego.

– Ja?... ja?... dalibóg, nie przypominam sobie... czybym...

– Obiecał mi mecenas powiedzieć to, co pan zobaczył wtedy na mojej ręce ..

– Pamiętam, ale muszę jeszcze raz zobaczyć...

– Ale nie tutaj. Chodźmy już lepiej do garderoby, to nikt przynajmniej uwagi nie zwróci... Poszli do garderoby chórzystek. Mecenas oglądał obie jej ręce szczegółowo i dosyć długo, a w końcu rzekł nieco zaambarasowany:

– Słowo honoru daję, że po raz pierwszy widzę takie dziwne ręce... Nie wiem doprawdy, czy...

– Ale proszę powiedzieć wszystko i absolutnie nic nie ukrywać. Widzi mecenas, choćby się śmiano ze mnie, ale powiem, że prawie wierzę w takie wróżby, jak wierzę w sny niektóre i w przeczucia... Może to śmieszne, ale wierzę.

– Nie mogę powiedzieć, a zresztą, ja sam nie jestem przekonany, czy to prawda.

– Wszystko jedno, czy prawda lub nie, ale mecenas mi musi koniecznie powiedzieć, mój złoty mecenasie! Obiecuję mecenasowi solennie, że nie wezmę tego, co usłyszę, do serca – prosiła pieszczotliwie Janka, podniecona ciekawością i jakimś strachem niewytłumaczonym.

– Czeka panią jakaś choroba, jakby mózgowa... Ja nie wiem, nie wierzę w to, daję pani słowo honoru. Mówię, co widzę, ale... ale...

– A teatr? – spytała.

– Będzie pani sławną... będzie pani bardzo sławną! – szepnął prędko nie patrząc na nią.

– Nieprawda; tego pan tam nie zobaczył!... – rzekła wyczytawszy mu kłamstwo z oczów.

– Słowo! słowo honoru, jest tam to wszystko!... Dojdzie pani, ale przez tyle cierpień, przez tyle łez... Strzeż się pani marzeń.

– Niechby przez wszystkie piekła, byle dojść! –powiedziała silnie, z błyskawicami w oczach.

– Niech pani pozwoli sobie służyć zawsze radą, pomocą przyjazną. Serca ludzkie są po to, żeby się wspierały wzajemnie...

I pocałował ją w rękę z szacunkiem.

– Dziękuję, pójdę sama; jeżeli będę nieszczęśliwa, to także sama. Dziękuję panu bardzo, ale litości nigdy bym nie zniosła od ludzi, a pan chciałby być dla mnie litościwym... Gwar kilkudziesięciu osób, splątany z tonami muzyki, dopłynął z dołu i wdarł się w ciszę, w jakiej się pogrążyli oboje. Mecenas ścisnął rękę Janki i odchodząc powiedział:

– Niech pani w to nie wierzy, ale niech się pani strzeże wody!...
Siedziała jeszcze chwilę sama, targana niewyraźnymi przeczuciami, co były jakąś obawą i bólem jednocześnie, a potem zeszła na dół.
Poszła do domu, zjadła obiad, czytała nawet coś, a wciąż słyszała te przepowiednie.

– Ciekawam, co to będzie i jak?... – myślała chodząc niespokojnie po pokoju.

– "Będzie pani bardzo sławną!... Strzeż się pani marzeń!" – powtarzała.

– Głupstwo!... rozdenerwowałam się niepotrzebnie! – dodawała. Ale tak łatwo nie mogła się pozbyć tych ciemnych przeczuć, co się kłębiły gdzieś pod świadomością jeszcze.

– Będę sławną!...
Uśmiechała się powtarzając wolno i rozciągłe te słowa.

– "Strzeż się pani marzeń!"
Siedziała później i myślała nad sobą.
Przepatrywała ten cały czas, jaki była w teatrze, tak dokładnie, że widziała prawie dzień po dniu, scenę po scenie.

– Com zrobiła?... – zapytała siebie samej obrywając prawie zwiędły bukiet Grzesikiewicza.

– Jestem w teatrze! – odpowiadała.
I zarysował się znowu w jej mózgu ten cały świat, w którym żyła, i wydał się jej dziwnym, bardzo dziwnym w zestawieniu z tym swoim dawnym światem. Oglądała obydwa jakby z wysokości jakiejś i uczuła, że sama jest jak gdyby na rozdrożu i że dwa te światy mają inne ruchy i inne centra przyciągające.
Myślała długo nad swoją przyszłością, tylko jakoś nieświadomie bała się zagłębiać w myślach i stawiać jakieś wyraźniejsze przypuszczenia, gdyż czuła że ją zaraz jakaś ciemność chwyta i zaczyna krępować jej myśli.
Zajęła się jakimś szyciem i powoli myśli jej przybrały inny kierunek.
Wytrzeźwiała prawie i choć myślała jeszcze czasami o tych wróżbach mecenasa, ale już nie czyniły na niej takiego wrażenia.
Wieczorem tegoż dnia przysłał jej mecenas za kulisy przez posłańca bukiet, pudełko cukierków i list zapraszający na kolację do "Sielanki", wzmiankując, że będzie i Majkowska z Topolskim.
Przeczytała i nie wiedząc, co począć, zapytała Sowińskiej.

– Bukiet sprzedać, cukierki zjeść i pójść na kolację.

– Pani mi radzi?
Sowińska pogardliwie zżymnęła ramionami i odpowiedziała szorstko:

– I!... prędzej czy później to musi być... Wszystkie jesteście...
Nie dokończyła zdania i wyszła.

Janka ze złością bukiet rzuciła w kąt, cukierki rozdała i po przedstawieniu poszła prosto do domu, oburzona niezmiernie na mecenasa, który jej się wydawał bardzo poważnym i zacnym człowiekiem.

Na drugi dzień, po próbie, Majkowska odezwała się do niej z przekąsem:

– Jesteś pani niepokalaną... romantyczką.

– Nie, tylko powinnam szanować swoją godność ludzką.

– "Żebyś była czystą jak śnieg, nie ujdziesz potwarzy... Idź do klasztoru!" – zadeklamowała Mela.

– Nie dbam o opinię; tylko wobec siebie chcę pozostać czystą... Każdy brud jest mi wstrętnym i nawet dla dopięcia swoich marzeń nie zrobiłabym podłości.

– Phi! żebym ja wiedziała, co to jest podłość, brud i tym podobne wyrazy, i czy dają jaką porządną frajdę, to zaraz zaczęłabym używać tego rano i wieczór, w miejsce masła do bułek. Popatrzyły sobie w oczy z uśmiechniętą pogardą i rozeszły się. Janka zaczynała czuć głęboką niechęć do koleżanek, połączoną nawet z pewnym wstrętem. Znała już je wszystkie doskonale, tak że wydawały się jej gromadą papug, tak były bezmyślne, złe i głupie. Irytowały ją swoją wieczną paplaniną o strojach i mężczyznach. Przejmowały ją wprost gniewem ich twarze uśmiechnięte i myśli swobodne. Ona, co śmiała się bardzo rzadko, i to tylko ustami, a prawie nigdy sercem, nie mogła znieść wesołości powstającej z byle czego.

Poszła na lekcję do Cabińskiej, ale nie mogła zapomnieć tego pogardliwego zżymnięcia ramion Sowińskiej i słów dzisiejszych Majkowskiej.

– "Choćbyś była czystą jak śnieg, nie ujdziesz potwarzy. Idź do klasztoru!" –powtórzyła kilka razy, ale uderzyło ją nie pierwsze zdanie, tylko drugie.

– Nie, nie!... – mówiła odpychając od siebie jakieś widma ze wstrętem. Skończyła lekcję i długo potem grała nokturny Chopinowskie znajdując w ich melancholii jakąś ulgę na własne smutki.

– Panno Janino!... Mąż tu zostawił rolę dla pani!... – zawołała dyrektorowa z drugiego pokoju. Janka zamknęła fortepian i zaczęła przeglądać tę rolę. Rola ta składała się z kilkudziesięciu wyrazów ze sztuki Głogowskiego i nie zadawalniała jej wcale, gdyż była małym tylko epizodem, ale serce jej zadrgało żywiej, bo to miał być pierwszy występ prawdziwy.

Sztukę odłożono do przyszłego czwartku i miano z niej robić codziennie po południu próby, bo Głogowski prosił o to i fundował wszystkim codziennie, byle się tylko ról uczyli. W kilka dni po otrzymaniu tej pierwszej roli skończył się miesiąc mieszkania Janki u Sowińskiej. Przypomniała jej o tym stara rano, prosząc o pieniądze jak można najprędzej. Janka dała jej dziesięć rubli obiecując solennie zapłacić resztę w przeciągu kilku dni, bo miała wszystkiego już kilka rubli zaledwie. Obliczyła się i ze zdumieniem myślała, gdzie ona wydała i na co w przeciągu pięciu tygodni coś około dwustu rubli, z którymi przyjechała z Bukowca.

– Jak to będzie dalej? – szeptała postanawiając jak najprędzej mówić Cabińskiemu o zaległą gażę.

Zrobiła to zaraz na pierwszej próbie.

Cabiński skoczył, jakby go kto chciał zamordować.

– Nie mam, jak Boga kocham, nie mam! Zresztą... początkującym adeptkom za pierwsze miesiące nie płacę nigdy. Hm! dziwne, że pani nikt nie objaśnił. Drugie cały sezon są i nie kołaczą mi głowy gażą... Powinno pani tymczasowo starczyć to, że jesteś pani w pierwszorzędnym towarzystwie. Hm!... zresztą... pani się coś tam podobno należy za lekcje?...

Słuchała ze strachem i odezwała się po prostu:

– Panie dyrektorze! ale ja za tydzień już żyć nie będę miała z czego... Nie mówiłam dotychczas nic, bo miałam pieniądze jeszcze z domu.

– A ten stary... mecenas... nie może to dać?... przecież wiadomo, że...

– Dyrektorze!... – szepnęła oblewając się rumieńcem.

– Mascotta!... – mruknął, złośliwie ściągając usta.

Przemocą stłumiła w sobie oburzenie i mówiła:

– Dziesięć rubli potrzebuję tymczasem koniecznie: muszę sobie kupić kostium do Chamów.

– Dziesięć rubli?... Cha! cha! cha! Paradna pani jesteś! Majkowska nawet nie bierze tyle od razu! Dziesięć rubli!... Lubię taką naiwność!...

Śmiał się serdecznie, a potem rzucił jej na odchodnym:

– Niech mi pani przypomni wieczorem, to dam kwit do kasy.

Wieczorem dostała rubla.

Zamyśliła się smutnie, bo zrozumiała, że bieda stoi już za drzwiami, że jeszcze czas jakiś, a zajrzą sobie w oczy.

Wiedziała dobrze o tym, że chórzystki po najlepszym przedstawieniu dostawały pięćdziesiąt kopiejek akonta, a zwyczajnie dwa złote lub czterdzieści groszy. Przypomniała sobie dopiero teraz te smutne znękane twarze starszych aktorek.

Zobaczyła teraz wiele takich rzeczy, których przedtem nie widziała albo widząc nie zastanawiała się nad nimi. Jej własny brak otworzył jej szeroko oczy na biedę, jaka gniotła wszystkich, na te skryte szamotania się z nią codzienne, pokrywane często wesołością jaskrawą na próbach i przedstawieniach.

Ta sztuczna wesołość, pozowanie, błazeństwa to były tylko pozory albo raczej to była druga twarz tych ludzi, może nawet prawdziwsza; ale zobaczyła potem smutne, z dnia na dzień pędzone życie wśród zgryzot i walki nieustannej. Poczuła, że sama zaczyna zstępować aż do tych nizin, na których toczyła się ustawiczna walka wszystkich przeciw wszystkim i przeciw każdemu, kto by chciał przyjść, zabrać rolę i uszczuplić akonto. Była dotychczas widzem zaledwie, teraz sama musiała wziąć udział w walce.

Odczuwała bezwiednie, jak ten grunt teatralny jest ruchomym, jak trzeba się silnie trzymać, aby nie upaść innym pod nogi, i iść po nim naprzód. Ile to trzeba zużyć sił, woli, ile przenieść, jak nie zważać na nic i nikogo, aby móc dojść...

– Dojść, dojdę!... – odpowiadała z mocą tym ponurym obrazom, przesuwającym się konturami tylko w jej mózgu; bo przychodziły jej na pamięć wróżby mecenasa.

Te, już teraz codzienne, wystawania pod kasą po przedstawieniu i ta prawie żebranina o pieniądze rzuciła jakiś cień na jej duszę i przesączyła ją goryczą.

Tym usilniej pragnęła dostać jaką większą rolę, żeby się wydostać z tego wstrętnego chóru, nie mogła się o nią doprosić i to ją bolało niewymownie i upokarzało głęboko.

Kotlicki krążył koło niej ustawicznie, nie ponawiał oświadczyn, ale czekał.

Władek był dla niej najwięcej koleżeńskim ze wszystkich i głośno opowiadał, że odwiedza jego matkę.

Janka istotnie była kilka razy u Niedzielskiej, bo się nie mogła wymówić zaproszeniom starej, z którą bardzo często spotykała się to w teatrze, to na ulicy. Niedzielska wciąż śledziła Władeczka, bo go już podejrzewała o skłonność ku niej.

Janka grzeczności i półsłówka Władka przyjmowała obojętnie, tak jak przyjmowała pełne wyszukanego szacunku spojrzenia i słowa Kotlickiego, jak przyjmowała bukiety i cukierki od mecenasa, które jej codziennie przysyłał.

Żaden z tych trzech cichych wielbicieli nie obchodził jej ani trochę, trzymała ich od siebie daleka chłodem.

Aktorki drwiły z jej nieugiętości, a po cichu zazdrościły szczerze.

Nie odpowiadała im na uwagi uszczypliwe, żeby nie wywoływać jeszcze większego potoku drwin.

Lubiła jedynie Głogowskiego, który z racji wystawienia swojej sztuki przesiadywał całymi dniami w teatrzyku. Wyróżniał ją głośno ze wszystkich kobiet i tylko z nią rozmawiał o ważniejszych rzeczach i tylko ją traktował jak człowieka. Pochlebiało to jej bardzo i była mu za to wdzięczną. Lubiła go za paradoksalność i szczerość, z jaką jej mówił nieraz o najdrażliwszych kwestiach społecznych, no i nigdy nie wspominał jej o miłości i nie blagował.

Często chodzili razem na spacery do Łazienek.

Była z nim na stopie szczerej przyjaźni; traktowała go nie jak mężczyznę, ale jak duszę większą, której obce są wszelkie marne drobnostki.

Po generalnej próbie z Chamów wyszedł z nią razem z teatru.

Głogowski był tego dnia chmurniejszym niż zwykle, częściej mówił: "niech zdechnę" i "licz aż do dwudziestu". Niespokojność nim rzucała o wieczór, a jednak śmiał się głośno.

– Może się przejedziemy belgijską kobyłą do Botaniki. Dobrze?...

Janka skinęła głową przyzwalająco i pojechali.

Znaleźli wolne miejsce obok basenu pod klonem olbrzymim i siedzieli czas jakiś w milczeniu.

Pusto było dosyć w ogrodzie. Kilkanaście osób niby cienie majaczyło po ławkach w upalnym powietrzu. Ostatnie róże świeciły barwami przez zieleń nisko opuszczonych gałęzi; zapach lewkonii z głównego klombu rozchodził się jakby prądami coraz mocniejszej woni. Ptaki z rzadka ćwierkały w gęstwinie sennymi głosami. Drzewa stały nieruchome, jakby zasłuchane w tej słonecznej ciszy dnia sierpniowego. Czasami tylko jakiś liść lub gałązka sucha spływała spiralną linią na trawniki. Złote plamy słońca, przeciekającego przez gałęzie, tworzyły na trawie ruchomą mozaikę, lśniły się jak płaty bladej platyny.

– Niech diabli wezmą wszystko! – rzucał chwilami w ciszę Głogowski i wichrzył zapamiętale włosy.

Janka spoglądała tylko na niego i żal się jej robiło słowami mącić ten spokój, jaki ją owiewał, tę ciszę przyrody, usypiającej z nadmiaru ciepła; i rozmarzała ją czułość jakaś nieznana i nie związana z żadną rzeczą, ale płynąca chyba z przestrzeni, z błękitu, z białych, przejrzystych chmur, snujących się wolno, i z czarniawej zieleni drzew.

Oddychała z rozkoszą wonią lewkonii, ale ile razy spojrzała na Głogowskiego, który nie mógł usiedzieć spokojnie, tylko się rzucał, spoglądał na nią, targał włosy, tyle razy przychodziła jej jedna myśl uparcie: że on chce wyznać jej swoją miłość.

– Mów pani co, bo oszaleję, wścieknę się!... – wykrzyknął nagle.

Roześmiała się, tak był w tej chwili komicznym i bardzo dalekim od marzeń o miłości.

– Mówmy, chociażby o... wieczorze...

– Chce mnie pani struć do reszty?... – Niech zdechnę, ale chyba nie wytrzymam do wieczora!...

– Przecież pan mi mówił, że to nie pierwsza sztuka, więc...

– Tak, ale mnie zawsze przy każdej trzęsie febra, bo zawsze widzę w ostatniej chwili, że napisałem świństwo, łajdactwo, tandetę.

– Ja nie mam pretensji do znawstwa, ale mnie się sztuka podobała ogromnie, bo taka szczera...

– Co, na serio? – zawołał z odcieniem ukontentowania w głosie.

– Wie pan przecież, że wprost nie śmiałabym skłamać.

– Bo widzi pani, powiedziałem sobie, że jak ta sztuka klapnie, to... niech zdechnę, ale...

– Rzucisz pan pisanie?

– Nie, ale znikam z horyzontu na kilka miesięcy i piszę drugą... Piszę drugą, trzecią... piszę dotąd, aż muszę stworzyć zupełnie dobrą, muszę!... Choćbym miał z tego zdechnąć, napiszę!... Gotów jestem wstąpić do teatru, aby go lepiej poznać i zrozumieć... Pani myśli, że to można przestać pisać?... można się wściec, zabić, zdechnąć, ale przestać pisać?!... o, tego bym nie potrafił. No, bo, proszę pani, po cóż ja bym żył?... – dorzucił i zapatrzył się przed siebie. Jego jasna twarz, rysy nieregularne i ostre miały wyraz natężonego zdziwienia, jakby teraz dopiero pierwszy raz postawił sobie pytanie: po co by żył, gdyby pisać przestał?...

– Jak pani uważa, Majkowska dobrą będzie Antką, co? – zapytał nagle.

– Zdaje mi się, że ta rola leży w jej charakterze.

– Moryś także będzie niezły, ale reszta... nędza i wystawa pod psem! No! i klapa pewna!...

– Mimi wcale nie zna chłopów i śmiesznie mówi dialektem.

– Słyszałem i aż mnie wątroba zabolała! Pani zna chłopów?... A! jak Boga kocham! – zawołał gwałtownie – czemu pani tej roli nie gra?...

– No, bo mi jej nie dali.

– Czemu mi pani nie powiedziała wcześniej?... Niech zdechnę, ale bym teatr rozwalił i musiałaby pani grać!... Wszystko się spiknęło na moich biednych Chamów i pani mnie jeszcze dorzyna!

– Nie śmiałam panu mówić, a zresztą dyrektor dał mi Filipową.

– Kompars, epizod... mógł wziąć ktokolwiek. Niech zdechnę, ale już czuję, że Mimi będzie gadać jak subretka z operetki... Co mi pani narobiła... Jezus, Maria! Jeżeli pani myśli, że życie to piękna operetka, to się pani myli!

– Wiem już coś o tym... – odpowiedziała uśmiechając się cierpko.

– Dotychczas jeszcze pani nic nie wie... pozna pani później. Zresztą, kobietom idzie zwykle łatwiej; sam los często wobec pań bywa galantem: podaje rękę i przeprowadza w trudniejszych miejscach. My musimy ciężko wydzierać część swoją i płacić za marny zysk, Bóg wie, jak drogo.

– A kobiety niczym nie płacą?

– Widzi pani, jest tak: że kobiety, a szczególniej na scenie, to część minimalną powodzenia winny swojemu talentowi – sobie; drugą kochankom, którzy je protegują, a resztę galanterii mężczyzn, którzy mają nadzieję protegować je kiedyś...

Janka, pomimo że się czuła dotkniętą, nic nie odpowiedziała, bo się jej błyskawicznie zarysowała Majkowska, a za nią Topolski, Mimi i Wawrzecki w cieniu, Kaczkowska i jeden z dziennikarzy i tak dalej, prawie wszystkie więc spuściła głowę dosyć smutnie i milczała.

– Niech się pani na mnie nie gniewa, bo to się jej jeszcze nie tyczy. Stwierdziłem tylko fakt, jaki mi się nasunął na myśl.

– Nie, nie gniewam się, bo przyznaję panu zupełną słuszność.

– Z panią tak nie będzie, ja to czuję... Chodźmy już!... – zawołał nagle zrywając się z ławki.

– Jeszcze coś powiem... – rzekł Głogowski, kiedy już szli Alejami z powrotem. – Powiem to, co i pierwszego dnia, w którym poznałem panią na Bielanach: zostańmy przyjaciółmi!... Nie ma co, ale człowiek jest bydlęciem stadowym: potrzebuje zawsze mieć kogoś niedaleko siebie, żeby mu było jako tako na świecie... Człowiek nie stoi samotnie; musi się opierać, zazębiać o drugich, musi łączyć swoje istnienie z drugimi, iść razem i czuć razem, żeby mógł coś robić... Jużci, że najzupełniej wystarcza jedna dusza spowinowacona. Zostańmy przyjaciółmi!...

– Dobrze – odpowiedziała Janka – ale postawię jeden warunek.

– Prędzej, na miłość boską, bo go może nie przyjmę!

– Oto... niech mi pan da słowo honoru, że mi pan nigdy, nigdy nie będzie mówił o miłości, że się pan nie zakochasz we mnie i będziesz ze mną postępował jak z młodszym trochę kolegą. Możesz się pan nawet zwierzać z miłości i wszelkich zawodów sercowych...

– Zgoda na całej linii; pieczętuję to uroczystym słowem honoru! – wołał uradowany Głogowski.

– Moje warunki są takie: szczerość zupełna i bezwzględna, zaufanie nieograniczone... Amen!

Uścisnęli sobie poważnie ręce.

– Jest to związek dusz czystych, w celach idealnych! – śmiał się mrugając oczyma. – Jestem teraz tak czegoś wesół, że wziąłbym własną głowę i ucałował serdecznie...

– To przeczuwanie zwycięstwa Chamów.

– Niech mi pani o tym nie przypomina. Ja wiem, co mnie czeka. Muszę już panią pożegnać...

– Nie odprowadzi mnie pan do samego mieszkania?

– Nie... a zresztą dobrze, ale będę mówił o... miłości – zawołał wesoło.

– No, to już do widzenia! Niech Pan Bóg strzeże pana od takich kłamstw.

– Musiała się pani tego paskudztwa obłykać, że na sam zapach już mdłości...

– Idź już pan sobie... opowiem to panu kiedy...

Głogowski rzucił się w dorożkę i popędził na Hożą, a Janka poszła do domu.

Przymierzyła kostium chłopski, jaki jej robiła do Chamów M–me Anna, i myślała z uśmiechem o tym przymierzu, jakie zawarła z Głogowskim.

Za kulisami i w garderobach czuć było dzisiejszą "premierę".

Wszyscy schodzili się wcześniej, ubierali i charakteryzowali staranniej, tylko Krzykiewicz, swoim zwyczajem, na pół rozebrany, ze szminką w ręku, łaził po garderobie i po scenie.

Stanisławski, który zwykle, jeśli grał, przychodził na dwie godziny przed zaczęciem, już był ubrany i tylko co chwila się docharakteryzowywał.

Wawrzecki z rolą w ręku chodził po garderobie i przepowiadał sobie półgłosem.

Inspicjent szybciej biegał niż zwykle, a w damskich garderobach kłócono się zawzięciej; wszyscy byli bardziej rozdenerwowani. Sufler pilnował ustawiania sceny i patrzył na publiczność tłumnie zapełniającą ogródek. Chórzystki w ludowych strojach, już gotowe, bo miały robić tłum, snuły się we wszystkich kierunkach.

– Dobek! – zawołała Majkowska. – Mój złoty, trzymaj mnie tylko!... Ja umiem, ale w drugim akcie, w scenie z Hrehorym ten monolog podsuń mi pan głośniej.

Dobek kiwał głową i jeszcze nie wrócił na stanowisko, kiedy go znowu zaczepił Glas.

– Dobek! będziesz pił wódkę, co?... może chcesz jaką przekąskę?... – pytał troskliwie suflera.

– Na przekąskę każ dać piwa – odpowiedział Dobek uśmiechając się błogo.

– Mój złoty, trzymaj mnie aby!... Ja umiem dzisiaj naprawdę, ale mogę się miejscami zaciąć...

– No, no! nie połóż się tylko sam, to już ja ci nie dam zginąć.

I tak co chwila któraś lub któryś przybiegał, prosił, fundował wódkę, a Dobek tylko głową kiwał i obiecywał solennie wszystkich "trzymać".

– Dobek! mnie potrzebne pierwsze słowa tylko... pamiętaj! – zakończył Topolski. Głogowski kręcił się po scenie, ustawiał sam chatę wewnątrz, dawał informacje aktorom i niespokojnie przyglądał się parę razy pierwszemu rzędowi krzeseł, zajętemu przez przedstawicieli prasy.

– Będzie mi jutro ciepło!... – szepnął do siebie.

I zaczął chodzić gorączkowo, gdyż nie był w stanie ustać ani usiedzieć w miejscu, wreszcie wyszedł na ogródek, stanął obok jakiegoś kasztanu i przyglądał się z biciem serca pierwszemu aktowi, który się właśnie zaczął, nie mógł i tam wytrzymać, bo nie widział całej sceny i miał publiczność z boku.

Wrócił znowu za kulisy i przez szpary we drzwiach patrzył na publiczność.

Publiczność siedziała zimna i słuchała spokojnie; cisza przytłaczająca płynęła z ogródka. Widział setki oczów i głów nieruchomych, nawet zobaczył garsonów, stojących na krzesłach pod werandą i przypatrujących się scenie. Nasłuchiwał, czy jaki szmer nie przeleci przez salę... nic! cisza... Czasami ktoś zakaszlał, zaszeleścił afiszem i znowu cisza.

Głos grających rozlegał się wyraźnie i płynął do tej czarnej, zbitej w gąszcz, ciżby ludzkiej.

Głogowski usiadł w najciemniejszym kącie na stosie dekoracji, twarz schował w dłonie i słuchał.

Scena za sceną szły prawidłowo i równo, ta sama wciąż złowroga cisza w sali i świąteczna za kulisami, gdyż przechodzono na palcach, i zresztą, kto tylko mógł, stał w kulisie.

Nie! nie był w stanie wysiedzieć!...

Słyszał barytonowy głos Topolskiego, sopranowy Majkowskiej, trochę schrypnięty Glasa, ale nie to chciał usłyszeć, nie to!

Gryzł sobie ręce tak silnie, że miał łzy w oczach z bólu. Podnosił się; chciał gdzieś iść, coś robić, choćby krzyczeć, ale siadał z powrotem i słuchał.

Akt się skończył.

Kilkanaście braw chłodnych zerwało się i utonęło w ciszy ogólnej.

Głogowski zerwał się i z wyciągniętą głową, z oczami płonącymi gorączką czekał, ale usłyszał tylko stuknięcie kurtyny opadającej i gwar rozmów, podnoszący się raptownie.

W międzyakcie znowu przyglądał się publiczności: miała jakieś dziwne miny. Prasa była skrzywiona; szeptali coś pomiędzy sobą, a niektórzy notowali.

– Zimno mi!... – szepnął wstrząsając się w jakimś lodowatym dreszczu. I poszedł błądzić, jak nieprzytomny, po teatrze.

Stali bywalcy zakulisowi napływali hurmem i ożywili nieco kulisy, ale na twarzach aktorów odbijał się niepokój bezwiedny o los pozostałych czterech aktów.

– Winszuję panu!... Za ostra, za brutalna, ale nowa! – mówił Kotlicki ściskając Głogowskiemu rękę.

– Czyli: ni pies, ni wydra, coś na kształt kapłona!... – odpowiedział Głogowski z przymusem.

– Zobaczymy, co będzie dalej... Publiczność jest zdziwiona, bo ludowa sztuka i bez tańców...

– Do diabła!... przecież to nie balet!... – mruknął niechętnie Głogowski.

– Ale pan znasz publiczność i wiesz, że przepada za śpiewami i tańcami.

– To niech idzie na szopkę krakowską! – rzekł Głogowski.

Odwrócił się i poszedł, bo go wściekłość porywała.

Po drugim akcie brawa były rzęsistsze i dłuższe.

Humor podnosił się w garderobach do zwykłego napięcia.

Cabiński już dwa razy posyłał Wicka do kasy, dowiedzieć się, jak tam idzie?... Gold raz przysłał odpowiedź: "Dobrze", a drugi raz: "Wyprzedany".

Głogowski męczył się w dalszym ciągu, tylko już inaczej, bo usłyszawszy to, na co tak gorączkowo czekał, to jest brawa, uspokoił się nieco i usiadł w kulisie, przypatrując się grze.

Siniał ze złości, bił nogą w kapelusz i syczał z niecierpliwości, bo już nie mógł wytrzymać... Z jego postaci chłopskich, prawdziwych w każdym calu, zrobiono jakieś mdłe figurki sentymentalnego melodramatu, manekiny, ubrane w stroje ludowe. Jeszcze mężczyźni trzymali się jako tako, ale kobiety prócz Majkowskiej i Mirowskiej, grającej rolę baby–żebraczki, grały pod psem, zamiast mówić, szczebiotały, markowały nienawiść, miłość, śmiechy, wszystko było takie robione, sztuczne, bezmyślne, bez odrobiny prawdy i szczerości, że go po prostu rozpacz dławiła... Była to tylko maskarada i nic więcej.

– Ostrzej!... śmielej!... energiczniej!... – szeptał tupiąc nogą.

Ale nikt nie zwracał uwagi na jego nawoływania.

Uśmiech przeleciał mu przez usta, bo zobaczył Jankę wchodzącą na scenę. Spostrzegła ten uśmiech i to ją uratowało, gdyż głos jej zamarł w piersiach i czuła się po prostu sparaliżowaną wszedłszy na scenę, taka okropna trema nią trzęsła, że nie widziała ani sceny, ani aktorów, ani publiczności; zdawało się jej, że zatopiły ją jakieś blaski...

Spostrzegła ten uśmiech życzliwy i od razu oprzytomniała.

Miała tylko chwycić za miotłę, potem męża pijaka za kołnierz, wykrzyczeć kilkanaście wierszy wymyślań i narzekań, a następnie wyprowadzić go siłą za drzwi. Zrobiła to za gwałtownie, ale tak szczerze schwyciła chłopa za kark i tak energicznie pomstowała na szynkarza, że była zupełnie prawdziwą, rozwścieklioną babą wiejską. Sytuacja była dosyć komiczna, bo chłop się tłumaczył i opierał, więc szmer śmiechów zerwał się w widowni, kiedy schodzili ze sceny.

Głogowski poszedł szukać Janki. Stała na schodkach prowadzących do garderoby i jeszcze nie mogła przyjść do siebie; oczy jej promieniowały jakimś głębokim zadowoleniem.

– Bardzo dobrze!... to była chłopka prawdziwa! Masz pani temperament i głos, dwie pierwszorzędne rzeczy! – powiedział do niej Głogowski i odszedł na palcach na swoje miejsce.

– Może zrobić wywołanie? – szepnął mu do ucha Cabiński.

– Zdechnij pan i idź do diabła – odpowiedział również cicho i poczuł szaloną chętkę uderzenia go w ucharakteryzowaną twarz, ale znowu przyszła mu nowa myśl, bo zobaczył nianię, stojącą niedaleko i surowo, a z pewnym nabożeństwem patrzącą na scenę.

– Nianiu!

Niania niechętnie podeszła do Głogowskiego.

– Powiedzcie, nianiu, jak się wam widzi ta kumedia? – zapytał ciekawie.

– Przezwisko je niepolityczne całkiem... Chamy!... To się wi, że wieski naród nie jest ślachta, ale żeby zaraz tak przezywać na ludzkie pośmiewisko, to je grzych!

– No, mniejsza!... Ale czy ci ludzie podobni są do wiejskich?

– Utrafił pan, prawda!... takie są chłopy, ale ino nie tak aligancko obłóczą się ani są takie ślachetne w chodzeniu i w mowie... Ale, przepraszam pana co powiem: po co to wszystko?... Panów, Żydów albo i jenszych ciarachów to se pokazujta, ale rzetelnych gospodarzy to wstyd tak ciągać na ludzkie pośmiewisko i wyprawiać z nimi kumedie! Pan Bóg może pokarać za taką rozpustę!... Co gospodarz, to gospodarz... wara od niego! – dodała w końcu. I patrzyła dalej na scenę z coraz większą surowością i prawie ze łzami oburzenia.

Głogowski nie miał czasu się dziwić, gdyż zaraz akt się skończył grzmiącymi brawami i wywoływaniem autora, ale nie wyszedł się kłaniać

Kilku dziennikarzy przyszło ściskać mu ręce i chwalić sztukę. Słuchał obojętnie, bo już mu po głowie plątał się plan przerobienia tej sztuki.

Zobaczył teraz dopiero szczegółowo najrozmaitsze braki i niekonsekwencje, i uzupełniał zaraz w myśli, dodawał sceny, przestawiał sytuacje, i tak był zatopiony w tej nowej robocie, że już nie zważał, jak grają czwarty akt.

Brawa grzmiały na całej linii i znowu ozwał się jednogłośny okrzyk:

– Autor! Autor!

– Wywołują, idzie pan! – szepnął mu ktoś do ucha.

– Niech zdechnę, ale idź, słodki bracie, do diabła!

Wywoływano również Majkowską i Topolskiego.

Majkowska przybiegła zdyszana do Głogowskiego.

– Panie Głogowski!... chodźże pan prędzej! – zawołała biorąc go za rękę.

– Dajcie wy mnie spokój! – krzyknął groźnie.

Majkowska odeszła, a on siedział i myślał dalej. Już teraz nic go nie obchodziły brawa ani wywoływania, ani powodzenie sztuki, bo go gryzła okropnie ta świadomość, że sztuka jest zupełnie zła. Zastanawiał się, to jest widział ją coraz lepiej i aż się trząsł z bólu, że znowu jeden wysiłek na próżno!

Z bezsilną złością słuchał, jak publiczność oklaskiwała szorstkie i charakterystycznokomiczne epizody, właściwe tło, na którym dusze jego chamów musiały się rysować, a sama treść sztuki, jej teza, przechodziła bez wrażenia.

– Panie Głogowski, ja chcę, żebyś pan wyszedł w piątym akcie, jeśli będą wywoływać – rzekła do niego stanowczo Janka, bo dziwną wydała się jej ta obojętność, jak myślała.

– Kto woła?... Nie widzi pani, że to galeria! Nie widzi pani drwin w oczach prasy i publiczności w pierwszych rzędach, co?... Mówię, że sztuka jest złą, podłą... świństwem! Zobaczysz pani, co jutro napiszą o niej.

– Co będzie jutro, zobaczymy jutro. Dzisiaj jest powodzenie i sztuka jest pyszna.

– Pyszna! – zawołał z boleścią. – Żebyś pani widziała, jak ona mi w mózgu tkwi, jak ona tam jest pyszną i zupełną, to wiedziałabyś, że to, co grają, jest marnym łachem, strzępem... Przybiegł zaraz Cabiński, reżyser i Kotlicki i gwałtownie namawiali Głogowskiego, aby się pokazał publiczności; opierał się jeszcze.

Po skończeniu sztuki, kiedy istotnie cała publiczność biła zapamiętale brawo i wołała autora, Głogowski wyszedł z Majkowską, ukłonił się zamaszyście, poprawił sobie czupryny i cofnął się niezręcznie za kulisy.

– Żeby były tańce, śpiewy i muzyka, to ręczę, że gralibyśmy do końca sezonu – rzekł Cabiński.

– Umrzyj dyrektor, spal się, zapij, ale mi nie mów bredni! – krzyczał Głogowski. – Z pewnością przyleci tutaj restaurator i będzie mi wymyślał, że z tych samych przyczyn mniej sprzedał piwa i wódek, bo publiczność, która musi słuchać i rzadko się śmieje, przekłada gorącą herbatę...

– Panie, przecież nikt sztuk nie pisze dla siebie, tylko dla ludzi.

– Tak, dla ludzi, ale nie dla Syngalezów...

Kotlicki znowu przyszedł i coś mu długo mówił.

Głogowski się skrzywił i rzekł:

– Po pierwsze: nie mam na to, bo to by kosztowało grubo, a po drugie: nie chcę być żadnym "naszym znanym i cenionym"; to prostytucja!...

– Mogę panu służyć moją kasą... sądzę, że nasze dawne stosunki koleżeńskie...

– Dajmy temu pokój!... – przerwał mu gwałtownie Głogowski, – Ale to dało mi pewną myśl... Urządźmy sobie kolacyjkę, ale tak w parę osób, co?...

– Dobrze, trzeba zaraz ułożyć listę.

– Cabińscy, Majkowska i Topolski, Mimi i Wawrzecki, Glas na bawiciela, pan, ma się rozumieć. Kogo by tu jeszcze?...

Kotlicki chciał podać Jankę, ale krępował się odezwać z tym głośno.

– Aha! wiem... Orłowska;.. Filipka! Widziałeś pan, jak ją pysznie zagrała?...

– Rzeczywiście, dobrze... – odpowiedział spoglądając na niego podejrzliwie, bo pomyślał, że i Głogowski musi mieć na nią jakieś plany.

– Idź no pan zamówić wszystkich... ja zaraz przyjdę.

Kotlicki poszedł na ogródek, a Głogowski pobiegł na górę do garderoby chórzystek i zawołał przeze drzwi:

– Panno Orłowska!

Janka wychyliła głowę.

– Niech no się pani prędko ubiera; pójdziemy na kolację całą bandą, tylko bez najmniejszego protestu.

W pół godziny siedzieli już w gabinecie jednej z większych restauracji na Nowym Świecie.

Energicznie rzucono się na wódkę i przekąski, bo to kilkogodzinne denerwowanie się zaostrzyło niezmiernie apetyty. Mówiono mało, ale pito wiele.

Janka nie chciała pić, ale Głogowski prosił i wykrzykiwał:

– Masz pani pić, i basta! Na takim zacnym pochówku, jak dzisiejszy, musi pani pić... Wypiła jeden na próbę, ale potem musiała pić dalsze; zresztą czuła, że to ją dobrze usposabia, bo miała w sobie jeszcze resztki tremy i drżenia o los sztuki.

Po rozmaitych daniach garsoni ustawili całą baterię butelek wina i likierów.

– Będzie czym walczyć!... – zawołał wesoło Glas uderzając nożem w butelkę.

– Padniesz ofiarą własnego zwycięstwa, zobaczysz, jeśli z takim zapałem będziesz dalej atakował.

– Mówcie sobie, a my pijmy! – zawołał Kotlicki podnosząc kieliszek. – Za zdrowie autora!

– Udław się, Syngalezie!... – mruknął Głogowski podnosząc się i trącając ze wszystkimi.

– Niech żyje i niech co rok pisze nowe arcydzieło! – krzyknął Cabiński, już dobrze podchmielony.

– Dyrektor także co rok prawie tworzysz arcydzieła, a nikt ci przecież tego nie wymawia.

– Z Bożą i ludzką pomocą, panowie, tak, tak! – rzekł Cabiński.

Zarzecka wybuchnęła śmiechem, a za nią wszyscy.

– Niechże cię uścisnę!... przynajmniej raz nie kłamiesz! – krzyczał Glas.

Cabinska aż się pokładała ze śmiechu.

– Zdrowie dyrektorstwa! – zawołał Wawrzecki.

– Niech żyją i z Bożą i ludzką pomocą tworzą więcej arcydzieł!

– Zdrowie całego towarzystwa!

– A teraz wypijmy na cześć... publiczności.

– Za pozwoleniem. Ponieważ ja tu jestem jedynym jej przedstawicielem, więc mnie oddajcie hołd. Przystępujcie do mnie z uszanowaniem, pijcie do mnie... możecie mnie nawet całować i prosić o jaką łaskę; rozważę i co będę mógł dać, dam! – wołał rozbawiony Kotlicki. Wziął kieliszek ze stołu, stanął przed lustrem – i czekał.

– Pycha, jak Boga kocham! Ja pierwszy idę na ogień! – zawołał Głogowski, I z pełnym kieliszkiem, trochę się już potaczając, podszedł do Kotlickiego.

– Szanowna i miłościwa pani!... Daję ci sztuki, pisane krwią i sercem; zrozum je tylko i oceń sprawiedliwie! – wołał patetycznie, całując go w twarz.

– Jeżeli je, mistrzu, będziesz pisać dla mnie, jeżeli mnie nie będziesz obrażać brutalstwami i będziesz się liczył ze mną, i pisał tylko dla mnie, żebym się mogła bawić i rozrywać, dam ci powodzenie!

– Kopnę cię pierwej i zdechnij! – szepnął gorzko Głogowski.

Podszedł Cabinski.

– Szanowna publiczności! Ty jesteś słońcem, ty jesteś pięknem, ty jesteś wszechmocą, ty jesteś mądrością, ty jesteś znawstwem! Dla ciebie żyje, gra, śpiewa i twoją jest ta Melpomeny dziatwa!... Powiedz, wielmożna pani, czemu nie jesteś łaskawą na nas?... Proszę cię, jaśnie oświecona, daj codziennie pełny teatr!...

– Kochanku! Miej trochę pieniędzy, jak przyjeżdżasz do Warszawy, duży repertuar, towarzystwo dobrane, chóry piękne, no i grywaj to, co ja lubię, a kasy twoje będą się łamać pod ciężarem złota.

– Szanowna publiczności! – zawołał z komicznym patosem Glas całując w brodę Kotlickiego.

– Mów! – rzekł Kotlicki.

– Szanowna niewiasto!... daj mi mamony i każ sobie łeb ogolić, w żółty kaftan ubrać, w zielony papier okleić, a my cię już sami wyślemy tam, gdzie potrzeba.

– Dostaniesz, synku, ale... delirium tremens.

– Topolski! kolej na ciebie!

– Dajcie mi spokój!... mam dosyć waszych szopek!

Dyrektorowa także nie chciała; ale Zarzecka dygnęła komicznie i pogłaskała Kotlickiego po twarzy.

– Moja droga!... moja złota!... – prosiła pieszczotliwie. – Niech się Wawrzek nie kocha w coraz innej i... widzisz... przydałaby mi się bransoletka, potem kostium zielony na jesień, futerko jakie na zimę i... żeby tylko dyrektor płacił...

– Dostaniesz, czegoś chciała, boś szczerze chciała, a oto adres.

Podał jej swój bilet wizytowy.

– Pysznie! Brawo!

– Panna Majkowska może przystąpić, bo już z góry obiecuję wiele.

– Jesteś pani stara obłudnica!... obiecujesz ciągle, ale nigdy nic nie da esz! – powiedziała Mela.

– Dam ci... za rok debiut w warszawskim teatrze i zaangażuję cię z pewnością. Majkowska wzruszyła niedbale ramionami i usiadła.

– Panna Orłowska...

Janka wstała; kręciło się jej trochę w głowie, ale było jej tak wesoło i tak komiczną się jej wydawała ta heca, że podeszła i zawołała proszącym głosem:

– Tylko jednego chcę, żebym mogła grywać... proszę tylko o role...

– Pomówimy o tym z dyrektorem i dostaniesz.

– Dajcie pokój, bo to już nudne... Kotlicki! chodź pan, zaczniemy drugą serię. Zaczęto pić na dobre. Pokój przepełnił się gwarem i dymem z papierosów. Każdy czegoś z osobna dowodził i przekonywał, a wszyscy krzyczeli głupstwa, bo wszyscy byli już dobrze pijani. Majkowska oparła się na stole i wybijając na butelce od szampana takt nożem śpiewała. Dyrektorowa sprzeczała się głośno z Zarzecką i nieustannie gryzła suchą malagę. Topolski milczał i pił sam do siebie. Wawrzecki opowiadał różne dykteryjki Jance, a Głogowski Glas i Kotlicki kłócili się o publiczność.

– Ja wam coś zaśpiewam na ten temat – zawołał Glas.

Żebym ja miał taką panią,
To bym cięgiem patrzał na nią...
Jesce bym się przy niej ukłodł,
Zeby mi jej kto nie ukrodł.
Hu! ha!...

Nie słyszeli go, zajęci dyskusją.

Janka śmiała się, sprzeczała z Wawrzeckim, ale już nie wiedziała dobrze, co się z nią dzieje. Pokój zaczynał z nią wirować, świece się wydłużały do wielkości pochodni; miała szaloną ochotę tańczyć, to butelkami puszczać kaczki, bo się jej olbrzymie zwierciadła zaczęły wydawać wodą; to znowu koniecznie chciała zrozumieć Głogowskiego, który czerwony, pijaniuteńki, z rozczochraną głową i krawatem na plecach, krzyczał najgłośniej, wymachiwał rękami, bił pięścią, zamiast w stół, w brzuch Glasa i spluwał na kolana Cabińskiego, który obok drzemał na krześle i tylko mruczał

– Za pozwoleniem!...

Ale Głogowski tego nie słyszał i krzyczał dalej:

– Za drzwi ze znawstwem publiki! Sztuka jest zła, ja to wam mówię!... A że inni krzyczeli... że wy mówicie, to właśnie racja, że tylko ja mam rację.. Było was tysiąc, więc tym trudniej w tysiąc zdobyć się na prawdę... Jednostka jest człowiekiem, ale tłum stadem, które nic nie wie...

– "Hromada wełykij czołowik!" – powiada przysłowie... – szepnął sentencjonalnie Kotlicki.

– I mówi głupstwo! Gromada to tylko wielki krzyk, wielkie złudzenie i wielka halucynacja.

– Pan, mój mistrzu, jesteś arystokrata i indywidualista.

– Ja jestem Głogowski... Głogowski, panie, od kolebki aż poza trumnę.

– To znaczy?...

– Możesz pan sobie tłumaczyć, jak ci się podoba.

– Zostawiasz pan bardzo szerokie pole przypuszczeniom.

– A cóż ty myślisz, filistrze jeden, że ja mam duszę jednokomórkową, którą można wziąć w garść, ścisnąć, obejrzeć i stwierdzić, że jest z tego lub owego gatunku?!... Bez etykietowania, panie Kotlicki. Precz z klasyfikacją! Wy już nie umiecie nic, tylko gatunkować!

– Mistrzu, jesteś diablo pewnym siebie.

– Dyletancie, jestem tylko świadomym.

– Psia twarz!... tyle wariactw w takim marnym futerale! – szeptał Glas obmacując Głogowskiemu piersi.

– Geniusz nie siedzi w mięsie... Tłusty człowiek to tylko tłuste bydlę. Dusza wyższa nie znosi tłuszczu. Zdrowy żołądek, normalność to przeciętność, a przeciętność to pastuchy.

– A takie paradoksy to są tylko żytnią sieczką.

– Dla osiołków i innych inteligentników.

– Dixi! bracie! Reńskie mówi przez twoje usta.

– Zacznijcie na nowo! – przerwał im Glas chwytając obu za szyję.

– Jeśli pić, zgoda; jeśli mówić, idę spać! – wrzeszczał Kotlicki.

– Więc pijmy!

– Wawrzek, psia twarz! weź no Mimi i jaką drugą bakalię i zrobimy mały chórek. Zaśpiewali zaraz jakąś wesołą piosenkę; tylko Głogowski nie śpiewał, bo oparł się na Cabińskim i usnął w najlepsze, a Janka nie mogła wydobyć z siebie głosu.

Piosenka brzmiała coraz weselej, a Janka czuła, że ją chwyta nieprzeparta senność, że się chwieje na krześle, a później, że ją ktoś podtrzymuje, okrywa, prowadzi... jedzie jakby dorożką.

Czuje przy sobie coś, z czego nie może zdać sobie sprawy, jakiś gorący oddech ją owiewa, jakieś ręce ją obejmują; słyszy turkot kół i jakiś głos szepczący... rozróżnia słabo, prawie go powtarza: "Kocham cię, kocham!" ale nic nie rozumie...

Zadrżała, uczuwszy gorące, namiętne pocałunki na ustach... Rzuciła się gwałtownie naprzód i – oprzytomniała.

Kotlicki siedział obok niej, trzymał ją wpół i całował, chciała go odepchnąć od siebie, ale jej opadły ręce; chciała krzyknąć gwałtownie, ale zabrakło jej sił... senność obezprzytomniła ją znowu i rzuciła prawie w letarg.

Dorożka zatrzymała się i ta raptowna cisza przebudziła ją. Zobaczyła, że stoi na trotuarze, a Kotlicki dzwoni do bramy jakiegoś domu.

– Boże! Boże! – szeptała zdziwiona nie mogąc pojąć, gdzie jest. Zrozumiała dopiero błyskawicznie wtedy, gdy Kotlicki przysunął się do niej i szepnął słodko:

– Chodźmy!

Wyrwała mu się z siłą niezmiernego strachu. Chciał ją ująć, ale tak go odepchnęła, że potoczył się na mur... a ona pobiegła prosto, ku rogatce Mokotowskiej.

Biegła jak nieprzytomna, bo jej się zdawało, że ją goni, że już dobiega i chwyta... serce biło jej jak młotem, twarz paliła wstydem i przerażeniem.

– Boże! Boże! – szeptała uciekając coraz prędzej.

Na ulicach były pustki, przestraszały ją odgłosy własnych kroków, dorożki spotykane na rogach ulic, cienie pod domami i ta kamienna, okropna cisza miasta uśpionego, w której zdawały się drgać jakieś akcenty płaczów, łkań, chichoty jakieś wstrząsające, rozpustne śmiechy, krzyki pijackie...

Przystawała w cieniu bram i trwożnie rozglądała się dokoła, i przypominała sobie powoli wszystko: przedstawienie, kolację, potem, że piła... śpiewy... i znowu ją ktoś zmuszał do picia, a wśród tych okruchów wspomnień wyjrzała długa, końska twarz Kotlickiego, jazda dorożką i jego pocałunki!...

– Podły! Podły! – szeptała oprzytomniawszy zupełnie i aż zacisnęła pięści, taka ją zalała fala gwałtownego gniewu i nienawiści...

Dławiły ją łzy bezsilności i takiego upokorzenia, że z płaczem spazmatycznym wracała do domu.

Dzień się już robił.

Otworzyła jej Sowińska.

– Trzeba już było wrócić w dzień, a nie budzić ludzi po nocy! – szeptała stara zirytowana. Janka nie odezwała się pochylając głowę jak pod uderzeniem.

– Podli! podli!... – miała tylko ten jeden krzyk w sercu, przejętym buntem i nienawiścią. Nie czuła teraz wstydu ani upokorzenia, tylko bezbrzeżną złość; biegała po pokoju jak szalona, rozdarła sobie stanik bezwiednie i nie mogąc w żaden sposób pozbyć się irytacji upadła na łóżko w ubraniu.

Spała męcząc się okropnie; zrywała się co chwila z krzykiem, chciała gdzieś biec, uciekać, to znowu podnosiła rękę do góry jakby z kieliszkiem i wołała przez sen: "Wiwat!" Zaczynała śpiewać albo przez zgorączkowane usta wołała od czasu do czasu "Podli! podli!"

IX

W kilka dni po przedstawieniu Chamów, którzy nie schodzili z afisza, ale coraz mniej przyciągali widzów, Głogowski przybiegł do Janki.

– Co się z panem dzieje?... – zawołała wyciągając przyjaźnie rękę do niego.

– Nic, tylko miałem mały "katzenjamer" przez kilka dni po tej bibce, no... i poprawiłem trochę sztukę... Czytałaś pani krytyki?...

– Czytałam trochę.

Zarumieniła się na przypomnienie tego wieczoru, bo do dzisiaj zapomnieć go nie mogła. Trapiła ją myśl, iż prawdopodobnie cały teatr wie już o tym, że pojechała razem z Kotlickim; ale nie myślała protestować i objaśniać nikogo, tylko nosiła głowę jeszcze wyżej i mniej się odzywała do swoich koleżanek.

– Przyniosłem wszystkie pisma z recenzjami o mojej sztuce. Przeczytam, żebyś pani miała godzinę szczerej wesołości.

Zaczął czytać.

Jeden z poważnych tygodników twierdził, że: "Chamy to sztuka bardzo dobra, oryginalna i przepysznie realistyczna, której autor ma talent wielki i świetną przyszłość przed sobą; że z Głogowskim zjawił się nareszcie prawdziwy dramaturg, który w stęchłą i anemiczną atmosferę naszej twórczości dramatycznej wpuścił prąd świeżego i zdrowego powietrza, dał prawdziwych ludzi i prawdziwe życie; szkoda tylko, że wystawienie było niżej krytyki, a gra, z małym wyjątkiem, skandaliczna."

Drugi tygodnik, nie mniej poważny, twierdził: "Autor Chamów ma istotnie talent do pisania... nowel, których kilka stworzył, ale sceny nie powinien tykać, to nie jego dziedzina; brak mu zupełnie nerwu teatralnego, przez co ludzie jego sztuki są manekinami, a życie i pojęcia, jakie przedstawia, to nie życie naszych chłopków, ale co najmniej Papuasów" itd.

Sprawozdawca jednego z najpoczytniejszych pism codziennych gadał przez dwa dni w odcinku: o dziejach teatrów we Francji, o aktorach w Niemczech, o sztuce stosowanej w Norymberdze... Mówił o wpływie dodatnim krytyki na jakość twórczości dramatycznej; opowiadał o nowościach teatralnych, rzucał co dwa wiersze w nawiasach: "Widziałem go w «Odeonie»... słyszałem w «Burgu»... podziwiałem taką grę w Londynie..." Przytaczał rozmaite anegdoty teatralne, wychwalał aktorów zmarłych przed pół wiekiem, przypominał przeszłe czasy sceny, w kilkunastu wierszach mówił o czerwonych łachmanach radykalizmu, jaki się na sceny przedzierać zaczyna, chwalił z ojcowską pobłażliwością aktorów grających Chamów, chwalił Cabińskiego i zakończył, że chyba o samej sztuce powie wtedy, jak autor napisze drugą, bo tę można tylko wybaczyć początkującemu autorowi.

Drugi dziennik pisał: że sztuka jest idiotyczna wprost jako teza i jako robota, że cynizm podobny i brutalstwo, z jakim autor wyszydza "podstawowe" idee, przechodzi nawet, co widzieć tylko można w importowanych ze strupieszałej Francji płodach; ale co tamtym można wybaczyć, bo... (tu następowała cała szpalta objaśnień i przyczyn, dlaczego Francuz może pisać łajdactwa), tego płazem swojskiemu autorowi puścić nie można... I na to, żeby autor ośmielił się tak pisać, tak obniżać etyczne ideały życia, siać nienawiści, pluć na najświętsze każdemu sercu polskiemu rzeczy, trzeba tylko być... (tu następowały kropki i przejrzyste metafory, a znaczyły: łajdakiem).

Trzeci twierdził, że sztuka wcale jest niezłą, a byłaby wprost doskonałą, gdyby autor chciał w tym wypadku szanować tradycję i dorobił muzykę i tańce.

Czwarty stanął na wprost przeciwnym stanowisku, bo twierdził, że sztuka stanowczo jest nic niewartą, jest świństwem, ale autor ma przynajmniej tę zasługę, że ustrzegł się szablonu i nie wprowadził śpiewów i tańców, które zawsze obniżają wartość sztuk ludowych.

W piątym napisał specjalista od teatrów ogródkowych sto wierszy, takich mniej więcej: Chamy pana Głogowskiego – hm!... niezła rzecz... byłaby nawet zupełnie dobra... ale... chociaż znowu zważywszy... swoją drogą... trzeba mieć odwagę powiedzieć prawdę... W każdym razie... bądź co bądź... z małym zastrzeżeniem, autor ma talent. Sztuka jest... hm... jak by tu określić?... Przed dwoma miesiącami pisałem już coś o tym, więc ciekawych odsyłam tam... Grali znakomicie!... I przepisał cały afisz stawiając obok nazwiska każdej aktorki jakiś słodki epitet, miłe słówko, grzeczne określenie, dwuznacznik melancholijny i frazes...

– Co to jest?

– Libretto do operetki; dać tytuł: "Krytyki teatralne", podłożyć muzykę i heca taka, że naród będzie chodził jak na odpust...

– A cóż pan na to?

– Ja?... a no, nic!... Odwróciłem się do nich plecami, a ponieważ mam pyszny plan nowej sztuki, zabieram się zaraz do roboty. Dostałem korepetycję w Radomskiem i wyjadę tam na całe pół roku. Czekam właśnie ostatecznego zawiadomienia.

– I koniecznie musi pan wyjechać?...

– Muszę!... przecież utrzymuję się tylko z korepetycji. Dwa miesiące siedziałem bez zajęcia. Spłukałem się na czysto: sztukę wystawiłem, kłaniałem się publiczności, używałem Warszawy, a teraz basta! Kurtyna na dół, bo przygotować trzeba drugą farsę. Do widzenia, panno Janino! przed odjazdem wpadnę tu albo do teatru.

Ścisnął jej rękę, zawołał: "niech zdechnę", i wybiegł.

Janka posmutniała. Tak się przyzwyczaiła do Głogowskiego, do jego dziwactw, paradoksów i do tej szorstkości, która ukrywała tylko wrodzoną nieśmiałość i delikatność przesubtelnioną, że się jej zrobiło przykro, iż zostanie sama.

Teraz, kiedy wyjeżdżał, zrozumiała, że samo zajęcie się teatrem nie wystarczy jej, czuła coraz bardziej potrzebę serdecznego zbliżenia się do jakiejś duszy ludzkiej, gdyż zaczynało być jej źle.

Nie miała już swoich pieniędzy, tylko żyła naprawdę z teatru.

Nie śmiała wyznać przed sobą, ale przy każdej prośbie o pieniądze przypominał się jej dom i te czasy, w których nie potrzebowała o niczym myśleć, bo wszystko miała. Upokarzała ją bardzo ta prawie żebranina codzienna o marne kilkadziesiąt kopiejek, ale nie było rady, chyba taka, jaką czytała ciągle w siwych oczach Sowińskiej i widziała w życiu koleżanek, które po każdym takim uświadomieniu traktowała pogardliwiej. Odpłacano się jej w dwójnasób. Wygadywano niestworzone rzeczy na temat jej nocnych wycieczek i dziwacznych przyzwyczajeń, bo od jakiegoś czasu prawie codziennie musiała chodzić po ulicach przez kilka godzin z rzędu, ażeby uspokoić się, ażeby choć w części zadośćuczynić wprost szalonej chęci ruchu nieustannego, potrzebie przerzucania się z miejsca na miejsce, i codziennie prawie musiała iść wieczorem na plac Teatralny.

Jeżeli jej było bardzo pilno, to przechodziła tylko przez plac, spoglądała na Teatr Wielki i szła do domu, a jeśli miała czas, to siadała na skwerze albo na ławce przy budce tramwajowej i patrzyła stamtąd na szeregi kolumn, na wyniosłe i czyste profile frontu i tonęła w rozmarzeniu... Nie myślała, dlaczego to robi; czuła tylko, że ją nieprzeparcie ciągną te mury... Miała chwile prawdziwej i głębokiej przyjemności, kiedy przechodziła pod kolumnadą albo gdy w ciszy jasnej nocy przypatrywała się szaremu, długiemu korpusowi.

Mówił do niej ten kamienny olbrzym, słuchała szeptów, co płynęły stamtąd, ech i dźwięków; rozcieńczone w mroku i widzialne tylko dla jej duszy odbicia scen, niedawno tam odgrywanych, przesuwały się przed jej wyobraźnią. Kochała ten gmach... więcej, ona go uwielbiała; był dla niej kultem, modliła się do niego rozmarzeniem i niejasnymi, nie sformułowanymi w żadną ideę myślami.

Marzenia jej zaczynały przybierać czasami formy prostego rozprężenia mózgowego. Była to burza, która w mgnieniu oka chciała posiąść świat cały, a którą pierwsza lepsza wyniosłość zmuszała do wyczerpywania sił, a lada jaki konduktor mógł sprowadzić do ziemi.

Marzyła i dlatego jeszcze, żeby nie czuć biedy, bo druga połowa sezonu, pod względem kasowym, była o wiele gorsza od pierwszej. Publiczność przychodziła coraz nieliczniej, przeszkadzały ciągłe deszcze i zimne wieczory; ma się rozumieć, że i akonta były kwadratowo mniejsze.

Bywało i tak, że Cabiński w połowie przedstawienia zabierał kasę i wynosił się udając chorego i zostawiając zaledwie kilkanaście rubli na podział dla kilkudziesięciu osób, a złapany przed ucieczką, płakał prawie na nędzę i narzekał:

– Garstka osób... połowa biletów frejowych do tego; jak dzieci kocham, połowa frej... Cóż ja zrobię?... sam nie mam na komorne, no, groszem po prostu nie śmierdzę!... Spytajcie się Golda; on was nie sprzedanymi biletami przekona. Z torbami pójdę, jak takie powodzenie będzie dłużej!... Chodźcie do kasy, jeśli co jest... dam.

I jeśli przyprowadzał kogo do kasy pod ramię, po przyjacielsku, było to umówionym znakiem dla Golda, że pieniędzy ma nie być, jeśli zaś nie, to kasjer robił skłopotaną minę i narzekał:

– Na gaz nie wystarczy... a gdzie teatr, gdzie rekwizyta?... No, po prostu na koszta nie ma.

– Daj pan cokolwiek... Może się dzisiaj czego nie dopłaci... – wstawiał się niby Cabiński. Zostawiał kwit na wydanie pieniędzy i odchodził.

Zawsze prawie tak się nieszczęśliwie składało, że Gold nie miał w całości takiej sumki, na jaką kwit był wystawiony. Choćby kilkanaście kopiejek, ale brakować musiało. Wymyślali mu od parchów i złodziei, ale każdy brał, bo inaczej mógłby nic nie dostać.

Gold udawał obrażonego i odwoływał się zwykle do dyrektorowej, przesiadującej zawsze w kasie, ile razy nie grała.

Cabińska wtedy powstawała ostro na aktorów i głośno mówiła o uczciwości Golda, który z takiej małej pensji, jaką miał, pomagał jeszcze siostrze. Gold promieniał na przypomnienie siostry; oczy przebłyskiwały mu tkliwością i wtedy gorąco zapewniał, że brakujące pieniądze dopłaci jutro z pewnością, ale nie dopłacał.

W teatrze zaczynały się awantury, ogólne kłótnie z dyrekcją i zrywanie przedstawień. Większość towarzystwa chodziła zgryziona ciągłym niepowodzeniem i biedą. Coraz więcej projektów na nowe towarzystwa snuło się po mózgach i coraz częściej naradzano się przy czarnej kawie w cukierni na Nowym Świecie.

Przedstawienia zbywano wprost, byle prędzej, bo rozprężenie z powodu jawnych złodziejstw Cabińskiego było coraz większe, a przy tym bliskość wyjazdu z Warszawy, długi, w jakich wszyscy tonęli, nadchodząca zima i troski o zaangażowanie się nie usposabiały nikogo do gry.

A Cabiński wciąż wyrzekał, całował, obiecywał i nie płacił.

Tak się umiał ułożyć, tak doskonale grał zatroskanego o byt wszystkich, że Janka odczuwając jego kłopoty i wierząc mu, nie śmiała nieraz wspominać o pieniądzach; wiedziała zresztą, że pomiędzy dyrektorstwem toczyła się ciągła walka o wydatki i że niania bardzo często za własne oszczędności kupowała dzieciom rozmaite rzeczy, a Cabińska dwa razy dłużej niż zwykle przesiadywała w cukierni, ażeby nie słyszeć narzekań i nie spotykać się często z towarzystwem.

Tak się składało, że Janka z jednych narzekań na biedę wpadała w drugie, bo M-me Anna przy każdym obiedzie opowiadała o coraz większej drożyźnie i o podniesieniu komornego.

Janka nie mogła jeść słysząc te utyskiwania, bo była winna za pół miesiąca i nie miała czym zapłacić.

Bieda powolnie, ale coraz ciaśniejszym kołem ją otaczała i zaczęła jej twarz powlekać wyrazem ustawicznej troski.

Nie przynoszono już jej śniadań, zapominano czyścić bucików, dawać lampy wieczorem i tych tysiącznych, drobnych uchybień i lekceważeń zbierało się tyle, że ilekroć przychodziła na obiad i siadała do stołu ze źle skrywanym wstydem i obawą, drżała na każde głośniejsze słowo M-me Anny, patrzyła z niepokojem w twarze siedzących, gdyż zdawało się jej, że we wszystkich oczach czyta niechęć do siebie i pogardę albo ten wyraz litościwy ludzi mających zawsze pieniądze i wyrazu tego lekceważenia bała się strasznie.

Na zewnątrz zrobiła się powolniejszą, ale w niej samej toczyła się smutna, wyczerpująca jej siły walka pomiędzy marzeniami o sztuce, o sławie – a uczuciem nędzy. Zaczynała się czegoś bać i ze strachem spoglądała przed siebie.

Przy tym miasto dusiło ją coraz bardziej. Dusiły ją mury domów, onieprzytomniał ten wieczny chaos i pośpieszna bieganina miejskiego życia, które jej sprawiało obrzydzenie, bo zobaczyła, że jest bardziej jeszcze płytkim, bardziej rozklasyfikowanym i bardziej nudnym niż na wsi. Tu każdy był niewolnikiem swoich własnych potrzeb, dla zaspokojenia których pracował, kradł, oszukiwał i pośpiesznie pchał taczkę swojego życia...

Męczyła się jeszcze więcej swoim położeniem wskutek tego, że nie mogła odosobnić się od ludzi, jak to robiła w Bukowcu po każdej kłótni z ojcem; nie mogła poszaleć z wichrami i uspokoić się wewnętrznie wyczerpaniem fizycznym.

Chodziła po mieście, ale wszędzie za wielu spotykała ludzi. Byłaby się chętnie zwierzyła Głogowskiemu ze wszystkiego, co ją trapiło, ale nie śmiała; duma wstrzymywała ją od tego. Głogowski zdawał się odgadywać jej położenie, a przynajmniej zgryzoty, i ciągle jej przypominał, że powinna mówić przed nim wszystko... wszystko... Nie powiedziała.

Przebywała w mieszkaniu, o ile można najmniej, a ile razy wchodziła, starała się to robić tak cicho, żeby nikt nie słyszał, żeby nikomu się nie narazić i nie wywołać rozmowy o swoim długu.

Nie to ją przerażało, że jutro może znaleźć się na bruku, ale to, że M–me Anna albo Sowińska mogą jej powiedzieć krótko: "Zapłać pani, coś winna!", a ona nie będzie mogła zapłacić...

A chwila ta przyszła nareszcie.

Jedząc tego dnia obiad, wiedziała już, że ją to spotka dzisiaj nieuchronnie, choć Stępniak, M–me Anna, a nawet Sowińska byli w doskonałych humorach; ale schwyciła jedno spojrzenie M–me Anny przy rozlewaniu zupy i przeczytała w nim wszystko.

Jadła wolno, bo taka trwoga szarpała jej sercem, że połykała z trudnością i siedziała przy stole jak mogła najdłużej, byle odwlec trochę jeszcze tę spodziewaną rozmowę, ale w końcu musiała iść do swego pokoju.

Przyszła zaraz za nią M–me Anna i z miną najswobodniejszą opowiadać zaczęła o jakieś fantastycznej klientce, a potem przeskakując nagle z przedmiotu, jakby sobie dopiero przypomniała, rzekła:

– Ale, ale!... może mi pani da za te pół miesiąca, bo dzisiaj muszę płacić komorne. Janka zbladła i ledwie potrafiła wykrztusić:

– Nie mam dzisiaj...

Chciała jeszcze coś mówić, ale zbrakło jej głosu.

– Co to jest: nie mam?... Proszę o moją należność!... Pani nie myśli przecież, że ja mogę żywić kogoś darmo... ot, tak sobie!... dla ozdoby mieszkania!... Ładna ozdoba, co rano dopiero wraca do domu!...

– Oddam pani przecież!... – zawołała Janka ocknąwszy się nagle pod uderzeniem jej słów.

– Potrzebuję zaraz pieniędzy!

– Będziesz je pani miała... za godzinę! – odpowiedziała powziąwszy jakieś nagłe postanowienie i spojrzała tak pogardliwie, że M–me Anna wyszła bez słowa trzasnąwszy drzwiami. Janka wiedziała coś od koleżanek c lombardzie i poszła tam zaraz zastawić złotą bransoletkę, jedyną, jaką miała.

Powróciwszy zapłaciła zaraz zdziwionej i pomimo to niezbyt uprzejmej M–me Annie, dodając:

– Będę się stołowała na mieście! nie chcę państwu robić ambarasu...

– Jak pani chce. Jeśli u nas źle, wolna droga! – szepnęła M–me Anna upokorzona głęboko. Tym jednym postąpieniem stanęła z całym domem na stopie wojennej.

– Wszystko sprzedam... do ostatka! – zacinała się Janka.

I obliczyła, że za połowę tego, co płaciła M–me Annie, wyżywi się doskonale. Wolska zaprowadziła ją do taniej kuchni i tam chodziła na obiady; a jeśli nie było i na to, to serdelek z bułką musiały starczyć często i na dzień cały.

Ale dnia jednego zamknięto przedstawienie, bo było coś dwadzieścia rubli w kasie, a następnego także nie grano z powodu ulewy nadzwyczajnej. Nie dostała, jak i wszyscy, ani grosza od Cabińskiego i przez te dwa dni absolutnie nic nie jadła.

Ten pierwszy głód, którego nie miała czym zaspokoić, okropnie na nią podziałał. Czuła ciągle w sobie jakiś ból dziwny i nieustanny.

– Głód!... głód!... – szeptała przerażona.

Znała go dotychczas tylko z nazwiska. Dziwiło ją to uczucie; dziwiło ją to, że się jej chce jeść naprawdę, że nie ma nawet na kupno – bułki!

– Czy naprawdę nie mam co jeść? – zapytywała siebie samej.

Od przedpokoju dolatywał ją zapach smażonego mięsa. Przymknęła szczelnie drzwi, bo ten zapach przyprawiał ją o mdłości.

Przypomniała sobie z pewnym dziwnym wzruszeniem, że większość wielkich artystów różnych czasów także cierpiała nędzę, i to ją na chwilę pocieszyło; czuła się jakby namaszczoną pierwszym męczeństwem w imię sztuki...

Uśmiechała się w zwierciadle do swojej żółtawej, mizernej twarzy z pewną melancholijną pozą; próbowała czytać, zapomnieć o sobie, wyzbyć się niejako własnej osobowości, ale nie mogła, bo ciągle czuła, że się jej chce jeść.

Wyglądała oknem na długie podwórze, obstawione ze wszystkich stron wysokimi oficynami, ale zobaczyła w kilku mieszkaniach, że siadają do obiadów; robotnicy jacyś na dole siedzieli pod murami i jedli także swój obiad z czerwonych, glinianych garnczków... Cofnęła się, bo poczuła, że głód, jak jaka stalowa ręka o ostrych pazurach, szarpie ją coraz silniej.

– Wszyscy jedzą! – szepnęła, jakby zdziwiona, jakby pierwszy raz dopiero zwróciła uwagę na ten fakt.

Później położyła się i przespała do wieczora nie idąc na próbę ani do

Cabińskiej; ale uczuła się bardziej osłabioną i miała jakieś bolesne zawroty głowy, a to niezmierne ssanie, jakie czuła w sobie, rozdrażniało ją aż do płaczu.

Wieczorem w garderobie ogarnęła ją hałaśliwa wesołość; śmiała się ustawicznie, mówiła dowcipy, drwiła z koleżanek, pokłóciła się o jakąś bagatelkę z Mimi, a ze sceny kokietowała pierwsze rzędy.

Mecenasa, który zaraz w antrakcie zjawił się za kulisami z pudełkiem cukierków, przywitała radośnie i ścisnęła mu tak mocno rękę, że aż stary się zmieszał. Potem w jakimś ciemnym kącie, gdzie usiadła oczekując, aż inspicjent zawoła: "Wejść!", gdy ją ogarnęła ciemność i cisza, rozpłakała się spazmatycznie.

Po przedstawieniu dostała akonto poczwórne, bo aż dwa ruble. Cabiński dał jej sam i w tajemnicy przed drugimi, bo zabezpieczał sobie w ten sposób lekcje córki. Poszła na kolację pod werandę, i upiła się zupełnie jednym kieliszkiem wódki, tak że sama prosiła Władka, ażeby ją odprowadził do domu.

Władek od tego wieczoru chodził za nią jak cień i zaczął jawnie okazywać jej swoją miłość nie zważając, że matka wszystkich wypytuje w teatrze o niego i że śledzi ciągle ich oboje.

Pewnego dnia do mieszkania Janki wpadł Głogowski i już ode drzwi zawołał:

– No, jadę już do tych moich Syngalezów!...

Rzucił kapelusz na kufer, usiadł na łóżku i zaczął zwijać papierosa. Janka patrzyła na niego spokojnie i myślała, że teraz jest jej już wszystko jedno, że jednak dawniej więcej ją obchodził ten przyjaciel.

– Nie płaczesz pani, co?... Ha, trudno... psy już chyba zapłaczą po mnie, niech zdechnę! Ale nie wie pani, co się dzieje z Kotlickim?... Nie bywa w teatrze i nie mogę go nigdzie spotkać... Musiał zapewne wyjechać...

– Nie widziałam go od tej kolacji... – odpowiedziała wolno.

– Coś w tym jest!... awantura, miłostka, ul... licz do dwudziestu! Ale co ja się będę zajmował taką zieloną małpą, hę? nieprawda?...

– Istotnie, prawda! – szepnęła odwracając się do okna.

– O! a to co?... – zawołał zaglądając jej bystro w oczy. – Jak się pani zmieniła!... Oczy wpadnięte, cera żółta, spojrzenie szkliste, rysy zaostrzone... Co to znaczy?... – rzekł ciszej. Naraz uderzył się w czoło i zaczął biegać po pokoju jak wariat.

– To ze mnie idiota, to Hotentot, to potworny człowiek!... Ja sobie spaceruję po Warszawie, a tu artystyczna bieda rozkwaterowała się w tym zakładzie na dobre!... Panno Janino! – zawołał biorąc jej rękę i patrząc energicznie w oczy – panno Janino! chcę wiedzieć wszystko, jak na spowiedzi... Niech zdechnę!... ale pani musisz mi powiedzieć!... Janka milczała; ale widząc jego twarz poczciwą i słysząc ten głos współczucia, który miał dziwnie chwytające za serce akcenta, poczuła nagle wielkie rozrzewnienie i łzy stanęły jej w oczach, ale ze wzruszenia nie mogła

174

przemówić.

– No, no, na nic płacze, bo i tak odjadę... – mówił żartując, aby pokryć własne wzruszenie.

– Niech no pani posłucha... ale bez żadnych protestów i opozycji głośnej... nienawidzę parlamentaryzmu! Pani sobie używa biedy, takiej teatralnej do tego... no, ja to znam. Niechże się pani, do diabła, nie rumieni... Bieda uczciwie nabyta to nie wstyd żaden! ot, zwyczajna ospa, którą, co lepsze tylko na świecie, przechodzić musi... Ho! ho! albo to ja jeden roczek gram w ciuciubabkę z kłopotami!... No, już kończę galopem... Zrobimy tak... o!... Odwrócił się, wyjął z pugilaresu trzydzieści rubli, to jest wszystkie pieniądze, jakie mu przysłano na podróż, włożył je pod poduszkę i powrócił na dawne miejsce.

– "Wszak teraz zgoda między nami, mój kuzynie..." powiedział Ludwik XI uciąwszy głowę księciu d'Anjou... Już apelacji nie przyjmę, a niech pani śmie... to!... Pochwycił kapelusz i rzekł cicho, wyciągając rękę:

– Do widzenia, panno Janino!

Janka szybko zasłoniła sobą drzwi jakimś rozpaczliwym ruchem.

– Nie, nie!... nie upokarzaj mnie pan!... Już i tak dosyć jestem nieszczęśliwa! – szeptała trzymając silnie jego dłoń.

– Ot, macie babską filozofię!... Niech zdechnę, ale przecież to takie naturalne, jak to, że ja sobie palnę w łeb, a pani będziesz wielką aktorką! Janka zaczęła mu tłumaczyć, prosić, wreszcie nalegać, żeby zabrał pieniądze, że ona nic nie potrzebuje, że nic nie przyjmie, i okazywała wprost wstręt do tej pomocy. Głogowski spochmurniał i krzyknął rubasznie:

– Cóż?... niech zdechnę, ale z nas dwojga nie ja jestem głupi!... Otóż nie! nie będę się irytować; siadam najspokojniej i pomówimy serio... Nie chcę, żeby się za marny grosz miała pani gniewać na mnie. Nie chce ich pani przyjąć, choć są potrzebne, i dlaczego?... bo pani fałszywy wstyd zabrania, bo panią nauczono, że takie zwyczajne, ludzkie rzeczy, jak pomaganie jeden drugiemu, jest obrazą godności. Takie pojęcia już cuchną; na Pociejów z nimi! To są głupie i złe przesądy. Jak Boga kocham, ale na to trzeba tylko europejskiego mózgu i subtelności historycznej, żeby się wzdragać wziąć pieniądze od człowieka podobnego sobie, wtedy kiedy są potrzebne. Na cóż i dlaczegóż, myślisz pani, banda ludzka łączy się w jakąś społeczność?.. żeby się gryzła i okradała wspólnie, czy też, żeby sobie pomagała? Pani mi powiesz, że jest inaczej, a ja odpowiem, że przez to jest właśnie źle: a skoro coś uznaje się za złe, to powinno się go unikać. Człowiek powinien robić dobrze, to jest jego obowiązek. Robić dobrze to właśnie najmądrzejsza matematyka. Boże!... co ja będę wreszcie długo gadał!... – wykrzyknął zirytowany.

Mówił jeszcze długo: szydził, klął czasami, krzyczał: "niech zdechnę!", srożył się – ale w głosie jego było tyle szczerej i głębokiej życzliwości i serca, że Janka, choć wcale nie przekonana, ale tylko dlatego, żeby go nie zrazić odmową, przyjęła ścisnąwszy mu dłoń na podziękowanie.

– No, tak, to lubię!... A teraz... do widzenia!

– Do widzenia! Dziękuję panu i jestem mu tak wdzięczną i tak obowiązaną...

– Żebyś pani wiedziała, ile mnie ludzie zrobili dobrego!... Ja tylko w setnej części chciałbym to zrobić drugim... Powiem jeszcze, że my się pewno spotkamy z sobą na wiosnę.

– Gdzie?...

– Ba! nie wiem!... ale że w teatrze, to pewne, bo już postanowiłem wstąpić do teatru na wiosnę, choćby na pół roku, aby lepiej poznać scenę.

– Ależ to by było dobre!

– Na czysto teraz z nami, jak mawiał mój ojciec, kiedy mi wymasażował skórę, że świeciła jak świeżo garbowana. Zostawiam pani mój adres i nie mówię nic, tylko przypominam, że pani mi wszystko mówić będzie listownie... wszystko!... No, słowo?...

– Słowo! – odpowiedziała poważnie.

– Ja pani słowu wierzę, jak męskiemu, choć w ogóle u bab słowo jest tylko wyrazem, którym się operuje, ale którego się nigdy nie wypełnia. Do widzenia!

Ścisnął ją silnie za obie ręce, podniósł je nieco w górę, jakby miał ochotę ucałować, ale opuścił prędko, spojrzał jej w oczy, zaśmiał się trochę sztucznie – i wybiegł. Janka długo myślała o nim. Taką serdeczną wdzięczność poczuła do niego, tak nabrała od razu sił i humoru po tej rozmowie, że żałowała, iż nie wie, którą koleją pojedzie Głogowski, bo miała ochotę zobaczyć go raz jeszcze.

To znowu zrywało się w niej coś, co głośno protestowało przeciw tej pomocy, coś, co widziało w tej życzliwości – obelgę.

– Jałmużna! – szeptała gorzko i palił ją ból upokorzenia.

– Jak to?... nie mogę żyć sama, iść o własnych siłach, wystarczyć sobie?... muszę się wiecznie opierać na kimś?... musi zawsze ktoś czuwać nade mną?! A oni dają sobie przecież radę...

Zamyśliła się nad tym, ale w chwilę potem poszła wykupić bransoletkę z lombardu i po drodze kupiła sobie jakiś jesienny kapelusik.

Życie się wlokło jakoś powoli, leniwie i nudnie.

Jankę podtrzymywała tylko nadzieja, a raczej wiara głęboka, że się to wszystko zmieni zupełnie i niedługo, i w tym tęsknym oczekiwaniu zaczęła zwracać coraz więcej uwagi na Władka. Wiedziała, że ją kocha... Słuchała prawie codziennie jego wynurzeń i oświadczyn, uśmiechając się w głębi i myśląc, że pomimo wszystkiego nie zostanie ona tym, czym zostawały jej towarzyszki, które budziły w niej głęboką odrazę, gdyż czuła wprost wstręt organiczny do wszelkiego błota; ale te umizgi Władka robiły tyle, że się w niej zaczynały budzić po raz pierwszy świadome myśli o miłości.

Marzyła chwilami o kochaniu człowieka, któremu oddałaby się na zawsze i ze wszystkim; o życiu we dwoje, pełnym uniesień i miłości, o takim życiu, jakie przedstawiali w sztukach poeci – i wtedy przesuwały się przez jej mózg obrazy kochanków, namiętne szepty, uściski palące, namiętności wulkaniczne i całe to życie miłości potężnej, którego przypomnienie przejmowało ją już dreszczem na wskroś...

Nie wiedziała, skąd się biorą takie marzenia, ale stawały się coraz częstszymi pomimo nędzy, która znowu rosła, pomimo częstego głodu, który ją brał w swoje kościste uściski.

Bransoletka znowu poszła do lombardu, bo ciągle trzeba było kupować jakieś nowe szmatki, konieczne na scenę, tak że musiała nieraz nie jeść, a kupić... Wystawiali coraz nowe sztuki, żeby złapać powodzenie, ale powodzenia nie było.

Nękało ją ogromnie takie położenie i męczyło odbierając siły, ale podnosiło w niej nowy bunt, który wrzeć zaczynał w niej głucho.

Czuła jakąś nieokreśloną z początku urazę do wszystkich. Z pewną dziką zawiścią przyglądała się kobietom na ulicy; porywała ją nieraz szalona chęć zaczepienia takiej strojnej, wspaniałej damy i spytania się jej, czy ona wie, co to jest nędza.

Przyglądała się bacznie ich twarzom, sukniom i uśmiechom i przychodziła do bolesnego przekonania, że takie damy muszą nie wiedzieć, iż są inni ludzie, którzy cierpią, płaczą i są głodni.

Ale zaczęła później rozumować, że i ona sama ubraną jest podobnie; że takich może być więcej, może przechodzą obok niej i tak samo głodni, zrozpaczeni, czepiają się spojrzeniami twarzy przechodniów... Chciała rozpoznawać w tłumach twarze cierpiące i nie mogła. Wszyscy wyglądali na zadowolonych i szczęśliwych.

Wtedy coś, jakby tryumf własnej wyższości nad tłumem strojnym i najedzonym opromienił jej twarz. Czuła się znacznie wyższą od tego świata...

– Mam ideę, cel jakiś! – myślała.

– Dlaczego one żyją? .. po co?... – zapytywała się nieraz.

I nie umiejąc sobie odpowiedzieć uśmiechała się z politowaniem nad marnością ich egzystencji.

– Motyli ród! Nie wie skąd?.. po co?... i dokąd?... – szeptała nasycając się do woli tą cichą pogardą ludzi, jaka się w niej nadmiernie rozrastała.

Dyrektorowej nienawidziła teraz z całej duszy, bo choć Pepa była zawsze dla niej słodko uprzejmą, ale nie płaciła za lekcje wyzyskując z uśmiechem życzliwości jej położenie i siły. Janka nie mogła zerwać z nią, bo czuła wyraźnie, że poza tą jej wdzięczącą się maską twarzy ukrywa się jędza, która by jej tego nie darowała; zresztą nienawidziła jej jako kobiety, matki i jako aktorki. Poznała ją doskonale, a zresztą w tym swoim rozdarciu i szamotaniu się ciągłym musiała kogoś kochać ogromnie albo nienawidzić.

Nie kochała jeszcze nikogo, ale już nienawidziła.

– Wie pan, że to nie do uwierzenia, aby taka niewielka znawczyni, jak dyrektorowa, obsadzała sama sztuki! – powiedziała raz do Władka, rozgoryczona ogromnie, że pominięto ją przy wystawianiu starej szopki melodramatycznej pt. Marcin podrzutek.

– Szkoda, że pani jej nie prosiła o rolę, bo jak pani widzi, dyrektor nic nie może...

– Prawda! doskonała myśl!... spróbuję jutro.

– Niech pani prosi o rolę Marii w Doktorze Robin; wystawiają na drugi tydzień. Chce się do nas zaangażować jeden amator i ma grać na debiut Garricka.

– Jakaż ta rola Marii?...

– Na popis wspaniała! Zdaje mi się, że grałabyś ją pani świetnie... Mogę przynieść sztukę...

– Dobrze, to przeczytamy razem.

Nazajutrz dostała od Cabińskiej solenną obietnicę.

Po południu Władek przyniósł Doktora Robin. Był po raz pierwszy w jej mieszkaniu, więc się zrobił szczególnie pięknym, eleganckim, uprzejmym i jakimś melancholijnie roztargnionym. Grał doskonale miłość i szacunek; był bardzo cichy, jakby z nadmiaru szczęścia.

– Pierwszy raz jestem nieśmiały i szczęśliwy! – rzekł całując ją w rękę.

– Dlaczego nieśmiały?... Pan taki swobodny zawsze na scenie! – odparła zmieszana nieco.

– Tak, na scenie, gdzie się tylko grywa szczęście; ale nie tu, gdzie się jest... naprawdę szczęśliwym.

– Szczęśliwym?... – powtórzyła.

Spojrzał na nią tak płomiennie, tak wymownie podkreślił uśmiechem i z taką maestrią zrobił w twarzy zachwyt i omdlewanie miłosne, że gdyby to pokazał na scenie, brawo miałby pewne.

Janka zrozumiała go doskonale i coś w niej zatrzepotało, jakby jakąś nową strunę serca lekko szarpnięto.

Zaczął czytać sztukę. Z każdym słowem Marii entuzjastyczna natura Janki wybuchała; z zawieszonym oddechem, zapatrzona we Władka, słuchała nie odważając się słowem albo gestem zmącić wrażenia, jakie ją przenikało; bała się spłoszyć czaru, przenikającego w dźwięki jego słów i w barwy jego aksamitnoczarnych oczu.

Gdy skończył czytać, Janka zawołała upojona:

– Przepyszna rola!

– Że pani zrobisz w niej furorę, za to bym ręczył.

– Tak... czuję, że może zagrałabym ją nieźle.

– "Garrick, ten twórca dusz, taki potężny w Koriolanie!" – szepnęła zapamiętany frazes, wchodząc w rolę.

I twarz jej zajaśniała takim zapałem, tak się rozjaśniła wewnętrzną głęboką radością, że Władek nie poznawał jej prawie.

– Jesteś pani entuzjastką.

– Tak, bo kocham sztukę! Wszystko dla niej i wszystko w niej!... to moje hasło. Poza sztuką prawie nic nie widzę!... – mówiła zapalając się niespodzianie.

– Nawet miłości?...

– Kiedy sztuka wydaje mi się większym i zupełniejszym upostaciowaniem ideału niżeli miłość...

– Ale jest więcej obcą dla ludzi i nie tak konieczną do życia jak miłość. Bez sztuki świat mógłby istnieć, ale bez miłości... nigdy!... zresztą, sztuka daje boleśniejsze zawody...

– Ale i większe rozkosze... Miłość to wzruszenie jednostkowe; sztuka to wzruszenie społeczne, to synteza. Kocha się ją swoim człowieczeństwem; cierpi się przez nią, ale tylko przez nią bywa się czasami nieśmiertelnym!

– To są marzenia... Tysiące, ażeby przekonać się o tym, dały życie i tysiące przeklinały ten niedościgły majak...

– Ale te tysiące miały zapełnione życie tym majakiem i czuły więcej, niż można czuć nie marząc o niczym...

– Ale ponieważ nie byli szczęśliwi, więc cóż to warte?...

– A ogół jest szczęśliwym?...

– Tysiąc razy więcej niźli... my!

To m y podkreślił znacząco.

– Nigdy! – zawołała Janka –bo nasze szczęście jest zarówno w bólu, jak i w radości, w znękaniu, jak i w zachwycie, już to samo jest szczęściem: móc się rozwijać duchowo, iść w niezmierzoność pożądaniem; to stwarzać światy sobie pod czaszkami, większe i piękniejsze niźli otaczające nas; to śpiewać, choćby przez łzy i bóle, hymny na cześć nieśmiertelności i piękna; to marzyć, ale marzyć tak silnie, żeby zupełnie zapomnieć o życiu i żyć w marzeniu! Janka czuła tak wielki przypływ jakiegoś szczęścia i zapału, że mówiła tylko jakby okresami myśli, żeby się wypowiedzieć tylko chcć w części.

Już dawno nie czuła się tak porwaną i olśnioną własnymi widziadłami; mówiła zapominając, że ją ktoś słucha; snuła głośno marzenia coraz większe i coraz mniej określone... Władek słuchał z początku ciekawie, ale później niecierpliwił się.

– Komediantka! – myślał z ironią.

I był pewnym, że Janka dlatego rozwija przed nim pawie pióra zapału i entuzjazmu, aby go olśnić i podbić... Nie odpowiadał ani przerywał, bo go w końcu zaczynało to nudzić; on swoje szczęście zamykał w trzech słowach: "knajpa, pieniądze i dziewczyna".

– Trochę za sentymentalna jest ta rola Marii... – dodała Janka po dłuższym milczeniu.

– Mnie wydała się tylko liryczną.

– Chciałabym grać kiedy Ofelię.

– Zna pani Hamleta?

– Przez dwa ostatnie lata czytywałam tylko dramaty i marzyłam o scenie – odpowiedziała po prostu.

– Doprawdy, że klękać przed takim zapałem!

– Po co?... Pomóc mu tylko... dać pole...

– Gdybym mógł... Uwierzy pani, gdy powiem, że całym sercem pragnę ujrzeć panią na wyżynach.

– Wierzę panu – powiedziała ciszej. – Za Robina dziękuję bardzo.

– Może wypisać pani rolę?...

– Wypiszę sobie sama; sprawi mi to pewną przyjemność.

– Przy uczeniu się, jeżeli pani zechce, mógłbym podsuflować...

– Będę zabierać panu czas...

– Niech mi pani wyłączy kilka godzin dziennie na przedstawienie, a resztą czasu proszę rozporządzać dowolnie – rzekł z zapałem.

Popatrzyli na siebie chwilę. Janka podała mu rękę; przytrzymał ją i całował długo.

– Od jutra zacznę się uczyć, bo mam dzień wolny.

– A i ja nic nie pokazuję.

Wyszedł trochę zły na siebie, bo chociaż mówił na nią: "Komediantka", ale onieśmielała go swoją prostotą i entuzjazmem; czuł w niej przy tym jakąś wyższość umysłową i artystyczną.

Szedł i uśmiechał się drwiąco z jej mowy, ale podobała mu się ona szalenie, coraz więcej.

Janka gorączkowo zabrała się do Robina.

W kilka dni umiała nie tylko rolę, ale i sztukę całą na pamięć.

Rozpłomieniła się tak do grania tej roli, że całym życiem zawisła na tym przedstawieniu. Dawne jej marzenia, przytłumione nieco nędzą i gorączkowym życiem teatru, wystrzeliły znowu płomieniami, które ją oślepiały i hipnotyzowały. Teatr znowu rozrósł się w niej tak potężnie, że już nie było w jej świadomości miejsca na co innego, przedstawiał się jej w godzinach ekstazy jak ołtarz mistyczny zawieszony wysoko nad bytem powszednim i gorejący płomieniami niby drugi krzak Mojżesza, wydawał się jej niejako cudem, który trwał zawsze.

Władek codziennie, pomiędzy próbą a przedstawieniem, przychodził do niej, choć go już potężnie nudziły te wieczne powtarzania i niecierpliwiło to, że przez szalone oddanie się sztuce nie zwracała zbyt wiele uwagi na niego; nie mógł się przedrzeć przez ten entuzjazm chorobliwy ze swoją miłością, ale chodził.

Zaczynał coraz silniej pożądać jej miłości. Drażniła go jej naiwność i talent, jaki w niej przeczuwał, a zresztą, takiej eleganckiej, wykształconej kochanki już dawno pragnął. Jego brutalna, zmysłowa natura już się z góry lubowała zwycięstwem.

Chciał ją koniecznie posiąść, tę wykwintną dziewczynę, w której widział ogromną różnicę pomiędzy dawnymi swymi kochankami i która go podbijała jakimś wdziękiem wyższości; byłby to tryumf tym większy, bo mu się wydawała jedną z tych pań wielkiego świata, którym się nieraz przyglądał pożądliwie w Alejach Ujazdowskich.

Nie powiedziała mu, że go kocha, ale on to już widział w niej i otaczał ją coraz gęstszą siecią, złożoną z uśmiechów, słów palących, westchnień i przesadzonego szacunku.

Dla Janki był to najpiękniejszy okres w dotychczasowym życiu. Biedę traktowała pogardliwie, jak coś, co trapi ją chwilowo i przejdzie zaraz.

Sowińska po częstych odwiedzinach Władka przysunęła się do niej znowu z dawną życzliwością i poradziła sprzedaż części garderoby, której miała dosyć; podjęła się nawet sama jej to ułatwić.

I tak szło życie, byle prędzej doczekać się tego przedstawienia.

Żyła niby w śnie dręczącym. Przez pryzmat marzeń świat się znowu jej pokazał jasnym i ludzie dobrymi. Zapomniała o wszystkim, nawet o Głogowskim, którego list na pół przeczytany schowała do szuflady odkładając dokończenie na przyszłość, gdyż żyła tylko przyszłością.

Broniła się przed teraźniejszością marzeniami o tym, co będzie.

No, i kochała Władka.

Nie wiedziała, jak się to stało. dość, że nie mogła się obejść bez niego. czuła się bardzo szczęśliwą i spokojną, gdy przyciśnięta do jego ramienia szła ulicami i słuchała jego niskiego, melodyjnego głosu, jego zaklęć...

Spojrzenie aksamitnej miękkości jego czarnych oczu oblewało ją ogniem i słodką niemocą...

Pociągał ją wszystkim.

Tak prześlicznie wyglądał na scenie! z takim zapałem i liryzmem grywał nieszczęśliwych kochanków w melodramatach! z takim wdziękiem prostoty mówił, poruszał się i pozował!... Był ulubieńcem publiczności, a prasa bardzo często nie skąpiła mu pochwał i przepowiadała świetną przyszłość artystyczną.

Janka odczuwała przyjemność nawet wtedy, kiedy on brawa dostawał na scenie. A tak umiejętnie pokazywał zasoby swojego mózgu, że ogólnie uchodził za wykształconego, a miał tylko spryt i czelność ulicznika warszawskiego i hecarza, a przy tym był jej jedynym, pierwszym, któremu się oddała. Zdawało się jej, że to ich złączyło na zawsze i nierozdzielnie.

Tak to samo jakoś się stało, po jednej z prób z Robina, w którym zastępczo Władek grał Garricka.

Mówił jej potem, a raczej deklamował o miłości z wulkanicznym wybuchem i tak podtuszowywał patosem uczucie, że ją przejęło rozrzewnienie do głębi; łzy czułości nagłej poczuła w oczach i pragnienie takiego potężnego, na śmierć i życie, szczęścia zostało w jej sercu rozmarzonym. Cała jej dusza streściła się w pożądaniu miłości.

Nie wiedziała nawet, co się z nią dzieje, bo nie mogła się oprzeć urokowi jego głosu; bo ten szczebiot miłosny, pocałunki palące, spojrzenia namiętne zalewały ją całą potężnym pragnieniem rozkoszy.

Oddała mu się z biernością istot olśnionych, bez słowa oporu, ale i bez świadomości; była wprost zahipnotyzowaną.

Nie wiedziała nawet, co w nim kocha: czy aktora, doskonale grającego na jej uczuciu i entuzjazmie, czy też człowieka.

Nie myślała o tym.

Kochała go, bo go kochała, bo jej uzupełniał teatr i sztukę i był w tych chwilach prawie jako jej uosobieniem.

Zdawało się jej, że przez jego oczy patrzy dalej i głębiej.

Dusza jej rosła (jak chłopi określają pewne stany rozwoju u młodzieży), więc prócz planów odległych, sławy w przyszłości potrzebowała mieć coś tylko dla siebie, potrzebowała się wzmocnić i mieć oparcie na jakimś sercu, które byłoby jednocześnie stopniem do podniesienia się jej samej. Nie czuła się osamotnioną, bo mogła wypowiadać przed nim najtajniejsze myśli i marzenia, rozwijać projekty na przyszłość; próbować razem z nim różnych ról bohaterskich; był rodzajem dopełnienia jej fizycznego, ujściem, w które rzucała nadmiar wrzącej energii i rojeń...

Nie zatapiała się i nie ginęła w nim, lecz przeciwnie, pochłaniała go wewnętrznie. I ani na chwilę nie myślała, że ona się jemu, jemu oddała! że odtąd on jest jej kochankiem i panem; że ona jest jego własnością.

Nie myślała nawet, czy on ma jaką duszę; wystarczało jej to, że był pięknym, dosyć znanym, kochał ją i był jej potrzebnym.

Był nawet w jej wyznaniach najskrytszych, w szeptach miłosnych pewien ton bezwiednej wyższości. Mówiła z nim ciągle, ale prawie nigdy nie pytała się o jego zdanie i rzadko słuchała jego odpowiedzi.

Władek tego nie rozumiał, ale czuł i to go krępowało niemile, bo pomimo ich ścisłego stosunku nie potrafił być wobec niej swobodnym po swojemu. Raniło to jego miłość własną, ale nie mógł nic poradzić. Miał tylko jej ciało, ale dusza, ale to coś... ta miłość, co się naprawdę oddaje na śmierć i życie i robi z siebie podnóżek dla kochanka – tego w niej nie czuł.

Irytowało go to, nudziło chwilami, ale ciągnęło do niej tak nieprzeparcie, że podwajał oznaki miłości, bo myślał, że większą dozą sentymentalnego kłamstwa, lepszą grą uczuciowości zwycięży ją nareszcie i podbije w zupełności.

Nie udawało mu się to jednak. Janka, poza tą miłością, wyprzedawała się powoli ze wszystkiego; ale pomimo to czuła się zadowoloną. Była nieraz głodna, spragniona, ale dość jej było jego mieć obok siebie i zagłębić się w roli, aby zapomnieć o całym świecie.

A wystawienie Robina odkładali z dnia na dzień, bo ów amator, mający debiutować, zachorował. Trzeba było co innego wpierw wystawiać, gdyż powodzenie coraz bardziej kulało, a ona czekała... pożerana niecierpliwością i ambicją wybicia się od razu ponad tłum koleżanek i pchana tą nędzą, która wtedy miała się skończyć, zresztą, już potrzebą duszy, która poczęła ową postać Marii i musiała ją z siebie wyłonić.

Nie zważała nawet, że za kulisami coraz więcej się kotłuje, że wszędzie robiły się zmowy, że codziennie powstawały projekty nowych towarzystw i po kilku dniach – padały.

Krzykiewicz już jej kilka razy napomykał delikatnie, że jeśli chce, może się zaraz zaangażować do Ciepiszewskiego. Odmawiała, bo pamiętała o projekcie reżysera i chciała czekać na jego urzeczywistnienie, wiedząc, że tam liczą na nią z pewnością.

Topolski istotnie organizował towarzystwo; było to jeszcze niby tajemnicą, ale już znaną wszystkim. Mówiono głośno, że Mimi, Wawrzecki, Pieś z żoną i kilka młodszych sił już zakontraktowani; że Topolski po cichu zrobił umowę o teatr lubelski, świeżo wtedy wybudowany; wiedziano z pewnością, że mu Kotlicki i jakiś drugi dają pieniędzy.

Cabiński, ma się rozumieć, wiedział o tym wszystkim i głośno drwił z projektów; wiedział dobrze, że tych wszystkich, którzy się złączyli z Topolskim, mieć będzie, niech tylko błyśnie trochę większym forszusem; przepowiadał, że Topolski sezonu nie przetrzyma i zrobi "klapę", bo nie wierzył, aby mu kto chciał pożyczyć pieniądze na założenie towarzystwa.

– Takich głupich już nie ma! – mówił głośno i z przekonaniem.

Najwięcej do śmiechu pobudzała go ta zamierzona przez Topolskiego reforma; nazywał ją po prostu wariactwem... On znał doskonale naszą publiczność i wiedział, czego jej potrzeba. Topolski bardzo często urządzał u siebie wieczorki, na które spraszał tych, co mu mogli być potrzebni; ale nie mówił jeszcze głośno o towarzystwie, robił to za niego Wawrzecki, który tę sprawę traktował gorąco, jak swoją własną, i ustawicznie już teraz na to konto docinał Cabińskiemu, i robił częstsze awantury o gażę.

Janka była kilka razy na tych wieczorkach u Topolskiego, ale nudziła się śmiertelnie, bo mężczyźni zwykle grali w karty, a kobiety, jeśli nie robiły plotek i nie narzekały, to skupiały się ściślej dla szeptów tajemniczych, nie przypuszczając do siebie Janki z obawy, bo przecież codziennie chodziła do Cabińskich na lekcje.

Na ostatnim takim wieczorze Majkowska prosiła ją przy herbacie cicho, żeby została dłużej, to ją oboje odprowadzą.

Władek nigdy tu nie bywał, bo był jawnym i stałym stronnikiem Cabińskiego.

Po wyjściu wszystkich Topolski usiadł na wprost Janki i zaczął opowiadać o towarzystwie, jakie zakłada.

– Będzie to teatr wzorowy, dla prawdziwej sztuki!... Mam pyszny komplet towarzystwa; jedno z najlepszych miast już zakontraktowałem, biblioteka w pakach, kostiumy w połowie gotowe... zatem jest już prawie wszystko...

– Czegóż jeszcze brakuje?... – zapytała Janka i zaraz postanowiła prosić o zaangażowanie jej.

– Trochę pieniędzy... Bagatelkę!... z jakie tysiąc rubli kapitału zapasowego na pierwszy miesiąc...

– Nie można by pożyczyć?...

– Można by... i właśnie chcę o tym pomówić z panią po koleżeńsku, bo panią my już liczymy za naszą. Dam pani dobrą gażę i role dublowane z Melą, bo wiem, że pani grać może... Ma pani wygląd, głos i temperament; to akurat tyle, nie licząc już inteligencji, ile potrzeba na doskonałą aktorkę.

– Dziękuję!... dziękuję serdecznie! – zawołała rozpromieniona Janka. I w tym uradowaniu ucałowała Majkowską, która, swoim zwyczajem, leżała prawie na stole i patrzyła bezmyślnie w lampę.

– Ale musi nam pani pomóc! – rzekł Topolski po pewnym przestanku.

– Ja?!... cóż ja mogę?... – zapytała zdziwiona.

– Bardzo wiele!... jeśli pani tylko zechcesz...

– No!... jeżeli pan mówi, że mogę, to ma się rozumieć, że zechcę, boć przecież to nie tylko jest moim obowiązkiem, ale i własnym interesem!... ale ciekawam, co ja mogę, ciekawam...

– Idzie tu o ten tysiąc rubli... Pieniądze są pewne... tylko jest jeden mały waruneczek...

– Jakiż? – spytała ciekawie.

Topolski przysunął się do niej bliżej, wziął ją po przyjacielsku za ręce i dopiero odpowiedział:

– Panno Janino! Tu od tego zależy nie tylko nasz teatr, ale i przyszłość artystyczna pani... więc powiem po prostu, że jest ktoś, co da choćby dwa tysiące rubli, ale chce je dać osobiście pani, bo inaczej, powiedział, że nie da...

– Któż to taki?... – zapytała niespokojnie.

– Kotlicki!

Opuściła głowę i milczenie zaległo pokój. Topolski patrzał na nią niespokojnie, a Majkowska miała w twarzy nieokreślenie drwiący uśmiech.

Janka oniemal nie krzyknęła z bólu, tak ją uderzyło to nazwisko i propozycja, i po chwili wstając z krzesła powiedziała stanowczym głosem:

– Nie, panie!... ja nie pójdę do Kotlickiego... a to, co mi pan powiedział, jest po prostu niegodziwym... Tylko w teatrze ludzie mogą tak zatracić poczucie moralne, ażeby namawiać do podłości, żeby umyślnie spychać w dół hańby drugich, byle samym skorzystać na tym... Przerachowałeś się pan!... tak nisko jeszcze nie upadłam... Boli mnie tylko, że pan mogłeś choćby przez chwilę myśleć, że ja się zgodzę, że pójdę do Kotlickiego, do Kotlickiego, który mi jest wstrętniejszym od najpodlejszego płazu!... – wołała unosząc się.

– Panno Janino! mówmy rozsądnie, bez uniesień...

– Pan śmie mi mówić: mówmy bez uniesień?!...

– Muszę, bo pani jesteś po prostu tylko niedoświadczona; zdaje ci się, że to, o co proszę, jest czymś potwornym, co cię unurza zaraz w błocie, zhańbi, obedrze ze czci...

– A więc czymże jest, na Boga?! – zawołała zdumiona.

– Nie grajmy komedii, nie bawmy się w chowanego i patrzmy trzeźwo, to zobaczymy, że to jest najzwyklejsza rzecz. O cóż ja proszę panią?... żebyś poszła do Kotlickiego po pieniądze, które stanowią fundament naszej wspólnej przyszłości... po pieniądze, które nam stworzą teatr i bez których my wszyscy nie możemy się ruszyć z Warszawy. Więc cóż w tym jest złego?... co jest złego w tym, co nas prawie wszystkich uszczęśliwi?...

184

– Jak to? pan nie widzisz w tym nic złego, żebym ja, kobieta, sama chodziła do mieszkania mężczyzny?... I za cóż on mi da ten tysiąc czy dwa tysiące rubli?...

– Jak pani żyłaś z Głogowskim, nikt tego nie uważał za złe; jak teraz pani żyjesz z Władkiem, któż ci to wyrzuca?... Cóż to jest wreszcie za strasznie hańbiąca rzecz?... Wszyscy tak żyjemy i czy przez to popełniamy jaką podłość?... Nie!... bo to jest rzecz podrzędna, bo mamy coś ważniejszego w mózgach: sztukę!

– Nie, nie pójdę... – odpowiedziała cicho, przygnębiona tym, że wszyscy wiedzą o jej stosunku z Władkiem.

Słuchała dalej Topolskiego, już prawie nie słysząc i nie rozumiejąc jego słów. Zaczął jej przekładać, prosić, tłumaczyć, że przecież dla teatru poświęcają wszyscy życie, więc coś więcej niźli jedną pieszczotę kobiety... że odmową swoją zada śmiertelny cios towarzystwu, że liczyli na nią, że będą jej wdzięczni dc śmierci, bo zabezpieczy byt dziesiątkom ludzi poświęceniem swoim; że ten teatr będzie związany z jej imieniem. Chciał koniecznie przełamać ten upór, którego nie mógł pojąć, ale Janka pozostała niewzruszona.

– Żeby życie zależało od tego, nie poszłabym... wolałabym raczej umrzeć!...

– To... żegnam! – rzekł ze złością Topolski.

Janka patrzyła na niego i chciała się jeszcze tłumaczyć, ale Majkowska rzuciła jej płaszczyk na ramiona, wsadziła brutalnie kapelusz na głowę i obsypawszy gradem obelg otworzyła przed nią drzwi na rozcież.

Janka jak automat pozwoliła z sobą robić wszystko i jak automat schodziła ze schodów i szła ulicą do domu.

Żal jej było tego towarzystwa, tych widoków, jakie traciła zrywając z Topolskim, ale jednocześnie straszny wstyd ją ogarniał, że ją mają za taką ostatnią, jeśli śmią jej propozycje takie robić i liczyć, że ona je mogłaby spełnić...

Nie mogła się uspokoić.

W nocy śnił jej się to Kotlicki, to Władek, to teatr... Słyszała, że jej wszyscy złorzeczą i wymyślają, że ją goni jakaś banda ludzi okrytych łachmanami i z przekleństwami, z nienawiścią w oczach chcą ją schwycić i bić... W tych twarzach, zaledwie zarysowanych, poznała Melę, Topolskiego, Mimi, Wawrzeckiego...

To znowu śniła, iż idzie ulicą i wszyscy patrzą się na nią tak jakoś dziwnie, tak strasznie, że chciałaby się zapaść pod ziemię, byle tylko nie widzieć tych spojrzeń, ale poruszyć się nie ma sił i ten tłum wolno obok niej się posuwa, a Topolski stoi i drwiącym głosem mówi tak głośno, że wszyscy się odwracają:

– Patrzcie!... żyła z Głogowskim, a teraz jest kochanką Władka!

Nie mogła znieść tego; krzyknęła strasznie przez sen, bo zobaczyła, że ojciec idzie z Kręską pod rękę i mówi pokazując na nią:

– Żyła z Głogowskim, a teraz jest kochanką Władka!...

– O, Jezus! – szeptała męcząc się w tym śnie dręczącym. – O, Jezus!

A tłum znajomych twarzy rósł: ksiądz z Bukowca, przełożone pensji, koleżanki dawne, Grzesikiewicz – wszyscy, wszyscy przechodzili śpiesznie obok niej i patrzyli na nią z tym strasznym, okropnym uśmiechem, który ją przenikał niby ostrze i smagał jakby batem...

Obudziła się zapłakana i zmęczona śmiertelnie.

Jeszcze przed próbą przyszedł Władek.

Rzuciła mu się po raz pierwszy sama w ramiona.

– Wszyscy wiedzą!... – szepnęła ukrywając twarz na jego piersiach.

Domyślił się, o co jej chodzi.

– No, to i cóż?... kryminał czy co?!... – odpowiedział.

I siadł chmurny, rozcierał kolano i gniewnie rzucał się na krzesełku.

Spostrzegła jego stan i zapomniawszy o sobie zapytała:

– Co tobie jest?... czyś chory?...

– Nic mi nie jest... Winienem tylko komuś kilkanaście rubli i oddać nie mogę... Matce mówić nie mogę, bo bym ją jeszcze dobił... choruje znowu!... Cabiński nie chce nic dać i urwiżę sobie łeb!...

Kłamał, ot tak sobie, bo grał całą noc i przegrał wszystko. Jance przypomniał się dług zaciągnięty u Głogowskiego, więc bez namysłu odpięła złoty zegarek z takąż dewizką i położyła przed nim.

– Nie mam pieniędzy. Zastaw to i zapłać swój dług, a co ci zostanie, przynieś mi, bo także nic nie mam – rzekła z serdecznością.

– Nie, nigdy! Cóż znowu!... Nie potrzeba mi wcale!... ależ, dziecko moje!... – wymawiał się Władek w pierwszym porywie uczciwości.

– Weź, proszę cię o to... Jeżeli mnie kochasz, to weźmiesz...

Władek się chwilę jeszcze drożył, ale pomyślał, że mając pieniądze mógłby się odegrać.

– Nie!... do czego by to było podobne! – szeptał broniąc się coraz słabiej.

– Idź zaraz, a z powrotem wstąp, to pójdziemy na śniadanie.

Ucałował ją niby zażenowany, mruczał coś o wdzięczności itd., ale zegarek wziął i poszedł zastawić.

Wrócił pospiesznie, przynosząc trzydzieści rubli. Dwadzieścia zaraz od niej pożyczył i chciał nawet napisać jej kwit. Pogniewała się tak, że musiał ją przepraszać, i poszli na śniadanie.

Mieszkali prawie razem. W teatrze wiedziano o tym stosunku, ale nikt na tak zwyczajną rzecz nie zwracał uwagi.

Tylko Sowińska czasami dogryzała Jance półsłówkami i lekceważeniem i o ile niedawno wychwalała tylko Władka, o tyle teraz wygadywała na niego masę obrzydliwości... Znajdowała ogromną rozkosz w takim znęcaniu się nad Janką.

Mściła się tak za syna.

Naznaczono wreszcie sceniczne próby z Robina. Przyniósł jej tę wiadomość Władek, bo od kilku dni wcale nie wychodziła z domu czując się bardzo słabą. Ogarniała ją jakaś senność nużąca, to ból nieznośny krzyża; to znowu jakieś uczucie niemocy i zniechęcenia ją opanowywało, że miała ochotę płakać, nie chciało się jej ruszyć z łóżka, tylko leżała całymi dniami, wpatrzona w sufit. Dostawała dawnego szumu w głowie i takie pragnienie ją paliło, że nie mogła go niczym ugasić, ale na wieść, że będzie grać, uczuła się od razu zdrową i silną.

Poszła na próbę z trwogą, ale zobaczywszy przyszłego Garricka, opanowała się szybko. Amator ów był to chudy, mięczakowato-ślamazarny chłopak; nie wymawiał ł, chodził jak kaczka, ale że był kuzynem jednego z wpływowych dziennikarzy, który go popierał, więc patrzał na teatrzyk z góry i traktował wszystkich z łaskawością.

Drwili sobie delikatnie z niego w oczy, a śmiali się głośno za plecami.

Na próbę, jakby się towarzystwo zmówiło, zjawili się w komplecie.

Skoro tylko Janka weszła na scenę, Majkowska ostentacyjnie usunęła się w kulisy, a Topolski nie kiwnął jej nawet głową na przywitanie.

Zrozumiała, że z nimi już zerwane na dobre; nie miała już czasu myśleć o tym, bo zaraz zaczęli próbę. Pomimo że sobie postanowiła tylko markować grę, nie mogła się powstrzymać, aby choć szerokimi konturami nie nakreślić roli.

Rozdrażniało ją ogromnie to, że się wszyscy na nią patrzą, że z każdego punktu czuje oczy utkwione w siebie; zdawało się jej, że widzi drwiny w spojrzeniach, szyderstwo na ustach, więc się chwilami szarpała w rozdenerwowaniu i wybuchała całym swoim temperamentem albo znowu mówiła za cicho.

Majkowska sykała i śmiała się z Zarzecką, głośno wypowiadając zdania o jej grze. Topolski wracał ją kilkakrotnie do wejścia, bo w rozdenerwowaniu wchodziła źle na scenę.

Janka wiedziała, do czego to wszystko zmierza, więc zbyt do serca nie brała drwin Meli ani pedantycznych informacji reżysera. Grała dalej; rola wychodziła nierówno, ale silnie.

Zrobiła się charakterystyczna cisza; nikt się nie śmiał i nikt nie błaznował głośno.

Inspicjent chodził z kulisy w kulisę, zacierał ręce i mruczał:

– Dobrze, ale jeszcze za mało patosu, za mało!...

– Przecież już krzyczy, nie mówi! – rzuciła mu szyderczo Majkowska.

– Moja pani!... pani miewasz konwulsje na scenie, a nikt ci tego przez grzeczność nie wymawia – odpowiedział za przyjaciela Stanisławski.

– Nie tak!.. Wiatrak pani z siebie robisz czy co?... któż tak rękami wymachuje? – wołał reżyser.

– Nie detonuj pan, przecież to pierwsza próba! – zawołała Cabińska z krzeseł.

– Chodzisz pani po scenie jak gęś! – znowu rzucił zirytowany Topolski.

– Ona jest niezła, ale do pralni! – syknęła Mela.

Pomimo wszystkiego, choć czuła pod powiekami łzy złości, grała nie dając się wysadzić z charakteru i nie tracąc ani na chwilę przytomności.

Kiedy skończyła, Cabińska ją ostentacyjnie ucałowała i głośno, aby Majkowska dosłyszeć mogła, zaczęła ją chwalić.

– Winszuję pani, będziesz pani doskonale grać tę rolę!

– Niech pani szczegóły więcej opracuje – radził jej Stanisławski.

– Przecież to próba!... ja całą postać mam już w myśli gotową.

– Będziemy mieli teraz naprawdę bohaterkę, bo i z piękności, i z talentu! – zawołała bardzo głośno Rosińska.

Majkowska spojrzała na nią wściekle, ale się nie odezwała.

Janka czuła się tak wesołą i dobrą, że miała ochotę uściskać wszystkich. Za dwa dni miało być przedstawienie.

Ten czas był jedną olbrzymią smugą światłości, w której zdawała się pogrążać zachęcona.

Zdawało się jej, że jest zupełnie zadowolona.

– Nareszcie! nareszcie!... – szeptała upojona. – Skończy się bieda, skończą się upokorzenia!... Myślała, że zaraz dostanie jakiś wydział ról. Puszczała wodze wyobraźni i widziała się już u jakiegoś szczytu. Była już w tej Ziemi Obiecanej wzruszeń potężnych, o której codziennie marzyła; w tym świecie, który się roił przed nią wspaniałym tłumem postaci bohaterskich, uczuć nadludzkich, piękna olśniewającego, gdzie była zupełna harmonia pomiędzy marzeniami a rzeczywistością.

Uśmiechała się z politowaniem do tych dni niedostatków, jakby się już z nimi żegnała na wieki. Wszystko, nawet Władek, zbladło przed jej zahipnotyzowanymi oczyma.

Po tysiąc razy powtarzała tę rolę Marii. Przesiadywała całymi godzinami przed zwierciadłem układając sobie mimikę i dostawała febry z niecierpliwości oczekiwania.

Przez sen prawie siadała w nocy na łóżku i patrzyła; zdawało się jej, że widzi pełen teatr, przedstawicieli prasy... że słyszy ciche głosy publiczności, widzi promieniowanie spojrzeń, że wchodzi na scenę i gra... Na pół przytomnie powtarzała słowa roli, zapalała się deklamując z uniesieniem, a później opadając w senność głębszą uśmiechała się przez łzy szczęścia, bo słyszała najwyraźniej ten znany, wstrząsający łoskot braw i wołanie:

– Orłowska! Orłowska!... .

I z tym uśmiechem zasypiała i budziła się do dalszego ciągu marzeń.

Co tylko mogła jeszcze sprzedać, sprzedała, aby się odpowiednio do roli ubrać. Ze śmiechem zadowolenia wypędzała od siebie Władka, aby jej nie przeszkadzał.

W dzień, tak dla niej ważny i decydujący, przed jeneralną próbą Cabiński odebrał jej rolę i oddał Majkowskiej.

Intryga i zazdrość zrobiły swoje.

Cabiński uległ, bo mu Topolski zagroził, że z połową towarzystwa natychmiast wyjedzie, jeśli roli nie odbierze Jance i nie odda Majkowskiej.

Była to zemsta za Kotlickiego.

Janka straciła po prostu przytomność, ugodzona w samo serce; zaczęła się chwiać na nogach czując, że teatr zaczyna z nią wirować i że się to wszystko razem z nią w jakąś czarną noc zapada... Spojrzeniem niewypowiedzianego bólu obrzuciła wszystkich, jakby szukając pomocy, ale większość towarzystwa miała w twarzach uciechę z takiego pysznego kawału i zadowolenie zwierzęce kretynów z przyduszenia talentu. Szydzili spojrzeniami z pokonanej: domyślniki, palące drwiny syczeć zaczynały ze wszystkich stron i padać na jej porażoną ciosem niespodziewanym duszę. Podnosiły się śmiechy brutalne, smagające jak biczem, i cała ludzka podłość zadowolenia z bólu innych znajdowała sobie cel i ujście.

A ona stała bez słów i bez ruchu, z tym bólem okropnym serca, w którym jakby się rwały wszystkie tętnice i zalewały go krwią rozpaczy.

Zebrała na tyle sił, że zapytała:

– Dlaczego ja nie mogę grać?...

– No, nie możesz pani, i basta! – odpowiedział krótko Cabiński.

I wyniósł się zaraz z ogródka obawiając się jakiej sceny, i trochę żal mu się jej zrobiło. Janka została w kulisie, z ogromnym, kąsającym ją uczuciem bolesnego zawodu. Taką pustkę i osamotnienie poczuła, że wydawało się jej chwilami, iż jest samą na świecie, iż coś ją bezmiernym ciężarem przytłoczyło i dusi; że ginie w jakichś głębiach, stacza się piorunowo po pochyłości na samo dno, gdzie jakaś woda szarozielonkowata szumiała głucho...

Rwały się jej myśli i rozrywały czucia, zalewały ją łzy beznadziejnego opuszczenia. Poszła do garderoby i usiadła w najciemniejszym kącie. Marzenia się rozpadały; te cudowne światy tonęły w mgle oddalenia, te czarodziejskie wizje niby łachmany postrzępione wisiały w jej mózgu i duszy.

Szarość jakaś, bijąca od tych brudnych ścian i dekoracji, od tego wyszarzanego tłumu drwiących nędzarzy, przesączała ją całą.

Uczuła się tak zmęczoną, rozbitą, chorą i niezdolną do niczego, że poszła na ogródek szukać Władka, aby ją odprowadził do domu, bo nie miała sił. Nie znalazła go; wyniósł się przezornie, a ona wróciła z powrotem do garderoby i siedziała bezmyślnie.

– Strzeż się pani marzeń!... strzeż się pani wody!... – powtarzał przypominając sobie z trudem, kto jej to mówił.

I nagle zbladła, i cofnęła się w tył, bo zakłębił się w jej mózgu taki chaos, że myślała, iż oszaleje...

Siedziała długo bezprzytomna i płakała. Płakała, nie mogąc się powstrzymać, bo odzyskawszy nieco świadomości przypomniała sobie wszystkie swoje cierpienia i doznane zawody.

W końcu, zmordowana wyczerpaniem, ukołysana ciszą, jaka ogarnęła teatr po skończeniu próby – usnęła.

Przebudziła ją Rosińska, która tego dnia przyszła wcześniej do garderoby, bo miała zaczynać sztukę, i gdy zobaczyła śpiącą, litość ją ogarnęła; resztki zaszminkowanej teatralnym życiem kobiecości poruszyły się w i niej na widok bladej, zmizerowanej biedą i zgnębieniem twarzy.

– Panno Janino! – szepnęła z czułością.

Janka powstała i zaczęła nerwowo ścierać ślady łez z twarzy.

– Nie widziała pani Niedzielskiego? – zapytała Rosińskiej.

– Nie. Biedne dziecko! to cię urządzili!... ale znowu nie trzeba tak brać tego do serca... Chcesz być artystką, to musisz wiele przenieść, wiele przecierpieć... Moja droga, nie takie ja rzeczy przeszłam i dzisiaj przechodzę. Żebyś wszystkie przykrości brała do serca, irytowała się wszystkimi plotkami, jakie będą robić na ciebie, i płakała po każdej intrydze, w jaką cię oplączą, to by ci ani łez, ani oczów, ani sił nie starczyło!... To trudno, w teatrze już tak być musi! Nic zresztą straconego!... jeden zawód masz pani, toś o jedno doświadczenie bogatsza.

– Może oni mają rację?... Muszę nie mieć zupełnie talentu, skoro Cabiński odebrał mi rolę...

– Okropnieś pani naiwna jak na aktorkę! Dlatego właśnie, że go masz, urządzili ci kawał... Słyszałam, co na pierwszej próbie mówił kuzyn tego amatora...

– Na cóż mi się to wszystko przyda, kiedy grać nie mogę i żyć nie mam z czego?

– To wszystko robota Majkowskiej. Ona zmusiła Cabińskiego, ażeby pani rolę odebrał!...

– Gniewa się na mnie, to wiem, ale żeby się mścić tak nieludzko!...

– Nie znasz jej pani... Nie wiem, o coście się pogniewały, ale to wiem, że jak cię zobaczyła na pierwszej próbie, tak się zlękła, że może zejść przy tobie na drugi plan, i zaczęła zaraz dołki kopać. Widziałam, jak chodziła około tego amatora, jak się mizdrzyła do jego kuzyna i do Cabińskiego, jak całowała dyrektorową po rękach! sama widziałam!... Słyszane to rzeczy, aby się tak poniżać?... Ale swoje zrobiła. Już ona tak niejedną zagryzła. Pani może nie wiesz, co ja, aktorka na stanowisku i z takim wielkim repertuarem, muszę wycierpieć od niej... O, to jest wściekła jędza! Pani nic nie mogła zauważyć, bo to się tak po cichu robiło, że prócz mnie nikt pewnie nie wiedział. Taka... to ma zawsze szczęście!... Ale czekaj, już ja ją urządzę dzisiaj; zapłacę jej za nas obie!...

Garderoba powoli zaczęła się napełniać aktorkami, gwarem i zapachem pudru i szminek, rozgrzewanych przy świecach. Zaczynały się ubierać. Przyszła w końcu i Majkowska, wspaniała, tryumfująca, z bukietem w ręku, z różami przy gorsie, i zobaczywszy siedzącą obok Rosińskiej Jankę spochmurniała.

– Zdaje mi się, że tutaj nie garderoba chórzystek! – zawołała ze złością.

– Źle ci się zdaje, pantominowa artystko – odpowiedziała Rosińska.

– Nie do pani mówię.

– Ale ja odpowiadam. Zostań pani, proszę – zwróciła się do Janki chcącej wyjść.

– Pani się mnie nie czepiaj... Z krowientami będę się ubierać razem, co?

– Zaczekaj, dostaniesz osobny numer z kaftanem i pompą osobną, nie minie cię to.

– Milczeć! czterdziestoletnia naiwności.

– Zasię ci do moich lat, złamana bohaterko.

– Wygląda to na scenie jak zmokła kwoka, głos będzie tu podnosić. Garderoba aż się trzęsła od śmiechu, a one już teraz kłóciły się coraz ordynarniej, nie przerywając sobie ani na chwilę charakteryzacji i ubierania pośpiesznego.

Janka słuchała kłótni w milczeniu. Nie czuła prawie żalu do Meli za zabranie roli, tylko wstręt jakiś fizyczny do jej osoby. Wydawała się jej teraz taka brudna, wyszarzana, podła i obdarta z cech człowieczeństwa, że nawet głos jej brzmiał obrzydliwie.

Dopiero gdy zaczęto grać Doktora Robina, poszła w kulisę zobaczyć tę swoja rolę. Niepodobna opisać tego subtelnego mordującego bólu, jaki szarpał jej duszę, kiedy zobaczyła Majkowską– Marię na scenie. Każde słowo, każdy gest, każdą pozę i akcent czuła, że tamta jej wyszarpuje z mózgu, odziera z serca po kolei.

– Moje! moje! – szeptała nie mogąc dać sobie rady. – Moje! – i pożerała Melę oczyma, to znowu zamykała oczy, żeby już nie widzieć nic i nie krwawić sobie duszy przypomnieniem. – Złodziejka! – szepnęła wreszcie tak głośno, że Majkowska drgnęła na scenie. Rosińska siedziała z drugiej strony sceny, w kulisie; jak tylko Majkowska weszła, wtedy zaczęła się scena na scenie, bo każde słowo Meli powtarzała półgłosem w fałszywej intonacji, śmiała się z jej gry głośno, drwiła, przedrzeźniała jej ruchy najkomiczniej, wyprawiała prawdziwą hecę...

Majkowska z początku nie zwracała na to uwagi, ale później nie mogła się powstrzymać od spoglądania w kulisę, nie potrafiła już nie słyszeć drwin i przedrzeźniań. Zaczynała się mieszać i zapominać: nie słyszała chwilami suflera i stawała w pół zdania, a Rosińska coraz gwałtowniej ją dobiała.

Majkowska szalała ze złości bezsilnej, ale grała źle i czuła to rzucając się po scenie jak nieprzytomna. We wszystkich kulisach widziała twarze rozbawione, nawet Dobek w budzie aż zatykał sobie usta, tak się bawił szczerze hecą, więc jej to odbierało resztę panowania nad sobą.

Skoro tylko zeszła ze sceny, rzuciła się z pięściami na Rosińską.

Zrobiła się taka awantura, że mężczyźni musieli je rozdzielić, bo sobie już po trosze nadwerężyły peruk.

Majkowska siłą zaprowadzono do garderoby; była wprost rozszalałą i z tej irytacji dostała jakiegoś napadu histerii. Potłukła lustra, darła garderobę i tak się rzucała, ze musiano wezwać doktora i skrępować jej ręce i nogi.

Cabiński resztki włosów wyrywał z rozpaczy, ale aktorzy śmiali się po garderobach i bawili nadzwyczajnie.

Musiano kurtynę spuścić w połowie sztuki, a Topolski, siny prawie z gniewu, zaanonsował:

– Szanowna publiczności! Z powodu nagłej i silnej niedyspozycji panny Majkowskiej Doktor Robin nie może być dokończony. W tej chwili zacznie się następująca sztuka, podług afisza.

Jance, pomimo pewnego zadowolenia z takiego fiaska nieprzyjaciółki, żal się zrobiło, gdy ją zobaczyła nieprzytomną i cierpiącą. Nie była jeszcze na tyle aktorką, żeby pozostać obojętną, i poszła do niej, ale zobaczywszy w garderobie doktora i Cabińskiego, który się kłócił z Rosińską, cofnęła się szybko.

Rosińska, Wolska i Mirowska oświadczyły wręcz Cabińskiemu, że jeśli Majkowska zostanie w towarzystwie, to ich jutro już nie będzie...

Cabiński uciekł, ale natknął się znowu na Stanisławskiego i Krzykiewicza, którzy mu powiedzieli to samo, z dodatkiem, że nie będą ani dnia dłużej, bo im wstyd być w towarzystwie, gdzie się takie skandale publicznie dzieją...

Dyrektor o mało nie zwariował, bo nie był na taką rzecz wcale przygotowany; wykręcał się, jak mógł, obiecywał, dawał kwity do kasy każdemu, kto chciał, a zobaczywszy Jankę zawołał głośno, żeby trochę złagodzić swój postępek:

– Jeżeli pani chce co z kasy, to dam kwit, bo muszę iść zaraz...

Prosiła o pięć rubli; nie skrzywił się nawet, tylko dał i poleciał zaraz do Pepy, ale go znowu w drodze napadł ów debiutant ze swoim kuzynem i zaczynało być tak głośno za kulisami, że publiczność słuchała zaniepokojona.

Dokończono przedstawienia wśród ciszy publiczności; ani jedno brawo się nie odezwało... Janka odchodząc od kasy z pieniędzmi spotkała Niedzielską, wolno dreptającą. Przystanęła i chciała ją powitać, ale Niedzielska spojrzała na nią groźnie.

– Czego chcesz, ty! ty!...

Zakasłała się gwałtownie, pogroziła jej laską, którą się podpierała, i powlokła się dalej. Janka obejrzała się bezwiednie, czy gdzie nie zobaczy Władka, ale już, widać, zniknął... nie widziała go od rana.

Umyślnie jej unikał, bo stanowczo przyszedł do wniosku, że lepiej mieć do czynienia ze zwyczajnymi kobietami: nie potrzeba się krępować, udawać i ciągle liczyć się ze wszystkim. Zresztą, zrobiła klapę: była dalej tylko chórzystką i matka mu groziła wprost wydziedziczeniem za nią...

Patrzyła długo za starą, która pewnie szła szukać syna, i poszła wolno do domu.

X

Janka leżała chora.

Zdawało się jej, że leży na dnie studni i z tych głębin, w które ją zepchnęli, widzi tylko blady błękit nieba, czasem noc zupełną, czasem migotanie gwiazd, to jakieś skrzydła przelatujące kładły cień na jej oczy, że przestawała wiedzieć o wszystkim; czuła tylko, że to falowanie życia i jego odgłosy, jego zamęty, krzyki, łzy i rozpacze sączyły się po gładkich cembrowinach i zlewały w jej duszy jak w zbiorniku, i przenikały ją całą bólem nieświadomym, który jednak czuła w każdym tętnie swojego jestestwa.

Zdawało się jej, że jest coraz dalej nie tylko od życia, ale i od marzeń, bo ilekroć razy chciała coś myśleć, kombinować, tworzyć w myśli jakiś obraz lub pojęcie, wymykało się jej wszystko z mózgu jakby przez jakieś olbrzymie szczeliny i czuła tylko pustkę i ból samotności.

Dnie wlokły się tak wolno, jakby były nanizane na łańcuchy wieków, jak wloką się tym, co stracili wszystko, nawet nadzieję.

Zawiadomiła dyrekcję, że jest chora, ale nikt jej nie odwiedził, Cabińska tylko przez Wicka kazała powiedzieć, że Jadzia tęskni za lekcjami, i nic więcej.

Tam grają, uczą się, tworzą coś, żyją! Ona leżała, pogrążona w apatii zupełnej niby dusza zmiażdżona, która zaledwie śmie chwilami pomyśleć, że jest jeszcze, i znowu zapada w agonię, która nie może się jednak skończyć zapomnieniem – śmiercią.

Nie była właściwie fizycznie chorą, bo ją nic nie bolało, ale była umierającą z wewnętrznego wyczerpania.

Zdawało się jej, że cały zapas wydała w ciągu tych trzech miesięcy teatralnego życia i teraz kona z głodu duszy, która nie ma czym żyć dłużej.

W te długie dni, w tę nieskończoną męczarnię ciszy nocy, rozmyślała wolno, a raczej odczuwała wszystkich i wszystko, i to powolne, ale zupełnie jednostronne uświadomienie sobie otoczenia napełniało ją gryzącym smutkiem.

– Nie ma szczęścia na świecie... – szeptała; i zdawało się jej, że dotąd miała kataraktę na oczach, którą jej los zdjął brutalnie. Przejrzała, ale były chwile, w których żałowała dawnych ciemności i chodzenia po omacku.

– Nie ma szczęścia! – mówiła gorzko i pesymizm ten, pesymizm kobiet i namiętnych charakterów, buntowniczy i gwałtowny, owładnął jej duszą zupełnie.

Zobaczyła wszędzie tylko zło i podłość.

Jak w latarni czarnoksięskiej przesuwały się przed nią wszystkie znajome postacie i wszystkie spychała do jednego dołu z pogardą, nie wyjmując Władka, który tylko raz zajrzał do niej, zaczął się usprawiedliwiać, ale przerwała mu niecierpliwie i prosiła, żeby sobie poszedł.

Poznała go już dosyć i ze zdziwieniem myślała, że ona go przecież nigdy nie kochała naprawdę.

– Dlaczego? dlaczego? – zapytywała siebie.

Wstyd i żal zaczął ją przejmować, że mogła upaść tak nisko, i dla kogo jeszcze!... Wydał się jej teraz tak marnym i pospolitym...

Nie mogła sobie tego darować.

Męczyło ją to okropnie, że nie mogła już nic odmienić.

– Co za fatalność postawiła go na mojej drodze?... – zapytywała dalej.

Wobec siebie czuła się głęboko upokorzoną.

– Nie kochałam go... – myślała i dreszcz niesmaku i obrzydzenia zatrząsł nią. Zaczynał być dla niej nienawistnym.

I teatr stracił wiele w tych godzinach rozmyślań.

Patrzyła się na niego przez te ciągłe kłótnie i intrygi zakulisowe, przez marność tych jego kapłanów i przez własne zawody.

– Nie takim go widziałam dawniej! – ubolewała.

Zmniejszało się w niej wszystko i szarzało coraz bardziej; zaczynała wszędzie odkrywać łachmany, blagę i kłamstwo... Ludzie przysłaniali jej sobą wszystko.

Nie pragnęła już królowania na scenie.

– Cóż to jest? – szeptała. – Cóż to jest?...

I widziała pstrą, różnorodną publiczność, której było obojętnym, czy sztuka ma jakąś wartość lub nie. Przychodziła tylko się bawić i śmiać, chciała błazeństw i cyrku.

– Cóż to jest?... Komediaństwo dla zarobku i dla bawienia tłumu...

Scena wydawała się jej prawdziwą areną dla popisu klownów i małp tresowanych.

– O! o!... – jęczała dotknięta tym boleśnie. – Chciałam być bawicielką motłochu... a gdzież sztuka? – pytała się wpatrując w jakąś przestrzeń nieskończoną. – Cóż jest czystą sztuką? ideałem?... tym, dla czego setki ludzi poświęca życie?... Co to jest i gdzie to jest? – pytała się znowu niespokojnie, ale zaczynała widzieć, że wszystko jest raczej zabawą niż celem, Literatura, poezja, muzyka, malarstwo, wszystkie sztuki piękne przesunęły się przed jej myślami i nie mogła oddzielić ich strony pożytkowej od czysto artystycznej.

Widziała, że wszyscy grają, śpiewają, tworzą tylko dlatego, żeby się ten ogromny, brutalny tłum bawił... Dla niego poświęcają życie, krew i marzenia; dla niego walczą i cierpią dla niego, dla niego żyją i umierają...

Ujrzała ten olbrzymi tłum Grzesikiewiczów, Kotlickich, mecenasów, jako srogiego w swojej głupocie i niskich popędach pana, który z uśmiechem półdrwiącym i półłaskawym spogląda na całą rzeszę ludzką, która przed nim maluje, gra, czyta, tworzy i żebrze rozdenerwowanym spojrzeniem łaski i uznania...

I widziała jedną wielką, silną falę ciżby ludzkiej, rozlewającą się szeroko po nizinach, kołysaną wolno i nie dążącą nigdzie, a z drugiej tych wszystkich, jak przerzynali ciżbę we wszystkich kierunkach, mówili coś głośno, śpiewali z uniesieniem, wskazywali na przestrzeń, zwracali uwagę na gwiazdy, chcieli zaprowadzić jakiś ład w kłębiącym się bezładnie tłumie, torowali drogi, prosili głębokimi głosami, zaklinali, ale tłum albo się śmiał, albo potakiwał głucho i stał w miejscu, falując i wypychając poza siebie tych ludzi albo ich depcząc.

– Co to? Dlaczego? – rzucała zapytania strwożona głęboko. – Nie potrzebują nas, to ich zostawić samych i zostać na uboczu, i być tylko dla siebie i ze sobą – myślała. Ale znowu się to wszystko mieszało w jej głowie, że nie mogła pojąć, jak by to żyć można poza wszystkimi, że nie warto by żyć. Myśli podobne rozsadzały jej czaszkę zamętem.

Sowińska, która ją doglądała z macierzyńską troskliwością, przerwała jej te majaczenia.

– Niech pani jedzie do domu – powiedziała jej szczerze.

– Nigdy.

– Po cóż ma się pani tak marnować. Odpocznie pani trochę, nabierze sił i znowu z powrotem wróci pani do teatru.

– Nie – odpowiedziała cicho.

– Ale, była tu u mnie wczoraj Niedzielska stara.

– Zna się pani z nią?

– Wcale, tylko miała mały interesik. O, to hycel baba! – dodała.

– Trochę tylko może za bardzo skąpa, ale to dosyć zresztą poczciwa kobieta.

– Poczciwa, doświadczysz pani jeszcze jej poczciwości.

– Dlaczego? – zapytała Janka, ale bez ciekawości; co ją to mogło obchodzić teraz.

– Powiem tylko tyle, że wcale pani nie kocha, o! wcale.

– To dziwna, bo jej przecież nie zrobiłam nic złego.

Sowińska zmieniła się gwałtownie, bo spojrzała na nią ze złością i chciała coś powiedzieć ostro, ale zobaczywszy na jej twarzy zupełną obojętność dała spokój i wyszła. Janka zaczęła myśleć o Bukowcu.

– Nie mam domu – myślała nawet bez goryczy. – Taki szeroki świat na mieszkanie – dodała, ale przypomniała sobie to, co Grzesikiewicz mówił jej o ojcu, i poruszyła się, jakby ją coś zabolało.

Niepokój, nie taki, jaki ogrania człowieka w przededniu czegoś, ale taki, jaki się czuje przy wspominaniu jakiegoś dobra utraconego na zawsze, owładnął jej sercem.

Był to ból przeszłości, jakby ciche wspomnienie umarłych w godzinie rozmyślań i rachunków z samym sobą.

Ale te wspomnienia Bukowca i tych nocy samotnych, w których marzyła zapominając o wszystkim i stwarzała sobie takie cudowne światy, zajaśniały w jej mózgu bardzo silnie. Tylko wspomnienie przyrody bujnej i wspaniałej, pól olbrzymich, jarów zacisznych a pełnych szmerów i śpiewów, zieleni i dzikości potężnej pięknem, owiewało ją melancholią ; kołysało czarem jej duszę, zmęczoną życiem i walką.

Tylko te lasy, w których się wychowywała, te mroczne głębie, pełne cudów niewypowiedzianych, te drzewa olbrzymy, pomiędzy którymi czuła się jak pomiędzy braćmi nieledwie, z którymi była złączoną tysiącami powinowactw, rysowały się w jej mózgu coraz potężniej.

Tęskniła za nimi teraz, nasłuchiwała nocami, bo się jej wydawało, że słyszy poważny szum jesienny boru, senne szmery gałęzi, że czuje w sobie to powolne, nieskończone kołysanie się olbrzymów; te miękkie złotawe ruchy, krzyki radosne ptaków, zapachy młodych pędów sosen i jałowców; to życie powolne przyrody całej.

Leżała godzinami całymi bez słowa, bez myśli i bez ruchu, bo dusza była tam, w tych borach zielonych; chodziła rozłogami, po których kwitły maliny dzikie i tarnina, błądziła przez pola zarośnięte, niby lasem żytami wysokimi, które z szumem kołysały się i połyskiwały w słońcu rosami; przedzierała się przez zagajniki pełne sosenek i ciężkich zapachów żywicznych. Szła każdą drogą, każdą granicą i ścieżką każdą i witała się ze wszystkim, i mówiła i polom, i lasom, i błękitom, i górom:

– Jestem! Jestem! – I uśmiechała się, jakby odnajdywała stracone szczęście. Wyzdrowiała prawie przez te wspomnienia orzeźwiające.

Ósmego dnia wstała i czując się dosyć silną poszła na spacer. Zapragnęła świeżego powietrza, zieleni nie zakurzonej pyłem miasta, słońca i przestrzeni wielkiej, która by się nie dała objąć wzrokiem.

Czuła, że to miasto dusi ją coraz bardziej, że tutaj na każdym kroku musi swoje j a ograniczać, skupiać się i ciągle szamotać ze wszystkimi barierami zwyczaju i zależności.

Przeszła plac Broni i za Cytadelą szła wilgotnymi ławicami piasku ku Bielanom.

Cisza ją ogarnęła zupełna.

Słońce świeciło jasno i ciepło, ale od wody zawiewał jędrny, pokrzepiający chłód.

Patrzyła na rzekę, toczącą się z cichym pluskiem, popręgowaną białymi grupkami piany, na niejasne sylwetki łodzi, przesuwających się środkiem. Piła wolno i pełną piersią ten spokój, jaki ją otoczył; czuła jakby wskrzeszenie w sobie sił starganych.

Położyła się na żółtym piasku wybrzeża i zapatrzona w połyskliwą kresę wody, zapomniała o wszystkim. Zdawało się jej tylko, jakby płynęła z prądem, że mija brzegi, domy, lasy i wciąż płynie w jakąś dal nieskończoną a niebieskawą, niby w bezmiar wiszący nad nią; że nic już nie wie, tylko czuje niewypowiedzianą rozkosz kołysania się z falą i że to jest niezmiernym szczęściem oddać się na łaskę żywiołu i bez chęci jakiej bądź, bez myśli dać się porwać i nieść, i usypiać coraz głębiej przy tym szmerze łagodnym fali, przejmującym słodyczą; nie żyć, nie pamiętać, tylko czuć niejasno barwy, wonie, dźwięki, drganie świetlane gwiazd, życie tych drzew, szepty nieskończoności, całą tę pulsację matki–ziemi i niezmierności.

Ocknęła się z tego półsnu, bo obok niej przeszedł jakiś stary człowiek z wędką w ręku.

Popatrzył na nią przechodząc i usiadł prawie obok niej, nad samym brzegiem, spokojnie zarzucił wędkę i czekał.

Miał tak poczciwą twarz, że poczuła chęć porozmawiania z nim, myślała już, jak zacząć, gdy on odezwał się pierwszy.

– Chcesz się pani przejechać na drugą stronę?

Janka spojrzała na niego pytająco.

– Aha! nie rozumiemy się. Myślałem, że pani chciała się utopić.

– Nie myślałam nawet o śmierci – odpowiedziała cicho.

– Ho! ho! niespodziewany byłby honor dla rzeki.

Poprawił wędki i zamilkł skupiając całą uwagę na rybki, które się zaczęły uwijać koło przynęty i haczyka.

Cisza jakby się rozpostarła jeszcze głębsza i rzuciła jej duszę w wyczuwanie błogości uspakajania się; czuła, że ją przenika jakieś dobro ogromne, że ten majestat przestrzeni, wody i zieleni podnosi ją i wyrywa z jej piersi niemy hymn dziękczynienia i czystej radości istnienia, bo nie związanej z żadną rzeczą bytu. Wyprostowywała się niejako i olbrzymiejąc zaczynała żyć życiem powszednim.

Stary spoglądał na nią z boku i po ustach wąskich przewijał mu się uśmiech niezgłębiony.

Poczuła ten wzrok i spojrzała na niego. Oczy ich spotkały się i zatonęły w sobie długo i życzliwie.

Porwała ją nagła i niepowstrzymana chęć wypowiedzenia się przed nim do dna.

Ten nieznajomy miał taki dobrotliwy wyraz twarzy, taka powaga mądrości świeciła w jego oczach, że wzbudził w niej nieprzepartą sympatię.

Przysunęła się bliżej i rzekła cicho:

– Nie myślałam o śmierci.

– To szukałaś pani uspokojenia?

– Tak. Chciałam zobaczyć przyrodę i zapomnieć...

– O czym?

– O życiu! – szepnęła głucho i łzy rozczulenia gwałtownego zabłysły w jej oczach.

– Dziecko pani jesteś. Tak tragicznie usposobił pewnie jaki zawód miłosny, ambicyjka al– bo brak może obiadu?

– Razem to nie dość, żeby się czuć bardzo, bardzo nieszczęśliwą?

– Razem to jest jedno nic, bo jak ja myślę, nie ma wprost nic, co by zupełnego, świadomego siebie człowieka mogło uczynić nieszczęśliwym.

– Kto pani jesteś? –zapytał po pewnym przestanku – to jest, co pani robisz?

– Jestem w teatrze.

– Aha! komediancki świat! Udawania, które później bierzecie za rzeczywistość, chimery! to psuje duszę ludzką. Najwięksi aktorzy to tylko maszynki, nakręcone czasem przez mędrców, czasem przez geniusze, ale najczęściej przez głupstwo, mówiące do jeszcze większego głupstwa.

Aktorzy, artyści, twórcy! to tylko ślepe narzędzia przyrody–natury, która ich używa do objawienia siebie i dla celów sobie tylko wiadomych. Im się zdaje, że oni są czymś istotnym – smutne złudzenie, są narzędziem, które pójdzie na śmiecie wtedy, jak przestanie być potrzebnym albo zrobi się nieużytecznym.

– Kto pan jesteś? – zapytała prawie bezwiednie, poruszona jego słowami.

– Stary człowiek, jak pani widzi, który łapie ryby i lubi gawędzić. O tak, jestem bardzo stary. Przychodzę tutaj codziennie latem, jeśli jest pogoda, na kilka godzin i łapię rybki, jeśli się pozwolą łapać. Na cóż to pani? Nazwisko nic panią nie objaśni. Jestem tylko jednostką w ogólnej cyfrze, która ma swój numer wejścia na świat i będzie go mieć przy zejściu. Jestem komóreczką czucia, dawno już zapisaną i zaklasyfikowaną przez bliźnich w rubryce "niedołęgi" – mówił uśmiechając się żartobliwie.

– Nie chciałam tym zapytaniem obrazić pana.

– Nigdy się o nic nie gniewam. Gniewa się tylko lub raduje głupstwo – odpowiedział. – Człowiek powinien patrzeć, obserwować i na swoją drogę – dorzucił ściągając kiełbia z haczyka.

Mroziła ją trochę ta powaga i stanowczy, nie dopuszczający dyskusji ton mowy.

– Pani z warszawskiego teatru? – zapytał zarzucając znowu wędkę.

– Nie; jestem w towarzystwie Cabińskiego, zna pan pewnie.

– Nie znam, nie słyszałem.

– Jak to, nie słyszał pan nic o Cabińskim i o "Tivoli", nie czytał pan? – pytała ogromnie zdziwiona, że może być ktoś w Warszawie, co nie zna i nie interesuje się teatrem.

– Nie chodzę wcale do teatru i nie czytuję pism.

– Ależ to niemożebne!

– Widać zaraz, że pani masz dwadzieścia lat, bo wołasz zdumiona: Niemożebne! i patrzysz się pani na mnie jak na upośledzonego umysłowo albo jak na barbarzyńcę.

– Ale niepodobna mi było przypuścić ani na chwilę, rozmawiając z panem, że...

– Że się nie interesuję teatrem, tak, że nie czytam pism, tak – odpowiedział za nią.

– Nie umiem nawet i rozumieć dlaczego?

– No, bo mnie to nic nie obchodzi – odpowiedział prosto.

– Nic pana nie obchodzi, co się dzieje w świecie, jak żyją, co robią, co myślą?

– Nie. Pani się to wydaje pewnie potwornym, a to jest zupełnie naturalnym. Czy nasze Maćki, Bartki i Jagny zajmują się teatrem albo sprawami świata? Nie, prawda?

– Ależ to chłopi, to zupełnie co innego.

– To jest to samo, z tym tylko, że dla nich wcale nie istnieją wasze sławy i wielkości i że im zupełnie wszystko jedno, czy Newton lub Szekspir był, czy też nie był. Bardzo im z tym dobrze, bardzo.

Janka milczała, bo się jej to wydawało paradoksalnym i niezbyt prawdziwym.

– Cóż ja się dowiem z waszych pism i teatrów, że się kochają, nienawidzą, gryzą, że jest, jak było, panowanie zła i przemocy, że świat i życie to wielki młyn, w którym się trą na miazgę mózgi i sumienia. To już wygodniej nic nie wiedzieć.

– Ale czy się powinno tak egoistycznie odsuwać od wszystkiego?

– W tym jest właśnie mądrość. Nie żądać nic dla siebie, nie dbać o nic i być obojętnym, do tego się powinno dążyć.

– Czyż jest możebnym do osiągnięcia ten stan bez czucia zupełnego?

– Dochodzi się do niego doświadczeniem życiowym i myśleniem. Niech pani pamięta, że najdrobniejsza przyjemność, chwilowe zadowolenie kosztuje nas zawsze drożej, niżeli jest w istocie warte. Przeciętny człowiek nie zapłaci tysiąca rubli za gruszkę, dajmy na to, bo rozumie się, że byłoby to szaleństwem i zresztą zna wartość tysiąca i gruszki, ale z kapitału życia gotów rozchodować tysiące na bagatele – na miłostkę, która trwa przez czas dojrzewania gruszki za dwa grosze, bo nie myślał nigdy nad kosztownością wprost bezcenną własnej energii życiowej, oślepia się jak byk, kiedy mu torreador zamigoce czerwoną płachtą, i za to oślepienie płaci kawałem życia. Większość umiera nie z naturalnej konieczności jak lampa, kiedy się nafta wypali, tylko z bankructwa, z roztrwonienia sił na głupstwa tysiąc razy mniej warte od jednego dnia istnienia.

– Nie chciałabym takiego zimnego i wyrachowanego życia, bez szaleństw, marzeń i miłości.

– Świat i tak by się nie zapadł w nicość, choćby się ludzie nie kochali.

– Lepiej by się już zabić niż żyć i usychać jak drzewo.

– Samobójstwo to ordynarny krzyk zwierzęcia, które cierpi, to bunt atomu przeciw prawom ogólnym, a do tego krzyk, w którym może zostać coś z bólu świadomości i trwać wieki w przestrzeniach. Trzeba wypalić się spokojnie do ostatka – w tym jest szczęście.

– Takim jest szczęście? – zapytała przejęta jakimś zimnem.

– Tak. Spokój jest szczęściem. Negowanie wszystkiego, zabijanie siebie w pragnieniach, w żądzach, wyrywanie z siebie złudzeń i zachcianek. Jest to wziąć swoją duszę w garść świadomości i nie pozwolić się rozmieniać dla głupstwa.

– Któż zechce żyć w takim jarzmie? jakaż dusza wytrzyma?

– Dusza – to świadomość.

– Nic prócz kamiennej obojętności, spokoju! Nic nigdy; wolę już tak zwyczajnie żyć.

– Jest jeszcze jeden środek: najlepszym lekarstwem na cierpienia mózgu jest rozszerzenie serc naszych, zjednoczenie się z przyrodą.

– Dajmy spokój, nie lubię tego, to mnie porusza.

Milczeli długo.

Starzec wpatrywał się w wodę i mruczał coś szeptem, a Janka rozmyślała.

– Wszystko głupstwo! – zaczął znowu. – Patrz pani i podziwiaj choćby wodę, starczy ci na długo. Przypatruj się gwiazdom, ptakom, żywiołom;

śledź rozrost drzew, wsłuchaj się w wichry, pij wonie i barwy, a wszędzie znajdziesz cuda niesłychane, wiecznie trwające, doświadczysz rozkoszy niewypowiedzianych. Wystarczy ci to zupełnie za życie wśród ludzi. Nie patrz tylko okiem pospolitaka; bo wtedy najpiękniejszy śpiew ptaków będzie krzykiem; najwspanialsze lasy – opałem; w zwierzętach zobaczysz tylko mięso na pokarm; w łąkach – siano; bo wtedy zamiast czuć, będziesz obrachowywać.

– Wszyscy są takimi.

– Jest niewielu, którzy z księgi przyrody czytają i biorą dla siebie pokarm żywota. Znowu zapadli w milczenie.

Słońce chyliło się za wzgórza drugiego brzegu, jakby wypalone świeciło coraz zimniej, krwawiąc wodę ostatnimi zorzami.

Kępy drzew jakby się kurczyły, bo wydawały się niższe a szersze. Żółtość nadbrzeżnych piasków pociągała się szarością zmroku. Dalekie horyzonty zdawały się zapadać w mgłach, podnoszących się niby dymy dopalającego się słońca.

Spokój był jeszcze głębszy i rozwłóczył się sennością nad ziemią, jakby senną po trudach dnia.

Janka rozmyślała nad słowami starca i smutek jakiś cichy, posępny napełniał jej serce i przysłaniał mózg lękiem niejasnym; ogarniało ją bierne poddanie się, rodzaj wewnętrznego odrętwienia.

Powstała do odejścia, bo było już prawie szaro na świecie.

– Idzie pan?

– Czas już, kawał drogi do Warszawy.

– Pójdziemy razem.

Złożył wędkę w laskę, rybki złowione wpuścił do blaszanej puszki i zaczął iść dość prędko.

– Nie wiem, jak się pani nazywa – zaczął wolno – nic mnie to nie obchodzi, ale widzę, że musi pani być nie bardzo dobrze na świecie. Ja jestem stary wariat, jak mnie nazywają moi sąsiedzi; stary mason, jak dodają kumoszki staromiejskie; jestem sam i pogodzony z losem, czekam końca... Coś, kiedyś tam cierpiało się, kochało, ale to już dawno przeszło, dawno! – szeptał wpatrując się w jakąś przeszłość odległą, z bladym uśmiechem wspomnienia. – Największym dobrem człowieka jest to, że może zapominać, inaczej nie mógłby żyć zupełnie. Nic to panią nie obchodzi, prawda? Bredzę czasami i już się łapię na rozmawianiu z samym sobą, zapominam często, ot, starość. Masz pani dobrą twarz, więc jako doświadczony, poradzę ci: ile razy cierpisz, zawodzi cię wszystko, boli cię życie – uciekaj z miasta, idź w pola, oddychaj powietrzem czystym, kąp się w słońcu, wpatruj się w niebo, myśl o nieskończoności i módl się... a zapomnisz o wszystkim. Uczujesz się lepszą i silniejszą. Nędza dzisiejszych ludzi pochodzi z oderwania się od przyrody i od Boga, z osamotnienia wewnętrznego. I jeszcze jedno ci powiem: przebaczaj wszystko i miej litość dla wszystkiego. Ludzie są źli przez głupotę, bądź dobrą. Najwyższa

mądrość jest najgłębszą dobrocią. Nie trwoń sił na głupstwa. Ja codziennie tutaj jestem, póki ciepło. Może się kiedy spotkamy. No, bądź pani szczęśliwą. – Kiwnął jej głową na pożegnanie i uśmiechnął się życzliwie.
Długo patrzyła za nim, aż jej zniknął gdzieś koło kościoła Panny Marii. Przetarła oczy, bo się jej wydało, że uległa jakiejś halucynacji.
– Nie – szepnęła, bo jeszcze czuła na swojej twarzy to czyste spojrzenie starości pogodnej, słyszała głos jego:
– Bądź dobrą! Módl się! Przebaczaj! – powtarzała idąc ulicami.
– Przebaczaj! – i widziała ojca, później teatr, Cabińskiego, Majkowską, Kotlickiego, M–me Annę, Sowińską, i przypomniała sobie te dni, w które była głodną i sponiewieraną w swojej godności ludzkiej, swoje cierpienia.
– Bądź dobrą – i znowu widziała Mirowską, która najboleśniejsze krzywdy zbywała uśmiechem, która nikomu nigdy nic złego nie zrobiła, a była pośmiewiskiem całego towarzystwa; Wolską, co kosztem własnego życia wydzierała dziecko śmierci, którą oszukano i pchnięto w nędzę; nianię, poświęcającą się dla cudzych dzieci; inspicjenta; chłopów na wsi, traktowanych niby zwierzęta; robotników wyzyskiwanych; szalbierstwa, oszustwa, zbrodnie, o których ciągle słyszała i które się działy zawsze i ciągle. Czuła, że się w niej coś trzęsie, łamie, krzyczy; że nabrzmiewa bólem jakimś powszechnym, że wszystkie niesprawiedliwości, wszystkie krzywdy, wszystkie łzy, cierpienia stają przed nią, a jakiś głos poważny mówi z góry:
– Bądź dobrą... przebaczaj... módl się... – a śmiech szyderczy zrywa się dokoła jakby w odpowiedzi.
Przyszła do mieszkania i długo nie mogła się uspokoić. Chwytała się za głowę, tak jej się tam plątało wszystko, zazębiało i tłoczyło ze zgiełkiem, a ona nie wiedziała, gdzie prawda, i nie wiedziała, gdzie fałsz. Bo ujrzała w jakimś olśnieniu jasnowidztwa, że źli i dobrzy zarówno cierpią, że wszyscy się szamoczą, wszyscy krzyczą o zbawienie jakieś i płaczą na życie.
– Oszaleję! oszaleję! – szeptała.
Rano przybiegł Władek. Był dzisiaj taki dobry, tak ją całował po rękach, że zwróciła na to uwagę. Narzekał na Cabińskiego, żalił się długo na matkę. Patrzyła zimno na niego i zaraz prawie zrozumiała, że chciał od niej pożyczyć pieniędzy.
– Kup mi pudru, bo muszę już dzisiaj iść do teatru.
Podniósł się z ochotą.
– Zamknij te drzwi, bo się będę ubierać.
Zamknął drzwi do jej pokoju na zatrzask, od którego miał swój klucz, i poszedł. Na ulicy, prawie przed bramą, zobaczył mecenasa. Błysnęła mu myśl jakaś, bo się uśmiechnął i przystąpił serdecznie do starego.
– Dzień dobry szanownemu mecenasowi.
– Dzień dobry, jakże zdrowie, hę?
– Dziękuję, ja jestem zdrów zupełnie, tylko panna Orłowska. Właśnie prosiła mnie dyrektorowa, aby w jej imieniu dowiedzieć się o chorą...

– Co? Panna Janina chora? Mówili mi za kulisami, ale nie wierzyłem, myślałem...

– Chora, właśnie biegnę po lekarstwo.

– To niebezpieczne?

– O nie; ale chce się pan mecenas naocznie przekonać?

Mecenas poruszył się gwałtownie, ale rzekł skromnie, poprawiając binokli:

– Doprawdy, chciałbym, chciałem już nieraz, ale ona taka nieprzystępna.

– Ułatwię panu.

– Żartujesz pan, jakżeby można...Choć moją prawdziwą życzliwość...

– Można. Masz pan klucz od zatrzasku. Przyjmie pana, mówiła mi nawet, że z przyjemnością zobaczyłaby znajomych u siebie; cóż pan chcesz, tak samotnie przepędza dnie całe.

– Ale... jeśli...

– Idź pan, skoro dla mnie była widzialną, to tym bardziej dla mecenasa. Ja za godzinę przyjdę, to sobie posiedzimy.

Odszedł śpiesznie.

Mecenas przecierał binokle, kręcił się w miejscu i jeszcze nie mógł się zdecydować wejść lub nie, gdy Władek się zawrócił i zawołał:

– Panie! Mecenasie mój złoty, niech mi mecenas pożyczy pięć rubli. Musiałbym Cabińskiego szukać, żeby dał pieniędzy, a tu lekarstwo zaraz jest potrzebnym. Nieprzyjemny wziąłem na siebie obowiązek, ale cóż robić... koleżeństwo. Oddam mecenasowi wieczorem, tylko o dyskrecję proszę i o przebaczenie, mój mecenasie.

Mecenas chętnie sięgnął po pugilares i dając dziesięć rubli rzekł:

– Z przyjemnością, proszę. Jeżeli będzie potrzeba więcej, powiedz pan tylko pannie Janinie, niech słówko powie.

Władek z pieniędzmi odszedł pogwizdując wesoło.

Mecenas poszedł, otworzył drzwi po cichu, rozebrał się z palta w przedpokoju i wszedł. Janka czesała się nie zwracając uwagi na otwieranie drzwi, bo myślała, że to Władek wraca. Mecenas od drzwi pokasływał i z wyciągniętą ręką szedł ku niej.

Zerwała się śpiesznie, narzucając chustkę na nagie ramiona.

– Właśnie pan Władysław objaśnił mnie, że pani chora, więc grzechem nie jest odwiedzić – mówił prędko, poprawił binokli i uśmiechał się swoim mdłym, zdawkowym uśmiechem. Janka patrzyła na niego zdumiona, dopiero poczuwszy dotknięcie jego zimnej i wilgotnej ręki poczerwieniała cała, rzuciła się ku drzwiom, aż chustka zsunęła się na ziemię, odsłaniając wspaniale zakreślone ramiona, i zawołała, energicznym gestem otwierając drzwi:

– Wyjdź pan!

– Ależ słowo honoru, nie miałem myśli nawet ubliżać pani. Owszem, jako szczerze życzliwy, chciałem przyjść ze słowem współczucia. Pan Władysław...

– Jest nikczemnikiem.

– Na to zgoda, ale nie potrzebuje pani się gniewać na mnie i wyrażać swoje oburzenie aż w ten sposób, jest to troszeczkę...

– Proszę, wyjdź pan – wołała trzęsąc się z gniewu.

– Komediantka! Komediantka, słowo honoru daję – szeptał kładąc pośpiesznie palto, bo był zirytowany i obrażony. Zatrzasnął drzwi za sobą ze złością.

– A nędznik, a!... i ja należałam do takiego człowieka, ja!... ach!... Szakale, nie ludzie, szakale! Nie można tknąć się niczego, bo wszędzie błoto.

I tak się w niej spotęgowało to oburzenie, że krzyczała prawie głośno przez łzy:

– Podli! podli! podli

Wkrótce przyszedł Władek; przyniósł puder, butelkę wódki i przekąski w papierze. Patrzył się na nią i rozglądał po pokoju.

– Był tutaj mecenas! – rzuciła mu szorstko.

Aktor cynicznie się roześmiał i zawołał knajpiarskim żargonem:

– Skantowałem go. Urządzimy sobie małą frajdkę.

Chciała mu rzucić w twarz tę jego podłość, ale błyskawicznie zadźwięczały w jej uszach słowa:

– Bądź dobrą... przebaczaj!... – Powstrzymała się i zaczęła się śmiać, ale tak ostro, spazmatycznie i długo, że aż się rzuciła na łóżko i tarzając się po nim, przez ten śmiech histeryczny i straszny powtarzała:

– Bądź dobrą... Przebaczaj... Cha! cha! cha!

————

Po tygodniowej przerwie rozpoczęło się znowu dawne ciężkie życie, cięższa niż przedtem walka, bo już tylko o chleb.

Tak samo jak przedtem śpiewała w chórach, ubierała się, patrzyła przez kurtynę na publiczność, której coraz mniej przychodziło; tak samo snuła się w antraktach po scenie, garderobach, słuchała szeptów, muzyki, kłótni; ale jak różne były jej uczucia i myśli, jak inną była i niepodobną do tej dawnej Janki!

Nie szukała już w oczach publiczności zapału i miłości sztuki, nie rzucała wyzywających spojrzeń do pierwszych rzędów, bo ją nędza nauczyła obliczać ze sceny publiczność i stąd wyciągać wnioski co do wysokości akonta.

Nauczyła się z głodu zabierać potajemnie chleb z rekwizytorni, używany często na scenę, i w drodze do domu go zjadała; często było to jej jedyne, całodzienne pożywienie. Nikt jej nie admirował i nie odprowadzał, nie sprzeczała się już więcej o sztukę.

Kotlicki gdzieś przepadł. Mecenas się pogniewał i nie przychodził, a Władek tylko czasami z nią rozmawiał i coraz rzadziej zaglądał do niej tłumacząc się, że matka coraz słabsza i musi przy niej przesiadywać. Wiedziała, że kłamał, ale mu nie przeczyła, bo jej był zupełnie obojętnym. Czuła do niego głęboką pogardę, ale jakby przez nieświadomą już pamięć tych słonecznych chwil nie potrafiła zerwać z nim zupełnie. Traktowała go zimno, nie pozwalała się całować, ale nie mogła mu powiedzieć wprost – podły, bo był jakby ostatnim ogniewem, łączącym się z jej dziwną duszą.

Schudła ogromnie; twarz jej, o niezdrowej, sinawej cerze, pokryły żółtawe plamy i z powiększonych, szklistych oczów patrzał głód ciągły, stały, okropny!

Chodziła po teatrzyku niby cień, cicha i spokojna na pozór, ale z tym uczuciem wiecznego głodu, który jej szarpał wnętrzności; zdeterminowana już na wszystko.

Były dni całe spędzane bez odrobiny pożywienia, w których czuła jakąś pustkę bolesną pod czaszką i w których się jej tylko w mózgu to jedno błyskało – jeść!

Najeść się!... Poza tym wszystko znikło i nie miało znaczenia.

Podobna nędza panowała w całym towarzystwie.

Kobiety radziły sobie, jak mogły; ale mężczyźni, zwłaszcza uczciwsi, sprzedawali, co tylko mieli, nawet peruki, aby wprost nie umrzeć z głodu.

Ileż to trwogi przynosił wieczór każdy.

– Czy się będzie grać?

Ten szept słychać było wszędzie, przedzierał się na ogródek, po którym hulał zbyt często jesienny wicher, brzmiał pod pustą werandą, wymawiany przez garsonów, na próżno wyczekujących na gości. Powtarzał go Gold, skulony z zimna w swojej budce kasjerskiej.

Cisza przygnębiająca panowała w garderobach. Najdowcipniejsze kawały Glasa nie potrafiły rozchmurzyć oczów zasępionych troską.

Charakteryzowali się niedbale. Nikt się ról nie uczył, bo każdy z trwogą czekał przedstawienia, łaził koło kasy i szeptał:

– Czy się grać będzie?

Cabiński codziennie wystawiał nową sztukę i pustki były tak samo. Dał: Podróż po Warszawie – pustki. Grali Zbójców – pustki. Grali takie bomby, jak Don Cezar de Bezan, Posąg komandora, Wróżka la Voison – pustki i pustki.

– Jak Boga kocham, czego chcecie? – wołał dyrektor do publiczności przez kurtynę.

– Pan myślisz, że oni wiedzą sami? Gdyby było trzysta osób, to by z pewnością zjawiło się jeszcze trzysta, ale jak jest pięćdziesiąt z dodatkiem zimna i deszczu, to zostaje tylko dwadzieścia – tłumaczył Cabińskiemu redaktor, który sam jeden został z licznych znajomych przychodzących za kulisy, bo reszta rozpierzchła się razem z pierwszymi deszczami.

– To jest stado, które dzisiaj nie wie, gdzie się jutro tłoczyć będzie – powiedział pan Piotr nienawistnie.

O tak, nienawidzili tej publiczności i modlili się do niej. Przeklinali ją, nazywali stadem, bydłem, grozili pięściami, pluli na nią, ale niech się tylko zjawiła w większej ilości, padali przed nią na twarz i czuli głęboką wdzięczność do tej kapryśnej pani, która miała humor codziennie inny i codziennie kogo innego darzyła swoimi względami.

– Ulicznica! Ulicznica! – szeptał groźnie Topolski. – Dzisiaj u mocarza, jutro u cyrkowca!

– Prawdęś powiedział, ale ci to nie da ani rubla – odpowiedział Wawrzecki, którego humor się jeszcze trzymał, ale już zgorzkniały i cierpki, bo Mimi wyjechała z towarzystwa angażując się do Poznania.

Rozjeżdżali się już po trochu, choć cały tydzień było jeszcze czasu do końca sezonu. Chóry szczególniej zupełnie się prawie rozsypały, bo najwięcej cierpiały nędzy.

Deszcze padały rano, w południe i wieczorem.

Atmosfera w teatrze robiła się wprost nie do wytrzymania. Przeciągi w garderobach, błoto na podłogach, bo przez wszystkie dachy przeciekał deszcz; zimno wyganiało wprost.

Jance się zdawało, że ten teatr rozpada się z wolna i zagrzebuje wszystkich pod ruinami. A tamten, na placu Teatralnym, stał mocno. Poczerniał od deszczów, wydawał się jej surowszym, potężniejszym jeszcze i przejmował ją jakąś niewytłumaczoną, pobożną trwogą, ile razy patrzyła na niego. Zdawało się jej czasami, że ten ogromny gmach opiera swoje kolumny na całych stosach trupów, że pije krew, życie, mózgi ich wszystkich i tym tak rośnie i potężnieje.

W swoich snach halucynacyjnych, które ją coraz częściej nawiedzały, patrzyła się nieraz oko w oko ze sztuką i umierała z przerażenia, bo to nie była jedna z tych słodkich, niebiańskich muz, jak je przedstawiali malarze i poeci. Była to groźna twarz Diany Taurydzkiej, surowa i zacięta nieubłagalnością. Nie było litości na jej gładkim, dziewiczym czole, przerżniętym zmarszczką skupienia; na ustach miała wyraz krwiożerczej siły, a oczy były pełne jakiejś boskiej surowości i patrzyły daleko – w nieskończoność; zimne dla nędzy ludzkiej, obojętne na krzyki i śmiertelne szamotanie tych, co się rwali do niej i chcieli ją posiąść.

Nieśmiertelna i niezdobyta!

– Zwariuję, zwariuję! – szeptała nieraz Janka ściskając rozpaloną głowę, bo takie sny, takie halucynacje nękały ją jeszcze więcej niż głód.

Była jeszcze jedna rzecz, która ją śmiertelnie przyciszała, że całymi godzinami wsłuchiwała się w siebie; godzinami myślała o tych dziwnych, nieokreślonych wrażeniach i uczuciach, jakie ją przenikały coraz częściej. Czuła, że się w niej dzieje coś strasznego, że te nagłe drgania, te płacze, które ją porywały, nie wiadomo dlaczego, te szalone zmiany usposobienia, którym się poddawała, te cierpienia – dziwne są jakieś, nienaturalne i pochodzą z czegoś, o czym myśleć się bała.

Nie miała matki ani nikogo, komu by mogła się zwierzyć i kto by ją objaśnił, ale przyszła chwila, że instynktem kobiecym poznała, że będzie matką.

Płakała po tym odkryciu długo, ale nie były to łzy rozpaczy, tylko jakiegoś litościwego rozrzewnienia, czułości i wstydu zarazem. Poczuła wtedy, że śmierć stanęła za nią i stoi tak blisko, że aż ją dreszcz szaleństwa przenikał całą i rzucał w bezmyślną, apatyczną obojętność. Przestawała myśleć poddając się biernie, z fatalizmem ludzi długo cierpiących albo potężnym ciosem zdruzgotanych, jakiejś fali, która ją niosła, i nie pytała nawet gdzie.

Raz, nie mogąc już wytrzymać męczarni głodu, zaczęła szukać co do sprzedania.

Przetrząsła kosze gorączkowo. Miała tylko kilka lekkich, eleganckich, obwieszonych wstążkami kostiumów teatralnych. Kosztowały ją drogo i przywodziły na pamięć szereg wieczorów przepędzonych w upojeniu na scenie...

Sowińska codziennie znowu przypominała zaległe komorne, a mękę tego codziennego trapienia czuła okropnie.

Nie mogła jej teraz prosić o sprzedanie tych resztek, bo bez skrupułów zabrałaby pieniądze.

Sama postanowiła sprzedać.

Zawinęła w papier kostium i wyszła na schody wyczekiwać handlarza, ale po podwórzu chodził stróż, mijały się służące, przez szyby okien widziała twarze kobiet, które ją nieraz obrzucały pogardliwymi spojrzeniami.

Nie, tutaj nie mogła, bo za chwilę cały dom wiedziałby o jej nędzy. Poszła do sąsiedniego domu i czekała niedługo.

– Handel! handel! – wołał jakiś stary Żyd zgniecionym głosem.

Zawołała na niego.

Handlarz się obejrzał i przyszedł. Stary był o tyle, o ile brudny.

Poszła za nim na jakieś schody.

– Pani co przeda?

Worek z kijem na schodach położył i chudą, o zaczerwienionych oczach twarz wyciągnął ku paczce.

– Tak.

Rozwinęła papier.

Żyd kostium w brudne ręce wziął, rozpostarł pod słońce, obejrzał, obrócił kilka razy, uśmiechnął się niedostrzegalnie, złożył z powrotem w papier, zawinął, podniósł worek i kij i dopiero powiedział:

– Taki cymes to nie dla mnie – i schodził ze schodów cmokając drwiąco.

– Tanio sprzedam – zawołała za nim.

– Żeby choć rubla, choć pół – myślała z trwogą.

– Może pani ma stare buciki, suknie, poduszki, ja kupię, ale taki towar to nie żaden kurant. Kto to kupi? Śmiecie!...

– Tanio sprzedam – szepnęła.

– Ny, co ja mam dać?

– Rubla.

– Żebym tak zdrów był, co to nie warto i dwadzieścia kopiejek. Co to warto, kto to kupi? – i wrócił, rozwinął i znowu obojętnie oglądał.

– Same wstążki kosztowały mnie kilka rubli.

Zamilkła zgadzając się już w duchu na cenę.

– Wstążkes! co to jest, same kawałki – gadał oglądając prędko. – Ny, trzydzieści kopiejek dam. Bierze pani? Na moje sumienie, więcej nie mogę, mam dobre serce, ale nie mogę. Ny, mam płacić?

Ten handel sprawił jej taki wstręt, takim wstydem przepoił i tak ją rozżalił, że chciała już wszystko rzucić i uciec.

Żyd pieniądze wyliczył, zabrał kostium i poszedł. Zobaczyła go jeszcze przez okno, jak na podwórzu w pełnym świetle dnia oglądał jeszcze raz spódniczki.

– Co z tym zrobić? – szeptała bezradnie, ściskając lepkie z brudu miedziaki. Była winna za mieszkanie, w bufecie teatralnym, kilku koleżankom, ale nie myślała już o tym; z tymi pieniędzmi tylko poszła do sklepiku kupić sobie co jeść.

Wróciła do mieszkania i zjadłszy przyniesione ze sobą wiktuały chciała się trochę przespać, ale przyszła Sowińska mówiąc, że tu na nią już z pół godziny czeka jakaś służąca, i zaraz weszła rozczerwieniona i zapłakana służąca Niedzielskiej.

– Proszę panienki, niech też panienka idzie ze mną, bo moja pani już bardzo źle i prosi koniecznie do siebie.

– Pani Niedzielska taka chora? – zawołała zrywając się z łóżka i śpiesznie kładąc kapelusz.

– Już ksiądz od Augustianów był po południu z Panem Jezusem, ledwo ino zipi – szeptała przez łzy stara powiernica i sługa – inom tyla mogła zrozumieć, co mówiła, żeby lecieć po panienkę, chce się widzieć koniecznie. A pan Władysław gdzie jest?

– A skądże ja mogę wiedzieć, przecież powinien być przy matce.

– Powinien, jużci, że powinien, ale taki i on syn – szepnęła głucho. – Już od tygodnia nie zajrzał do domu, bo się z moją panią tak strasznie pokłócili. Mój Boże! mój Boże! Tak klął, tak wymyślał, chciał jaże bić moją panią. O Panie miłosierny, to za to, że go tak silnie kochała, że sobie odejmowała od gemby, a dawała mu cięgiem pieniądze. Była skąpa, nie chciała dochtora ni leków nijakich, aby ino nie kosztowało, a on! O! skarze go Pan Bóg ciężko za te łzy matczyne. Ja wiem, że panienka temu niewinowata, tak se miarkuję... ale... – mówiła cicho, drepcząc obok Janki i obcierając co chwila końcem chustki, w jaką była okryta, oczy czerwone od płaczu i bezsenności.

Janka prawie nic nie słyszała z tej mowy, bo gwar i szum ulicy, i chlapanie wody spływającej rynnami na trotuary zagłuszały wszystko.

Szła tylko dlatego, że ją umierająca wzywała.

W pierwszym pokoju było prawie pełno osób, przeszła go mówiąc powitanie, ale nikt jej nie odpowiedział i wszystkie oczy śledziły ją z jakąś szczególną ciekawością.

W pokoju, gdzie Niedzielska leżała, siedziało także kilka osób koło jej łóżka.

Poszła prosto do chorej.

Stara leżała wznak, ale już od progu trzymała w niej oczy utkwione.

Rozmawiający umilkli tak prędko, że Jankę ta cisza przejęła jakimś dreszczem dziwnym. Spotkała się ze spojrzeniem Niedzielskiej i już nie mogła się od niego oderwać. Usiadła przy łóżku witając ją półgłosem.

Stara schwyciła ją za rękę silnie i cichym głosem o niezmiernie mocnym akcencie zapytała:

– Gdzie Władek?

Surowa zmarszczka zarysowała się na jej czole, coś jak nienawiść rozbłysła w żółtych białkach.

– Nie wiem. Skądże ja mogę wiedzieć? – odpowiedziała prawie przestraszona.

– Nie wiesz, złodziejko! ty nie wiesz, ukradłaś mi syna! – szeptała siląc się głos swój podnieść trochę, ale brzmiał głucho i dziko. Oczy się jej rozszerzały coraz więcej i świeciły groźbą i nienawiścią, usta sine trzęsły się nerwowo, a żółta wychudła twarz drgała ustawicznie. Uniosła się nieco i chrapliwie, jakby ostatkami sił, krzyknęła:

– Ulicznico, złodziejko, ty... – i upadła w tył z głuchym jękiem wyczerpania. Janka, jakby uderzona prądem elektrycznym, zerwała się, ale ręka starej zacisnęła się tak silnie koło jej dłoni, że upadła z powrotem na krzesło nie mogąc wyrwać ręki. Spojrzała rozpaczliwie po wszystkich, ale twarze ich były groźne. Przymrużyła na chwilę oczy, aby nie widzieć tych żółtych, pomarszczonych twarzy kobiet, co stały na wprost niej, jak widma świecąc swoimi szkieletowatymi twarzami w półcieniu, w jakim tonął pokój.

– To ta! Taka młoda i już...

– Podła gadzina...

– Ja bym zabiła jak psa, żeby tak z moim Antkiem zrobiła.

– Na policję oddałabym, do prochowni.

– Pod pręgierz za moich czasów stawiali takie... na ukaranie, pamiętam dobrze.

– Cicho, cicho! – mitygował kobiety jakiś staruszek.

– I dla niej to poleciał do komediantów, dla niej tyle tracił, dla takiego ostatniego tłomoka wybił matkę, ażebyś zmarniała, podła!...

Syczały za nią i przed nią głosy nienawiścią i pogardą i złość sączyła się z ich słów i spojrzeń, i zalewała jej serce oceanem bólu i wstydu.

Chciała zawołać: litości! ludzie, jam niewinna, ale pochylała coraz niżej głowę i coraz słabiej wiedziała, gdzie jest i co się z nią dzieje; miała już za słabą duszę na taki cios. Olbrzymia fala strachu zaczęła nią trząść, bo się jej zdawało, że ta ręka starej, trzymająca ją tak silnie, i te jej oczy okropne, wysadzone z orbit, ciągną w przepaść, że to już śmierć i koniec wszystkiego...

Nie słyszała już później słów żadnych i nie widziała nikogo, prócz tej konającej kobiety. Jeszcze się chwilami chciała zerwać i uciec stąd, ale ten płomień woli przechodził tylko przez jej nerwy i nie uświadamiał się.

Tyle poprzednich wrażeń i ten cios w samo serce zaćmiły jej mózg szaleństwem cichym. Pobladła straszliwie, siedziała jak martwa, wpatrzona w twarz konającej; te same strzępy myśli i obrazów kłębiły się jej pod czaszką, jak kiedyś; tak samo, jak kiedyś, zielonawa, ogromna masa wód zatapiała jej świadomość. Nie czuła nawet, że ją oderwano od starej i zepchnięto w kąt, gdzie stała nieruchoma i nieprzytomna.

Niedzielska konała; jakby czekała tylko ze śmiercią na Jankę. Złość i nienawiść trzymały ją przy życiu kilka godzin dłużej.

Teraz już się wszystko rozprzęgało.

Leżała sztywna, wyprostowana, z rękami na kołdrze, którą szarpała odruchowo, i wpatrzona mętnymi źrenicami w górę, jakby w nieskończoność, w którą się staczała.

Gromnica żółtawe światło rozlewała po jej twarzy, operlonej potem ostatniego wytężenia i męką konania. Włosy siwe, rozsypane w nieładzie, tworzyły rodzaj tła, na którym tym silniej odbijała się sucha głowa konającej, wstrząsana bezprzytomnym, strasznym drganiem konania.

Dyszała ciężko i wolno, rzężała z wysiłkiem, chwytając powietrze sinymi ustami. Przekrzywiała chwilami twarz ze strasznie bolesnym kurczem ust i podnosiła rozwarte dłonie, jakby chciała rozerwać sobie gardło, aby zaczerpnąć więcej powietrza. Biały, obłożony gorączką język wysuwała spazmatycznie i tak w tym szamotaniu się ze śmiercią wyprężała się strasznie, że żyły jak postronki czarne naprężały się na jej skroniach i gardle.

Cisza pełną była płaczów i łkań klęczących, i przejmującego jęku umierającej. Gorączkowo szeptane modlitwy, strumienie łez, szlochanie służącej i dzieci, i cały ten bolesny nastrój dusz rozlewał w powietrzu tragizm okropny i wstrząsający.

Cienie w głębiach pokoju drgały, jakby pochłaniając to życie, co się tam rozlewało. Świeca na stoliku i gromnica rozlewały jakąś żółtość przenikającą bólem.

Pokój napełnił się zupełnie klęczącymi, tylko ta, co tam była wyprostowana, nieprzytomna i umierająca, leżała jak tryumfatorka na swoim ostatnim posłaniu, królowała z tronu śmierci tym zgiętym do ziemi i żebrzącym zmiłowania.

Jakiś staruszek, siwy jak gołąb, przedarł się do łoża, ukląkł, wyjął książkę z kieszeni i przy świetle gromnicy czytał psalmy pokutne.

Głos miał czysty i dźwięczny, i te słowa psalmów jak szmer tęczowy, jak błyski pełne trwogi, łez potęgi i łaski rozlewały się nad głowami wszystkich.

"Zmiłuj się nade mną. Panie! bom chory jest, uzdrów mnie. Panie! boć udręczon jestem."

"Tyś jest ucieczką moją w utrapieniu, które mnie ogarnęło. O Boże! wyrwij mnie z męki..."

"Wiele jest biczów na grzesznika, ale ufającego w Panu miłosierdzie ogarnie..."

"Przyjaciele moi i bliscy mci naprzeciwko mnie stanęli..."

"A ci, którzy przy mnie byli, z daleka stali, a gwałt mi czynili i zdrady cały dzień wymyślali..."

Dźwięki coraz mocniejsze rozchodziły się koliskami niby powiew potęgi ogromnej, która chyliła czoła niżej i rzucała je w proch ze łzami żalu, pokuty i prośby.

Powtarzali wszyscy za czytającym i ten szmer głosów zmieszanych, przesiąkłych łzami, monotonnych – wyrwał Jankę z odrętwienia.

Poczuła, że żyje jeszcze, uklękła w samym progu i spalonymi gorączką ustami szeptała te słodkie słowa, o których dawno zapomniała, i brała z nich jakieś głębokie pocieszenie, pełne smutku i rozrzewnienia.

"Obmyjesz mnie, a będę nad śnieg wybielony..."

"Nie odwracaj oblicza Twego ode mnie, boć będę podobnym do zstępującego do dołu..."

"Zgubisz wszystkich, którzy dręczą duszę moją, bom ja jest sługa Twój..."

Powtarzała żarliwie i łzy jak perły toczyły się po jej twarzy, i jakby łączyły się ze łzami wszystkich, i obmywały jej duszę z bólów i pamięci, ale te łzy później tak zaczęły ją zalewać i dusić, ze podniosła się cicho i wyszła.

Na ulicy spotkała Władka, biegnącego z pośpiechem i z trwogą; chciał się jej zapytać, ale poszła nie spojrzawszy nawet na niego.

Nie czuła prawie nic, oprócz śmiertelnego zmęczenia.

Wstąpiła do oświetlonego kościoła Świętej Anny na Krakowskim Przedmieściu, usiadła w ławce i siedziała. Patrzyła na oświetlony ołtarz, na tłum ludzi klęczących, słyszała poważny głos organu, śpiew jakiś szeroki; widziała, że na nią patrzą ze ścian i z ołtarzy spokojne i szczęśliwe twarze świętych, ale nic nie odczuwała.

– Zgubisz wszystkich, którzy dręczą duszę moją. Zgubisz... zgubisz... – powtarzała bezmyślnie i wyszła z kościoła; nie, nie mogła się modlić, nie mogła.

Spała po tym wszystkim głuchym, kamiennym snem, bez marzeń i halucynacji.

Na drugi dzień Cabiński dał jej dużą rolę po Mimi; przyjęła obojętnie. Tak samo obojętnie poszła na pogrzeb Niedzielskiej. Szła w końcu orszaku, nie zauważona przez nikogo; obojętnie patrzyła na tysiące grobów powązkowskich i na trumnę i nic się w niej nie poruszyło nawet na dźwięk płaczów u grobu.

Coś się w niej zerwało, jakby zdolność odczuwania tego, co się wkoło niej działo.

Wieczorem poszła na przedstawienie; ubrała się jak zwykle i siedziała bezmyślnie zapatrzona w szeregi świec poprzylepianych do stołów, na pozapisywane ściany, to na szeregi aktorek, siedzących przed lustrami.

Sowińska kręciła się ciągle po garderobie i przyglądała się jej ciekawie.

Mówiły do niej, nie odpowiadała; zapadała co chwila w jakiś stan kataleptyczny, w którym się patrzy – nie widząc; żyje się – nie czując tego; a w głębi, na samym dnie mózgu miała odbicie konającej i tłoczyły się, i syczały te szepty krwawe, pomieszane z słowami psalmów pokutnych.

Drgnęła naraz, bo jakiś dźwięk głosu doszedł ją ze sceny; przemknęło jej przez myśl, że to pewnie Grzesikiewicz, podniosła się i poszła.

Władek stal na scenie i coś żywo rozmawiał z Majkowską całując ją w obnażone ramiona.

Przystanęła w kulisie, bo jakieś uczucie bez nazwy zimnym, ostrzem prześlizgnęło się przez jej serce, ale przeszło prędko, budząc w niej pewną świadomość.

– Panie Niedzielski!–zawołała.

Aktor rzucił ramionami; po jego wygolonej twarzy przeleciał cień zniecierpliwienia i nudy; szepnął jeszcze do ucha Meli, zaśmiała się i wyszła, a on wolno, nie skrywając złego humoru, podszedł do niej.

– Chciałaś czego?–zapytał opryskliwie.

– Tak...

Chciała mu powiedzieć, w chwilowym przypływie znękania, że jest nieszczęśliwą i chorą. Pragnęła usłyszeć jakieś cieplejsze słowo, czuła wprost potrzebę nieprzepartą poskarżenia się, popłakania na jakiejś piersi życzliwej, ale na ostry dźwięk jego głosu przypomniała sobie, ile wycierpiała przez niego, jaki on podły, więc te pragnienia jakby wcisnęła głębiej w siebie.

– Czy będziemy grać dzisiaj?

– Będziemy. W kasie jest ze sto rubli.

– Mów dla mnie o pieniądze.

– Cóż znowu! Na drwiny nie będę się wystawiać, zresztą zaraz idę do domu. Spojrzała na niego i odezwała się cichym, bezdźwięcznym głosem.

– Odprowadzisz mnie, bo czuję się tak niedobrze.

– Nie mam czasu, muszę natychmiast lecieć do domu, tam już wszyscy czekają na mnie.

– Ach! jakiś ty podły, jakiś ty podły! – szepnęła.

Aktor cofnął się nie wiedząc, co pokazać,w twarzy: śmiech czy też udawać obrażonego. –– Do mnie to mówisz, do mnie, ty?...

Nie śmiał zakląć. Ta dziewczyna zawsze swoim wzrokiem pani i dumną twarzą nakazywała mu szacunek, wtłaczała mu niejako do gardła brutalstwa, jakimi chciał zionąć na nią.

– Do ciebie! Jesteś podły, najpodlejszy z ludzi, słyszysz! najpodlejszy!

– Janciu! – zawołał, jakby się tym chciał zasłonić od jej zniewag.

– Zabraniam tak panu mówić do mnie, to mnie znieważa.

– Zwariowałaś czy co? Cóż to za heca! –– wykrztusił ze złością.

– Poznałam pana i pogardzam nim z całej duszy,

– Phi! Także patetyczną wybrałaś sobie rolę? Czy to na debiut w warszawskim? Odpowiedziała spojrzeniem pogardy i odeszła.

Sowińska przybiegła do niej i z tajemniczą a okrutną litością szepnęła:

– Niechże się pani tak nie irytuje i nie trzeba się ściągać gorsetem.

– Dlaczego?

– Może szkodzić, bo to, bo... – i resztę dopowiedziała jej do ucha.

Krew ją oblała rumieńcem wstydu, że Sowińska poznała jej stan, z którym się kryła. Nie miała już sił na odpowiedź ani czasu, bo trzeba było iść na scenę.

Grali Emigrację chłopską, w pierwszym akcie wchodziła jako "lud".

W garderobie męskiej tego wieczoru wybuchnęła burza.

W antrakcie, przed obrazem tak zwanym Wigilijnym, Topolski, grający Bartka Kozicę, posłał do Cabińskiego list, rodzaj ultimatum, żądając pięćdziesiąt rubli dla siebie i Majkowskiej, bo inaczej nie będzie grać dalej. Zanim mu Cabiński odpowiedział, zaczął się wolno i wyczekująco rozcharakteryzowywać.

Cabiński przyleciał prawie z płaczem.

– Dwadzieścia rubli dam. O ludzie! ludzie!...

– Pięćdziesiąt dasz – gramy dalej, a nie, to... – odkleił jeden wąs i zaczął ściągać botforty.

– Jezus, Maria! Człowieku, ależ w kasie wszystkiego jest ze sto rubli, na koszta ledwie starczy.

– Pięćdziesiąt rubli, i to natychmiast, bo będziesz sam kończył sztukę albo oddawał pieniądze publiczności – mówił spokojnie Topolski ściągając drugi botfort.

– Myślałem dotychczas, że chociaż ty jeden jesteś człowiekiem! Pomyśl, co ty nam robisz wszystkim.

– Widzisz dyrektor, rozbieram się.

Antrakt się przeciągał, publiczność już krzyczeć i tupać zaczynała.

– Nie, prędzej śmierci bym się spodziewał. Ty, najlepszy przyjaciel, ty...

– Mój dyrektorze, bez gadania. Możesz sobie wszystkich okpiwać, ale ja się nie pozwolę.

– Nie mam; jak ci teraz dam trzydzieści rubli, to już nie będzie czym teatru zapłacić – krzyczał rozpaczliwie Cabiński biegając po garderobie.

– Powiedziałem: idziemy zaraz do domu...

W ogródku robiło się istotne piekło krzyków i świstów.

– Dobrze, masz pięćdziesiąt rubli, masz, rabujesz własnych kolegów, ale ciebie to nic nie obchodzi, bo będziesz miał za co założyć towarzystwo. Masz! ale z nami już kwita!

– Nie martw się o moje towarzystwo, zostawię ci miejsce maszynisty.

– Prędzej ty u mnie będziesz palta podawał, nim ja będę w twoim towarzystwie.

– Milcz, błaźnie!

– Zawołam policji, to cię zaraz uspokoi – krzyczał jak wściekły Cabiński.

– Ja cię zaraz uspokoję, cyrkowcze – krzyknął Topolski dokompletowawszy już garderoby i schwycił Cabińskiego za kołnierz, kopnął go i wyrzucił z garderoby; sam pobiegł na scenę.

Przedstawienia dokończono spokojnie, ale znowu przed kasą zaczęły się kłótnie.

Stali zbitą gromadą, że tylko głowy i twarze świecące się od szmalcu, jakim zmywali charakteryzację, widać było w świetle.

Wszyscy krzyczeli o pieniądze i żądali wypłaty zaległości. Pięście się wyciągały do okienka groźnie, spojrzenia rzucały błyskawice i głosy aż chrypły od wytężenia. Cabiński, jeszcze czerwony i drżący od tej zniewagi niedawnej, kłócił się z każdym i wymyślał chcąc tylko dawać zwykłe akonta.

– Kto nie chce, niech idzie do Topolskiego. Wszystko mi jedno.

Janka podsunęła się pod okienko.

– Dyrektorze, obiecał mi dzisiaj dać dyrektor.

– Nie mam!

– Ale ja także nie mam – prosiła cicho.

– Innym nie daję, a tak natarczywie się nie upominają.

– Panie Cabiński, ja prawie umieram z nędzy – powiedziała prosto.

– To zarób sobie pani. Wszystkie dają sobie jakoś radę... Lubię naiwne, ale na scenie... Komediantka! Idź pani do Topolskiego, to da forszus.

– O! z pewnością, Topolski nie pozwoli swojemu towarzystwu cierpieć nędzy i zapłaci, co się komu należy, nie będzie ludzi oszukiwał – wybuchnęła energicznie.

– To możesz pani zaraz iść do niego i u mnie nie pokazywać się więcej – zawołał ze złością, do pasji doprowadzony wzmianką o Topolskim.

– Słuchaj no dyrektor, psia twarz! – zaczął Glas, ale Janka nie słuchała już dalej i przedzierając się przez tłum, wyszła.

– Zarób sobie...

Szła ulicami prawie pustymi. Światło latarń miało jakąś gromniczną żółtość posępną i oświecało pustkę i ciszę, jaka zalegała ulice i zaułki. Głęboki granat nieba rozciągał się nad miastem niby olbrzymi paldament, poprzetykany gwiazdami świecącymi jasno. Ulicami zawiewał wiatr chłodny i przejmował ją do kości zimnem.

– Zarób sobie... – powtórzyła przed Wielkim Teatrem, przystając. Przyszła tutaj bezwiednie. Gmach pociemniały, jakby zasypiający w ciszy nocy, stał mocno, szeregi kolumn majaczyły w cieniach ponurymi konturami.

Popatrzyła na niego i poszła z powrotem.

Ból nieznośny niby obręczą rozpaloną ściskał jej głowę; była tak znękaną, że miała chwilami nieprzepartą chęć usiąść gdzie nad rynsztokiem i siedzieć. To znowu uczuwała się w stanie takiej rozpaczliwej świadomości nędzy swojej, że gotową była się oddać pierwszemu lepszemu, gdyby tego zażądał i gdyby tylko mogła się pozbyć tego drżenia w sobie bolesnego, tego prawie zamierania, jakie czuła.

Wlokła się ulicami ociężale, bo już nie wiedziała, co robić ze sobą, i ten chłód nocy, cisza i to śmiertelne zmęczenie dawały jej jakąś rozkosz bólu. Przed oczyma jej snuły się tylko jakieś widma, jakieś błyski, że nie wiedziała, gdzie jest, co się z nią dzieje. Czuła tylko to jedno, że dłużej nie wytrzyma.

– Co dalej? – pytała się bezmyślnie, patrząc przed siebie. Cisza miasta usypiającego i cisza przestrzeni granatowej była jakby odpowiedzią.

Czuła, że coraz szybciej, szybciej stacza się po jakiejś pochyłości, leci już, a tam, w końcu tej drogi, majaczy przed nią rozkrzyżowany trup Niedzielskiej.

– Śmierć! – odpowiadała sobie. – Śmierć!... – i wpatrywała się w tę twarz srogą, ale już martwą, ze łzami zastygłymi na policzkach, i nie trwoga ją ogarniała, ale cisza wielka. Oglądała się dookoła, jakby przyczyn tej głębokiej ciszy szukała obok siebie. Myślała jeszcze o ojcu, o teatrze, o sobie, ale tak, jakby o rzeczach, które może widziała kiedyś, o których może czytała.

– Co dalej? – pytała się głośno, kiedy się znowu znalazła w domu; nie mogła już po prostu zobaczyć ani wyobrazić sobie tego jutra.

– W tym stanie nie mogę być w teatrze, nie mogę być nigdzie; ale co dalej?
– to zapytanie, które się jej bezwiednie wyrywało, biło ją raz po raz niby obuchem w głowę. Dzień się zrobił i zalewał pokój mętnym światłem, a ona jeszcze siedziała na dawnym miejscu i z wpadniętymi głęboko oczami, ustami czarnymi od gorączki szeptała, zapatrzona bezmyślnie w okno:

– Co dalej? Co dalej?

XI

Sezon się skończył.

Cabiński wyjeżdżał do Płocka z zupełnie nowym towarzystwem, bo mu Topolski zabrał najlepsze siły, a reszta rozpierzchła się po różnych towarzystwach.

W cukierni na Nowym Świecie Krzykiewicz, który zerwał z Ciepiszewskim, zakładał swoje towarzystwo.

Stanisławski także organizował małą działówkę.

Topolski już montował swoje towarzystwo na Lublin.

Teatrzyki cisza zaległa śmiertelna.

Sceny były pozabijane deskami, garderoby i wejścia pozamykane na głucho, na werandach stały połamane krzesła i rupiecie.

Liście drzew leciały na ziemię, a strzępy afiszów ostatnich szeleściły smutnie na wietrze.

Sezon się skończył.

Nikt już tutaj nie zaglądał, bo wędrowne ptactwo zabierało się do odlotu, tylko Janka siłą przyzwyczajenia przychodziła jeszcze, spoglądała przez chwilę na pustki i powracała.

Cabińska napisała do niej list bardzo serdecznie zapraszając ją do siebie. Poszła.

Pakowano się już do drogi.

Ogromne kufry i kosze stały na środku pokojów, pełno najrozmaitszych utensyliów scenicznych razem z materacami i siennikami leżało na podłodze, cały kram obozowego życia uderzył ją na wstępie.

W pokoju Cabińskiej nie zastała już ani wieńców, ani mebli, ani pawilonu z łóżkiem; nagie ściany świeciły tynkiem, poodbijanym w pośpiesznym zdejmowaniu obrazów i wyrywaniu haków. Długi kosz stał na środku i niania, spocona z wysiłku, pakowała w niego garderobę Pepy. Cabińska, z papierosem w ustach, dyrygowała pakowaniem i krzyczała ciągle na dzieci tarzające się z uciechą po materacach i słomie rozrzuconej przy pakach.

Przywitała Jankę z przesadną serdecznością.

– Taki tu kurz, że nie do zniesienia. Niech tylko niania ostrożnie pakuje, żeby nie pognieść bardzo sukien. Chodźmy na ulicę – powiedziała ubierając się w okrycie i kapelusz. Pociągnęła Jankę do tej swojej cukierni i tam przy czekoladzie zaczęła Jankę przepraszać za męża.

– Niech mi pani wierzy, że dyrektor był tak wtedy rozdrażniony, że nie wiedział wprost, co mówi. Nic dziwnego, stara się, zastawia własne rzeczy, byle towarzystwu na niczym nie zbywało, a tu mu taki Topolski robi kawały i rozbija towarzystwo. To święty straciłby cierpliwość i zresztą sam Topolski powiedział mu, że pani jedzie z nimi.

Janka nic nie odpowiedziała, bo było jej to zupełnie obojętnym, ale kiedy Cabińska powiedziała jej, że już po południu wyjeżdżają do Płocka i niech natychmiast idzie spakować rzeczy, bo furmanki zaraz po nią przyjadą, odpowiedziała stanowczo:

– Dziękuję za życzliwość dyrektorowej, ale nie pojadę.

Cabińska prawie nie wierzyła swoim uszom i zawołała zdumiona:

– Już się pani zaangażowałaś! i do kogo?

– Nigdzie, ale nie będę się angażować.

– Jak to! rzucasz pani scenę? pani, co masz przyszłość przed sobą!

– Nagrałam się już dosyć – odpowiedziała z goryczą.

– Niechże mi pani nie wymawia, przecież to pierwszy rok pani na scenie, nigdzie by pani nie dali ról wielkich od razu.

– O! już się nie będę starać o nie.

– A ja sobie uplanowałam, że w Płocku będzie pani mieszkać razem z nami, to i dla pani lżej by było, i moje dziewczątko mogłoby więcej na tym skorzystać. Niechże się pani namyśli, już ja pani zaręczam, że i role będzie pani dostawać.

– Nie, nie! Mam dosyć nędzy, a już mi brak zupełny sił do znoszenia jej dalej i zresztą nie mogę, nie mogę – odpowiedziała cicho, ze łzami w oczach, bo ta propozycja błysnęła przed nią, niby światłem, lepszą przyszłością i zbudziła na chwilę dawny zapał i marzenia o tryumfach, ale zaraz jej na myśl przyszedł stan obecny i te cierpienia, jakie by ją musiały spotkać z tego powodu, więc jeszcze mocniej dodała:

– Nie mogę, nie mogę! – Ale łez powstrzymać nie mogła, płynęły cichym strumieniem po twarzy, aż się Cabińska przysunęła bliżej i szepnęła ze szczerym współczuciem:

– Na Boga, co pani jest? Niech mi pani powie, może się co zaradzi.

Na odpowiedź Janka zarumieniła się słabo, uścisnęła jej mocno rękę i śpiesznie wyszła z cukierni.

Dusiły ją łzy, dusiło ją życie.

Stanisławski przyszedł zaraz do niej i namawiał do wyjazdu ze sobą na małą prowincję. Zakładał towarzystwo z ośmiu do dziesięciu osób, na działy. Oddawał Jance pierwsze role amantek i gorąco opowiadał o powodzeniu pewnym w powiatowych miastach. Wyliczał, kogo angażował, sama młodzież, adepci i adeptki, pełno sił, zapału i talentu, i obiecywał sobie, że ich poprowadzi śladem prawdziwej sztuki, że to będzie prawie szkoła dramatyczna i on będzie ich nauczycielem i ojcem prawdziwym, który stworzy z tych ludzi prawdziwych artystów, godnych teatru i tradycji jego.

Odmówiła mu stanowczo.

Podziękowała serdecznie za życzliwość, jaką jej okazywał przez lato, pożegnała się z nim ciepło, jakby na zawsze.

Kiedy wyszedł, zapadło w niej postanowienie zakończenia tego wszystkiego.

Jeszcze nie powiedziała sobie stanowczo – umrę! jeszcze, gdyby jej ktoś powiedział, że myśli o tym, zaprzeczyłaby szczerze, ale już ta myśl i chęć tkwiła w głębi nieświadomej mózgu.

Wiedziała, kiedy Cabińscy odjeżdżają, i poszła na przystań statków parowych.

Stała na moście i patrzyła na nich, jak odpływali, na szare fale Wisły, z pluskiem bijące o przyczółki, na zamglone jesiennymi mgłami przestrzenie i taki ją smutek i żal okropny przejął, że ruszyć się i oderwać od wody nie mogła.

Noc się robiła, a ona wciąż stała zapatrzona przed siebie; szeregi latarń nadbrzeżnych wykwitały z cieniów niby złotawe kwiaty i kładły świetlane i drżące plamy na ruchomej, zielonawej powierzchni wody, szum i gwar miasta wrzał za nią głucho, dorożki przelatywały przez most z hałasem, dzwonki tramwajów biły ustawicznie, tłumy przechodniów przesuwały się ze śmiechem; czasem piosnka z echem doleciała albo skoczne dźwięki katarynki, to ciepły powiew wiatru lub surowa woń toni, i biło w nią to wszystko odbijając się jak od wypolerowanego głazu.

Woda w głębi mieniła się coraz dziwniej, czerniała, ale w tej czarności przewijały się chwilami błyski, płomienie czerwone, smugi fioletu i żółtawe niby ból promieniowania. Tam było jakieś życie lepsze i pełniejsze, bo fale szemrały tak radośnie, rozbijały się o przyczółki i o bulwary kamienne i jakby z chichotem szału łączyły się zaraz, mieszały, piętrzyły jedna na drugą i płynęły dalej. Słyszała prawie ich śmiech swobodny i nawoływania, i głosy radości potężnej.

– Co pani tutaj robi?

Drgnęła, wolno się odwracając. Stała przed nią Wolska i ciekawie a niespokojnie patrzyła się na nią.

– Nic, patrzyłam – odpowiedziała cicho.

– Chodź pani, tu niezdrowe powietrze – mówiła biorąc ją pod ramię, bo zobaczyła w jej oczach przygasłych myśl samobójczą.

Janka pozwoliła się zabrać i dopiero na Zjeździe zapytała się cicho:

– Pani nie wyjechała?

– Nie mogłam. Widzi pani, mój Janek znowu gorzej chory. Doktor zabronił mi go poruszyć z łóżeczka i wierzę, bo mogłoby go to dobić – szeptała smutnie. – Musiałam zostać, cóż, przecież go do szpitala nie oddam. Jeżeli już na to przyjdzie, to umrzemy oboje, ale ja go nie opuszczę. Doktor mi jeszcze robi nadzieję, że to przejdzie.

Janka patrzyła się z dziwnym uczuciem na jej twarz wyszarzaną, a pełną blasków głębokiej miłości. Wyglądała jak nędzarka w swoim ciemnym, poplamionym płaszczyku, w sukni szarej, wystrzępionej u dołu; kapelusz miała ryżowy i czarne, pocerowane rękawiczki na rękach, i rudą od deszczów parasolkę, ale przez tę nędzę świeciła niby słońce miłość dla dziecka. Nie widziała nic i na nic nie zważała, bo wszystko nie miało dla niej żadnego znaczenia, co się tylko nie tyczyło jej dziecka.

Janka szła obok niej przypatrując się z podziwem tej kobiecie.

Znała jej historię.

Była to córka zamożnej i inteligentnej rodziny, zakochała się w aktorze czy w teatrze i wstąpiła na scenę, i chociaż ją później kochanek rzucił, chociaż ją nędza jadła i poniżenie, nie mogła oderwać się od teatru, a teraz całą swoją miłość i wszystkie nadzieje skupiła na dziecku, które jej od wiosny ciężko chorowało.

– Skąd ona bierze siły? – myślała.

– Co pani teraz robi?

Wolska drgnęła, rumieniec słaby przeleciał po jej wynędzniałej twarzy i usta zatrzęsły się boleśnie.

– Śpiewam... cóż miałam robić, żyć przecież muszę i Janka muszę leczyć, muszę... choć mi jest wstyd okropnie, ale muszę. Ach! los mój, los! – jęknęła ze skargą.

– Kiedy nic nie wiem. – Nie rozumiała, dlaczego się wstydzi śpiewać.

– Bo widzi pani, panno Janino, zostanie to przy pani, dobrze? – błagała ze łzami.

– Ale daję pani słowo, zresztą komuż ja powiem, alboż nie sama jestem?

– Śpiewam w restauracji na Podwalu – powiedziała prędko i cicho Wolska.

– W restauracji! – szepnęła Janka, aż przystając na trotuarze ze zdziwienia.

– Co miałam robić? Niech pani powie, co? Trzeba przecież jeść i mieszkać gdzieś... Czymże miałam zarobić, przecież ja nawet szyć nie umiem. Umiałam w domu trochę grać na fortepianie, trochę mówić po francusku, ale przecież tym i grosza nie zarobię. Znalazłam w kurierze ogłoszenie, że potrzeba śpiewaczki – poszłam i śpiewam. Płacą mi rubla dziennie, życie i... ale... – płacz zatamował jej głos, chwyciła rękę Janki i ścisnęła ją gorączkowo. Janka odpłaciła jej równym uściśnieniem i szły w milczeniu.

– Chodź pani ze mną, będzie mi trochę lżej, dobrze?

Janka zgodziła się chętnie.

Weszły do restauracji "Pod Mostem" na Podwalu.

Był to długi i wąski ogródek z kilkunastu mizernymi drzewkami. Przy wejściu zaraz była studnia. Parkan z lewej strony, pomalowany wapnem, rozgraniczał od sąsiedniej posesji, w której musiał być skład drzewa, bo przez ogrodzenie wyglądały całe stosy bali i desek. Kilka naftowych latarń słabo oświetlało placyk.

Kilkadziesiąt stolików białych, o blatach z drzewa pokostowanego, i przy nich trzy razy większa ilość krzeseł, ledwie z gruba ociosanych, stanowiło umeblowanie tej letniej restauracji. Mała parterowa oficyna i szczyt domu sąsiedniego zamykały prawą stronę; a na wprost mury nie tynkowane, pocięte zakratowanymi okienkami, brudne, wznosiły się wysoką ścianą; były to tyły pałacu, dawniej Kochanowskich, stojącego na rogu Miodowej i Kapitulnej.

Przy parkanie maleńka estrada, osłonięta daszkiem płóciennym, z dwóch stron otwarta na publiczność, tworzyła rodzaj niszy, wybitej niebieskim, ordynarnym papierem w srebrne gwiazdy.

Naftowe kinkiety z boku kopciły brudnym światłem nad jakimś muzykiem, który w zatłuszczonym surducie, z siwą brodą w nieładzie tłukł klawiaturę nędznego fortepianu z automatycznym ruchem ramion i głowy.

Ogródek był zapełniony publicznością staromiejską i rzemieślniczą. Przecisnęły się przez tłok do tej oficynki, w której był pokój do ubierania się występujących, przedzielony czerwonym kretonem na dwie garderoby, męską i damską.

– Ja już czekam! – zabrzmiał jakiś schrypnięty, pijacki głos spoza zasłony.

– Może pan swoje zaczynać, zaraz przyjdę – odpowiedziała Wolska, gorączkowo ubierając się w jakiś dziwaczny, czerwony kostium.

W parę minut była już gotową do występu.

Janka wyszła za nią i usiadła na wprost estrady. Wolska, rozgorączkowana pośpiechem, zapinając jeszcze ostatnie guziki i haftki ukazała się na estradzie, długim ukłonem witając publiczność. Muzykant uderzył w żółte klawisze i wraz rozległ się śpiew:

Raz na pniu między dębami

Siedziały sobie turkawki

I nie wiem, dla jakiej zabawki

Całowały się dziobkami.

Brzmiała stara, sentymentalna piosnka z Krakowiaków i górali, przerywana tylko częstymi brawami, stukiem kufli, brzękiem talerzy, trzaskaniem drzwi i strzałami w strzelnicy. Latarnie rozsiewały jakieś mętne, brudne światło; dziewczyny w białych fartuchach, z pełnymi rękami kufli, przesuwały się pomiędzy stolikami, liczyły głośno należność, rzucały z brzękiem resztę, wdzięczyły się do pijących i cyniczne rzucały uwagi i odpowiedzi zaczepiającym je... Śmiechy rubaszne, dowcipy grube, żarty rynsztokowe wypryskiwały niby race i odpowiadał im zaraz szeroki, bezmyślny śmiech.

Publiczność wyrażała swoje zadowolenie ze śpiewu krzykiem, wybijaniem taktu laskami i stukaniem kuflami. Chwilowo wiatr zupełnie pokrywał śpiew albo z szumem zginał nędzne drzewka i siał pożółkłymi liśćmi na głowy i na estradę.

Raz nam się krówka ganiała

śpiewała dalej Wolska. Jej czerwony, hecarski strój, głęboko wycięty na piersiach, odrzynał się jaskrawą plamą z niebieskiego tła głębi i doskonale uwydatniał chudą, grubo malowaną twarz, oczy wpadnięte i podsinione, rysy ostre niby trupia twarz głodomora. Kołysała się ciężkim ruchem w takt piosenki:

Taka mnie miłość przejęła –
Żem Stacha czule ścisnęła.

Głos się rozlegał głucho i wlewał niby warczenie w ten gwar pijacki knajpy.

Śmiechy brutalne zrywały się ostrymi, przenikającymi gamami, te brawa, wyrzucane przepitymi gardzielami niedzielnej publiczności, przerywane czkawką, strzelały głuchą, chrapliwą wrzawą ku estradzie razem z krwawymi szyderstwami, jakich nie szczędzono śpiewaczce.

Ale ona nic nie słyszała, śpiewała obojętna na wszystko i zimna; wyrzucała z siebie śpiew, słowa, mimikę, z automatycznością zahipnotyzowanej, tylko chwilami szukała wzroku Janki i jakby błagała o litość.

Janka bladła i siniała na przemian, nie mogąc już wytrwać w tej przesyconej alkoholem atmosferze i w tym zgiełku pijackim, który ją przenikał wstrętem i obrzydzeniem. Umrzeć raczej – myślała. O nie, nie umiałaby bawić tej publiczności, plunęłaby jej w oczy i sama siebie spoliczkowała, a potem – choćby do Wisły!

Wolska skończyła piosenkę, a ten jej partner, wystrojony w kostium krakowski, obchodził pijących z nutami w ręku. Uwagi, mrożące cynizmem i brutalną szczerością, rzucano mu w twarz; uśmiechał się tępym uśmiechem nałogowego pijaka, ściągał nerwowo usta i kłaniał się pokornie za te dziesiątki, które mu rzucano na nuty.

Wolska z przymkniętymi oczami stała obok fortepianu, skubała nerwowo złoty galon u stanika i z lękiem, bolesnym natężeniem obliczała w duszy ilość miedziaków, które położył razem z nutami obok niej. Grajek uderzył znowu w klawisze i zaczęli teraz już we dwoje śpiewać jakieś komiczne kuplety, przeplatane rodzajem krakowiaka, którego tańczyli prawie sennie.

Janka zaledwie się doczekała końca i nie mówiąc nic o wrażeniu, jakie wynosiła z tej knajpy, pożegnała się z Wolską i uciekła prawie z tego ogródka, od tej publiczności i od tego poniżenia.

Cały dzień następny nie wychodziła zupełnie z mieszkania, nie jedząc nic i nic prawie nie myśląc; leżała na łóżku i patrzyła w sufit bezmyślnie, wodząc oczami za ostatnią muchą, co się włóczyła senna i na pół martwa.

Sowińska przyszła wieczorem, usiadła na kufrze i szorstko bez wstępu powiedziała:

– Mieszkanie już wynajęte, więc jutro niech sobie pani idzie z Bogiem, a że się nam należy piętnaście rubli, to wszystkie łachy zatrzymam, jak mi pani wróci, oddam dopiero.

– Dobrze – odpowiedziała Janka i patrzyła się na nią obojętnie, jakby to była rzecz najzwyklejsza.

– Dobrze, pójdę sobie z Bogiem! – dodała ciszej i podniosła się z łóżka.

– Pani tam sobie radę da, prawda? Jeszcze powozem będzie pani zajeżdżać do mnie, co? – mówiła Sowińska i brzydki, nienawistny ogień drgał w jej okrągłych oczach.

– Dobrze – powtórzyła znowu Janka i zaczęła chodzić po pokoju.

Sowińska, nie mogąc się doczekać jakiej bądź odpowiedzi, wyszła.

– To i po wszystkim! – szepnęła Janka głucho, i myśl o śmierci wyłoniła się już świadomie i jaśniała przyciągająco.

– Co to jest śmierć? Zapomnienie, zapomnienie! – odpowiedziała sobie głośno, przystając i topiąc wzrok w jakichś głębiach mrocznych, które się otwierały przed nią.

– Tak, zapomnienie! Tak, zapomnienie! – powtarzała wolno i siedziała długo, bez ruchu, wpatrzona w płomień lampy.

Noc szła wolno, dom przycichał, światła kolejno gasły w długich szeregach okien, milczenie zalegało coraz głębsze, aż wszystko utonęło w jakimś spokoju sennym, tylko w bramie dźwięczał kiedy niekiedy dzwonek, a z ulicy dochodził turkot dorożek.

Szarzało już i świt zaczął z wolna rozbielać przestrzenie i wyłaniać z siebie słabe zarysy dachów, kiedy ocknęła i obejrzała się po pokoju, poczuła się zupełnie zdeterminowaną, porwała się z krzesła i pchana jakąś myślą, która jej oczy dziwnym rozświeciła ogniem, szła prędko ku drzwiom, ale trzask klamki, którą przycisnęła, przeniknął ją takim dziwnym, ostrym strachem, że zadygotała, oparła się o futrynę i dyszała przez chwilę ciężko, wreszcie po cichu ściągnęła buciki z nóg i już śmiało, ale z największą ostrożnością przeszła przedpokój i znalazła się w dużym pokoju, przylegającym do kuchni, w którym jadano i który służył za pracownię w dzień, a sypialnię uczennic w nocy. Ogarnęło ją duszne, okropnie ciężkie powietrze. Z wyciągniętymi rękami i powstrzymanym oddechem posunęła się ku kuchni tak wolno, że się jej wydał ten czas całą wiecznością. Przystawała na chwilę i opanowując drżenie, to okropne drżenie, słuchała głośnych oddechów i sapań śpiących i znowu szła zaciskając zęby z jakąś rozpaczliwą siłą. Pot wysiłku i strachu zalewał jej oczy, a wolne i niezmiernie bolesne bicie serca czuła prawie w gardle. Drzwi do kuchni były uchylone, przesunęła się przez nie jak cień i potknęła się o łóżko służącej, które stało zaraz przy drzwiach. Zmartwiała z przerażenia i długo stała bez ruchu i bez oddechu, z zawieszonym prawie życiem, ogłupiałym wzrokiem wpijając się w ledwie odczuty w ciemnościach zarys łóżka, ale zbierając cały zapas sił i odwagi poszła śmiało do półek, na których stały rozmaite sprzęty kuchenne – obmacywała je z największą ostrożnością po kolei, aż wreszcie namacała płaską czworokątną flaszeczkę z esencją octową; widziała ją tutaj kilka godzin temu i znalazłszy teraz, tak gwałtownie wyjęła ją spośród innych przedmiotów, że jakaś blaszana pokrywa z brzękiem spadła na podłogę. Janka bezwiednie pochyliła głowę przerażona, bo ten brzęk rozległ się takim echem w jej mózgu, jakby świat się walił na nią.

– Kto tam? – zawołała służąca, przebudzona hałasem. – Kto tam?... – powtórzyła głośniej.

– To ja... przyszłam się wody napić... – odpowiedziała Janka po długiej chwili zdławionym głosem, nerwowo przyciskając flaszeczkę do piersi. Służąca mruknęła coś niewyraźnie i nie odezwała się już więcej. Janka, jakby gnana przez furie szaleństwa, nie dbając już, czy ją kto usłyszy, czy zbudzi kogo, pobiegła do swojego pokoju, zamknęła się na klucz i dopiero wtedy upadła na pół żywa z wyczerpania, i tak się trzęsła cała, że się jej wydało, że się rozleci; łzy, których nawet nie czuła, zaczęły płynąć strugami po jej twarzy. Sprawiło to jej taką ulgę, że usnęła. Rano Sowińska znowu jej przypomniała wyprowadzkę i najbrutalniej otwierając drzwi przed nią kazała się jej wynosić. Janka ubrała się spiesznie i nie odpowiadając ni słowem wyszła na miasto.

Chodziła ulicami czując tylko swoją bezdomność i ten jakiś wir, w którym mózg jej tonął coraz głębiej. Przeszła Nowy Świat, Aleje Ujazdowskie i zatrzymała się dopiero w Łazienkach nad stawem.

Drzewa stały obumierające i pożółkłe liście zaścielały złotawym kobiercem dróżyny. Cisza dnia jesiennego wisiała w powietrzu, czasem tylko banda wróbli przeleciała ze świergotem albo łabędzie krzyczały żałośnie i długo biły skrzydłami w brudnozieloną toń wody, jakby w aksamit wyszarzany.

Wszędzie widać było żółtą, rozkładającą wszystko życie, jesień; gdzie tylko musnęła drzewa, tam liście schły i leciały, trawy czerniały, a ostatnie kwiaty astrów jesiennych schylały martwe główki i ociekały rosą niby łzami pośmiertnymi.

– Śmierć – szeptała ściskając tę flaszeczkę, zdobytą w nocy, i usiadła może na tej samej ławce, co na wiosnę, i zdawało się jej, że zasypia z wolna, że myśli jej pełzną, bo świadomość jej zaczynała się rozprzęgać i przestawała już czuć i wiedzieć.

Oblatuje z niej wszystko i obumiera jak ta przyroda wkoło niej, co zdawała się także dogasać i dyszeć ostatnim tchnieniem.

Rozkosz pełna spokoju i ciszy napełniała jej serce, bo wszystko znikało z pamięci: wszystkie nędze, wszystkie zawody i walki wszystkie zacierały się, bladły i rozpraszały, jakby wypijane przez to blade, jesienne słońce, co nad parkiem wisiało; nie, ona ich nigdy nie przechodziła, ona nigdy nic nie czuła i nie cierpiała nigdy... Wydało się jej, że robi się taką małą, taką nikłą, jak to kolisko wody rozbite piersią łabędzią, co się rozpłaszczy zaraz, co już nawet ginie w niedostrzegalnym drganiu, że się jakoś zawinęła w sobie i zmniejsza się, kurczy, że jest jak ten liść zawieszony na kolcach drutu ogrodzenia, który szemrze niedosłyszalnie, drży i zaraz się przeważy, i zaraz go ten lekki powiew wiatru strąci tam... w przepaść... w śmierć... To znowu, że się rozstrzępia niby ta pajęcza przędza, co omotała trawniki, co lśniącymi strzępami płynie w powietrzu; że się rozciąga w takie pasma, we włókna coraz subtelniejsze i przestaje już czuć, rozmotana w nieskończonościach. To ją ogromnie rozrzewniło, dziwna dla siebie samej czułość przepełniła jej serce łzami żalu.

– Jaka ja biedna!... jaka nieszczęśliwa... – szeptała jakby o kimś innym, którego cierpienia odczuwa i boleje nad nimi okropnie; spazm bólu niewypowiedzianego ściskał jej serce i rozgniatał w męce prawie nieosobistej.

Dusza jej tak rozkłada się w agonii, że już teraz nie ma pełnego pojęcia, jakie to nędze ją zmogły? Jakie nieszczęścia rozbiły? Czemu płacze? Kto ona jest?

– Śmierć! – powtarza odruchowo i słowo to znajduje nieświadomy a głęboki oddźwięk w jej mózgu i nerwach i wyciska z jej oczów kilka łez zaledwie.

Zatrzymała się, nie wiedząc, dlaczego to robi, przed Faunem tańczącym.

Deszcze przyciemniły jego kamienne ciało, kędziory włosów, zwinięte niby kwiaty hiacyntu, zrudziały, twarz, pobrużdżona potokami wody, jakby wydłużyła się nieco od wiosny, ale w oczach skrzył się i palił ten sam płomień szyderczy i krzywe nogi tańczyły wciąż zapamiętale.

– Ijo! Ijo! Ijo!... – Zdawał się śpiewać i potrząsać fletnią, i śmiać się, i szydzić ze wszystkiego, i podnosić zuchwale do słońca głowę, którą wieńczyły, niby bachancki wieniec, opadłe na nią liście.

Patrzyła w niego, ale nic nie mogąc sobie przypomnieć ani nic zrozumieć, poszła.

Na Nowym Świecie, w jednym z Chambres–garnies kazała sobie dać numer, atramentu, papieru listowego i kopertę. Gdy jej dostarczono wszystkiego, zamknęła drzwi na klucz i napisała dwa listy: jeden krótki, suchy i jakiś boleśnie ironiczny do ojca, a drugi długi i zupełnie spokojny do Głogowskiego. Zawiadamiała obydwóch o swoim samobójstwie.

Zaadresowała jak najdokładniej, z pewną nawet starannością, i położyła na widocznym miejscu.

Później najspokojniej wyjęła flaszeczkę z kieszeni, odkorkowała, przyjrzała się pod światło płynowi i nie myśląc już ani się wahając – wypiła do dna...

Rozkrzyżowała nagle ręce, w bladosinej twarzy zajaśniał jakiś błysk trwogi, a oczy jakby olśnione próżnią bezmierną, która się przed nią roztoczyła, przymknęły się i upadła na wznak w strasznych bólach, jakie ją porwały.

W kilka dni później Kotlicki, powróciwszy z Lublina, gdzie instalował niejako towarzystwo Topolskiego, przeglądał w cukierni pisma i jakimś trafem szczególnym przeczytał w rubryce wypadków następującą wiadomość:

SAMOBÓJSTWO AKTORKI

We wtorek w Chambres–garnies na Nowym Świecie służba usłyszała jęki, wydobywające się z numeru, który przed godziną zajęła jakaś nieznajoma kobieta, wyłamała drzwi i oczom jej przedstawił się straszny widok.
Na ziemi wiła się w bólach młoda i piękna kobieta. Dwa listy, pozostawione przez desperatkę, objaśniły, że jest to niejaka Janina Orłowska, była chórzystka teatru, który pod dyrekcją Cabińskiego dawał w ubiegłym sezonie przedstawienia w teatrzyku NN.
Wezwano lekarza, a bezprzytomną odwieziono do szpitala Dzieciątka Jezus. Stan chorej groźny, budzi jednak pewne nadzieje... Orłowska otruła się esencją octową, od której flaszkę znaleziono w numerze. Przyczyna rozpaczliwego kroku niewiadoma. Śledztwo w toku...
Kotlicki czytał tę wiadomość kilka razy z rzędu, marszczył się, bladł targał wąsy, znowu czytał, wreszcie zmiął "Kurier" i rzucił go ze złością na ziemię.

– Komediantka! Komediantka! ....– szepnął pogardliwie, zagryzając usta.
Wolbórka, dn. 15 listopada 1894 r.

Also Available from JiaHu Books

Ziemia obiecana

Faraon

Bunt

Wampir

Ludzie bezdomni

Quo vadis?

Pan Taduesz

Na wzgórzu róż

Kariera Nikodema Dyzmy

Utwory wybrane – Maria Konopnicka

Osudy dobrého vojáka Švejka za světové války

Válka s molky

R.U.R.

Hordubal

Krakatit

Továrna na absolutno

Povětroň

Obyčejný život

Babička

Hiša Marije Pomočnice

Judita

Dundo Maroje

Suze sina razmetnoga

Чорна рада - 978-1-909669-52-9

Горски вијенац - 978-1-909669-56-7

Стихотворения и Проза Ботев 978-1-909669-86-4

Под игото — 978-1-78435-055-0

Епопея на забравените - 978-1-78435-087-1

Az arany ember

Szigeti veszedelem

www.ingramcontent.com/pod-product-compliance
Lightning Source LLC
Chambersburg PA
CBHW031327170626
46807CB00002B/601